DALKEY ARCHIVE

The Doll Maker

Sarban

人形つくり

サーバン

館野浩美 訳

国書刊行会

目次

人形つくり

RINGSTONES
(1951)
THE DOLL MAKER
(1953)
by
Sarban

リングストーンズ

第一章

ダフニ・ヘイズルの話の前置きと結びを書くことになったのが、なぜピアズ・ドバーグではなくぼくなのか。その理由は、ぼくはタイプライターを所有しているけれど彼のほうは持っていないからである。ともかくピアズは自分でやらない理由をそう説明し、ぼくも納得したのだが、肩胛骨のあたりが痛くなってくるころには彼の言い分に疑念を抱かざるをえない気持ちになっていた。いまにして思えば、ぼくがやらなければあとのふたりもやらなかっただろうし、ぼくには物語がしかるべく完結したところを見たいという気持ちが少なからずあったからというのが真の理由ではないか。しかし熱意はあっても経験がないので、それがどれほど難しいことか、いや実際のところ不可能だというのを見抜けなかった。この話に結末などつけられないとわかったときには、もう手遅れだった。それでも骨折りの報いとしてダフニ・ヘイズルの手稿の写しを手にしているのだから（原物はピアズのもとにある）、あとの部分はいわば本文に対する注釈にでもなればいいだろう。

夏期休暇の最後の数週間をピアズ・ドバーグとともにノーサンバーランド地方に滞在するか、でなければスコットランドとの境を巡って過ごすつもりで、ぼくは手紙で段取りをつけておいた。駅でピアズに迎えられ、ぼくたちはトロリーバスで郊外の彼の家に向かった。

バスがノーサンバーランド通りに折れるとき、たっぷりと降り注ぐ陽射しのもと、ぼくがニューカッスルで知っている唯一の目じるしが金箔もまばゆく輝いているのが見えた。

「いつも思うんだが」ぼくは言った。「イギリス人のなかなか愉快に奇天烈な一面ではあるね。この暗く寒風すさぶ街、この魂を押しつぶす石と煤の塊、住人はみな生まれたときから外套を着こみ、魂には禁酒主義を植えつけられているような街で、守護神として掲げられているのが、カリグラの淫蕩そのものである一糸まとわぬ乙女の黄金像だとはね。まったくもって信じがたい。ひょっとして、だれもろくに見てはいないのか。それでもかつて、まじめな顔をして一分の隙もなく着こんだ重役たちがあの像の下絵を承認したのは確かなはずだ。どうしてだろうね？　ノーザン・ゴールドスミス宝飾店のいかれた雇われ職人がビザンツ皇帝の工房を夢に見て、重役連に魔法をかけておのれの夢を吹きこんだのか。それとも東方巡りの旅から帰ってきた役員のせいだろうか。シルクハットを被り頰ひげを生やしたご立派な役員は、さざ波がギリシャとささやくかの地で、金色の太陽と菫色の海のあわいに建つ大理石の柱廊を訪れて、おごそかにたたずむ女神像にとり憑かれて帰ってきたのかもしれない。でなければ時計の上に彼女を据えつけたのは道徳学者で、無分別な若者に教訓を垂れるつもりだったのかな、『見よ、快楽は過ぎ去れど黄金は滅びず』と」

「あるいは、美は時の束縛を免れる」ピアズの口調はどんな与太話にも教訓はあてはめられるとでも言いたげだった。「ひょっとして、あの像は記念すべき一八六六年の狩猟解禁日に、会長が昼食のあとで仕留めたものだとは思わないか。ノーサンバーランド最後の野生のニンフだったのかもしれない」

「〝仕留めた〟という言い方が厳密に正しいかどうかは疑問だけど」ぼくは答えた。「しかし、ノーサンバーランドにニンフがいたという主張にたいしては明白な反証があるね。この地の気候だ。きみがギリシャ古典の動物の生息をあくまで主張するなら、サテュロスまでは認めよう、彼らの毛皮のズボンならじゅうぶんに順応できるからね。だが、きみのところのすさまじく冷たい東風に耐えられる装いのニンフなど見たことがない」

「渡りの習性があったのかもしれない。燕《つばめ》みたいな夏のお客なんだ。きみの反証は今年の夏にはあてはまらない。ノーサンバーランドはアルカディアなみの暑さだ。なら、ずっと冬眠してとりわけ暑い夏だけ出てくるというのではどうだい。こんな陽気なら、隠れ家から誘いだされる内気な生き物に、ふつうではないものが混じっていてもおかしくないのじゃないか」ピアズはなんだか変な顔でこちらを見ると笑い声をあげた。

「あとできみにちょっと妙なものを見せようと思っているんだが、それに現実的な説明をつけようとして考えたのがいまの仮説というわけなんだ。まあもちろん大真面目なものじゃないが」

それでぼくは黄金の乙女に関する思索を打ち切り、ピアズの気がかりの正体をつきとめようとしたけれど、果たせないうちに彼の家の最寄りのバス停についてしまった。トロリーバスが速度を緩めると、ピアズは勢いよく立ち上がり、靴音も高くステップを降りていった。

ドバーグ一家はタウン・ムアにほど近い静かな通りに面した背の高い家に住んでいる。正面には市民菜園用の貸し地が広がっているが、たしか以前はもっと実用的ではない庭園かクリケットのコートかなにかだったはずだ。いっぽう家の裏手に臨む窓からは、家々の屋根や差し掛け小屋や納屋がごみごみと軒を連ねる、野良猫にとっては天国のような光景が眺められる。九月の太陽に照らされていても、黒ずんだ煉瓦とモルタルの迷宮はずいぶん陰気に見える。前回イースター休暇で訪れたときは、ずっと厚い雲の下で灰色の雨のカーテンに覆われていたが、そのときと比べてもさらに陰気かもしれない。その迷宮には何度か足を踏み入れて中心に位置する小さな広場まで行ったことがある。広場を囲む小屋は黒ずんだ石造りで、いまは崩れかけている。ピアズによれば、かつては村の共同緑地だったという広場には、ベンボウ提督の像が立っていた。しかしピアズの案内がなければ迷宮を抜けて提督のもとへたどりつけるとは思えないし、ましてや広場より先に足を伸ばすつもりはまったくない。

ぼくらは北部ふうにハイ・ティーを摂り、ピアズの父母も交えた会話がはずんで、気がつくと南部なら晩餐の時間に近くなっていた。食器を洗うのを手伝うと申し出てみたがミセス・ドバーグに却下されたので、ピアズと出かけて提督に拝謁し、夜食までの時間を楽しく過ごすことができた。

夜食後にも手伝いを買って出て、このときは夫人にも断られなかったと思う。それとも夫人が気づいたときには、もうぼくらが手を付けてしまっていたのかもしれない。夜食の席でピアズの父親はアイルランドのコネマラで過ごした少年時代の話を始めたのだが、食事が終わっても、些末な家事のために思い出話を止めるつもりはないようだった。そこで四人そろって台所に移動し、手分けして鍋や釜を洗いながら、指物師の徒弟と死体とねじ回し、それにシルクハットや石器の瓶に入ったウィスキーを巡る話が繰りひろげられるのに耳を傾けたのだった。

ピアズとぼくが二階に上がったのはずいぶん遅い時間だったけれど、まっすぐ寝室には向かわなかった。さらに階段を上がり、屋根裏に並ぶ小部屋のうちピアズが書斎として使っている部屋に行った。そこでぼくらは座って煙草をふかした。クライスツ学寮のどちらかの部屋で何度も日付が変わる刻限を座って過ごしたのと同じように。お互いをよく理解していたのでなにも口に出して話す必要はなかったと言いたいところだが、ニューカッスル産のビールは同じ名前で売られているこのへんの生気のない腹痛薬のようなものとは違って昨今でもある程度は規制を免れており、そんなビールの効果もあってか、ぼくらの相互理解は完全に沈黙ばかりというわけではなかった。それでも、つぎのようにピアズが切りだすまでは会話もとりとめのないものだった。

「ダフニ・ヘイズルの話をしたことはあったっけ」

「あったよ」ぼくは答えた。「ごめん、きみのお父さんの話を一、二時間ほど聞いていると、ゲール語ふうの言い回しが移ってくるんだ。言語学をまなぶ者の悪い癖だよ——いつも話の内容より話しかたに気がいってしまう。ところで彼女がどうしたって？」

「彼女は至極まともな人だ」ピアズは言った。

「正気でいる時間のほうが長いという意味か。まあ、けっこうなことじゃないか。でも、とりたてて言うようなことだろうか。むろん、そういう人間はかなり稀ではあるにしても」

「ぼくらが学校で親しかったのは知っているね。この一年、彼女がタワートンに行ってからもときどきは手紙をやりとりしていた。彼女は体育教師になるために学校に行っているんだ。しばらく便りがないと思っていたら、昨日になって通信が届いた」

「テレパシーで届いたのか、電信でか、それとも単に手紙でか？」

「まあ、ともかく書かれたもので、郵便で届けられた」

「それのせいで彼女の正気に対する信頼が揺らいだというのか。なるほどね。なにごとも見かけどおりとはいかないものだよ。しかし、実のところなにを根拠にそう判断したんだ」

ピアズが答えるまでにしばらくの間があったのを憶えている。ここでダフニ・ヘイズルに関してそのときぼくが知っていた事柄について記しておこう。ピアズと知り合ってからの二年間に彼女についてはたびたび聞かされてきた。ぼくの印象では快活で聡明かつ分別のある子で、学校ではピアズとともに第六学年のいろいろな活動で目立って活躍していたが、ひとつ年上のピアズがケンブリッジに進学したあとも、ダフニはあと一年ホワイトヒル中等学校に残らなければならず、そのあいだはいくらか孤独だったようだ。利発な子と見られていたのはたしかだろうと思う。ピアズは、ダフニは自分と同じように本が好きだったと話していた。しかし進学試験を受ける中等学校の生徒の九割がたどるおきまりの勉学コースに進むこと、つまり教員養成大学か、運が良ければ総合大学に入って、初等学校か中等学校の教師になるという道から、彼女ははずれようとした。地元では満たされなかった。外に出てなにかを始めたかった彼女は、タワートン体育教員養成大学の奨学金を貰うことで望みが叶えられたと考えたのだ。ピアズはもちろん自分を追ってケンブリッジに来てほしいと思っていた。

「いや、たいしたことじゃないんだが」ピアズが口を開いた。「問題は、なにが書いてあったかというよりは、彼女みたいな人がああいうものを書いたってことなんだ」

いやな予感がした。けれどピアズが文学の話をしだしたときに果たすべき義務はわきまえている。

「では、いまに至るまで、ふつうの人間が健全な精神と呼ぶものを彼女がめでたくも有しているのは疑ったことがないと？」

「ふつうの人間というのがきみのことなら、そうだ。もうひとつ考慮すべきは、タワートンみたいなところでは、気まぐれな空想やらあやしい幻想やらをはぐくむような刺激を受ける可能性は考えにくいという点だ。思うに、体育教員養成学校なんていうのは、すばらしく風通しの良い部屋の衛生的なタイル張りの壁に、いちいち『健全なる精神は健全なる肉体に宿る《メンス・サーナ・イン・コルポレ・サーノー》』と六フィート大の文字で刻んであるんだろう。朝六時のシャワーで一日が始まり、きっちり等分の時間を体育館と運動場で過ごし、短いあいまに健康的でバランスのとれた食事を摂り、健やかな疲労に体はくたくたになって、ベッドに転がり込むなり体に間借りする精神のほうもブラインドを下ろすほかなく、幸せな空白の眠りをむさぼっていると新鮮な朝の空気に元気よくベルが鳴り響いてまた一日が始まる」

「なんとまあ！　強制収容所の暗黒面を体現したみたいだな。ベルゼンの野獣*を縛り首にしたあげくがそれなのか」

「ともかく、タワートンからの手紙にはそういう消毒薬的な健全さの匂いが充満していたよ。なるほど、あの力を通じた喜び《フロイト・ドゥルヒ・クラフト》の神殿に入ってまだ一年だし、彼女はたしかに想像力のあるほうだった。でもこれまでの手紙から判断するかぎり、想像力はそんな野放図なものではなかった。彼女よりは、よほどぼくのほうがおとぎ話を書いて愉しむこともありそうだが、しかし……」

「なんだよ、ずいぶん秘密めかして。だがもしかしも抜きにして、彼女がなにを書いてきたのか教えてくれないか。友達がどんなにおかしなまねをしようと、きみが動じたところなんてほとんど見た覚えがないし、ぼくに言わせれば、体育教師だってときには羽目をはずして、癲狂をおこしたってかまわないだろう。どうせ、じきに正気に戻るんだ」

ピアズは立ち上がって部屋の隅に行き、書類をしまってある戸棚を開けた。厚紙の裏表紙がつい

＊北西ドイツにあったベルゼン収容所の司令官ヨーゼフ・クラーメルを指す。

たノートを取り出す。

「それでだね」ノートを手にしたままピアズは言った。「ダフニはノーサンバーランドで夏休みのアルバイトをすることになったんだ。学期末前に貰った最後の手紙にそう書いてあった。いかにも彼女が興味を持ちそうな仕事で、得意なことでもある。つまり外国人の子供の面倒を見るんだ。こっちのほうまで来るのだったら会いたいと思って、約束をとりつけられるよう住所を知らせてくれるのを待っていた。だけどずっと連絡はなくて、昨日これが届いた」

ノートを受けとり、ページをぱらぱらとめくった。読みやすい字でぎっしりと埋められている。

「けっこうな分量がある」ピアズが言った。「それに今夜はもう遅い。部屋に持って行って、寝床で読んでみて、どう思うか聞かせてくれないか」

ちょっとのあいだ、かなり身も蓋もなく、友情に伴う義務と分厚いノートを天秤にかけて迷っていたと思う。それからあきらめて答えた。「ぼくのいつもの時間に起きるのでいいんだったら、なんとかしよう」こうしてその夜はそれぞれの部屋にひきあげた。

ぼくにはダフニ・ヘイズルからの〝通信〟のために睡眠を犠牲にするつもりなどまったくなかった。正直に言って、つまらないだろうと思ったのだ。ノートには自己分析かなにかがえんえんと綴られているのだろう。間違いなくダフニ・ヘイズルにとってはとても重要な内面告白の傑作なのだろうし、ピアズにとってもある程度は興味深いのかもしれない。ぼくにとっては優等卒業試験のネタにさえならない。ぼくの専攻は東洋言語なので、〈弱文字の転換〉に関する論文でも読むほうが、よほど有意義で面白い。

そんなわけで、まったくのところ、朝になってお茶の一杯も飲んで寛大な気分になるまでは手稿は放っておくつもりでいた。しかしベッドで一日の終わりの一服をふかすあいだ、ぼくの性分として、文書と名のつくものにはちょっと目を通してみずにいられなかった。そして賢明な決意は脆くも崩れてしまった……一睡もせずノートを読み終えたときにはすっかり夜も明けて、ふだんのぼくなら存在すら認めたくない時間になっていた。

ダフニ・ヘイズルの物語に必要な前置きはこれですべてであり、以下はこのぼくがみずから二本の人差し指で忠実にタイプしたその内容である。

ダフニ・ヘイズルの物語

1

学期末を間近に控えたある晩のこと、わたしを含めて一年生ばかりの何人かは、いつも週に二、三回はそうしているように、ミス・コリガンの部屋でコーヒーを飲んでいた。彼女は解剖学、生物学、生化学、それに食餌療法学を教えている。わたしたちはみなミス・コリガンが好きだった。彼女は堅苦しくなくて、化学みたいな無味乾燥な教科でさえ面白く教えてくれる。一年生でも二年生でも、いつでも夕食後にコーヒーを飲みに来ていいと言われていたので、わたしたちのグループはミス・コリガンの部屋を談話室——あるいは彼女の言葉を借りれば子供部屋——がわりに使うようになっていた。

その晩、だれがいたかはよく憶えている。コニー・ウェブスター、〈ミュー〉・ジョーダン、テリーザ・フォールディングワース、メアリ・パクストン、そしてわたし。その日に学年末試験が終わったばかりで、みな解放感に浮かれていた。思いきりはしゃいで、やたらと床にひっくりかえったりしていた。ひとしきり騒いだあとには興奮も治まった。たしかコニー・ウェブスターと〈ミュー〉・ジョーダンが、一枚の写真を巡って長椅子で取っ組み合いのあげくに、だらしなく伸びていた。残りのみなは先生の椅子を囲んで、カーペットに行儀悪く、けれどくつろいで寝そべっていた。

だれかが休みの予定を話しだして、それで休暇のことが話題になった。〈ミュー〉・ジョーダンは学生組合を通してオランダでのアルバイトに応募したと言った。ほかのだれかが自分も休暇にアルバイトでもしようかと言うと、ミス・コリガンが口を挟んだ。「じゃあ、だれかこれをひきうけてみない？」椅子の脇にある書類でいっぱいの状差しを探って手紙を取り出す。「昔からの知り合いで、夏休みのあいだ外国人の子供二、三人の家庭教師をしてくれる人を探しているの。北のノーサンバーランドのほう」

わたしたちは興味をそそられなかったけれど、お義理で、どんなところなのかと尋ねてみた。「それがわからないのよ。わたしは行ったことがないから。友人は長年考古学の研究に没頭しているので、家は大判の本だらけで足も踏み入れられないとか、本から舞い上がる埃で中を見通せないなんてこともあるかもね。それに問題の外国人のおちびさんたちがどんな悪餓鬼かは推測するすべもないし。それでも賭けてみたいという人がいたら、これが住所」先生は手紙の上の端を破りとってわたしの膝に落とした――単に先生の一番近くにいたからだろう。

あとでみなに回して見せても、だれもとくに興味を示さなかったので、わたしがそのまま持っていて何日かが過ぎた。そのときは別にどうしようとも考えていなかった。でも、学期末が近づいて、まわりのみながあちこちの面白そうな場所に行くつもりだと話すのを聞いて、ただホワイトヒルに帰ってエリザベスおばさんとフレッドおじさんのところで夏じゅう過ごすのではなく、なにか予定があればいいのにと思い始めた。だれかに休みはどこに行くのかと訊かれてホワイトヒルを脳裏に思い浮かべ、グリーン通りの絶望的な退屈さを思い出したときに気持ちは決まった。紙きれを取り出して、記された住所宛てに手紙を書いた。

ロンドン
　グレート・ラッセル通り
　　ビーチズ・ホテル
　　　マーカス・ラヴリン博士

学期の最終日に返信が届いた。来週のいつでもよいから午後四時から六時のあいだに、ホテルにラヴリン博士を訪ねてほしいとあった。もう荷造りはしてあったので即座にロンドン行きを決意した。トランクを手に出発し、ウォータールー駅に着いてから手荷物預かり所にあずけて、バスでグレート・ラッセル通りに向かった。お金のことが少し気がかりだった。というのも、タワートンからウォータールーまでの運賃を払ってしまうと奨学金は四ポンド十シリングしか残っていないのに、つぎの支給は秋学期が始まってからなのだ。ロンドンで一泊するとどれくらいかかるのかも知らない。ミス・コリガンからあるホテルの名前を教えてもらっていたけれど、値段についてははっきりと聞いていなかった。四ポンド十シリングからホワイトヒルまでの運賃を払わなければならないから、それで二ポンド十二シリング四ペンスが消える。

ロンドンの大きなホテルにひとりで入ることを考えて少し気後れしていたけれど、ビーチズ・ホテルはかなりこぢんまりしたところで、ポーターもとても親切だった。ラヴリン博士に会いに来たと告げると、すぐにわたしを案内して廊下を渡り、古めかしいマホガニーとホースヘアの家具をしつらえた天井の高い部屋に通してくれた。テーブルの前に小柄な白髪混じりの男の人が腰を下ろしており、本が何冊も開いたままテーブルに置かれていた。

対面したラヴリン博士は身だしなみの良い年輩の紳士で、ある種古風な洒脱さがあった。父さんが《天国の門》と呼んでいた形のカラーに白い水玉の青いボウタイを結び、暗灰色のスーツの四つボタンをすべて掛けていた。ふるまいは堅苦しい感じで、わたしがなにか言うたびに驚いたようにくいっと小首をかしげ、ふさふさした眉を吊りあげるので、こちらの緊張は解ける暇がなかった。掛けるように言われたホースヘアの安楽椅子はわたしとはかなり異なる体格に合わせてつくられているようで、すぐにずり落ちてしまいそうになり、安楽どころではなかった。

タワートンでの専攻、年齢、趣味、好きなスポーツなどについて尋ねられたのはいいが、あまりに質問に脈絡がないので、わたしに期待されている役目が臨時家庭教師だか子守だかしらないが、そういう人間を雇うといったことに博士はまったく不慣れなのではないかと思った。博士はわたしの家族について質問した――住まいはどこか、どれくらい長く住んでいるのか、おば夫妻のほかに縁者はだれがいるのか(ほかにはいないと答えたときも「ふむ」としか言わなかった)。それから学校についてや子供時代についてなど、しまいにはわたしの生い立ちをひととおり話してしまったのではないかと思う。

博士は指先を合わせ、じっと考えこむようすを見せた。それからようやく口を開いた。

「よろしい、ミス・ヘイズル、たいへんよろしい。今度はあなたのほうが質問をなさりたいでしょうな」博士は首をかしげて待っていた。

「子供たちのことなんですけど」そう言ったものの、なにを訊くべきなのかまったくわかっていなかった。「英語を話せますか」

「まあまあ。まあまあだな。そう、ひとりは英語をかなり話せる。そう、あの坊やはなかなか達者に話せるのがおわかりになるだろう」

「じゃあ、子供たちは男の子なんですね」

「ひとり。男の子はひとりだけだ。十五かそこらの。そう、十五だな。男の子を教えた経験はない？」

「あの、ないです。でもそれを言うなら、だれかを教えた経験自体がありません。二週間の実習は別ですけど、でもそれも女の子たちに体操を教えただけで」

「それはかまわない。わたしが考えているのは、通常の意味での授業などではまったくないのでね。なにしろ、夏休みではありませんか、ええ？」博士はにこりとした。「子供たちにとって一番いいのは、言い間違いを直してくれるだれかと英語で話す機会がふんだんにあって、健康で快適に過ごしているか目配りしてくれる者がついていることだ。しかし、わたし自身はほかにやることがある」

「子供たちのご両親はついていらっしゃらないのですね」

「いや、いや。そのとおり、両親はいない。古くからの友人たちの子なのだよ。子供たちはリングストーンズが好きだ。わたしもあの子らにあそこにいてほしい。だがわたしの生活習慣や仕事の質《たち》を考えると、ほかにもっと適格な者が手伝ってくれなければ、きちんと面倒を見てやれないと思ったのだ」

わたしはひそかに、自分が適格かどうかはかなり怪しいと考えていた。ホワイトヒルの第四学年の男子生徒たちを思い浮かべ、どうか問題の外国人の男の子がもっとお行儀がよく聞き分けがよいようにと願った。お給料について、それからむこうでの食事や部屋について訊きたかったが、どう切りだすべきか考えあぐねていた。あまりに長く迷っていたせいで、博士はもう質問はないと判断したのだろう、指先を合わせてこう言った。「よろしい、たいへんよろしい、ミス・ヘイズル。最終的な決断は明日の朝お知らせしよう。どちらにお泊まりか教えていただけるかな」

わたしはエンパイア・ホテルと告げた。それがミス・コリガンが教えてくれた名前だった。立ち上がった博士と握手を交わし、部屋を出ようとした。扉の前まで来たとき、だしぬけに博士の声が飛んできた。「ミス・ヘイズル！」

びっくりして振り返ると、椅子に掛けなおすよう博士がさし招いていた。

「ミス・ヘイズル」わたしがふたたび腰を落ち着けると博士は言った。「おかしなことだと思われるかもしれないが、あなたが扉に向かって歩いていくところを見たら、心が決まった。背中というのは、おわかりだろうが、人が動いているときに非常に雄弁に語るものだ。あなたはわたしが考えている役目にまさにぴったりの方だ。よろしければ、いまこの場でこまごましたことを決めてしまいたいのだが」

これにはとまどうのと面白がるのと半々の気持ちだったことを覚えている。それでも、そんなに感銘を与えるほどタワートンの気風が身についていたと考えるのはまんざらでもなかった。そうして、またひとしきり博士の「ふむ」や「はあ」という相槌に気づまりな思いをさせられたすえに、ちょうど一週間後から働き始め、報酬は三ヶ月で三十ポンドと決まった。仕事の対価として多いのか少ないのかは見当もつかなかったけれど、わたしにとっては大金だった。ラヴリン博士は詳しい住所を書いて渡してくれた。ステインズヘッド近郊、ブラギル、リングストーンズ・ホールとあった。フレッドおじさんの家からの鉄道とバスの運賃を前借りしたいとお願いしてよいものか悩んでいるうちに、博士はさっさと五ポンドの小切手を振り出してくれた。

「さてと」博士は言った。「わたしは大英博物館での調べ物がまだ何日かかかりそうだ。あなたが到着されるときにはリングストーンズにいてお迎えできればよいが。いずれにしても、家政婦のミセス・サルキシアンにはすぐ手紙を出しておくので、準備万端整えておいてくれるだろう。言っておかなければならないが、リングストーンズは非常に静かな田舎で、辺鄙と言っても過言ではないかもしれない。都会の生活の便利さはないのを苦痛に思われないとよいのだが。楽しく過ごせるかは、戸外の活動を楽しめるかどうかによる。うかがったかぎりでは、あなたは大丈夫そうだ」博士はほほえんでつけ加えた。「あらかじめ申しあげておくのが公正というものだが、子供たちとの生活は、なかなか体力を要するだろう。しかし、だからこそミス・コリガンに人探しをお願いしたのだ。最後に、エンパイアには泊まらないようにと忠告させていただけるかな。ああいう大きなホテルはきわめて快適とは言いがたい。たまたま知っているのだが、このビーチズ・ホテルには空室があるし、ずっとお気に召すだろう」

わたしは博士の忠告どおりにして、ゆきとどいたサービスを受けた。

おじもおばも、楽しそうにあれこれ質問するくせに、答えにはまったく理解を示してくれない。ホワイトヒルに帰ったわたしは盛大な反対を受け、おばさんお手製のヨークシャー・プディングを食べたときとそっくりの胸のつかえるような思いを味わった。それでもグリーン通りを離れてだいぶ経つせいか、以前と比べればうまくかわすことができた。この仕事は学校がわたしのために見つけてくれたのだと、厳密には正確ではない主張を押し通したのだけれど、最終的にフレッドおじさんを動かしたのは、わたしがお金を遣うかわりに稼いでくるという点だった（どれくらい貰えることになっているかは言わなかった）。とにかく、グリーン通りの人たちからどれだけ反対されても、これほど楽しみにしている夏休みをとりあげさせたりはしないと固く心に決めていた。トランクは前もってキングズ・クロスから旅客荷物として送ってあった。契約のとおり、ホワイトヒルに戻ってつぎの火曜日に発ち、その日の晩に無事リングストーンズ・ホールに到着した。

2

北部のこのあたりに来たのは初めてだった。ホワイトヒル郊外とはずいぶんようすが違い、ましてやタワートンをとり巻く肥沃な牧草地や豊かな森、それに眠たげに流れる小川とはまるで別世界だった。ここでは荒涼として人を寄せつけない荒れ地の丘に黒ずんだ石垣が走り、黒い平板を葺いた石造りの小屋が散らばっていた。うら寂しい丘の斜面の窪地に灌木やシカモアの木がうずくまり、強い風のためにねじくれた姿をさらしている。泥炭混じりの茶色く濁った水が細い流れとなって狭く険しい谷に流れこみ、黒い岩のあいだで音をたててビールのように泡だっていた。空さえも南とは違って、もっと広くてうつろだった。藪がぼうぼうに生え、ずぶずぶと湿った荒れ地の果てしない広がりには、イングランドで味わうとは思わなかった寂寥感があった。

リングストーンズは荒れ地のまさにただなかの谷間にあり、周囲の丘の海綿状の泥炭層から滲みでた水が、ひと筋の流れをなして谷間を貫いている。一番近い集落はブラギルという小村で、荒れ地を三、四マイル越えた先にある。

ステインズヘッドに四時二十分に着き、そのあとに来るバスに乗るつもりだと、あらかじめ電報でリングストーンズに伝えてあった。バスを待たなければならなかったうえに、ステインズヘッドからブラギルまでは、道路をゆくとかなり距離があったため、車掌にここがブラギルだと言われて急な曲がり角でバスを降りたときには夕方も遅くなっていた。はじめ集落が見あたらなかったのは、村の家々が道から離れて谷を登ったところに低く横たわっているせいだった。車掌が手を振って示してくれた方向へ歩きだし、村に向かう石ころだらけの小径を登るかたわら、まわりに連なる高い丘を見まわして喜びとある種の高揚を覚えた。丘の眺めはこのうえなく清新ですがすがしかった。石垣で区切られた広い牧草地がのびやかに広がって、空に接する稜線のあたりで囲いのないヒースや羊歯《しだ》の荒れ地と混じりあっていた。

ブラギルに着いてまっさきに目に入ったのは、石の門柱に繋がれたポニーと二輪の軽馬車だった。ポニーの頭の脇に、むっつりとした男が立っていた。背が低く色黒で外国人らしかった。帽子に手をかけて「リングストーンズ?」と問いかけの調子で言うのでそうだと答えると、無言でわたしのスーツケースをとりあげ、馬車に乗り込むのに手を貸してくれた。それからリングストーンズ・ホールに着くまでずっと喋らなかった。道程の最初のほうは足場の悪い急な登り道だったため、男は歩いてポニーを引いていた。わたしは二輪馬車に乗るのは初めてだった。道が険しく、またポニーが急に勢いよく飛び跳ねることがたびたびあって、馬車がおそろしく急な角度に傾くので、わたしは横板にしがみついていた。投げ出されるのではないかと不安で、馬鹿みたいに思われはしないかという心配のほうが大きくなければ飛び降りてしまっていただろう。

判断したかぎりでは一マイルほど、そんなふうに飛んだり跳ねたりしながら進んだのち、ふいに方向を変えて、両側に高くそびえるヒースに覆われた斜面のあいだに入った。ここで陰気な男はいったんポニーを止め、身軽く馬車に飛び乗ると、わたしと並んで腰を下ろした。そうするうちにもポニーはいくらか平坦になった道を早足で駆けだしていた。そこからリングストーンズまでの道は、というよりはわだちが小径になったものは、何度も浅瀬に浸かって小川を渡ったりしながらも、おおむね平らな荒れ地を通っていた。途中でおおもとの径から枝分かれした小径に入り、もう一度別の小径に入ったのを憶えている。そのあとは数えきれないほど折れたり曲がったりを繰り返した。暗い水面を覗かせる円い池や鈍い灰緑色の沼の縁を巡り、ひげが生えたようにヒースの根がはみでた泥炭層の低い崖のあいだを抜けるうちに、すっかり方向の感覚をなくしてしまった。視界を横切る遠い丘の薄青い連なりはどちらを見ても同じようで、方角を判断できる目じるしは地平線上に見あたらなかった。

この茫漠とした荒れ地にたったひとつ、というか一群だけ、もう一度見ればわかるだろうと思えるものがあった。それはいくつかの巨石で、灰色と金色の地衣類に彩られ、行く手の左側にヒースの野から屹立していた。通り過ぎるときに数百ヤードのところまで近づくと、石群は大きな平たい塚の上に立っていて、そこだけはあまりヒースがはびこっておらず、ぼうぼうとした地面から数フィートほど盛り上がっているのが見てとれた。

巨石を通り過ぎてすぐに径は下りになり、しばらく両側を斜面に挟まれたあいだを走っていたかと思うと、急に折れ曲がって深い谷の縁に沿うように進んだ。眼下に起伏のない小さな草地がひらけた。まばらな木立があり、木々の梢と水の銀色のきらめきが目に入った。ほぼ完璧な円形の草地を囲む断崖は、あるところでは生い繁る羊歯とヒースに覆われ、あるところでは灰色の岩がむきだしになっていて、草地との対照が印象的だった。崖の上からは、高く生い茂った木々になかば隠れるようにして、尖り屋根を戴いた細長く平たい石造りの館が建っているのがちらりと見えた。しかし急斜面の道を林苑に向かって降りていくうちに、館は木々にまぎれて見えなくなってしまった。

現代のこの国に、こんな手つかずの自然のなかにぽつんと建つ家があるとは思いもしなかった。わたしが育った時代と土地では、林立する鉄塔の骨組みと電線が空を横切り、アスファルトの道路の輝く帯が丘という丘を縫っているのがあたりまえと言っていいと思う。タワートンの郊外はイングランドでも屈指の風光明媚な土地として知られているけれど、それでも電信柱も幹線道路も目に入らないようなところはめったにない。ブラギルから坂を登って荒れ地を越えてくるあいだにふと思いついたのは、道中目にするもののすべてが、ローマの百卒長が部下を率いてハドリアヌスの長城のむこう側を偵察するあいだに見たとしてもおかしくないものばかりだということだった。そして今度はリングストーンズ・ホールの扉の前に立ち、チャールズ王子の軍勢の敗残兵が見たとしてもおかしくないものばかりだと考えていた。

ミセス・サルキシアンと思われる人が玄関に出てきて、馬車でわたしを連れてきてくれた男と何語だかわからない外国語で手短に言葉を交わした。わたしに向かって口を開いたときには上手な英語で、しかもステインズヘッドの人たちが話すほとんど聞きとれない方言ではなく、ふつうの英語だった。実際のところ、あえてどこかの土地の特徴を探すとすれば、かすかなコックニー訛りがあるとしか言いようがなかった。

ミセス・サルキシアンはさっそく、わたしを部屋に案内してくれた。この「部屋」という言葉は実態にそぐわない気がする。むしろ広間と呼ぶほうがよく、十七世紀の寝室にあるべきものをすべて備え、わたしの持ち物を除けば、いまが二十世紀だと思い出させるものはなにひとつなかった。まっさきに目をひいたのは写真でしか見たことのない巨大な四柱式寝台で、そのつぎに、厚みのある壁にはめこまれた縦桟のある窓と、そこに広がる庭園の眺めに目が行った——それは濃い褐色と紫の陰影を背景に夏の緑と金色を配したすばらしい絵のようだった。窓格子のひとつが開いており、絶え間なく流れる水のくぐもったつぶやきと笑い声に葉ずれのささやきが混じりあって部屋の中にまで響いていた。窓の下につくりつけられた幅の広い腰かけに片膝をついて外を眺めると、なんとも言えずかぐわしく、つんと刺激的な夕べの外気が流れてきて、つまさきまでいっぱいになるほど深々と吸いこんでもまだ飽き足りない気がした。

わたしは鋭く胸を刺す嫉妬を覚えた——それは過去を振り返っての嫉妬とでも言うべき、ここで夏を過ごす幸運な子供たちに対する妬みだった。わたしが十五のときにこんな場所で休暇を過ごせたらよかったのに! 誘いかけるような芝生を見下ろし、笑いさざめく流れに耳を傾けているうちに、失われた時をこれから取り戻すのだという気分になってきた。

ミセス・サルキシアンが言うには、一家のお茶の時間は終わっているけれど、自分の部屋にちょっとしたものがあるとのことだった。彼女に連れられてくねくねと曲がる廊下を通り、濃い色のオーク材を張った壁に挟まれた急な階段を登った。ミセス・サルキシアンの言った「ちょっとしたもの」とは、かなり豪勢なお茶の用意だった——ゆで卵、スコーン、タルト、ジャムを添えたパン、ケーキ、それにこれまで見たことがないくらいたっぷりと皿に盛られたバター。それらがきれいに磨かれたテーブルに並んでいる。その部屋も広くて居心地よく、窓から見える中庭には整然と石畳が敷かれていた。籐椅子のプリント地のクッションで大きな灰青色の猫が居眠りしており、わたしが腰を下ろすと眠たそうに頭をもたげてこちらを値踏みした。大きな窓のところに吊された籠の中ではカナリアが跳ねていた。

3

その日の喜びが最高潮に達し、ここでの仕事が楽しい休暇になるだろうと確信したのは、子供たちに会ったときだった。

お茶を飲みながら、またそのあとに配給帳や洗濯や買い物などについてこまごましたことを確認しながらミセス・サルキシアンから聞きだしたところでは、ラヴリン博士は帰宅しているが夕食まで手が放せないということだった。その前に、いわば試験の問題用紙を受けとる瞬間のように感じていたことを済ませてしまいたかった。最初の一瞬で、子供たちが手に負えそうかどうか、リングストーンズでのアルバイトが喜びになるか悲惨なものになるか、わかるだろう。

ミセス・サルキシアンによれば、子供たちは家のどこかにいて、わたしに会えるのを待っているという。わたしの食事が終わるまで邪魔してはいけないと言いつけてあったのだ。ミセス・サルキシアンとわたしは部屋を出て家の中を抜け、表玄関のホールまで行った。ミセス・サルキシアンは扉を開けて小さな居間を覗きこんだ。

「ここが子供たちの部屋なんですよ。でもいませんでした。ちょっと待っていてください。探してきますから」

そう言って廊下を先に進んでゆき、とり残されたわたしは玄関ホールを見まわした。幅の広いオーク材の階段が伸びあがり、いちど曲がって小さな回廊に通じており、回廊からは二階の廊下が延びているようだった。階段の手すりにはふんだんに彫刻やろくろ細工が施されていた。玄関ホールの壁は天井に近い高さまで羽目板が張られており、暗い色彩の古い絵が何枚か飾られていたが、こういう屋敷にはきっとあると思っていた、ずらりと並んだ銃だとか動物の頭などはなかった。ラヴリン博士より前の住人たちもみな博士と同じように学究肌だったのだろうか。一方の壁際に、凝った真鍮細工を施し一面に真鍮の鋲を打った大きな櫃《ひつ》があり、敷石には、たぶんペルシャ絨毯だと思うが、暗赤色の敷物が何枚かひかれていた。薄暗い絵を一枚一枚見上げながらひと回りして階段のところに戻り、一番下の段に立って、彫刻のあるどっしりした手すりの柱にもたれた。ホールのむこうに目をやると、半分開いた玄関扉を額縁にした絵のように、陽射しをうけた草や木々が輝いていた。

ふいに、ぱたぱたと軽くすばやい足音が背後の階段を下りてくるのが聞こえ、振り向くいともまもなく、ひんやりした手に首の後ろを軽く触られた。何段か上に少年がいて、片手で手すりを摑んで身をのりだしていた。丸く見開いた目でこちらを見つめていて、その表情からは、わたしが笑顔を見せたらすぐさま笑いをほとばしらせようと待っているのがありありとわかった。わたしはほほえみ、少年は歓喜の声をあげた。
「ヌアマン？」わたしも笑いだしながら尋ねた。少年はうなずいて急にまじめな顔になり、考え深げな黒い目でわたしを探った。上から下までまじまじと見つめてくるのを見返しながら、この子とはよい友達になれると感じた。これほどきれいで、陽気であると同時に落ち着いた賢い顔の男の子に会ったのは初めてだった。その小さな褐色の顔には無垢と熱望があるように思った——未知のものに対する驚きと、見て学んで知りたいという欲望とでもいったものが。教えることができるだろうかという迷いはすっかり消えていた。ヌアマンに教えるのは純粋に喜びでしかありえない。そういうことに目ざといわたしは、ヌアマンの完璧に発達した体に気づいて感嘆した。ぎこちなさや、ぶざまなところがまったくなかった。緑色のコーデュロイの半ズボンとクリーム色の絹の半袖シャツというでたちで、顔も腕や脚も日灼けしてきれいな淡い金色を帯びている。上からこちらに身をのりだしたままわずかに身動きするときにも、若さのしなやかな力と、こんな年の男の子には見たこともない優雅さがあった。とても美しく均整のとれた体つきだったので、年齢のわりにずいぶん小柄なことに、はじめは気づかなかった。そのときは、彼がこれからもっと大きくなるなどという考えは浮かびもしなかった。

廊下からミセス・サルキシアンの声が聞こえてきて、わたしはホールのほうに向き直った。ヌアマンがはずみをつけて猫のように身軽く隣に降り立った。ミセス・サルキシアンが黒い髪の少女ふたりを先にたててやってくるところだった。彼女たちがとても小柄で、それにかわいらしいせいで、人形のようだと思わずにいられなかった。けれど人形を思わせるのは体の大きさだけで、そんな比喩が心を占めていたのもほんのわずかなあいだだった。つぎの瞬間には、写真ではなく実物をどこかで見たことがある小さなレイヨウを思い浮かべていた。ふたりとも柔らかく丸みを帯びた体つきで、手足は驚くほどのしなやかさと優雅さをあわせ持っていた。ヌアマンもそうだけれど、少女たちの服はふつうのイギリスの子供が着ているものと比べると、ずっと肌の露出が大きく、体の線をきわだたせていた。服が体を包んでいるというよりは体に服がくっついているというふうだった。お揃いの丈が短い袖無しドレスは白い絹で、体の曲線になだらかに沿い、光沢のある白との対照で日灼けした腕や脚がより濃い艶を放っているように見えた。黒い髪を幅広の白いリボンで結び、白い靴と靴下を履いていた。ふたりは見知らぬ太陽の国から来た夏の申し子だった。

ヌアマンがふたりを紹介してくれたとき、少女たちを眺めてからわたしに視線を移すようすが、彼女たちの愛らしさをじゅうぶんわかっていて、わたしに見せびらかすのが得意でしかたないとでもいうようだった。少女たちはおずおずとして、ヌアマンほどには英語がわからないか、それともイギリスの習慣になじみがないのか、わたしの手を握ってなにかつぶやいたときも、これで大丈夫かとたしかめるようにヌアマンのほうを見ていた。

「マルヴァンとイアンセだよ」ヌアマンが言った。「とてもよく似ている」おおまじめな無邪気さでつけ加える。「でもマルヴァンの目は黒くて、イアンセのは茶色いから区別がつくよ」ヌアマンが母国語でなにか言うと少女たちが顔を上げてわたしを見つめた。

「ああ、イアンセの目はただ茶色って言うより、もっとずっときれいよ」わたしは声をあげた。「わたしなら縞瑪瑙《オニキス》みたいだと言うわ」

「そう?」ヌアマンは興味をひかれたように言い、そばに来てイアンセの目を覗きこみ、初めて会ったかのようにじっくりと眺めた。「オニキス」新しく覚えた言葉を試し、慈しむように何度か繰り返す。

「あなたたちは双子なの？」そう少女たちに尋ねたのは、年頃もちょうど同じくらいでとてもよく似ていたからだった。けれどふたりもヌアマンも言葉の意味がわからないようだった。

去り際にヌアマンがためらいがちにわたしの腕に触れ、気を悪くしていないかたしかめるようにこちらを見上げた。笑みを返すと、わたしの手をぎゅっと摑んでこのうえなく率直に喜びを表した。

「あのね、ミス・ヘイズル、ぼく、絶対あなたがきてくれてよかったって思うようになるよ！」

わたしははればれとした気分でラヴリン博士との夕食の席に着いた。博士の態度は、ロンドンでの面接のときよりは、はるかにうちとけやすかった。形式張ったところ（少なくともわたしの目にはそう映った）も残ってはいた。ラヴリン博士はディナー・ジャケットを着ていた。わたしたちは重厚な色合いの磨きこまれた長いテーブルの端と端に向かい合わせに座った。繊細なグラスと銀器と刺繡を施されたマットがテーブルを飾っていた。給仕はミスター・サルキシアンだった。召使いと執事を兼ねた彼は、ぱりっとしたシャツと暗緑色のヴェルヴェットのジャケットに身を包んでいた。博士が儀礼を重んじるのはある程度わかっていたので、わたしも道中に着ていた服から、まだ三回しか着たことがないとっておきの服に着替えておいたのだけれど、それでもつぎの夜はイヴニング・ドレスを着なければいけないような気がして、この仕事に必要なワードローブをととのえるためにお給料で新しいイヴニング・ドレスを誂えよう――配給切符の使い途についておばさんを説得できたらの話だけれど――と決心した。

博士の格式張った物言いやふるまいも、博士自身の屋敷の中では魅力的に映った。それは博士の暮らしぶりや古めかしい館にふさわしかったし、以前のわたしが知らなかった贅沢な空間と時間の雰囲気に調和していた。そんな感慨を伝えたくて、わたしはまわりくどく拙(つたな)い表現で、館とそのたたずまいや、それがずっと損なわれずにいるのがとてもすばらしいと思うと賞賛した。こんな場所にこんなふうに暮らしていたら、大多数の人の生活には欠けている継続性を意識させられるだろうとわたしは言った。というか言おうとした。博士はわたしのたどたどしい発言を真剣に聞いていた。

「継続性とは」博士が口を開いた。「太古からの謎だ。そうではないかな。この、はかない命にかけられた謎は、ずっと人類を悩ませ、解決できない問題でありつづけてきた。それこそ死者を疑問符のようにうずくまった姿勢で葬ったエジプト王朝前の時代からね。われわれは依然として答えを見つけていない。だれか人が死ぬたびにあらたに問いが突きつけられる。ひょっとすると、個を全体に還元することで不完全ながら解決できるかもしれない。つまり個人が死んでも生きつづける種という概念だ。あるいは一部の人間は、あなたも言ったように、代々の父祖の地に暮らして過去数世代の営みに自身の短い命を繋げて引き伸ばすことで、ビーズの珠を貫く糸が感じられるという幻想を抱くこともできるだろう。わたしのように好古趣味をかじった者なら、もう少し遠い過去まで手を伸ばして、いっそうもっともらしい幻想を描けるかもしれない。

わたしの祖先であるラヴリン家とポーコック家の一族は、リングストーンズに住んで四百年ほどになる。彼らより前にも、この地にはおそらく六百年にわたって人が住みついていた。かつてここにあった僧院は、現存する数少ない証拠によれば、十世紀に建てられたものと推測できる。遺構の大部分はこの屋敷の壁などに取り込まれているし、あなたが明日にも歩くだろう芝生の下には修道士たちの骨が埋まっている。だが僧侶たちの歌声が響く前にも、ここには人間の営みがあった。谷にはローマ時代の鉛鉱山の立坑があり、鉄器やケルト文様を刻んだ青銅の飾りなども見つかっている。ここで荒野の古墳について考えてみようか。あれはビーカー族*の族長らが築いたものだろうか？　いや、彼らは当時の集落の人々、少なくとも特定の季節に野営をする羊飼いや狩人のあいだでは当然に知られていたはずの場所を終《つい》のすみかに定めたのだ。しかし、もしわたしの読みが正しければ、それより前にも人類、あるいは少なくとも知性と想像力を持ったなにものかが、あそこに足繁く通っていた。しかし、彼らの目的は推測できても、どのような知識があってそのようなことを思いついたのか、またどのような技術をもって目的を成し遂げたのかは依然として謎のままだ。荒野を越えてきたとき、立石に気がつかれたかな？　あれらは、考古学研究家たちの永遠にやまない議論の種である環状列石《ストーン・サークル》と呼ばれるものだ。ストーン・サークルは――お望みなら魔法の環《マジック・サークル》と呼んでもよいが――あれは、しかしながら、われわれのささやかな継続性の糸の終端を意味する。それより前のことは、自分がいったいだれの墓の上で暮らしているのかも推測さえできない。あの円環に教訓を見いだして、われわれはおのれの墓の上に暮らしているのだとでも思うことにするなら別だが」

博士は、わたしが礼儀正しく聞いていたために古代に関心があると思ったのか、それとも話題に熱中しすぎてほかのことは喋れなかったのかはわからない。夕食のあいだも食べ終わってからも、ずっと博士の話を傾聴していたけれど、なにを話しているのかわからないこともたびたびあった。わたしにはまったくちんぷんかんぷんの本や人名や時代がひきあいに出された。たぶん博士は会話の相手が考古学者仲間ではないことをすっかり失念していたのではないかと思う。わたしは飽きることなく耳を傾けていた。博士の声はこころよかったし、博士の話がリングストーンズを複雑な歴

＊紀元前二九〇〇―一八〇〇年頃ヨーロッパに広がった文化の担い手。名は特徴的な鐘型杯にちなむ。

史で満たしていくように思われたのも面白かった。ときおりわたしの注意が博士の哲学的な解説から逸れ、博士自身の表情豊かな顔や手のほうに移ったり、食堂の美しい陶磁器や銀器、見事な古い家具などに注がれることがあっても、その夕べを楽しんでいなかったことにはならないだろう。わたしはグリーン通りで過ごした年月の埋め合わせをしていたのであり、一分一秒を感謝して受けとっていた。

とうとう博士が席を立つそぶりを見せたとき、子供たちについて一度も話題にのぼらなかったのに気がついた。いろいろと尋ねたかったけれど、きっかけがつかめなかった。それでも、話をきりだそうとして何度か失敗したのちに、席上でヌアマンの話題を出すのに成功した。博士は食い入るようにわたしを見つめ、テーブルの上のものをあれこれといじりまわした。子供に関わることは苦手なのだと容易に推測がついた。わたしが子供たちをどう思ったか気を揉んでいるのがわかった。わたしは喜んで博士を安心させた。

「三人ともいい子ですね。きっと一緒にいて楽しいことばかりだと思います。あの子たちがわたしを好きになってくれればいいんですが」

「それはもちろん疑問の余地がない。もちろんだとも」博士は大きな声を出した。「子供たちのせいで忙しくなるだろう。しかし、全部の時間を子供たちに占領させてはいけない。むろん、あなた自身の研究も進めたいだろう。ミス・コリガンは、たしか生物学に甚大な関心を抱いておいでだった。本ならここにもある。あとで図書室にご案内しよう……」

もっと子供たちの話をつづけようとしたけれど無駄だった。子供たちの出身地はどこなのか、何語を話しているのか、とくになにをしてほしいという希望はあるのかどうか知りたかったのだけれど。博士はこういった疑問をしまいまで口にするいとまを与えず、ふいに立ち上がると、情けない声音をつくって言った。

「ミス・ヘイズルへ、わたしはあなたが全部ひきうけてくれると思っていたのだが。まったくのところ、わたしは子供の教育に関してはなにもわからない。自分自身の教育でさえまっとうしたとはとても言えないのでね。どうぞあなたがよいと思うようにしてほしい。子供たちはあなたにすっかりお任せする――それとも、あなたを子供たちにというべきかな」

ここまで堂々と責任を放棄されては、できるだけ努力すると笑って答えるしかなかった。わたしはこれ以上ないくらいによい気分だった。生まれて初めて、わたしは好きなようにするのを許されたのだ。

4

翌朝、ミセス・サルキシアンが朝食を寝室まで運んできてくれた。わたしは過分な気遣いに恐縮し、下に行って子供たちと一緒に食べるほうがいいと伝えた。

「子供たちはもう何時間か前に食べ終わって外に出かけましたよ」ミセス・サルキシアンが言った。まだ七時半だった。わたしはもう着替え終わって階下に行こうとしていたところながら、怠け者と思われたかもしれないとうしろめたくなった。名誉を挽回しようと朝食には手をつけずに飛び出そうとしたけれど、ミセス・サルキシアンはそうさせてくれなかった。子供たちに合わせる必要はないと彼女は言った。

「坊ちゃんは夜明け前に起きることもあれば、昼まで寝ていることもあるんですよ。もう好きなようにさせています。あの子はあくまで我を通しますから」

ミセス・サルキシアンの顔は無表情だった。ヌアマンに好意的なのかそうではないのかはわからなかった。でも話をしたそうに見えたので、朝食を口に詰めこみながらおしゃべりをつづけた。子供たちのせいで仕事が大変になっていなければいいけれど、とわたしは言ってみた。ひとりで切り盛りするには屋敷は広すぎるように思えた。

「仕事はきりもなくありますよ。でもハゴップが屋敷の中のことをいろいろやってくれますから。それに、もうじきメイドも帰ってきますし」

「ご主人はあなたほど英語ができないんですね」わたしはそう言った。初めて会ったときに「リングストーンズ」と言ったきりで、ほかには一言も英語を喋るのを聞いていなかった。

「喋れますよ」

「でも、ふたりのあいだではいつもイタリア語でしょう？」

ミセス・サルキシアンは短く笑い声をあげ、呆れ果てたという口調で言った。

「イタリア語？　いいえ《ノーゥ》！　わたしたちはアルメニア人です」

イングランドには長いんでしょうとわたしは訊いた。

「二十年になります。戦争の前にアレッポからラヴリン博士について来たんです」

「子供たちも？　あの子たちもアレッポから来たんですか」

ミセス・サルキシアンは首を横に振った。

わたしは夏の朝のまぶしい光の下に出て行った。空気は新鮮でひんやりしていたけれど、雲ひとつない空は暑い一日になることを予告していた。あちこちから小鳥の鳴き声が聞こえ、屋敷のまわりの高いブナの木立ではコクマルガラスが騒がしくやりあっていた。

それほど遠くまで行かないうちに少女たちを見つけた。ふたりはテラスを囲む低い石壁にちょこんと並んで座っていた。自分の役目を果たすにあたってどこから手をつけるか、とくにもくろみがあったわけではない。ただ、何日かは子供たちを知ることにつとめ、英語がどのくらい上手か、あるいは下手か見極めてから上達のための計画を立てるのがよいと考えた。わたしが挨拶すると、少女たちは壁からすべりおりて恥ずかしげに並んで立った。「おはようございます」と、おそるおそるそれほど悪くない発音で返事をしたものの、ふつうの話し言葉でさらに話しかけるとまごついたようすを見せた。小首をかしげ、困ったような笑みを唇に刻んできまり悪そうにしている。たとえばわたしだったら、とつぜんフランス人の女性にフランス語で話しかけられたら同じような気持ちになったかもしれない。とりあえず一番いいのは三人を一緒にすることだとわたしは考え、ヌアマンはどこかと尋ねた。この質問はふたりにもわかったのか、それとも名前を聞きとっただけかもしれないが（いまではわたしの発音は正しくなかったとわかっているけれど）、茶色い瞳のイアンセが庭園のむこうのほうを指さした。

ふたりが並んで後ろをついてこようとするのを、ひとりずつわたしの両隣を歩かせ、なんとかうちとけてくれるようずっと話しかけながら、ときどきどちらかが指さすのに従って小川のほうへ向かった。

足もとの芝生は密で柔らかく弾力があり、羊たちが勤勉に食んで、雇い人が手入れするよりずっと効率よく刈り込んでいた。屋敷の前のひらけた場所は完璧に平らだった。どんなスポーツにも申し分のない広さがあり、わたしは歩きながら、四人でなにができるだろうかと考えを巡らせていた。小川はおおむね東寄り、つまりブラギルからの道が下りてくるのとは反対側を流れていて、榛《はん》の木、柳、ナナカマド、ポプラ、ライム、樺の木などのさまざまな種類の木が川筋をなぞるように並んでいた。川のむこうは、傾斜があまり急だったり岩がちではなく、木が根を張れるところには、松や落葉松が群生していたが、斜面を登るにつれてまばらになってゆき、しまいにはあちらに数本、こちらに数本と生えるだけになり、鞭のような風から逃れようと身をよじっていた。庭園のつきあたりにある小さなオークの木立の先で、小川はそびえ立つふたつの岩のあいだに流れこみ、緑豊かな深い谷間を奔流となって下り、ニザー川に合流する。

長い冬を埋め合わせてあまりある、たぐいまれな朝だった。すべてが金色の光に照らされていて、かぐわしい空気を深く吸いこむだけで、冬のあいだのしのつく雨やそぼふる雨、それに厚い雲や陰鬱な霧も帳消しになるだろう。さまざまな色合いの緑があふれていて見飽きることがなく、鳥の歌や水の奏でるにぎやかな終わりのない音楽に聞き飽きることもないだろうと思えた。だんだん勢いを増してきた陽光が首筋や腕に注がれるのを感じ、濃い芝生とそこにちりばめられた小さな花々のむせるような甘い匂いを嗅いだ。ふと、以前はこんな朝がイングランドに訪れることはなかったというとっぴな考えに襲われた——この、自らの体を太陽への捧げ物にするかのような装いの日灼けした子供たちが、故郷の東の国から豊かで晴れやかな陽気を北の谷間にもたらしたのではないか。

川岸まで行ってもヌアマンの姿は見あたらなかった。少女たちはためらいもなく飛び降り、岩をつたって泡だつ流れを渡った。わたしもあとにつづき、三人で対岸を下流に向かった。このあたりでは芝は粗くなり、地面は柔らかく湿っていた。わたしたちは藺草《いぐさ》の茂みやヤチヤナギの草むら、それに星形の小さな白い花がちりばめられた苔の丸いクッションのあいまを縫って進んだ。背の高い黄色い蒲が生えているかと思えば、まだらのある蘭が見たこともないほどたくさん群をなしていた。サンダル履きのマルヴァンとイアンセは水の溜まった場所でも臆せず水をはねあげて歩いていたけれど、わたしは靴や靴下を気にして慎重に足場を選び、藺草の茂みやところどころにある濃い灰色の石の上を渡るようにした。足もとばかり見ていたので、すぐ近くに行くまでヌアマンに気づかなかった。

ヌアマンは平らで大きな岩が小川に張り出している上にあぐらをかいて座っていた。わたしたちが近づくとひょいと顔を上げてこちらを見たけれど、わたしが彼に気づくよりずっと先に姿か物音でわたしたちに気づいていたに違いない。「おはよう、ミス・ヘイズル」元気よく挨拶するとふたたび頭を垂れて、なにか熱心に葦と小枝でこしらえる作業に戻った。わたしは岩に跳び乗ってヌアマンの脇に立ち、岩間を逃げ去る速い流れを見下ろし、それから少年の短く黒い巻き毛と丸めた背中を見やった。

手仕事に没頭しているヌアマンのようすは不作法とは感じられなかった。なんだか、ゆうべ友情を認め合って以来、彼は堅苦しいことの似合わない理解のある仲間としてわたしを受け入れてくれているような気がした。わたしは手を動かしつづけるヌアマンを見守った。シャツは脱いでしまっていて、岩の傍らに生えた榛の木の葉のあいだから陽の光が漏れ、露わになった明るい金色の肌に模様を描いていた。むらなくきれいに日灼けしていて、大半の時間を裸で戸外を走りまわって過ごしてきたかのようだった。なにも履いていない足は形よく力強かった。きっと幼いころから裸足に慣れているのだろう。

力強く繊細な指先が器用に動いていた。つくっているのは小さな籠で、驚くほど精巧に組み立てられている。

「その籠になにを入れるつもり？」わたしは尋ねた。

ヌアマンは頭を巡らしてわたしを見上げ、にっこり笑った。

「まだ決めてない。なにが捕まるか試してみないと。ひょっとするとリスとか」

「リスには小さすぎるんじゃない。あなたの国にもリスはいるの」

「ああ、うん」ヌアマンは籠を脇に置いた。「うん、ぼくの国にはリスがいるよ」

「あなたの国ってどこなの、ヌアマン」

「違う」と彼は言った。「ヌ・ア・マンじゃない。こういうふうに言うんだ」

笑って自分の名前を何度か発音するとわたしに繰り返させ、正しい発音に近い発音ができると手を叩いた。「ヌ」のすぐあとに喉のほうでつかえたような音を出すのだけれど、彼を満足させられるほど完全には真似できなかった。それでも、どうにか最後の音節をうまく引き延ばせるようになると、それで勘弁してくれた。それから、わたしの名字でないほうの名前を尋ねた。

「ダフニ」彼は繰り返した。「古い名前だね、そうでしょう。ぼくのと同じくらい古い。さあ！リスを探しに行こうよ」

「あなたの国のことを教えてくれないの」

「ああ、また今度ね。来てよ、ぼくらが見つけたリスのおうちを見て」

ヌアマンはぴょんと立ち上がり、近くの木の下で所在なげにしていた少女たちに優しく呼びかけた。それから、自身がリスであるかのように岩からすべり降りて、二度飛び跳ねるともう流れの向こう岸にいた。

わたしは三人まとめてめんどうを見るつもりで来たのに、気がつけば、踊ったりふいに駆けだしたりしながら庭園をゆくヌアマンのあとを追いかけているのだった。彼は三月の兎か、しつけられていないスパニエル犬のように駆けまわり、行ったり来たりして、こちらで木を調べたかと思えばあちらでは苔の塊や花を確かめていた。少女たちが寡黙なのとは対照的にヌアマンは饒舌だった。言葉は転がるように口からこぼれ、易しくわかりやすい完璧な英語の場合もあれば、単語が間違って使われていたり、つながりがおかしかったりしてすぐには意味がわからないこともあった。英語を練習する相手が必要だというのはよくわかった。それに、気まぐれな鬼火のように飛びまわるヌアマンをやっとの思いで追いかけていると、体育教師の卵でもなければつとまらないというラヴリン博士の意見にも、不本意ながら納得するしかなかった。

ヌアマンは庭園の下流側の端にあるオークの林までわたしたちを連れていき、高く伸びたオークの木のまっすぐな幹に寄りかかって笑った。

「ほらあそこ、リスの家が見える？」

はるか頭上の葉陰に小枝や草の葉でできた大きな巣のようなものが見わけられた。リスの巣なのか、それともなにか大きな鳥の巣なのかはわからなかった。このあたりにリスがいるのかも見当がつかなかった。

「まだ子供たちがいるかどうか見てこようか」

「子供たち？　ああ、わかった。リスの仔のことね。さあ、どうかしら。いまの季節に仔リスがいる？　それに登るのは無理でしょう」

オークの幹はまっすぐでよじ登るには太すぎたし、一番下の横枝でも地面からゆうに十二から十四フィートの高さがあった。わたしが立った姿勢からジャンプしても届かなかっただろう。ヌアマンはすばやく何ヤードか後ずさり、立ち止まったかと思うと、なにをするつもりなのかわたしが把握できないうちに木に向かって駆けだした。地面を蹴って跳躍し、幹の六フィートくらいの高さに足をかけると、幹を蹴りあげて横枝を掴んだ。一分も経たないうちに上のほうの枝までよじ登って葉叢のあいだに姿を消した。笑い混じりに叫ぶ声が聞こえた。「子供たち、じゃなくて仔リスはおうちにいなかったよ！」

さあ、いよいよほんとうの試験よ、とわたしは心の中でつぶやいた。思ったとおり、つぎの瞬間にヌアマンが呼びかけてきた。「ああ、ダフニ、登っておいでよ！」登るのは不可能ではないにしても、ヌアマンがしたように幹を駆け上がるのは無理だろう。少なくとも何度か練習してみなければ。横目でちらりと女の子たちを見ると、期待に目を輝かせてこちらを見つめていた。わたしはこのワンピースや靴では無理だけど、ちゃんとした格好のときならどんな木にだって登ってあげると叫びかえした。ヌアマンはそれですっかり納得したらしく、両手両足を使ってさっさと降りてきて一番下の枝にぶらさがり、体を揺すって身軽に飛び降りた。ヌアマンにはひけらかすそぶりはまったくなかった。同じ年頃のイギリスの男の子だったら、ばかげた服のせいでしたいこともできない女の子に対して抱いたかもしれない軽蔑のかけらさえも表さなかった。

子供たちと一緒に館に戻り、それからなにをしようかと話し合った。わたしのおもな関心は子供たちについて知ることにあった。けれどヌアマンは、わたしが故郷や両親や母国の言葉のことを尋ねるたびに話を逸らした。リングストーンズにいつからいるのかさえはっきり言おうとはしなかった。

「ああ、長いこといるよ。何年も」ヌアマンはこともなげにいった。

「夏じゅうずっと？」おおげさに言っているのだろうと解釈して重ねて尋ねた。

「そう、夏じゅうずっと」

彼ときたら、あきらかにまじめに答える気がないのだった。それでも、なにか知りたいなら少女たちのほうではなくヌアマンに訊くしかないというのはすぐにわかった。少女たちはほとんど黙りこくっていた。ずいぶん時間をかけても「はい」か「いいえ」のどちらかしか返ってこないうえ、どうやら質問をぜんぜん理解していなくて、でたらめに答えているようだった。とはいえ、ヌアマンと少女たちの関係についてはある程度把握できた。

「きょうだいではないのね」わたしは単刀直入に尋ねた。

「うん、そんなんじゃない」

「じゃあ、いとこ？」

「いとこ？　わからない。いとこってなに」

わたしは説明した。血縁関係についてわかりやすく教えるのは思ったより骨が折れた。なんとか噛み砕いて説明し終えたわたしにヌアマンは言った。「そう、そう。そんなところ」それから習ったばかりの知識を今度はマルヴァンとイアンセに教えようというのか、母国語でひとしきりぺちゃくちゃと話しかけ、「いとこ」という言葉を繰り返して覚えさせているようだった。

その日は屋内でも戸外でもずっと一緒に過ごして、庭園をすみずみまで探索し、古い館の部屋をひとつずつ、ラヴリン博士の私室以外はすべて覗いてみた。わたしはヌアマンがイギリスの鳥や動物や花をよく観察して知っているのに感心した。たしかに英語の名前を知らないことは多かったけれど。わたし自身は尋ねられてもほとんど知らないと答えるしかなく恥ずかしくなった。いっぽうヌアマンは母国語でならすべて名前を知っていて、瞬時に見わけられるらしい。

　マルヴァンとイアンセは、わたしとヌアマンがあちこち移動するたびに少し後ろをおとなしく控えめについてきた。ヌアマンは少女たちに母国語で話しかけ、ときおりさりげなく優しい口調でちょっとした命令——そういうふうに聞こえた——を下した。少女たちはすぐさまいいつけに従い、そのさまはイギリスの女の子がいくつも年下の弟に献身し、いいつけどおりにしてやるのに似ていた。ところが訊いてわかったのだが、ヌアマンと少女たちは同じ年だった。

　子供たちの夕食の時間になって、最初の一日の仕事が終わったとき、全体としてはとても満ち足りた気分だったのを覚えている。わたしは二階の自分の部屋に戻ってその日を振り返った。困難な一日ではあったけれど、もうひとつやりとげるべき難題が残っていた。ヌアマンからの挑戦に応えなければならない。手持ちの服をすべてリングストーンズに送っておいたのは幸運だった。体操用のショートパンツとジャージーのセーターを着て運動靴を履き、子供たちがまだ食事をしていてラヴリン博士は書斎に籠もっているうちに、ひそかにおもてに出た。

　オークの木はなんなく見つかった。ヌアマンがやったように木から離れてじっくり観察した。これまで似たようなことを試してみようと思ったこともないし、しくじって怪我をしないようにするには慎重な見極めが必要だとわかった。そうして幹を見ていると、いくらか役に立ちそうなものが見つかった。高さ二メートルくらいのところに、丸い瘤《こぶ》のようなかすかな出っ張りがあった。近くに寄って確かめてみて、ヌアマンが足がかりにしたのもそれだろうと判断した。ふたたび離れてから瘤めがけて走った。思ったよりもうまくいって、瘤に足をかけることができたけれど、頭上の枝を摑むのには失敗した。それでも後ろざまに跳んで無事に足から着地した。二度めはもっとうまくタイミングをはかって両手でしっかりと枝に摑まることができた。その先は平均台を使った体操と似たようなもので、ただし枝が平均台なみに滑らかなら、もっと手足が楽なのにと考えた。梢の巣のところまで登るのは難しくなかったけれど、つぎの日にすばやくできるよう、念のためにもう一度登って降りるのを繰り返した。最後に一番下の枝に立って片手で軽く幹に摑まり、飛び降りる前に肘と膝の具合を確かめた。そのとき小さな声が聞こえてきて、びっくりしてあやうくバランスを失うところだった。

「仔リスは戻って来てなかった？　いないよね。森で見たもの」

ヌアマンがそこにいた。いまは緑の半ズボンとクリーム色のシャツといういでたちで、下草のあいだにしゃがんで善良な小鬼《ゴブリン》のようにわたしを見上げている。

わたしは身をかがめて枝に腰を下ろした。「どうしたの」

「さっき晩ご飯を食べ終わったところなんだ」彼は言った。「いまから木登りする？」

「あら！　今度は、わたしは木登り向きの服装だけど、あなたは違うわね。明日にしましょう。わたしはもう戻って、この苔だの汚れだのを洗い落として夕食にふさわしく身なりを整えるつもり」

「そうだね。その格好、とてもいいよ」ヌアマンは真顔で言った。「ぼくは好きだな。ずっと着ているべきだよ」

「どうやらその必要がありそうね。でも、日課に木登りの予定がたびたびあるなら、長ズボンのほうがよさそう。皮膚ってこんなに簡単に剝けてしまうものだとは思わなかった」

「あのね」枝にぶらさがって地面に飛び降り、一緒に館に戻ろうとしたところでヌアマンが言った。

「ぼくはしわざ《ファクト》をなせる女の子が好きだよ」

「しわざをなせる？」わたしはめんくらって訊きかえした。

「そうだよ。あの枝まで跳び上がるのは、かなりのしわざ《ファクト》だ」

「ああ、わかった。はなれわざ《フィート》と言いたいのね。そういうときは、はなれわざをなすって言うの。ううん、そうじゃない。はなれわざをする、ね」

　彼はふたつの言葉を繰り返しつぶやいていた。ファクト、フィート、ファクト、フィート。それから尋ねてきた。

「リスの籠をつくるのはしわざ？　それともはなれわざ？」

「うーん。そうね、あなたがつくったらしわざだけど、もしわたしがつくったなら、はなれわざでしょうね」

　ヌアマンは笑った。さきほどは間違えたけれど、わたしの言葉の意味を理解したのは疑いない。

「ところでマルヴァンとイアンセだけど、あの子たちは、あなたのいうはなれわざができる？」

「ああ、もちろんできるよ」ヌアマンは答えた。「カティアはそういうはなれわざは得意じゃないけど。でもカティアは足が速い。明日はぼくとかけっこをしてほしいな」

「カティアって、いったいだれのこと」わたしは尋ねた。

　ヌアマンは不思議そうな顔をした。「カティアはテーブルにお皿を並べたり、ベッドを整えたり、ミセス・サルキシアンを手伝う人のことじゃないか」

「メイド？　でもいまはいないんでしょう、そうじゃなかった？」

「うん、いまはいないい」ヌアマンはたいして気がなさそうに答えた。「それで、あしたはかけっこしてくれる？　ぼくとイアンセとで。もしよかったら」

あまりしつこく言うものだから、競走するとと約束せざるをえなかった。タワートンの一年生のなかでは、四百四十ヤード走でわたしの右に出る者はいないと自負していたけれど、それまでにわかったヌアマンの実力からすると、せいぜい悪くない二番手にしかなれないのはもう予想がついていた。

5

悪くない二番手。どんな態度で子供たちに接するべきか決めかねているうちに、ヌアマンはさっさとわたしに役を割りあててしまった。いったい自分がどんな能力を見込まれてリングストーンズに来ることになったのか、報酬の三十ポンドに価するにはなにをしたらいいのか、わたしには迷いがあったかもしれないが、ヌアマンにとってはわかりきったことだった。わたしは彼の遊び友達になるのだ。まさにぴったりの役だった。ヌアマンと一緒に庭園を駆けまわるのは底抜けに楽しくて、それまでにやったどんなスポーツよりも倍は面白かった。これほど自由奔放に走ったことはなく、いまの自分が十九歳というより十五歳の子供みたいな真似をしているからといって咎める気にもならなかった。

ただ、晩にラヴリン博士と夕食の席に着き、淑女らしくよそおっているときだけは良心の呵責を感じないでもなかった。日中はまったく博士の姿を見かけなかった。一日中書斎に籠もっているのだと博士は言った。それでも、わたしが子供たちと一緒に駆けずりまわっているのをときおりは目にしたに違いない。わたしの行状についてなにか言うことはなかったし、博士がいまどきの若い女にジェイン・オースティンの描く淑女なみの慎みを期待しているとも思えなかったけれど、わたしが足も露わな体操用ショーツやタワートンの袖無しの運動着という、たいていの時間を過ごしている格好で庭園を跳ねまわっているのを見て、博士が眉をひそめたことがあるのもたしかだろうという気がした。裸足で芝生を駆けていくわたしを横目に、博士は同じ芝生の上を歩んだ遠い昔の貴婦人たちに思いを馳せ、長いサテンのスカートを曳き、いくえにも重なった裳裾を揺らめかせてそぞろ歩く姿を脳裏に浮かべはしなかっただろうか。

ところが、わたしの心配は杞憂だった。博士は、かつて庭園を闊歩した者たちの、まったく別の幻を心に描いていたのだ。

ある夕べ、博士が散策に出かけないかと言いだした。そこで夕食の席からそのまま、博士は礼装のブラックスーツと糊の効いたシャツで、わたしはイヴニング・ドレスで外に出た。西側の荒れ地のリングストーンズ・ムアの端に触れるほどに傾いた太陽が熟した光を投げかけるなか、わたしたちは木々の影が縞模様を描く芝生を踏んでゆっくりと歩いていった。夕暮れの静けさとなごやかさは完璧だった。思い返せば三種類の音がしていた。トネリコの梢ではツグミが澄んだ声でさえずり、流れゆく水は絶え間なくつぶやきつづけ、丘の辺からはよく育った羊の吠え声——そうとしか形容しようがなかった——がはるかに響いていた。けれど、それぞれがはっきりと耳につくせいで、かえってほかに雑音のない静けさが強く印象に残った。

「おわかりになるかな」庭園の平らな場所の中程にさしかかったとき、博士が口を開いた。「このあたりでは、小川が弧を描いて天然の円形の競技場を囲むようになっているだろう？　木々が植えられる前のようすを想像してごらん。ほとんど完全な円形の平らな土地で、表面はつねに草に覆われている。あそこの丘の斜面は円の西側半分をぐるりと囲んで土手のようになっている。あれをいわば天然の観客席とすれば、何千人という観客がこの競技場を見下ろすことができる。ホメロスの時代のギリシャでは、このような場所で王を弔うための競技が行われたものだ。ひょっとしたら英雄や神々さえもがこの場に腰を下ろし、競技手たちが競走したり円盤を投げたりするのを観戦したかもしれないのだよ。この悠久の芝土は、レスリングの選手たちにとっては絶好の足場となっただろう」

博士はほほえんで芝生の上を数歩進んだ。

「こういった空想は、行き過ぎではあるにせよ、まったく事実無根というわけでもない。南へ少しばかり行ったところにはローマ軍の野営地の跡がある。この谷にもローマ時代の鉱山があるが、長年にわたって採掘されていたのは証拠からもあきらかだ。ローマ時代、このあたりにかなりの数の人間が住んでいたのは間違いない。労働者、兵士、技術者、将校、役人などだ。はたしてローマの将校がこんな場所を見逃しただろうか？　帝国の最果ての地に駐屯したローマの兵士たちは、イギリスの軍隊がエジプトや中国でやったように、異郷でも祖国でなじんだ競技に興じたとは考えられないだろうか。

見てごらん」博士は、わたしも以前からたびたび目を留めていた場所で立ち止まった。大きく平らな石が地面に埋め込まれており、そこだけ芝生がとぎれている。「ここの石からまわりを見てごらん。これは庭園の平らな部分の中心に位置しており、円周はほぼ正確に一ローマ・マイルだ。庭園をひと巡りして、しっかりした芝土の上を一ローマ・マイル走ることができる」

わたしはもうやってみたと白状した。

「子供のころ、よく馬を走らせたものだ」博士は言った。「ジョン・ポーコック老は、というのは庭園に植林した御仁だが、円周には木を植えずに残しておいた。乗馬用の散策路か競走のトラックにでもするつもりだったかのように。それとも」博士は一息おくと、小首をかしげ意味ありげな目つきでこちらを見てつけ加えた。「実際にそうだったのを知っていたかのように。

いやいや」すぐさまあわてたようにつづける。「証拠があるというわけではない。残念ながら、この場所を見るわたしの目は信念に凝り固まっていて、ありえないものを見ているのは自分でもわかっている。あの周回路の芝土がほんのわずか窪んでいるように見えたとしても、また擁壁の跡のような線がかすかに見えるような気がしても、自分で自分をあざむいているからだと認めるにやぶさかではない。この競技場を戦車が駆け巡ったなどとは、わたしの空想にすぎないのだと」

太陽はすでにリングストーンズ・ムアの背後に沈み、ラヴリン博士が古代の競技の観客たちを描いてみせた険しい丘の中腹は、迫る夕闇の影に覆われ、くすんだ緑と青の冷厳な色調に染まっていた。丘の上にはまだほのかな金色の光彩が残り、いく筋かの光が車輪の輻《や》のように放たれて、頭上の深みを増してゆく紺碧の空に伸びている。わたしたちの背後にあたる反対側の丘の頂近くでは、ねじくれた松の梢がまだかすかに輝いていた。

ラヴリン博士は西の空を見上げ、長く伸びた光の筋をしばらく無言で眺めていた。

「しかし、いま立っているまさにこの場所から、同じ入り日や日の出の光線を眺め、神聖な目的のために真剣なまなざしを注いでいたはずの人々のことを思えば、ローマ人など、われわれの曾祖父とたいして変わらない。ここはローマ人が来るはるか前から神聖な場所だった。われわれの目には、あの光線ははっきりした終わりもなく、ただ拡散して空間と光の中にまぎれていくようにしか見えなくとも、太古の人々の目には、おのおのの光の筋の先端に永遠の生命の徴《しるし》が見えていた。太陽の腕は彼らに向かって聖なるエジプト十字をさしだしていたのだ。これは空想などではない。空想だとしても、石に刻まれた実体を持つ長い歴史のある空想だ。いまはもう暗くなって見わけられないかもしれないが、また明日の朝に見てみるといい。丘の斜面に長い筋がついていて、リングストーンズ・ムアを横切る小径から分かれて下ってくる館の私道とおおよそ並行しているのがわかるだろう。はるか古代にこの平らな競技場から荒れ地のもっとも高い場所へ、つまりストーン・サークルへと通じていた土手道の跡だよ。あそこに立つ石の環の中には祭壇石と太陽の石が据えられていて、東の荒れ地から朝日が昇るときに、太陽の眼を見つめるように配置されている」

館に戻る道をそぞろ歩くかたわら、博士は巨石建造物について、太陽信仰について、それからそのほかさまざまな学術的な話題について語った。わたしにというよりは自分自身に話しかけているようだった。

「あれも推測、これも推測、これも推測だ！」テラスに着くなり、博士は唐突に大声をあげた。わたしたちは振り返って庭園を眺めた。「だが、知っていた者が確かにいたはずだ。謎の答えはここにあったのだ。道がストーン・サークルから庭園に続いている以上は。ここにはなにかがあって、ずっと修道院の僧侶たちに嘲笑を浴びせつづけてきたし、いまもなおわれわれの議論を笑っているのだ」

博士は別れ際にふとほほえんで声の調子を変えた。

「ミス・ヘイズルハースト、わたしの空想はあなたには異様に思われるかもしれないが、もし空想が現実になったなら、あなたもその一部であり、まんざら見慣れないものばかりともかぎらないだろう」

6

ラヴリン博士が古い時代や遠い国の話をするあいまを縫って、ときどきヌアマンの名前をさし挟んでみたけれど、彼の素性などについて博士からはっきりした答えをひきだすことはできなかった。ほんとうのことを言えば、わたしもどうしても知りたいというわけではなかった。ヌアマンの母国について、単に国の名前を聞いたところで、わたしにはなにもわからないかもしれない。ヌアマンから与えられる喜びになにかが加わるとも思えなかった。あの陽気さとまじめさがいり混じったところや、とても賢いと同時にいたずら好きであるところ、それにすばらしく恵まれた肉体の美しさや俊敏さに触れるのは喜びであり、そうしてわたしはヌアマンを好きになっていった。ヌアマンは暦にも地図にも縛られなかった。ある瞬間には子供のように、つぎの瞬間には大人の男のようにふるまった。わたし自身と同じ生粋のイギリス人のように感じられることもあれば、海の彼方のおとぎ話の国から来た王子のように感じられることもあった。

ラヴリン博士にそのことを話すと、博士は笑った。「ああ、年齢だの地名だのというラベルか。そういうものは年をとった人間にだけ貼りつけられる。だが、ほんとうは子供こそ、長い時を生きる者なのだ。わたしたち大人には、限られた時間の刻印が押されている。特定の短い期間を表す印が刻まれているのだよ。大人は流行の服を着て、時代のしきたりに従ってふるまい、偏見で頭をいっぱいにしてそれを知識と呼んでいるが、その知識というのは、自分が教育を受けた特定の時代にだけ通用するものだ。大人は自動車や無線機といった現代の複雑な機械のようなものだ。今年のあいだは最新型かもしれないが、来年にはどこかの部品が改良され、今年の型は時代遅れになる。いっぽう子供は生命の本質により近いところに生きている。限定されない人間そのものを体現しているのだ。もしも明日、時の思いがけないいたずらで、わたしとヌアマンがこの谷の古代の住民のあいだに入っていくことになったとしたら、どちらが先になじむだろうか。答えは明白だ。複雑なものは短命であり、ちょっとしたことにも左右される。いっぽう、大きく言えば、単純なものは不滅であり年月に耐えるという美点に恵まれている。あなたがヌアマンに認めたのは若さの持つ美点であって、わたしたちが若さに触れて心を動かされるとき、実のところは、長い年月を経たものを見たときと同じ感動を覚えているのだ。いや、もし不死性そのものが実体を持ったとして、それを見たときと同じ感動と言ってもよい。若さというのは神々の属性のひとつであり、どんな若者の顔にも神々の後光が宿っているのだよ。ミス・ヘイズル、あなた自身まだそれほど年をとっていないのだから、グラスを覗いて見れば確かめられるだろう」

わたしはグラスを覗きこみ、控えめに輝くふたつの青い眼と、以前よりずっと日灼けした頬を認めた。またバスルームの細長い鏡を見ると健康そのものといった姿が映っていた。けれど、そういった映像はヌアマンについてなにも説明してはくれなかった。ヌアマン自身でさえ、自分について説明できないか、あるいは説明しようとはしなかった。

ヌアマンはとても落ち着きがなくて、いっときに二、三分より長く会話できたためしがなかった。それに話しかたも動作と同じように、ふいに走ったり踊りだしたりするようで、まごつかせられた。なにをするにもスピードと躍動感にあふれ、全力でくたくたになるまでやろうとする。いとこの少女たちもわたしもヌアマンを満足させられるほど速くは走れなかったし、ヌアマンの気が済むまで遊戯につきあうこともできなかった。ときには、ヌアマンはもう動けないと音《ね》をあげたわたしを放免し、いとこたちにもしぶしぶ休憩を許すと、サルキシアンに頼んで気の荒いポニーを連れてきてもらい、鞍も置かずにまたがって猛烈な勢いで庭園の芝生の周回路を駆けさせた。端綱さえ使わず、ポニーのたてがみは短く刈られていて摑むこともできないのに、ポニーが後ろ脚を蹴り上げたり、竿立ちになったり、跳びすさったりしても、素足で胴を挟みつけたヌアマンが振り落とされることはなかった。みなで丘に登ったとき、なにかに驚いたのか大きな雄羊が窪地から飛び出てきたことがあった。ヌアマンは弾かれたように羊の跡を追って駆けだし、摑まえて背にまたがった。羊は半狂乱に険しい斜面を駆け下りてゆき、自ら死に飛びこんでいくかの勢いだった。わたしはなにもできずに、ただヌアマンの背に向かって悲鳴をあげた。岩が眼前に迫り、ぶつかったらヌアマンも羊も首の骨を折っていただろう。が、寸前でヌアマンは羊の背から転がり降りた。羊は弾むように向きを変えて岩を避けると丘の上のほうへ逃げていった。ヌアマンを叱って言うことをきかせるのは不可能だった。そうしようとも思わなかった。ヌアマンに気をつけるようにと言うのは、猿に木から落ちないようにと言うようなものだった。どんなに無謀なはなれわざを演じているときでも、ヌアマンは自分がなにをしているかはちゃんと承知していた。また、おのれの能力を知るのと同じくらい正確にいとこたちの能力も把握しているのはあきらかだった。みなで遊んでいるとき、ヌアマンはいつもいとこたちの体力を最後の一滴まで使い果たさせようとするけれど、限界を超えることを無理強いしたり、けしかけたりはしなかった。

わたしはヌアマンがいとこたちに命令するようすをからかって、彼を少女たちの君主にして支配者、リングストーンズの王、奴隷監督者と呼んだ。ヌアマンは笑いとばし、少女たちは奴隷のように彼に従いつづけたが、それを言うならわたしだってヌアマンには逆らえなかった。

ある日のこと、わたしたちは栗の木の下に体を投げだしてくつろいでいた。わたしはヌアマンに故郷の国やそこの人たちについてあれこれ尋ねた——ほんとうに知りたかったからというよりは、何分かのあいだ彼をじっとさせておきたかったからだ。ヌアマンはいっこうにまじめに答えようとはしなかった。

「ここがぼくの国さ！　リングストーンズがぼくの国なんだ」ヌアマンは仰向けに寝そべり、笑い声をあげた。

「そう、それじゃあ、あなたのもうひとつの名前は？」

この質問に、ヌアマンはにわかに真剣になった。あるいは真剣なふりをした。「ぼくたちはけっしてほんとうの名前は言わない」おごそかな口調で言う。「ほんとうの名前を口に出してはいけないと言われている。もし口にしたら、彼らに聞かれて、支配されてしまうかもしれないから」そう言ったとき、ヌアマンの瞳がまたきらめいた。

「彼ら？　その〝彼ら〟っていうのはだれのことなの」

「それは、ほら……」ヌアマンは肩をすくめ、そして盛大に笑った。なにがおかしいのか、マルヴアンとイアンセまでくすくす笑いだし、ヒステリーでも起こしたように芝生の上で身をよじって笑いつづけた。

「でも〝ヌアマン〟はどうなの」わたしは食い下がった。「それだってほんとうの名前でしょう、違う？」

少女たちは転げ回り、笑いすぎてぜいぜい言ったり、喉を詰まらせたり、鼻を鳴らすような音をたてたりした。ヌアマンは自分もろくに喋れないほど大笑いしながら、まだ青い馬栗の実を少女たちに投げつけた。しまいには逃れようとする少女たちを平手で叩き、どうにか静かにさせることに成功した。「なんて悪い子たちだろう」ヌアマンは笑いをこらえようと顔を歪ませながら言った。

わたしは少女たちを見やった。芝生に膝をついて拳を口につっこみ、まだときどきこみあげる笑いの発作にひくひくとしている。

「でも、元はといえばあなたが焚きつけたんじゃない」わけのわからないなりゆきに、いったいなにが起きているのかと考えながらわたしは言った。

「ぼくが焚きつけただって!」ヌアマンは叫んだ。「そのとおり。だからぼくがやめさせる」飛びかかるヌアマンを少女たちは鰻のようにすばやくかわし、別々の方向にぱっと散って木の後ろに隠れようとした。まばたきするまもなくヌアマンがマルヴァンの服を摑んだ。わたしはマルヴァンを――というよりはマルヴァンの服を――守ろうと駆けつけた。そうして会話の試みも、なりふりかまわない取っ組み合いで終わってしまった。

ヌアマンが一日の半分以上をわたしと過ごすことはめったになかった。ヌアマンの一日は夜明けに始まり夜半過ぎに終わるのもたびたびだったので、わたしが一日の半分と思ったものは実際には五分の一に近いくらいだったかもしれない。朝の太陽の光の下で、彼が体を丸めて猫のように怠惰にあくびをしているのを見かけて尋ねてみると、実はひと晩中外にいたという答えが返ってくることもあった。わたしと一緒でないときは、たいていサルキシアンと古い厩《うまや》に籠もっていた。そこでなにをしているのかは何度尋ねても教えてくれなかったけれど、見聞きしたかぎりでは、厩にはサルキシアンの工房があり、ヌアマンはものづくりが得意なせいもあって、工房に入り浸っては作業を眺めたり手伝ったりしているらしい。サルキシアンもやはりみなと同じようにヌアマンの忠実なしもべだった。

ある晩、わたしはラヴリン博士に質問してみた。

「古い厩？」博士はおうむがえしに言った。「そうだな、あれを古いと言うのは正しい。実際、僧院の跡に建っているのだ。老地主のジョン殿は僧院の廃墟をとり壊して、その石を使って館を建てたのだが、厩のところには元の基礎が大部分残っている。前に回廊の痕跡を見つけたよ。だがもっと面白いことには、僧院自体もそれよりずっと昔の建築物の基礎の上に建てられたらしい。わたしの手にはとうてい負えないような調査をしないかぎり推測の域を出ないが、あそこの石積みの下に何らかの建造物が埋まっている可能性はきわめて高いと睨んでいる。ローマ時代のものかもしれないが、わたしはもっと古いものだと思うね。そのうちあなたを案内して、わたしが確信を抱くに至った根拠をお見せしよう。とても興味深いものだ」

確かに興味深いものなのだろうが、ヌアマンが関心を持つとも思えなかった。ラヴリン博士はわたしを連れていくのを忘れているようだったし、ヌアマンがわたしを厩に近づけたくないのはあきらかだったから、厩の中庭の古い堂々とした門の内側に入ることはなかった。

ところが、ひょんなことから工房の作品のひとつを目にすることになった。子供たちはいつものように大急ぎで昼食を食べ終えると、庭園に駆けだしていった。わたしは座ってお茶を飲んだり、ミセス・サルキシアンとおしゃべりをしたりして三十分ほど過ごし、それから散歩がてら子供たちを探しに行った。それほど遠くまで行く必要はなかった。館のすぐ近くに植えられているシャクナゲの細長い繁みのむこうで、少女たちの甲高い興奮した声とヌアマンの叫び声がしていた。しかし、彼らの声に混じって聞こえてきたのが〝モー〟というなんとも奇妙な呻き声で、まるで仔牛が声変わりするときの鳴き声のようだった。わたしは走って茂みの端を回りこんだところで立ちすくんだ。

前屈みに深く腰を曲げて空き地を跳ねまわり、そのあいだもずっと例のこの世のものとも思えない吠え声をあげているのは、わたしと同じくらいの年の金髪の娘だった。茶色のオーバーオールのようなものを着ているきりで、しかもそれは彼女には数サイズは小さかった。肩紐がむきだしの背中にくいこんでいて、最初にわたしの目に飛びこんできたときのように後ろから見ると、いまにも服の縫い目が裂けてひどいことになりそうだった。お尻に古いロープの切れ端が留めてあり、端をほぐしてしっぽに見立ててあった。彼女が体を大きく揺らすと、頭に大きく張り出た牛の角がついているのがわかった。猛り狂った雌牛を身振りで演じていて、おそろしいほどの熱演ぶりだった。そして彼女を囲んで踊りまわっているのは、白い水着姿のヌアマンと、あざやかな色柄の短い半ズボンにホルターネックを着たふたりの少女だった。すぐにわたしは自分の勘違いに気づき、心の中で〝雌牛〟と言ったのを訂正した。その遊びは闘牛ごっこで、なかなかのみものではあった。〝雄牛〟が頭を低くして角を突き出し、ヌアマンめがけてまっすぐに突進するようすからは、相手を串刺しにするつもりで満々なのが伝わってきた。けれどヌアマンは、闘牛士のように脇へ飛び退くかわりに、両腕をいっぱいに伸ばして手をつき、犬のようなすばらしい跳躍を見せて、迫りくる〝雄牛〟の頭上を楽々と飛び越えた。通過する一瞬、心臓が止まるかと思った。〝雄牛〟が激しく角を振り上げ、あと数インチでヌアマンの無防備な腹に突き刺さるところだったのだ。わたしは声をあげたけれど、場面の展開が速すぎた。ヌアマンが着地し、跳びすさった。〝雄牛〟は向きを変えてふたたび突進し、振り立てられた角の上を今度はマルヴァンが飛び越えた。

「ヌアマン！」わたしは叫んだ。

遊びは中断され、子供たちが駆け寄ってきた。年かさの娘はゆっくりと腰を伸ばして振り向くと、明るい青色の眼でこちらを見つめた。大きな顔はおだやかで実に雌牛そっくりだった。

「カティアだよ」ヌアマンはそう言うと、わたしの手を摑んでひっぱってゆき、もう片方の手でカティアの手を摑んだ。カティアの存在はすっかり忘れていた。彼女が帰ってきていることなど、だれからも一言も聞いていなかった。ヌアマンはわたしたちの手をひいて小高くなった場所に座らせ、自分は真ん中に陣どった。カティアは角のついたかぶりものを脱いだ。髪は短く脱色したような淡い色合いで、褐色に日灼けした肌よりも色が薄かった。がっしりとした頑丈そうな娘だった。

「カティア？」わたしはヌアマン越しに声をかけた。ヌアマンは後ろに体を倒して両肘をつき、満面の笑みを浮かべていた。「それで、あなたはいったい、どこから現れたの？」

「なんですか？」彼女はぽかんとしたようすで聞き返したが、とても英語には聞こえないひどいアクセントだった。

「あなたはどこから来たかと聞いたのよ」わたしはゆっくりと言った。

カティアはむっちりした太股に両手を置くと身をのりだしてわたしを見つめた。まじめで悲しげなまなざしだった。

「わたしはデイ・ペイです」

「日給《デイ・ペイ》？　日雇いで来ているということ？」

彼女はどう説明するべきか考えているようだった。

「ディッピー、ですね」きっぱりと言う。

「気がふれ《ディッピー》ているですって！」わたしは声をあげ、いくらか身を引いてしまったと思う。「いったい、どういうこと……？」

　彼女は頭を巡らせてしばらくじっと庭園を眺めていた。それからため息をついて肩をすくめると、最悪のことを告白するような口調で言った。「わたしは不機嫌な牧師《ディスプリーズド・パーソン》なんです」

　こういうときは調子を合わせておくものだって言うし、とわたしは考えた。それならわたしはご機嫌ななめのローマ法王だという返事が口先まででかかった。けれどそのとき、謎解きの糸口が摑めた。十分くらいのあいだ、とんちんかんもいいところの問答をつづけたすえにわかったのは――というかわかったと思ったのは――彼女はポーランド人で、戦争中とそれから戦後にも、なにか複雑な事情で故郷からの追放《ディスプレイスメント》の憂き目にあったということだった。*もっと彼女と話していられたらよかったのだけれど、灌木の繁みのむこうからミセス・サルキシアンが呼ぶ声が聞こえてきた。カティアは「たいへん！」と叫んで飛び上がり、よれよれになったしっぽをまだお尻につけたままで駆けだしていった。

　ヌアマンはわたしを見てからすっかり体を倒して寝そべり、笑いをほとばしらせた。わたしは角のついたかぶりものを手に取った。とてもよくできている。二本の薄い金属製のベルトを曲げた上に角が固定されていて、あごの下に締める紐ともう一本後頭部に回す紐がついていた。角の先端は鋭く尖っていた。わたしはヌアマンの柔らかな肌も露わなお腹を見下ろし、身震いした。あとでカティアとふたりだけで話をして、この遊びについて意見しなければ。

「いったい、どうしてこんな危険な遊びを思いついたの」

ヌアマンはわたしの手から角を取り返した。「昔からの遊びだよ。ほんものの雄牛でなければ、危ないことなんてないよ。ところでカティアのメス雄牛はすごいでしょう？」彼女の身振りを思い出したのか、ふたたび笑い転げる。

　わたしは少女たちはどこかと見まわした。ふたりとも消え失せていた。

「ねえ！」ヌアマンは叫んで、がばと身を起こした。「すてきだよね。ダフニとカティアがここに揃ったんだもの」

「そう？　でもどうして」

「だって、ぼくはふたりとも大好きなんだ」

　わたしはマルヴァンとイアンセはどこに行ったのか尋ねた。

「プールに泳ぎにいったよ。それからレスリングをするんだ。よければ見に行かない？　レスリングは好きじゃないかな」

　好きではないと答えると、とてもがっかりしたようすだったので、気をひきたたせようと、そのうち柔術のわざを見せてあげると約束した。それが間違いだった。ヌアマンは即刻その場でやって見せるようにと言って聞かなかった。わたしとヌアマンでは体格が違いすぎて対等《マッチド》ではないと指摘して、なんとかその場を逃れることができた。ヌアマンはちょっと考えこむと、なにか思いついたらしく、いきおいこんで立ち上がった。

「ねえ！　ダフニはカティアと丁度《マッチ》いいよ」彼は叫んだ。

＊カティアの発言「不機嫌な牧師（displeased parson）」は「難民（displaced person）」、前の二つはその略語D．P．のつもり。

「あら、カティアとわたしがここに揃ってよかったと言ったのは、そういうこと？　でもミス・カティアはなんて言うかしらね。もしわたしがあなたを楽しませるためにレスリングの試合を申し込んだら。それに『あなたは誰それに丁度いい』とは言わないのよ。そういうときは『あなたと誰それはお似合いだ』と言うの」

「そうなの？　でもほかにも丁度いいことがあるよ、そうでしょう。だってダフニとカティアは背の高さが同じで体重もだいたい同じくらいだし。ダフニは金髪で青い眼だけど、カティアもそうだ。ダフニももう少しここにいたら、カティアと同じ肌の色になる。違うかな？」

「そうね。事実としてはそのとおりね。わたしたちが馬かなにかだったら、そういう言い方もできるでしょう。でも、ある人が別の人に丁度いいとは言えないの——たとえ不機嫌な人たちであってもね。とにかく、似合いであろうとなかろうと、わたしとカティアをレスリングで対戦させることはできませんからね」

　ヌアマンはにんまりとした。「じゃあ、かけっこなら？」

「ヌアマン。あなたの魂の故郷は競技場《アリーナ》に違いないわ」

　これも賢い言い方ではなかった。ヌアマンはすかさずアリーナとはなにかと訊いてきた。「いとこさんたちがレスリングをするのを見に行くんじゃなかったの」わたしは言った。「ああ、もういいんだ。座って、教えてよ」それでわたしはふたたび腰を下ろし、ローマの競技や剣闘士などについて本で読んだ記憶を必死にたぐりよせるはめになった。そのあいだ、ヌアマンは両腕で膝を抱えて頬をのせ、真剣に聞きいっていた。

7

結局ヌアマンは我を通した。カティアはリングストーンズに戻ってきて早々に、わたしと競走することになった。彼女はヌアマンの言いなりで、その程度は彼のいとこたちと比べてもいっそうひどかった。カティアとヌアマンがどうやって意思を通じているのかはまるきり謎だった。ふたりは自分たちでは英語だと信じて疑わない言葉で話していたけれど、はたで聞いているわたしには、わけのわからなさではロシア語も同然だった。彼女と話していると、ふたりしてあやうい狂気の縁でダンスをしているような気分になった。それでもわたしたちは気が合った。わたしが家庭教師として素人なら、彼女はメイドとして素人だった。家事をするにも、と言ってもミセス・サルキシアンが彼女に任せられると判断した範囲のことだけだが、英語を話すときと同じようなでたらめな調子だった。どうやってか、いつも昼過ぎには仕事を抜けだしていた。館を出るなり靴を脱ぎ捨てて、家事労働の奴隷という境遇から逃げだすと、ヌアマンの足もとにひれ伏して、すすんでもっと卑屈な奴隷の身に甘んじていた。彼女はヌアマンをノー・マンと呼んでいた。面と向かっていないときにはたいてい「ノー・マンさま」だった。

わたしたちは庭園を一周して競走した。カティアは手強い相手で、ポーランドのどこの森の奥で育つことになったのかは知らないが、わたしの想像ではかなり野性的な暮らしをおくっていたに違いない。走るときカティアは裸足だった。わたしは彼女に予備の体操ショーツを貸してあげた。ヌアマンはわたしたちが対等《マッチド》だと言ったけれど、ショーツがはちきれそうなカティアの肉づきは、わたしもあんなだったらとうらやましくなるよりさらに豊かだった。最初、わたしたちはヌアマンと競走し、ふたりともヌアマンに負けた。つぎに彼はわたしとカティアを競走させようとした。無理だと言おうとしたけれど、カティアは芝生に伸びて息を切らしているわたしをひっぱって立たせた。もう少しでちゃんとした試合の申し込みもなしにレスリングになだれこむところだった。逃げ道はなく、どちらに転んでもヌアマンの思いどおりだった！　そうしてわたしたちは競走し、ヌアマンは後ろから追いたてるようにゆうゆうと走った。わたしは一ヤードほどの差をつけてカティアを負かした。

わたしたち四人を従えたいま、ヌアマンはわたしたちを忙しくさせておく方法をつぎからつぎへと考えだすことにかけて、これまでにも増して天才的だった。わたしはタワートンで学んだ知識を残らず提供したけれど、それでも足らなかった。ヌアマンの好き勝手なふるまいを少しでも止められるのはわたしだけだった。たとえば、わたしは闘牛ごっこをやめさせた。ただ、カティアにやめるように言った結果ではない。説得はしたものの、見込みはないのがわかった。ヌアマンがそう言ったなら、絶対にせざるをえないのだと彼女は繰り返した。「ヌアマンの言うことは放っておきなさい」わたしはわざと声を張りあげた。「やってはいけません！」「でも彼が、わたししなきゃいけない」カティアは必死に訴えた。そこでわたしはヌアマンに向かってやめるようにと言いわたした。彼はすぐに約束した。わたしがなにかを固く心に決めているのを見てとったときは、いつもそうだった。決意が揺らぐ瞬間があったにしても、わたしは一度決めたことは貫いた。闘牛は許さないし、レスリングもしない。

わたしはまだ子供たちに英語を教えるという体裁をとりつくろっていた。ヌアマンがたびたび姿をくらましてくれるおかげで、少女たちに関してはいくらか成果をあげた。彼女たちの英語は思ったとおりそれほどひどくはなかった。ヌアマンがそばにいると、あるいはふたりのどちらかが一緒にいるだけでも、言い間違いをしたときに笑われるのが怖くて気後れしているだけだった。ひとりでいるところを捕まえて話してみると、うちとけてよく喋った。

ある朝、ヌアマンの姿はどこにも見あたらなかった。二、三日のあいだ、ずっと古い厩に入り浸っており、今度はどんな道具をつくりだすつもりだろうかとわたしは危ぶんだ。少女たちを探して庭園をうろうろと歩き回り、マルヴァンを見つけた。小川のほとりに座り、藺草の芯で花の形の飾りをつくっている。

「イアンセはどこ?」わたしは尋ねた。マルヴァンは〝彼〟と一緒だと思うと答えた。ヌアマンのことを言っているのだ。わたしは隣に座って話しかけた。彼女は黒い髪の頭を垂れてうつむいたまま聞いており、ときおりこちらを盗み見てほほえんだ。わたしは彼女の故郷や一族について質問してみた。

「彼の一族?」彼女は聞き返してからためらった。「ああ、彼には一族がたくさんいるの」そう答え、なにげなくつけ加えた。「そのうち会えるわ」

「どうして?」わたしはびっくりして言った。「一族の人たちがここにやってくるの?」

マルヴァンは肩をすくめた。「もちろん。ここに住んでるのだもの。いまはちょっと遠くに行っているだけ。早く来てくれたらいいのに」

「ここで暮らすためにやってくるというの? ラヴリン博士のところに?」

マルヴァンはうなずいた。そのあいだもせっせと小さな花飾りをつくる手は休めなかった。「帰ってきてくれたら嬉しいわ。たくさんの人がいて大変でなくなると、もっと幸せ。なにを言おう、なにをしようって考えなくていいから」

「あなたが言いたいのは、気が向かなければ英語を話さなくてよくなるということでしょう。でも教えて、だれが来るの？　あなたのご両親？」

「あら、みんな全員よ。たぶんね」わたしは外国人の一族が大挙してやってくるところを想像した。おおぜいの父親たちと母親たち、おじたちにおばたち、それにいとこたちがラヴリン博士のもとに押しかけ、わたしが困惑しているところを。館はたしかに広いけれど、ラヴリン博士がそんな事態を歓迎するとは思えなかった。マルヴァンからもっと詳しく聞きだそうとしたとき、木々のあいだからヌアマンが姿を現してわたしたちのほうにやってきた。

「あら、ヌアマン」わたしは声をかけた。「マルヴァンが、もうすぐあなたの一族がやってくるだろうって。そんな話は初めて聞いたけれど」

ヌアマンは、なにを言っているのかわからないというふうに顔をしかめた。それから母国語でマルヴァンに話しかけた。彼女は顔を上げたが、その表情には狼狽と、どことなくうしろめたそうな雰囲気が感じられた。なにか言い返そうとしたけれど、ヌアマンがふたたび口を開いてもっと厳しい調子で言葉を重ねると、手にした花飾りに頭がつくほど深くうなだれて顔が見えなくなった。

ヌアマンはわたしの足もとのあたりの芝生に寝転がった。草の葉を抜いてそれを噛みながら、わたしに向かっておどけた顔をしてみせた。

「あることないこと喋るんだ、この子たちは」ヌアマンは言った。「くだらないでたらめばっかり。そうだろう？」

マルヴァンは顔も上げず、しおらしくうなずいた。

「わかったわ」わたしは言った。「マルヴァンはみんなが来てくれたらいいのにと思っただけかもね。だって、あなたたちはもうずいぶん長いあいだ一族の人たちに会っていないのかもしれないし」

ヌアマンは盛大なあくびをした。「ねえ、知ってた？　ぼくはさっき朝ご飯を食べたばかりなんだよ」

もう昼食の時間に近かった。わたしは立ち上がり、子供たちを連れて館へ戻った。

カティアは水泳が大好きだった。館に入るとホールのところでカティアに呼びとめられ、そのあいだに子供たちは階段を駆け上がっていった。カティアは午後にちょっと足を伸ばしてプールに行かないかと言った。わたしは子供たちと一緒に行くと答えた。

ヌアマンは昼食の席に姿を現さなかった。少女たちは遅れて下りてきた。いつも昼はそれほど食べなかったけれど、その日はとくに少ししか手をつけなかった。マルヴァンは不機嫌に押し黙っており、イアンセはくすくすと笑ってそんな相手をからかっていた。わたしが水泳の計画を口に出すと、ふたりはわたしとカティアよりも先にプールに行っていようと、そそくさと席を立った。

少しして、カティアの用意ができるのを待っているあいだに、わたしはヌアマンを探しに行き、彼が自分の部屋にいるところを捕まえた。ベッドで丸くなり、もう眠りに落ちていた。夜もろくに寝ないでうろつきまわっていたのだろう。身動きもしなかったのにぱちりと目をあいて、わたしがベッドの横に立ったときにはすっかり目を覚ましていた。

「いらっしゃい。みんなで泳ぎに行きましょう」

ヌアマンは動物がやるように両手両足をつっぱった。にっこり笑って首を振る。昼寝を満喫しており邪魔されたくないらしい。気を変えさせることはできなかった。

「じゃあ、いいわ。言わせてもらえば、あなたがいないほうがうまくやれるもの。ずっと落ち着いて過ごせるでしょう。マルヴァンとイアンセにクロールを教えられるわ」

ヌアマンはとつぜん身を起こすと背筋をまっすぐ伸ばして座り、手のひらでぴしゃりとおでこを叩いた——カティアの癖をおおげさに真似しているのだ。「忘れてた！」

「なにを忘れていたの」

ヌアマンは小さく笑い声をあげてしばらく考えこみ、ふたたび身を横たえた。

「なんでもない。いいかい、あの子たちはでたらめを言うんだよ」そう言うとにやりと笑い、目を固く閉じて早くも寝入ったふりをしたので、わたしは彼をおいて部屋を出た。

カティアはテラスでわたしを待っていた。まるで言葉でフェンシングをするように滅茶苦茶に繰りだされた発言をつなぎあわせると、お茶の時間までには帰ってこなければならないと言っているようだった。ヌアマンが彼女になにか用事があるらしい。

「なぜいつもそんな奴隷みたいにヌアマンの言うなりにならなくてはいけないの」

質問を別な表現で繰り返し、なんとかカティアに理解させるのに成功すると、彼女は青い目を見開いてまじめな顔になった。「そうしないと彼が泣くから」そうきっぱりと言う。

そんな考えはばかばかしく思えた。「泣く？　ヌアマンが？　そんなのありえない」

カティアはほんとうだと言い張ったけれど、わたしは笑いとばした。カティアは腕を振り回し、わたしを説得しようと目を大きく見開いて激しくうなずくので、彼女の青い目玉が芝生に転がり落ちないかと、なかば本気で心配した。

「泣くよ！　泣くよ！」なんとかわたしに信じさせようとむきになるあまり、吃りながら叫んだ。

「サルキシアンを泣かせるよ！」

あごのひげの剃り跡が濃い、あのむっつりとしたアルメニア人が、ヌアマンのやんちゃぶりに涙を流すなどと考えると、おかしくて言葉も出なかった。カティアの精神という見通しのきかないジャングルの奥に、どんなとっぴな考えが住みついているのかは見当もつかなかった。

わたしたちが泳ぎに、というよりは水遊びをしに行ったプールは、館の背後の狭い谷を登ったところにある。庭園を流れる川は、この谷の巨大な岩のあいだを縫って下りてくるのだ。途中に大きく平らな緑色がかった岩があり、岩の縁をあふれた水が垂直に十五から二十フィートほど落下して滝壺に泡だち、天然のプールをつくっていた。滝壺を出たあとは、小川は深くえぐれた谷間に流れこむ。谷の片側は切り立った褐色の岩で、もう片側は柔らかな緑の草に覆われた美しい岸に縁どられていた。この岸の背後の断崖に洞があり、樺の木立が洞の入り口を目隠しして小さな隠れ家をつくっている。わたしはそこを着替えの場所として使っていた。真北から風が吹いているとき以外は、高く険しい崖がその場所を風から守っていた。わたしたちが出かけたときのような夏の午後には、照りつける太陽に草や岩が暖められ、地中海の浜辺にでもいるように寝そべって甲羅干しをすることもできた。そこは秘密の場所だった。たどりつくにはほとんど道らしい道のない谷間を登っていくしかない。険しい斜面を川に沿って、山羊の蹄がヒースの根っこに残した跡をたどり、ときには流れに頭を出した岩を足がかりに、泡をたてて逆巻く小川そのものの上を進んでいかなければならなかった。

わたしとカティアが両手両足を使ってよじ登り、ようやく細長い草地に出ると、歓声と笑い声が聞こえてきて、マルヴァンとイアンセはもうプールにいるのがわかった。すぐに少女たちの姿も見えた。透きとおった琥珀色の水の中でつややかな裸身がすばやくねじれたり、ふいに向きを変えたりしては褐色に輝き、まるでカワウソかアザラシのようだった。カティアはタオルを放りだし、あっというまに服を脱ぎ捨てた。わたしがタオルでくるんだ水着を慎重に広げているのを見て、カティアは叫んだ。「悪いズボン！　だめ《ニエット》！　ここに来る男の人《ノー・マン》はいない、ノー・マンのほかには」

わたしは水着に着替えると、すぐに水には入らずに芝の上をぶらぶらした。たぶん、ヌアマンもこの細長い草地からいとこたちが水浴びしたりレスリングをするのを眺めるのだろう。プールから上がってくる彼女たちの光り輝くしなやかな姿を見ていると、ラヴリン博士が空想に描いた古代の競技手のモデルでもおかしくないと思えた。弾力のある芝を踏みしめて取っ組み合いを演じる小さな競技手たち。それともディアナ女神かペンテシレイア女王の侍女のモデルか。たしかに衣服という時代を表す唯一の印を脱ぎ捨ててしまうと、その岩と水、それから草と樹木だけの場所は世界の始まりの時からなにも変わっていなくて、空想がただの空想にすぎないと保証してくれるものはどこにもなかった。

カティアの淡い色の髪が水面に現れた。わたしは草地の柔らかい縁に足裏をかけて、つまさきに力をこめた。頭を振って水を切っている少女たちに向かって笑いかける。イアンセはそっぽを向いて離れてゆき、太陽の光の下に寝そべった。飛びこもうと大きく息を吸ったとき、マルヴァンがふいに身をこわばらせ、斜面の上のほうをじっと見つめるのがわかった。わたしは彼女の視線をたどった。太陽が視界に入ったけれど、上のほうでなにかが羊歯の繁みを縫って動くのが見えたような気がした。羊ではなかった。薄茶色で滑らかな肌をしていた。犬か、それとも狐？　マルヴァンもイアンセもわたしといっしょに下にいるのでなかったら、ふたりのうちのどちらかだと思ったかもしれない。ヌアマンがわたしたちを驚かそうと、こっそりやってきたという可能性もあるが、一瞬しか見えなかったのでわからない。マルヴァンを見ると、彼女は目を伏せて顔をそむけた。昼前にヌアマンに話しかけられてから、マルヴァンはずっとむっつりしていたけれど、とうとうむこうへ行ってしまった。両手を後ろに回して小さなお尻の上で組み合わせ、拗ねたようにつんと頭をそびやかして。

飛びこんで水面に顔を出してから、マルヴァンはどこかと見まわすと、マルヴァンもイアンセも谷の中程にある大きな平らな岩に向かって斜面を登っているところだった。ときどきわたしたちはその岩まで登り、陽射しをいっぱいに浴びて座っていることがあった。カティアはまだ岸にしがみついて少女たちを探していた。わたしがカティアの頭に水を注ぎかけると、彼女は振り向き、わたしたちはしばらくのあいだ夢中になって互いに水をかけあった。カティアはヌアマンの涙について、わたしが鼻で笑って本気にしなかったのをまだ気にしていたらしい。

「ほんとうだよ、泣くんだってば」ふたりとも息を整えようと小休止したところで、あえぎあえぎカティアが言った。

「もうたくさん！」わたしは答え、カティアが必死で言葉を探している隙に、ここぞとばかり相手の頭を水中に沈めた。

8

　リングストーンズに来てから、わたしは一度も庭園の外に出ていなかった。サルキシアンに連れられて二輪馬車でブラギルから荒れ地を越えてきた日、ひそかに心に決めていた。ここでの日々が終わらないうちに――ここでの「休日」が終わらないうちに、と心の中でつけ足した――きっと荒れ地を踏破しようと。それなのにまだその誓いを果たしていなかった。庭園だけでじゅうぶんな気がしたのだ。だいたい、わざわざ出かける用事もなかった。サルキシアンは二、三日おきにポニーを馬車に繋いで、ブラギルや、ときにはステインズヘッドまで行き、手紙を出したり、配給を受けとったり、そのほかいろいろな使いをやってくれていた。リングストーンズの与えてくれる大きな喜びは、わたしの考えでは、外の世界とはほとんど切り離されて生活できるという点にあった。電気がないので停電を心配する必要がないし、電話もないから故障にいらいらさせられることもない。リングストーンズの先人たちは孤立した生活を前提として備えていたけれど、わたしたちはその先見の明の恩恵をうけて暮らしていた。ジョン・ポーコック老が植えた林の倒木はミセス・サルキシアンがコンロで使う薪になった。そして小川はそのまま昔ながらの鉛の配管に流れこみ、古めかしい浴室に水を提供した。ろうそくや灯油を手に入れるのが難しくても、夏の宵は日も長く、めったに灯りはいらなかった。太陽が時計がわりだった。ツグミの声で目を覚まし、蝙蝠を見てもう寝る時間だと知った。

　ミセス・サルキシアンは、ピクニックに出かけてはどうかとわたしに吹きこんだ。上天気が永遠につづくようだと、わたしが話していたときだった。「みなさんで出かけて、外でお茶にしたらいかがですか」そう彼女は言った。「荒れ地の表面もいつになく乾燥しているでしょうよ。乾いているうちに行ってらっしゃい」

その提案は、ここに来てからずっと心の片隅にあった考えにもかなっていた。ストーン・サークルを見に行きたいと思っていたのだ。その晩、明日子供たちを荒れ地に連れていくつもりだとラヴリン博士に告げた。立石まで足を伸ばしてみてもいいかもしれないと。そう言いながらも、博士が「子供たちを連れていく」という言い回しに揶揄の笑いを漏らさないでくれますようにと考えていた。ヌアマンがわたしをひっぱりまわしているのはもう博士にもわかっていた。すると驚いたことに、博士は自分も行くと言いだした。「わたしもちょっとばかり太陽の下に出て、外の空気を吸ってもいいころあいだ」お仕事を離れて来ていただくなんてとんでもないと恐縮するわたしに、博士は答えた。「それに、これもわたしの仕事だよ。一緒に行って、あなたがお楽しみを提供するいっぽうで、わたしが講義を織り混ぜれば、良きヴィクトリア朝風の教育になるだろう」

つぎの日の朝、マルヴァンとイアンセに計画を伝えると、最初は驚いて、どこか半信半疑だった。それから意外なことに大喜びした。はじめにためらったのは、子供たちだけで庭園の外に行ってはいけないと言われていたせいだろう。

「行ってもいいの……？」イアンセはそう尋ね、いつものようにヌアマンの承諾を求めて視線をさまよわせた。けれどヌアマンはその場にいなかった。

「いいかって？　もちろんいいですとも」わたしはほがらかに答えた。「ラヴリン博士もいらっしゃるのよ」これを聞いて少女たちのためらいは興奮した喜びに変わり、そのとき一緒にやっていた講読が終わると、すぐにふたり揃って部屋を飛びだし、お茶やサンドウィッチの相談をしようとミセス・サルキシアンを探しに行った。

昼食の直前にヌアマンが厩を出てぶらぶらとやってきたところに行きあった。「ねえ、今日の午後はストーン・サークルを案内してね。みんなでお茶をしに行くのよ」

ヌアマンはちらりとほほえみ、首を振った。もう一度どこに行くつもりなのかはっきりと説明すると、不満が顔をよぎった気がした。けれどその表情はすぐに消えた。彼の言い分を聞いて、不満に見えたものは実は落胆だったのだろうと思った。残念そうな顔をしてこう言ったからだ。「ああ、ごめんなさい。行けないんだ。ぼくがいまつくっているものをサルキシアンが手伝ってくれることになっていて、今日の午後にやってしまわないとならないから」

「まあ、ヌアマン！」わたしもがっかりして言った。「なんだか知らないけれど、また今度にできないの？　こんなすばらしいお天気なのに、陰気な厩に籠もりきりでなにかつくるだなんて」

彼は笑みを浮かべてわたしの腕にそっと手をかけ、優しくなだめすかすように撫でた。その彼独特の愛撫をうけるといつも丸めこまれてしまい、気がつくと相手の言いなりになっているのだった。彼の手は安心感を与える手だった——乾いてひんやりしており、力強いと同時に細やかさを備えている。

「いいじゃないか」笑顔でこちらを見上げ、おだやかな口調で言う。「またの機会があるよ。ぼくがここにいるかぎり、太陽は輝きつづけるんだ。ぼくがそう望むんだから」その無邪気な自信満々のいいぐさに、わたしたちは声をそろえて笑った。

そんなわけで、その午後わたしたちは総勢五人で庭園の西側の隘路をゆっくりと登っていった。

カティアはだれかからピクニックのことを聞きつけたらしい。さっぱりわからない説明をひとしきりして漠然と後ろのほうを示すしぐさをしたのは、ひょっとすると、一時間か二時間くらいは家のことをミセス・サルキシアンに任せておいて大丈夫だと伝えたかったのかもしれない。そうしてお茶の一式が入った籠を手にすると、わたしたちがテラスに集まったときに一緒にくっついてきた。着ているのは古いワンピースで、芝生で跳ねたり転がったりし放題のせいで染みがついていた。足もとが粗い砂利道だったせいか靴はずっと履いたままだった。マルヴァンとイアンセはお揃いの短い麻のドレスで、いつものように少し後ろを歩いていた。ラヴリン博士はカティアに代わって籠を持とうとしたが、ポーランド語か、もしかしたらドイツ語で猛烈な反撃を受けて、わたしと並んで先頭に立った。

博士は道々何度もみなを呼びとめ、眼下の庭園のあちこちをトネリコの杖で指しては注目を促した。とくに、頂上近くに着いたときには立ち止まってじっくり見るように言った。博士のお気に入りの空想では、古代の土手道ということになっているものが、庭園から延びているはずだった。試しに眼を片方ずつ閉じたり、両眼を半分閉じたりしていると、草の生えた起伏の多い斜面にようやくかすかな線か畝《うね》が見えてきた。博士がそう言うなら、それは盛り土をしてつくられた古代の土手道のなごりだと認められなくもなかった。すっかりなじみになっていたせいで、もっと簡単に見わけられるものもあった。庭園を一周する木の生えていない走路だ。わたしたちのいる丘の上から見ると、それが偶然にできたのではなく意図を持って設計されたのはあきらかだった。

荒れ地に着くと、ラヴリン博士の講義は、教えるのが困難になったぶん、ますます熱を帯びた。というのも、どんなに目を凝らしても、果てしなく広がるヒースと天然の窪みや隆起だらけの荒野には、博士が主張するような、古代に土手道の最も高い地点からまっすぐストーン・サークルへと通じていた広壮な道の跡など見わけられないからだ。たしかに緑色と茶色と紫色の海のところどころに歳月を経た灰色の石の丸い背が覗いてはいるけれど、博士が期待しているようにそれらの石から壮麗な大通りを想像するには、もっと強い思いこみか経験を積んだ眼が必要に思われた。それに、とくにそんな光景を思い描きたいわけでもなかった。自然のままの荒れ地のほうがわたしには魅力的だった。それでも、ストーン・サークルが立っている平らな塚まで来たときには、たとえラヴリン博士の解説がなくても、これほど人間の存在が場違いなところに人の営みの痕跡を見いだして感銘を受けたに違いないと感じた。腰まで埋もれるようなヒースの繁みを抜けだして、滑らかに刈りこまれた芝に覆われた頂上に登ると、庭園はもうまったく見えなかった。わたしたちはじっとそこにたたずんでいた。少女たちとカティアは靴を脱ぎ捨てた。草の心地よい感触に誘われたのだろうが、一瞬、畏敬の念を表すしぐさのようにも見えて、思わずラヴリン博士も靴を脱いでいるかと確かめそうになった。

もちろんそんなことはなく、博士は杖を教師の使う指示棒がわりにして、水を得た魚のように生き生きとその一帯の石の配置を説明しだした。わたしは半分うわのそらで聞いていた。ひとつにはマルヴァンとイアンセを見張っていたからだった。畏敬の念などとはまったく無縁の彼女たちは、ストーン・サークルの内側に入るなり箍《たが》がはずれたようだった。わたしがラヴリン博士のゆったりとした足取りに合わせて古代のモニュメントを巡るあいだも、彼女たちは倒れた石の上で跳ねたり踊ったりしながらきいきいとした声で互いに呼びかけあい、その狼藉は教会にチンパンジーを放したも同然だった。ほかにも博士の話に集中できなかった理由としては、博士の告げる寸法や時代や方角や、聞いたこともない場所にある他のストーン・サークルとの比較などにそれほど興味が持てなかったということもある。豊かで柔らかな草の上を博士とともに歩み、その場所の陰鬱な美しさを飲み干すだけでわたしにはじゅうぶんだったのだ。柔らかい緑と茶色の大地は太陽に照らされて眠気を誘う暖かな熱気を発していた。年経りた石は苔や地衣類の黄金色のレースをまとってその硬さをやわらげ、陽光の下で永遠の休息を楽しむかのように夢見つつ立っている。あざやかな青空が広がり、野生のタイムと暖められた泥炭が匂いたち、昆虫たちがひそやかに夏の歌をうたっていた。

けれどカティアはあくまで現実的だった。ある石をテーブル代わりに選んで、お茶の用意をしはじめた。馬蹄型に並んだ巨石の底にあたる位置に横たわる、その比較的小さな石について、まさに博士が解説しているところだった。

「お願いだから、ここはやめてくれないか」博士はほほえんで籠を地面に下ろした。「よく考古学者は異教徒の骨に対する敬意が足らないというので感傷的な人々に責められるが、せめて祭壇石にベークライトの食器やパンを置く冒瀆を犯すのはやめて、汚名をすすぐことにしようではないか」

カティアの青い眼にはなんの表情もなく、さっぱりわからないというふうだった。助けを求めるようにこちらを見たものの、わたしがなにも答えないでいると、裾をまくりあげて草の上にあぐらをかき、手振りで食べ物に手の届くところに座るようにとみなを促した。

ラヴリン博士はお茶のあいだも喋りつづけた。「見てごらん」わたしたちが祭壇石に背中をあずけた姿勢に落ち着くと、博士は言った。「われわれの前方にある水平に置かれた石だが――石の環のとぎれているところのむこうにあるやつだ――あれは太陽石と呼ばれているのだが――東の峰の一番低くなったところとちょうど重なるようになっている。六月二十一日、太陽はちょうどあの稜線の窪みの真ん中から顔を出す。ここにはほんとうの意味での地平線はないから、祭壇は夏至の日に太陽が姿を現す見かけ上の方角を向いている。これを根拠として、ストーン・サークルは太陽信仰の儀式のために築かれたという説が成り立つ。そこで、ストーン・サークルが築かれた年代もある程度は推測できることになる。太陽が神話の中で重要な位置を占めるようになったのは、人類の歴史ではかなり最近で、王や戦士の階級が確立されてからのことだ。このような議論が確かなものだとすると、太陽の子供たちはなんとも不似合いな場所に黄金色の伝説を持ち込んだものだ。今年の夏のようなめったにない例外を除けば、ここには曇り空の下、影に覆われた荒野しかない。輝かしい太陽の競技場というよりは、ハデスの支配する冥界の縁というほうが近いだろう」

わたしは仰向けに体を倒して肘をつき、じりじりと日に灼かれる感覚を楽しんだ。半分閉じた瞼の下から金色の肌の少女たちを眺め、飾りけのないまばゆいばかりに白いドレスを着た彼女たちに〝太陽の子供たち〟というフレーズはまさにぴったりだと考えていた。

「もしかしたら」わたしは口を開いた。「彼らが太陽を連れてきたのかもしれませんね、ヌアマンのように。彼は太陽は自分のために輝くのだと言っていました。ひょっとして、ほんとうに太陽はそれを崇める人たちのために輝くのかもしれません。わたし自身、こんな日には太陽を崇めたい気分にもなります」

「まさしく、彼らは太陽を連れてきたのだ」ラヴリン博士は言った。「つまり、太陽神の信仰をもたらしたのだな。しかし、なぜかくも精緻な太陽信仰をもたらした、あるいは受け継いだ民族が、これほど神殿としてふさわしくない場所に根を下ろしたのだろうね。なぜ彼らはわざわざ苦労してこんな場所にストーン・サークルを築きあげたのだろうか。ここでは、日の昇る方角に向けようとにも、そこはほんとうの日の出の場所ではないことはわかっていたはずなのに。答えは推測するしかない。類似の例を考えてみるとよいだろう。メッカでは、アラビアの異教の偶像を祀った石造りの立方体がアラーの聖なる家となった。コルドヴァではイスラム教のモスクがキリスト教の大聖堂になった。レバノンで、ギリシャ時代の神殿の基部にある壁龕に、現代の聖母の絵姿が飾られているのを見たことがある。いまはアブラハムの川と呼ばれているアドニスの泉のほとりには無花果《いちじく》の木が生えていたが、その枝にフランス統治時代に鋳造されたピアストル硬貨が願かけの捧げ物として置いてあるのを目にしたこともあるよ。新しい宗教が古い宗教を追放するとき、新しい宗教は追放された宗教の神殿に居を定めるのだ。うまいやりかたではある。神殿を追い出された宿なしの神が崇拝をあつめるのは難しいだろうから。しかし、征服者が被征服者の玉座に腰を据えるのは、それが玉座であるからという理由もある。険しい谷を登ってアルテミス神殿の聖母に捧げ物をするレバノンの農夫は、アルテミスの名を聞いたこともないし、聖母についてもそれほど知っているわけではない。わかっているのは、その場所が神聖だということだけだ。ストーン・サークルが築かれるより前にここにやってきた民族については、ほとんど推測さえできないが、ひとつだけ言えることがある。これらの石が据えられる前から、ここは神聖な場所だったのだ」

わたしはぼんやりと耳を傾けていた。「だれかが神聖な場所にしたはずですね。〝彼ら〟ではなかったとしても」そう言いながら、〝彼ら〟というのがなにものを指しているのかは自分でも定かではなかった。「妖精がこういう場所をつくったのだと誰かが言っていませんでしたか？　妖精の踊り場を想像してみろと言われたら、まさにここみたいな場所を思い浮かべます」

「ああ！」博士は声に賞賛をにじませて叫んだ。「あなたはあの古くからの説に賛成なさるのだな。

エルフ、妖精、巨人、それに魔術師たち——たしかに、ただの人間にこんなサークルを築けたはずがない。古くからある考えだよ。ウェールズの伝説に、ストーンヘンジの由来を語ったものがあるが、アウレリウス・アンブロシウスがつくったということになっている。彼自身、多かれ少なかれ伝説上の人物ではあるがね。ストーンヘンジがつくられたのは、アウレリウス・アンブロシウスの時代より少なくとも二千年は前だという証拠がある。それでも伝説が興味深いのは、それが詩的な表現でほのめかしている内容が、考古学上の発見によって示唆される事実とも一致しているという点だ。伝説によれば、アウレリウス・アンブロシウスはソールズベリー平原にストーン・サークルを築くよう魔術師マーリンに命じた。マーリンは、もっともなことだが、経済的にすませようと、蓄えの中からひとつを都合することにした。つまり、すでにアイルランドにあったサークルを呪文の力で動かしてソールズベリー平原に据えつけたのだ。ここで面白いのが、そのアイルランドから持ってこられたサークルは、巨人がアフリカから運んできたものだとも伝説は語っているのだよ。さて、これが太陽信仰や太陽神殿が外国から輸入されたものだという遠い記憶を反映しているのでなければ、ほかにどんな意味があるというのだろう」

それでもまだ疑問が残るように思えた。「でも、たとえマーリンか、それともほかの魔術師がストーン・サークルを宙からここに投げ落としたのだとしても、なぜほかでもなくこの場所を選んだのかという理由にはなっていません。博士もおっしゃるように、ここはふさわしい場所とは言えません」

「そうだ。ふさわしい場所ではない。そこで、わたしの説が唯一合理的な説明だと思われるのだよ。異教の神殿に居座る教会という説だ。これら古代の石は、はるかに古いなにかの上に立っているのかもしれない。なにかもっと異質なもの、これらの石を据えつけた人間たちの理解を超えたなにか。この場所ではずっと異形の足が踊っていたのだとわたしは思うよ」

「異形の?」わたしは訊きかえしたけれど、それ以上ゆったりと寝そべってラヴリン博士とおしゃべりを楽しんではいられなかった。マルヴァンとイアンセが駆け寄ってきて、わたしをひっぱってなにか一緒にゲームをしようと誘った。テニスボールを持ってきていたので、この場所でなにができるか四人で知恵を絞ったすえに、ラウンダーズと鬼ごっこの合いの子のようなゲームを考えだした。四人のうち三人は塁から塁へと走って回る。立石はこの塁に見立てるのにうってつけだった。いっぽう四人目は三人が走っているところにボールをぶつける。単純だけれどじゅうぶんに楽しめた。マルヴァンとイアンセ、それにカティアは狂ったように走りまわり、わあわあ、きゃあきゃあと大声を響かせた。人身御供を捧げるドルイド祭司団の儀式でさえ、これほどうるさくはなかっただろう。ラヴリン博士はわたしたちから離れていった。子供たちの金切り声は、博士の鼓膜には少しばかり耐えがたかったに違いない。ずっと遊びつづけて子供たちは疲れてきたはずなのに、それでもやめようとはせず、少しのあいだも静かにしていられなかった。しかし遊戯はあっけなく終わりを迎えた。

そのときはマルヴァンが「鬼」で、塁のひとつに向かって——たまたま祭壇石だった——走るイアンセめがけてボールを投げつけた。マルヴァンは狙いをはずし、ボールを追いかけて走ってゆき、そのあいだにイアンセが祭壇石に飛び乗って、勝利の喜びにぴょんぴょん跳ねまわりながら勝ち誇った叫びを鬼に向かって放った。とそのとき、イアンセが背を向けているほうの立石の陰からヌアマンが姿を現し、しばらく身じろぎひとつせずにイアンセを見つめた。それからなにか言葉を発したらしい。イアンセはくるりと振り向き、ヌアマンを認めたかと思うと石から降りて、叱られた仔犬のようにすごすごと彼のところへ歩いていった。ボールを見つけて叫び声をあげながら駆け戻ってきたマルヴァンも、ふいに動きを止めて声もなく立ちすくんだ。

わたしはヌアマンに近づいた。彼はさっと振りかえり、いつものようににっこりした。

「まあヌアマン！」わたしは声をかけた。「いったいどうしたの」

「ああ、気が変わったんだ」ヌアマンは明るく言った。「それと、カティアを探しにきた。ミセス・サルキシアンが用事があるって」

カティアは手のひらで額を打った。

「あれまあ！　マスタード夕飯を熱くするって彼女言う！」

なにを言っているのか見当もつかなかったけれど、カティアがあわててお茶のカップや皿を片づけ始めたので、わたしもかがんで手伝った。ゲームがとつぜん終わってしまったことは気にならなかった。どのみち、もう帰るころあいだった。けれど、ヌアマンが現れたときのあまりにも劇的な雰囲気の変化にとまどい、なんだかひっかかりをおぼえた。さらに奇妙だったのは、皿やカップから目を上げてあたりを見まわすと、博士がその場に戻ってきていて、ヌアマンが博士になにか食ってかかっていたことだ。博士は肩をすくめ、ハンカチを取り出して鼻をかむと、もういちど肩をすくめたが、みるからにばつが悪そうだった。それからヌアマンをおいて歩いてくると咳払いをして、そろそろ館に戻らなければと言った。

わたしたちはみなで食器などを片づけた。ぎこちない雰囲気がただよっていたのも一、二分のあいだで、その後はヌアマンは陽気で愛想がよかったし、博士もいつもどおりリラックスしていた。

少女たちもすっかり元気を取り戻し、けれどお行儀よくふるまっていた。

帰り道ではラヴリン博士の話だけを聞いてもいられなかった。ヌアマンも博士と同じようにあれこれと指さしてみせるのだけれど、その対象は博士なら気づきもしないようなものばかりだった。道端の土手の下をちょろちょろと流れる小川の脇に咲いている黄色いルリハコベだったり、斜面にとまっているノビタキだったり、彼方の庭園の上空を飛んでいるチョウゲンボウが小さな点のように見えるのだったりした。

「じゃあ結局、工房にはそれほど長くいなかったのね。作業はもう終わったの？　なにができたのかしら」わたしは尋ねた。

「ああ、ううん」彼は答えた。「まだできてない。完成までには、もっとがんばらないと」

「いつかはできるんでしょう。そうしたら見せてくれる？」

そのときヌアマンは小石をいくつか拾ったのをくぼめた両手に包んで振り、かちかち鳴らしながら、いたずらっぽく横目でわたしを見上げたのを覚えている。

「ああ、もちろん！　見せてあげる。ダフニにあげるものかもしれないよ」

「なにかしら。教えてくれないの？」

「うん、だめ。できあがって、ちゃんと用意ができるまで待っててくれないと」

「わかった。じゃあ、見てのお楽しみってことね」

「そう、それだよ。見てのお楽しみ！」そう言うとヌアマンは小石を放り投げ、笑いながら土手に飛び上がった。

わたしたちは館の扉の前で少女たちを待った。ふたりは坂を下る途中でぐずぐずして遅れていた。

やってきたふたりはわたしたちを置いて先に館に入っていった。通り過ぎるときイアンセがなにか言いたげな顔をしていた気がした――「だから言ったじゃない」というような。それから皮肉っぽくしかめつらをした。少女たちは二階に上がってゆき、ヌアマンも後につづいた。

籠を持っていこうとしていたカティアは目を見開いて天を仰いでみせた。「すっかりだいなし」彼女は言った。「博士がいたおかげ。イアンセ悲しくなるだけ。イアンセ泣く《ウイープ》ことになる」「泣いたりするようなら、イアンセはお馬鹿さんね」わたしはそう答えた。台所に向かうカティアの背を見送りながら、カティアの発言は違ったふうにも解釈できることに気づいた。カティアが英語を話すとき、きまってまちがえる母音の発音にきちんと注意を払っていたら、もう少し早く気づいていたかもしれない。心の中で覚えているかぎりの例をあれこれ思い返してみた。そういうことだったのだ。少女たちがヌアマンに絶対服従しているわけを、カティア流のこんがらがった思考で表現すると、そういう言い方になるのだろう。

9

推測したカティアの言葉の意味を、わたし自身それほど本気にしたわけではない。それでも翌日にヌアマンと顔を合わせたとき、からかってみずにはいられなかった。その日はわたしがリングストーンズに来てから初めての曇り空の日だった。午後は泳ぎにいくつもりだったけれど、すっきりしない空模様のせいで気が変わった。ヌアマンは昼時まで顔を出さなかったので、今日は休暇にしてステインズヘッドまで行こうと決めた。実は腕時計のバンドが壊れてしまっていた――よくある自由に曲がる金属のバンドだ。ストーン・サークルで遊んでいたあいだに無理な力がかかるかして緩んでしまったらしい。夜に部屋へ戻ったとき、時計が腕から抜け落ちたので拾い上げて見ると、バンドと時計の本体を繋ぐ金具が壊れていて、時計は止まっていた。サルキシアンは今日明日は街に出る予定がないようだから、午後から夕方にかけて仕事を休みにして、荒れ地を歩いて自力でステインズヘッドまで行ってみようかと考えた。図書室に額に入った地図があったので、それで道を確かめた。きわめて単純な道筋に見えた——ブラギルからの道をそのまま先に行けばいいだけだ。ブラギルからステインズヘッドまでは、その荒れ地を抜ける小径を行くと七マイル弱くらいだろう。

わたしは昼食のあとすぐに出発した。見積もりでは、四マイル行くのに二時間はかからないはずだった。もし古い地図が主張するほど道がよくなかったとしても二時間半くらいか。庭園のはずれまで来たところでわたしを呼ぶ声と足音がして、振り向くとヌアマンがやってくるところだった。

「あら、ノー・マンさま。今日はずっとどこにいたの」

「実は起きたばっかりなんだ。冴えない朝だったから、寝ていようかと思って」

「ほらね、あなたが望むからっていつも太陽が輝くわけじゃないでしょ」

彼は笑った。「そう？　今日は望まなかったのかもしれないよ。ねえ、ところでどこに行くの」

「あなたには関係ないわ」きっぱりとはねつけたあとで、相手のとまどった顔を見て思い直し、ステインズヘッドまで行くつもりだと答えた。

「そうなの、でもなんで？」ステインズヘッドまで行くのがとんだ酔狂だとでも言うように、ヌアマンは声を高くした。

「行きたいからよ。ちょっと用事があるの。知りたいなら教えるけど、時計のバンドを直してもらいにね」

彼はなにも着けていないわたしの手首を見やった。「それならぼくが簡単に直してあげるのに。ステインズヘッドまで行く必要ないよ。ぼくに貸して。今日やるよ。ねえ、ステインズヘッドには行かないで！　ほかのことをしよう。そうだ、昔の鉱山の跡を案内してあげる」

　わたしは歩調を緩めず、きっぱりと首を横に振った。

「いいえ、行くと決めたから行くの。あなたが昨日わたしたちと一緒に来ないと決めたのと同じよ」

「ああ、ダフニ」わざとらしくしゅんとした顔をつくり、横目でこちらをうかがう。「ぼくのこと怒っているんだね」

「そうね、じゃあ言うけど、昨日の午後のあなたのふるまいには、感心したとは言えないわね」

「昨日の午後？」不思議そうに繰り返し、それから楽しげな声で言った。「ねえ、カティアはおかしかったよね。『マスタード夕飯を熱くする』って言ったとき、ぜんぜん意味がわからなかったでしょう」

「カティアの英語にはお手上げだわ。どういう意味だったの？　夕食に冷肉でも出るのかと、そんなことくらいしか思いつかなかったけれど、でも違っていたし」

「違うよ！」彼は叫んだ。「カティアはマステッドって言ったんだ。〝しなければならない《マスト》〟の過去形のつもり。それから、熱くするっていうのを〝料理する〟の意味でよく使うんだ。帰って夕飯をつくらなきゃって言いたかったのさ」

「まあ！　いつまでたってもカティアの言葉はわかりそうにないわ。これまで一言でも理解できていたのかも自信がなくなってきた。そういえば昨日の晩は、あなたがいとこたちをぶつ《ビート》って言っているのかと思ったし」

「マルヴァンとイアンセを？　そりゃ、もちろんそうさ」彼は真顔で言った。

わたしは足を止めた「ええ？　ほんとうに？」

彼はきょとんとしていた。「なんで。ダフニも知っているでしょう。ぼくはいつでもあの子たちを負か《ビート》すよ」

「ああ、ヌアマン」わたしは言った。「あなたってば、カティアと同じくらい手強いときがある。彼女の言っていることがよくわかるのも無理ないわ。そういう意味じゃないのよ。鞭打《ウイップ》つということ」

彼は高らかに笑った。「サルキシアンがポニーにするみたいに？　ぼくが？　そしたらあの子たち、ぼくを負か《ビート》すかもね。そのうち引き具に繫いで試してみようか」

わたしはふたたび歩きだした。「手頃な馬車があったらほんとうにやりかねない感じね。あの子たちもちょっとどうかしているから、喜んで牽きそう。カティアならやるわね、きっと」

「うん」いたずらっぽい笑みを浮かべて言う。「そのほうがいいな。ダフニとカティア。ねえ、ぼく戦車をつくるよ。楽しいだろうな。ぼくが馭者になるんだ。そうしたらふたりはぼくの前にいるから、ぼくを負か《ビート》すことになって、ぼくはふたりの後ろにいるから、ふたりをぶつ《ビート》んだ」

「そうでしょうとも」わたしは言った。「それにはまず、わたしを引き具につけないと。考えているほど簡単にはいかないわよ。それはともかく、ステインズヘッドまでずっとついてきてくれるの？」

「ううん。ただ上まで行って道を教えてあげようかと思って。どうしても行かなきゃならないなら。やめてくれたほうが嬉しいけどね」

あまりに名残惜しそうな声を出すので、もう少しで気が変わったと言うところだった。けれど断固として態度を変えないことを肝に銘じていたから、あえてかたくなに歩きつづけた。ヌアマンは館の私道がブラギルからの小径に合流するところまでついてきた。そこでこと細かに道順を説明し、道は見わけづらいからと言うのでわたしは驚いた。ヌアマンが庭園の外のことを知っているとは思わなかった。

彼が一緒に来てくれたら嬉しかっただろうが、どうしても行かないと言うので、わたしたちはそこで別れた。ラヴリン博士に古代の壮麗な大通りを想像させた石がそこかしこに散らばっていた。わたしは右に道をとった。道は細いもののはっきりしていた。もう馬車などは通らないにしても、羊飼いなど徒歩で行く者がいるのだろう。窪地にさしかかったところで分かれ道とストーン・サークルのほうを振り返った。ヌアマンはまだ別れたところのすぐそばにいた。ヒースのあいだに横倒しになった灰色の石に腰をかけて、足を組んだ小鬼めいた姿は、広大な荒れ地の中では小さく寂しげに映った。彼に手を振って、ふたたび前を向いて先へ進もうとしたとき、視界の隅にもうひとつ小さな人影が動くのが見えた。ヒースの深い繁みの中から湧き出たように現れ、ヌアマンに近寄っていく。茶色と灰色の小さな人影だった。その日の朝、少女たちは茶色のシルクのセーターと灰色の半ズボンを着ていたけれど、遠目ではいま現れたのがどちらかはわからない。窪地を下りて反対側に登りきったところでもう一度振り返ってみると、ふたつの人影は姿を消していた。

地図で見たステインズヘッドに向かう道は、だんだんリングストーンズの谷間から離れ、西のほうに曲がってニザー・エッジを越え、ステインズヘッドのあるニザー谷に通じていた。地図ではニザー・エッジには山頂か崖を表す印がついていたから、ストーン・サークルが見えなくなるあたりまで来れば、すぐにニザー・エッジが見えてくるものとばかり思いこんでいた。たぶん、自分は高台の側から断崖に向かうため、崖のように見えるのは下のニザー谷から見たときだけだということが頭から抜けていたのだろう。ヌアマンが教えてくれたあれこれの道しるべ――あそこの石だとかここの池だとか――については、それほど真剣に探そうとは思わなかった。道ははっきりしているように見えた。藺草の繁った泥炭地にはまらないよう迂回して道をはずれることも何度かあったけれど、足もとがしっかりしてきたところでふたたび道に戻り、ヒースのあいだを縫って延びる小径をたどった。

それほどの静けさの中に身をおいたことはなかったように思う。あたりを見まわすために立ち止まり、ざくざく、あるいはぐちゃぐちゃという自分自身の足音がしなくなると、もうなんの音も聞こえなかった。息苦しくなるような蒸し暑さだった。そよとも風が吹かなかったが、これは荒れ地では珍しいことなのではないかと思った。シギの一羽、羊の一頭の鳴き声もしない。せめて自分の声で孤独を慰めたくて一、二度声に出して独り言を口にしてみたけれど、ヌアマンか少女たちがいてくれたらと思わずにはいられなかった。ありがちなことで、初めての道を行くとき、とくに田舎でえんえんと土地が広がり、垣根や建物もなく、木や柱もなくて道を進んでも風景がなにも変化しないときには、どれほどの距離を歩いたのかすぐにわからなくなってしまう。しばらく経ってもう確実に三マイル以上は歩いた気がしていたのに、荒れ地の終わりはいっこうに見えてこず、ニザー川に降りる崖に着かなかった。ふだんならわたしは歩くのは速いほうだけれど、起伏の激しい道を登り下りし、泥の深いところでは乾いた地面を探して回り道をしたので、思ったより時間がかかっているのに違いない。当然ながら荒れ地はどこを見ても同じような景色で、そのせいだとわかってはいても、それでも窪地の底の小さな池やいくつか岩の散らばった丘の斜面などを見ると、もうすでにそこを通ったことがある気がした。通ったばかりの道が背後で逃げだして窪地の陰をこっそり通って行く手に回り、わたしの歩行を永遠に引き延ばそうとふたたび身を横たえるところが想像できそうだった。たびたび背後を振り返って見たけれど、道がごまかしをやる現場を見つけられるのではと、どこかで期待していなかったと言い切る自信はない。

いつもなら、わたしは独りきりで田舎の野山を歩くのも苦ではない。館を出発したときは道中がどれほど孤独かなど考えてもみなかった。地元のホワイトヒルではしょっちゅうひとりで遠出をしていたけれど、寂しいと思ったことはない。けれどこのリングストーンズ・ムアでは孤独を感じた。そこは「田舎」などという言葉では表せない、よそよそしい禁断の場所だった。自分がいるべきでないところにいる、無断で立ち入っているという気がした。だれかが一緒にいてそうではないと安心させてくれたらいいのにと思った。それは不合理な考えだった。荒れ地全体がラヴリン博士の所有地であるのは知っていたし、そこにわたし以外の人間がいる可能性はかぎりなく低かった。それなのに、いまにもだれかに咎められはしないかという懸念が拭えなかった。ヒースと草むらと茶色の泥炭質の地面、それに黄みがかった灰色の苔以外のものが見たくてたまらなくなってきた。荒れ地の自然にはもう魅力を感じなかった。遠い昔、寂しいヒースの野に独りでいるのがよくないこととされていた時代に、こういう土地に対して人々が抱いていた印象がもっともであるように思えてきた。地図で「殺しの丘」と記されていた場所があったのを思い出した。あたり一帯はなにもなくひらけていたけれど、ヒースにまぎれてなにかが立って、あるいはうずくまっていたとしても、見わけるのは難しかっただろう。

しばらくすると長くゆるやかな登り坂にさしかかり、わたしはほっとして、頂上まで行けば期待していたとおり谷を見下ろせるはずだと考えた。つまずきながらもがむしゃらに登ったけれど、頂上から眺めると、前途にはあいかわらず空漠とした荒れ地が広がっていた。行く手でふたたび地面が隆起しているのも、少なくとも三マイルは先で、しかもいま自分が立っているのと同じようなヒースに覆われた大地のうねりを形づくっているだけのように見えたので、がっかりすると同時に不安を覚えた。道に迷ったのだと自分でも認めざるをえなくなったのはそのときだったと思う。わたしは立ち止まって周囲をぐるりと見まわした。目じるしになるものはなにひとつない。右手か少し後方のあたりにはブラギル・ムアの尾根があるはずだった。昨日、ストーン・サークルからはっきりと見えた東の峰だ。でも、昨日とは別の場所にいて、しかも右手の丘の輪郭が厚く垂れこめた雲にまぎれているせいもあり、判然としなかった。左手の地平線には濃い灰色の丘が連なり、行く手と背後には荒れ地の褐色の大地がうつろに静まりかえっていた。

ひと筋でも陽が射せば、自分がどちらの方角を向いているのか、おおよそでも見当をつけられただろうけれど、空一面が灰色の雲に厚く覆われていた。もしかするとヌアマンが行くなと言っていた分かれ道のほうに入ってしまったのかもしれない。だとすると左手の高台をめざすべきなのだろう。実はあのむこうにニザー谷があるのではないだろうか。けれど、これまでたどってきた小径を離れるのはためらわれた。たしかに道は頼りなくとぎれがちになってきていたけれど、えんえんと広がるヒースと泥炭を踏みわけて進む決心がつかなかった。そんなわけで、しばらく逡巡したすえに、径を外れて目の前の窪地へと足を踏み出した。

いくらも行かないうちに地面のようすが変わった。そこかしこに茶色の水が溜まり、草も生えていないむきだしの土は海綿状で柔らかく、ところどころねっとりした泥に覆われていた。たまり水のあいだの土手に足を下ろすと地面が陥没して穴があき、緑がかった泥でいっぱいになった。ここにはもう頼りない小径さえなく、あちらへ避け、こちらへ迂回し、なんとかたまり水のあいだの狭い地面を縫って道なき道を進もうとあがいているうちに、どちらに向かっているのかすっかりわからなくなった。そしてずっと恐れていた事態が現実になった。その動きも生命の気配もないどろどろしたいやらしい場所で、わたしは怖じ気づいてしまったのだ。妄想に身をゆだね、その場所が意志を持ってわたしを罠にかけ、盲いた眼のような鈍い色のたまり水と、見た目を裏切るあてにならない灰色の苔のあいだに閉じこめたのだという考えに屈した。黒みがかった褐色の泥炭の堆積がわたしを囲んで押し寄せてきた。まるでいつかヌアマンが見せてくれた、ムシトリスミレがねばねばした葉を閉じて粘液に捕らわれた羽虫を閉じこめてゆく光景のように。荒れ地はわたしを怯えさせた。荒れ地の沈黙は悲しみに沈んでいるのではなく、敵意を持っていた。わたしはたまり水や苔に自ら飛びこみ、大股で跳ねるようにしてしゃにむにつっきろうとした。頭の中は、そこを離れたいと、ただその思いしかなかった。

愚かなふるまいだった。何度か踏み切りの間合いをはかり損ね、底なしの沼にはまりこんでいてもおかしくなかった。実際、たちまち膝まで泥に埋もれてしまった。なんとか小高く乾いた場所にまでたどりついて、ヒースの根にしっかりとしがみついたときには、胴のあたりまで沈んでいて、おそろしく深い泥がわたしを呑みこもうとするのを体で感じていた。泥沼を抜けだし、しばらくヒースの繁みに寝転がった。そうしてようやく自分を取り戻すと、濡れた服を絞り、体から少しでも泥を落とそうとした。自らを元気づけようと、ミセス・サルキシアンが今年の夏は荒れ地も乾いていると言っていたのを種に心の中で冗談を飛ばしたりもした。その地獄のような場所は永遠に乾くことはないのだろう。独自の生命を持っていて体液を分泌しているかのようだった。

不気味に静まりかえった沼地から離れると、恐怖を感じるよりも自分に腹が立ってしかたがなかった。なぜもっと気をつけて行動しなかったのか、なぜヌアマンの指示をもっとしっかり聞かなかったのか、本来進むべきだった道をなぜもっと注意して見ていなかったのか。疲れてきてはいたけれど、いわば自らの愚かさに罰を与えるようなつもりで、疲れた体に鞭打ってでこぼこの手強い地面を進んでいった。

わたしはすっかり道を見失っていた。なにかあてといえば、以前に読んだ冒険小説に書いてあったことしか思い浮かばなかった。川を見つけて、どんなに道が険しくても下流に向かうこと。そうすればいつかは荒れ地を出て谷につくはずだ。谷には畑や石垣や小径があり、人家か広い道路まで導いてくれるだろう。肝心なことは――自己嫌悪からは立ち直りつつあったわたしは自分に言い聞かせた――肝心なのは、ただひたすら道を進むこと。イングランドではそんなに長いあいだ道に迷ったままということはありえないし、なにか事故でもないかぎりひどい目に遭うおそれもない。でも、根っこにつまずいたり、うっかり足を踏みはずして足を挫いたりしてはいけない。着実に進めば、日が暮れるまでには見知った場所に出られるはずだし、たとえそうでなくても、乾いた地面でヒースの上に寝れば、さほど不快でもないだろう（これについては、背の中程まで服がびしょぬれというありさまでは、自分でもあまり説得力があるようには思えなかったが）。

膝の上まで来るヒースやギョリュウモドキの繁みをかきわけ、起伏の多い危なっかしい地面を踏みしめて、こちらと決めた方角に向かった。すると、固い意志さえ持てばおのずと結果はついてくるものだとでもいうように、ふいに深く狭い谷の縁に出ており、谷底にはかなり大きな川が勢いよく流れていた。自分はいまどこにいるのかと忙しく思考を巡らせた。ひどく疲れていたけれど、それほどリングストーンズから遠くまで来たはずはない。ぐるっと円を描くように歩いていたのかもしれない。サヴァンナで道に迷うとそんなふうになると聞いたことがある気がする。ともかく、リングストーンズ庭園のあたりにこれほど大きな川はひとつしかありえない。それはたしかにリングストーンズ川に違いなかった。庭園のずっと下流にあたるどこかに出たらしい。そのまま川に沿って下流に行けばニザー谷に着くはずだけれど、スティンズヘッドまではかなりの距離になるし、もう時間がなかった。戻っていって道に迷ったと白状するのはいやでも、それが唯一の理性的な行動だった。それにどうせ街中に出られるようなありさまではない。そういうわけで谷に沿って上流に向かうと、ほどなくなだらかな羊の通り道にぶつかった。道は荒れ地のすぐ下を通っており、伸び放題の草地と背の高い羊歯の帯をかわるがわる横切っていた。ヒースや苔や色褪せたワタスゲ、そしてほとんど目の敵のようになっていた金光花の鈍いオレンジ色の花穂の代わりに羊歯を再び目にすることができて、どれほどほっとしたかは自分でも認めたくなかった。それから顔の黒い羊を見かけた。どこにでもいるただの羊かもしれないが、なぜかなじみのある場所に帰ってきた感じがした。道はだんだん広くしっかりしてきて、岩角に張り出した肩を回り込むようにつづいていた。肩を越えると、眼前の谷を知っていると確信した。半マイルほど先にある別の岩角は、あれのせいで谷の奥が見えないけれど、リングストーンズ庭園の端に門を守る塔のようにそびえ立つ一対の岩の片割れに違いない。それにあの下に見える樺の木立と向かいの木叢は、以前に庭園のはずれから垣間見たことがあるものだ。そして狭い平らな草地のむこうには、樺の木と茨の繁みに隠れるようにして、二枚の岩のあいだに暗い口を開いた穴がある。ラヴリン博士とヌアマンが説明してくれた、古代の立坑の入り口以外にありえない。

一瞬後には確信がますます強まった。樺の木立のあいだを四、五人の人間が動き回っているのが見えたのだ。少なくともぱっと見の印象では四、五人と思ったのだけれど、すぐにそれは間違いだとわかった。三つの人影が川岸のひらけた場所に現れ、この距離からでも少女たちの茶色のセーターが見わけられた。三人目の人物はほぼ裸のようで、よく見ると白いものがちらついていた。水際に転がった岩の上を飛び跳ねるのを見れば、この倍は離れたところからでもヌアマンだとわかっただろう。

ヌアマンがこちらに気づいて、わたしが崖の上のほうをゆっくりと進んでいるあいだに流れを渡り、急な斜面を斜めに登って近づいてきた。草の生えた滑りやすい斜面を両手両足を使って兎のように敏捷に登ってくる。白い水泳パンツを穿いていて、肌にはまだ水の滴が残り、短い黒髪の巻き毛が頭に貼りついていた。

彼はずぶ濡れのわたしをしげしげと眺め、なるほどねという顔をした。にやにやと笑っていたけれど、わたしはヌアマンに会えてとても嬉しかったので、彼がえらそうな口調でこう言ったときも怒りはしなかった。

「ひとりじゃ道を見つけられないのはわかっていたよ。サルキシアンかぼくでないとだめなんだ」

「そうね。でも戻ってくる道は見つけられた。これだってたいしたことじゃないの」

「そう」彼は重々しくうなずいた。「でも行ってはいけない」

彼は自分の服はほうっておいて——それとも館で着替えて置いてきたのかもしれない——わたしの先に立って谷の上流へと進み、関守の岩を越えて庭園へと下りていった。庭園の柔らかい芝を踏むのがこれほど嬉しかったことはない。

館に着くとすでに少女たちが戻っていた。白いドレスを翻し、漂うように回廊を走りまわっている。鉱山の跡から川沿いに来る道は、わたしたちが通ってきた崖の上の道よりも近いのかもしれないが、それでも彼女たちがそんなに早く戻ってきて着替えることができたとは不思議に思わずにいられなかった。

「それじゃあ」一緒に階段を上がりながらヌアマンは狡《ずる》そうに言った。「ぼくに時計のバンドを修理させるしかないよね」

「もう！」わたしはバンドを手渡した。「あなたがわざと間違った道を教えたんじゃないかって思うところだわ。わたしがこの忌々しいものをステインズヘッドに持っていかないで、あなたに渡すようにって」

10

その晩、ラヴリン博士にはわたしの冒険の情けない顚末を話すことになった。風呂に入ったあとだったけれど、みじめさは増していた——おもに肉体的な面で。まめこそできなかったけれど、びしょびしょの靴でヒースの根っこにつまずきながら歩いたせいで足が痛かった。それでも、荒れ地がわたしの精神におよぼした影響についても少しは話したと思う。あの不気味な沼地で感じた恐怖について語るわたしの顔を、ラヴリン博士は興味深そうに見つめていた。それからなにかギリシャ語の引用らしきものをつぶやいて、こう言った。

「あなたが経験した感覚だが、寂しい場所で同じような経験をした者はほかにもいる。みながバスや自転車を使うようになってステインズヘッドへの道が放棄されて以来、リングストーンズ・ムアはまさに寂しい場所なのだよ。わたし自身も遠い昔にひとけのない場所で経験したことがあるが、そのときわたしは、かの舵取りタムスが聞いた声は嘘を吐いていたのだと悟った。偉大なるパンは死んではいない。いまもなお自らの聖地を訪れており、われわれ人間がその地を冒したならパンの恐怖に襲われるのだ*」

「パンは親切な神さまだと思っていました」わたしは言った。「でもあの場所は邪悪でした。わたしは怖かったんです」

「なに、シュリンクスがパンから逃げたときも怖かっただろうね」博士は答えた。「それがまさに神々の二面性というものだ。神はつねにふたつの面を持っている。ひとつは善良で、もうひとつは邪悪だ。しかもこのふたつは、つねにはっきり区別できるとはかぎらない。ひとつの行為がふたつの面を同時に表していることもあるし、むしろすべての善いふるまいに邪悪なふるまいがついてまわると言ってよいだろう。すべての妖精の贈り物に――ところで妖精はこの荒れ地でのパンの代理であってもおかしくはないだろう――結局は災いを招く条件がつけられているようなものだ。彼らの黄金は翌朝には石に変わるし、たった一晩の宴への誘いが、不運な人間を百年の奴隷の境遇に陥

＊プルタルコスによれば、タムスは海上で「大神パンは死んだ」と神託をうけた。

れる」

「それでも今日の午後は、たとえ妖精にでも会えたら嬉しかっただろうと思います」そう言いながら、わたしは石の上に座ったヌアマンの小妖精めいた姿を思い出していた。

「そうだな」ラヴリン博士は重々しく言った。「もし遭遇していたら興味深いことになっただろうが、ほんとうにそうなっていてもおかしくはなかったのだよ。この地に妖精がいるという信頼に足る証拠はかなりの数にのぼる。たしかに、最後に目撃が記録されたのはかなり昔のことだが」

「まるで博士ご自身も妖精をまじめに信じていらっしゃるみたいですね」

「まじめに？　そのとおり、まじめに受けとっているとも。科学には誤りだと言われようと、文学や民話や石碑に偉大な遺産を残したあらゆる考えをまじめに受けとるのと同じように。ご存じだろうが、そういった小さい人々、すなわちわれわれの父祖の伝説にあるエルフやピクシーやノームといったものは、遠い先祖が信仰していた神々にほかならないという説がある。あるいは、われわれの祖先が追放した古い民族だとも。つまりオラウス・マグヌスやパラケルススが記した鍛冶屋たち、侵入者たちには知られていなかった技術を持った隠れたる民だが、土塁やストーン・サークルにはいまだに彼らの記憶がまつわっている。ああいったものは彼らがつくったと考えられていたのだ。人々が妖精を見るのをやめてからというもの、彼らはいわば又聞きの話として子供向けの本に書かれる、毒にも薬にもならないちっぽけな存在に落ちぶれた。追憶のそのまた追憶にすぎない。しかしかつては力を持ち、恐れられた存在だったのだ。だから、荒れ地でかの種族の者に出会うことがあれば、あしらいにはゆめゆめ注意を怠ってはならない」

「もう、わかりました、気をつけますね！『雲衝く峰を登り、藺草の谷間を下り』*――今度はヌアマンと一緒に行くことにします。彼なら小さい人たちの相手もお手のものでしょうから」

その夜はさっさと床についた。部屋に戻る途中で家政婦の部屋を覗いてミセス・サルキシアンに挨拶した。彼女は窓際に座り、弱々しい光を頼りに、どちらの少女のものだろうか白い麻のドレスを繕っていた。わたしはなにやかやと繕ったりやりくりしたりで大変でしょうといったことを口にした。

「そうですね」ミセス・サルキシアンは答えた。「あのふたりは着るものなんてまったく気にかけませんから。マルヴァンが今日の午後なにをしたか、これを見てくださいよ」そう言ってドレスの脇のひどいかぎ裂きを示した。

「派手に破いたこと」わたしは言った。「でも今日の午後にやったはずはないわ。セーターと半ズボンを着ていたもの」

ミセス・サルキシアンは首を横に振った。「あの子たち、朝はその格好だったけれど、あなたがお出かけになってすぐにドレスに着替えて、マルヴァンはお茶のあとに屋根裏部屋で釘にひっかけてこれをつくったんですよ。気づいたのはあなたがお帰りになるちょっと前、夕飯に下りてきたときでしたけど」

そのときわたしは疲れすぎていて頭が回らなかったのだと思う。着替えをするあいだもずっとミセス・サルキシアンが言ったことを考えつづけ、眠気で朦朧としながらベッドに潜りこんだときもまだ考えていたけれど、どういうことだかさっぱりわからなかった。その日の午後に少女たちが白いドレスを着ていたか茶色いセーターを着ていたかが、なぜそんなに気になるのかも判然としなか

＊ウィリアム・アリンガム「妖精たち」より。

った。

間違いなく、このささやかな謎と疲れと午後の恐慌とのすべてが潜在意識で混然となって作用した結果だと思うが、わたしはその晩、奇妙な夢を見た。

夢の中で、わたしは聞き慣れない物音に気づいて真夜中に目を覚ました。身を起こして部屋を見まわす。一日中空を覆っていた雲は晴れ、月の光が射していた。部屋の窓は開いていて、夜は静けさに包まれており、不規則に金属的な音がするのがはっきりと聞きとれた——ひとしきりたてつづけに鳴っていたかと思うと、しばらく途絶えてからタン、タンとまばらに鳴り、それからまたつづけざまに音が響いてまた小休止が入るといったように。その音がなんなのかはまったく見当がつかなかった。リングストーンズにいるあいだ、そんな音は聞いたことがなかった。わたしはベッドを出て開いた窓のところまで行き、耳を澄ませた。すると音は館の裏手からしているような気がしてきた。庭園の館に近いところで鳴っているにしては、音は小さく遠いように思えた。寝室の扉は開いていて、廊下には裏手の古い厩のほうに向いた窓がある。部屋を出て窓のそばで耳を澄ませていると、音がよりはっきりしたような気がした。ちょうど厩でだれかが鎚を打っているように聞こえた。なぜだかわからないが、夢の中でわたしは音の源がなんなのか知りたくてしかたがなかった。ときに人は、夢の中では目が覚めているときより思いきった行動ができるものだと思うが、わたしもいったん部屋に戻ってガウンを羽織りスリッパを履くと、忍び足で一階に下り、館のほかの人間を起こさないようそっと裏口の扉を開けた。少しも怖いとは思わなかったのを覚えている。

館の外の漆黒と銀色に支配された夜闇のなかで、わたしは耳を澄ませた。音はやんでいたけれど、どこから音がしていたかについては確信があったので、迷わず小径をたどって厩に向かった。夜の冷気が薄いガウンを通して肌を刺し、スリッパ越しに敷石の冷たく固い感触をはっきりと感じた。自分がどうやって厩の中庭の光景をつくりあげたのかはわからない。昼の世界では中に入ったことはなく、外から大きな門の両開きの扉を目にしたのがすべてだった。その夜、扉は少し開いているように見えた。門の隙間から身を滑りこませるとそこは石畳を敷きつめた中庭で、三方にずらりと馬房や馬車置き場の扉が並び、中央に馬のための石でできた水槽があった。門の正面向かいにある建物は、屋根の棟の中央に、建築の用語ではたしか「頂塔」と呼ばれるものがあり、走る狐の形をした風見が月光にくっきりと照らされていた。これはたぶん外から見たことがあったのだろう。もうひとつ目をひいたのは、現実では見たはずのないものだった。水槽のいっぽうの端に鉄製のポンプが据えつけられており、取っ手の先端はまるで紋章に描かれた獅子の尾のような華麗な渦巻きで終わっていて、鉛の吐水口は、口を開いた獅子の頭の形をしていた。

立ち止まってまわりを見まわしているうちに、ふたたび鋭い鎚音が始まった。中庭の右奥の角にある両開きの扉が開いていたが、手前の扉が中庭に突き出しているのに邪魔されて中は見えなかった。音とともにぼんやりと煙るような赤い光が漏れていた。月光が中庭の右手側にインクのように真っ黒な影をつくっていた。わたしは影に滑りこみ、扉と側柱のあいだの細い隙間に目を押しあてた。

夢の中ではどんなに奇抜なふるまいもあたりまえのように受け入れられるものだから、わたしも目にした光景にさほど驚きはせず、ただ魅入られたような好奇心を感じただけだった。扉の内側に広がる空間の中央に金床が据えられており、そのむこうにある炉が発する赤々とした光があたりを照らしていた。背中をこちらに向けて上半身を露わにし、上気したように赤い光に染まった肌を輝かせて、サルキシアンが立ったまま鎚を振るっていた。その向かいにはヌアマンがいた。見たところ素っ裸で、肌は赤熱の光を受けて豊かな黄金の輝きを帯びており、手に握った小さめの鎚を打ち下ろしている。ふたりのあいだの金床には不思議な曲線を描いた光沢のある金属の棒が置かれており、それが動かないように長い火箸で押さえているのは、小鬼めいた褐色の肌の小柄な少年で、短く刈り込んだ髪に尖った耳をしてヌアマン同様裸だった。炉の前には褐色の裸の少年がもうふたりいて、ひとりはふいごを押し、もうひとりは石炭の火にかけたなにかをかき混ぜていた。少年たちの肌の上で汗がてらてらと光っているのが目をひいた。サルキシアンは重い鎚をたゆまず振るい、ヌアマンは軽い鎚をすばやく打ち下ろし、そうやってふたりはわたしが部屋で聞いた不規則な音楽を響かせているのだった。彼らは夢の中でしかありえないような集中力を見せて仕事に没頭し、猛烈な勢いで鎚を振るっていた。けれど、わたしが一番興味をそそられたのはサルキシアンでもヌアマンでも奇妙な少年たちでもなく、金床と炉のあいだの少し離れたところに置かれているものだった。それはなかばは濃い影に沈み、なかばは炎の赤々とした光に照らされていたが、ふいごが押されるたびに炎が伸び上がって明るさを増し、その不思議な物体のもう半分も浮かびあがらせた。それはある種の戦車のようだった。繊細かつ優美で滑らかに磨かれた金属の輝きを放っている。骨組みだけでできているようで、とても軽く御しやすそうに見えた。車輪の輻《や》がまばゆい輝きを放射し、前部の曲線を描いた横桁に炎の赤い照り返しがちらちらと踊っていた。ほっそりした轅《ながえ》はなだらかにせり上がりながら奥に向かって延びていたので、先端は炉の炎が明滅を繰り返すにつれてときおり見えるだけだった。轅の先にはサルキシアンとヌアマンがいままさに金床で鍛えているものにそっくりの湾曲した棒というか弓状のものがとりつけられているようだった。そこから複雑に絡まった革の引き具らしきものが下がっていて、その中にわたしははっきりと、伸び上がる炎につかのま照らし出されて、金属の輪がふたつ輝くのを見た。そしてたしかに、ひとつはわたしの時計のバンドに間違いなかった。

夢の中のわたしの感覚はこの戦車にひたすら集中した。しなやかな曲線が輝きを放ち、複雑に曲がりくねった形が明滅する光に命を吹きこまれて息づき、空《から》の引き具がむなしくぶらさがっていた。その戦車のすべてが、わたしにとっては切実で特別な意味を持っていた。それが命を持たない物だとはわかっていたけれど、同時に、わたしがそこにいることをそれが知っているのもわかっていた。わたしは恐れを感じた。それはわたしを待っていた。ヌアマンとサルキシアンは鬼神の勢いで鎚を振るってそれを完成させようとしていた。サルキシアンもヌアマンも奇妙な少年たちもわたしを見ていなかったけれど、それは見ていた。扉の隙間からわたしに目くばせし、流し目を送っていた。

わたしは身を翻し、つまさき立ちで走った。悪夢を見ているときにありがちな飛ぶような速さで中庭を出て館に戻り、中に入って階段を上がる。ガウンを脱ぎ捨て、震えながらベッドに飛びこんだ。

現実に目が覚めたとき、すばらしく完璧な朝のまぶしい光を浴びながら夢の光景をまざまざと思い出し、実際には夜中に起きだして古い厩まで行ったりはしなかったのだとは、なかなか信じられなかった。スリッパを触って夜露で濡れていないかたしかめることさえした。もちろん乾いていた。でもそれはなんの証にもならないかもしれない。実際に夢に見たとおりなら、ずっと敷石の上を歩いたはずだから濡れた草を踏むことはなかっただろう。ベッドに腰かけていろいろ考えているうちに、さまざまな断片的なできごとや思考が組み合わさって全体の構図がつくりあげられたのだとわかった。いま考えると不思議なのは、夢の中ではあれをちっともおかしいと思わなかったことだ――つまり、奇妙な少年たちの存在だ。いまになれば、昨夜の小さい人々や金属細工師たちについての会話から彼らを思いついたのだとわかる。それと、マルヴァンとイアンセの服装が、わたしが古い鉱山の近くで見たものと、その時間に着ていたとミセス・サルキシアンが言ったものが食い違っていたのはなぜか、疑問に思っていたことも関係しているだろう。わたしの潜在意識が、眠りに就いたときに頭を悩ませていた疑問に答えようと、理性が眠っているときなら理にかなう説明として、わたしが谷で見た茶色い人影はマルヴァンとイアンセではなかったのだと示唆したのだろう。

座ったまま考えを巡らせているうちに、パズルの最後のピースも正しい場所にはまった。わたしはかすかな音が不規則に鳴っているのに気がついた。まさに夜中に聞いて目を覚ましたと思ったのとそっくりな音で、いまは音が小さくなって昼間の雑音にまぎれていたのだった。寝室の扉は開いていた。向かいに浴室の扉があり、それも開いていた。浴室を見に行くと、洗面器にほとんど満杯まで水が溜まっており、蛇口からしたたる滴が澄んだ鈴の音のような小さな音をたてていた。ゆうべ顔を洗ったあとに、なんの気なしに洗面器に栓をしたために、蛇口から垂れた水が溜まって音がするようになり、夜の静けさに増幅された響きを眠りの中にあっても耳が捉えていたのだろう。

11

わたしは夢のことをだれにも話さなかった。自分の中ですっかり納得のいく説明ができたので、そのまま心の片隅に追いやってしまった。目が覚めたときには奇妙な光景が細部にいたるまであざやかに脳裏に浮かんできて、それが現実に起きたことだと確信していたけれど、一日が始まって現実の生活が忙しくなるとそんな確信は消え失せ、夢の詳細も記憶からこぼれ落ちていった。

夢などよりもっと気になったのは、荒れ地のどこで道を間違えたのかということだった。朝のうちに図書室に行ってもういちど地図を眺めた。やはり、はっきりと記された乗馬道がブラギルからステインズヘッドまで通じており、途中でリングストーンズ・ホールから半マイルほどのところを通過している。ストーン・サークルも館に通じる私道もしっかり記されている。一目瞭然だった。たしかに、よく見ると地図の作成日付は三十年ほど前だったけれど。ラヴリン博士にもっと新しい地図がないか訊いてみなくては。

立ったまま地図をじっと眺めていると、カティアがはたきを手にふらりと入ってきた。彼女はいつになく沈んだようすだった。わたしがつとめて明るく声をかけると近寄ってきて、並んで悲しげに地図を見つめた。わたしは彼女にとってその地図はいったいどんな思いがけない意味があるのかと首をかしげた。

「見て」わたしはガラスに指を押しつけてストーン・サークルとステインズヘッドの中間あたりを指した。「昨日はこのあたりで迷ってしまったの。ほんとうに馬鹿みたいでしょう」

カティアは反芻する雌牛のように神妙なおももちでじっとわたしを見つめ、ずいぶんたってからうなずくと深いため息を吐いた。

「わたしも以前行く」彼女は言った。「道は隠れる」

「わたしのときはもっとひどかった。道がすっかり消えてしまったのよ」

カティアは物思いに沈んでいるようだった。そんなに悲痛な表情の彼女を見たのは初めてだったけれど、なにがそれほど重く心にのしかかっているのかは絶望的なまでに知りようがなかった。台所でミセス・サルキシアンに厳しく叱られたせいかもしれないし、涙を流すことさえできないほど深いスラヴ的悲哀のせいかもしれない。午後の水泳に誘ってみれば元気も出るかもしれないとわたしは考えた。カティアはうなずいたけれど、まだなにかわたしに言いたいことがあって心の中で反芻しているようだった。しばらくして、彼女が要領を得ない会話を再開する気になって口を開いたとき、わたしの失敗に終わった冒険のことをずっと考えつづけていたらしいことがわかった。

「ノー・マンさま行くないと言う」彼女は言った。「あなた行く。ノー・マンさま道をとりあげる。わたしいる。あなたいる。あなた来なければ、わたし行ったかも。でも、わたしたちふたりともここに百年いる」

「もう、どうしたの、カティア」言葉の意味はともかく、口調にこめられた悲しみは伝わってきた。「あなたはリングストーンズが好きじゃないの?」

カティアは大きく目を見開いた。

「好き」彼女は答えた。「いままでは好き。でもいまはわたし怖い」

最後の一言を口にしたとき、彼女は手を(はたきもろとも)わたしの腕にかけて顔を近々と寄せ、息を絞り出すように語気を強めた。わたしはぞっとして、体の内側と膝になんともいえない不快な戦慄が走るのを覚えた。

「怖い?」わたしは繰り返し、ただその言葉を口にするときの調子だけで恐怖そのものを伝えることもできるのだと知った。

「なにが怖いの?」

カティアはぐるりと部屋を見まわし、扉のほうへ足を踏み出しかけて自信がなさそうにためらい、それから壁に背中をつけた。なにかしらないが恐ろしいものが部屋に飛びこんできて、わたしたちを襲うとでも思っているかのようだった。そしてささやき声でひとつの単語、あるいはふたつの単語を口にしたが、わたしにはまったく意味がわからなかった。

「レス・シー」あるいは「レスト・シー」そう言ったように聞こえた。

まさにそのとき扉が静かに開いた。わたしたちは扉の陰に隠れるかたちになった。カティアの謎めいたふるまいに影響されていたわたしには、扉がひとりでに開いたような気がした。心臓が飛び跳ねた。

入ってきたのはラヴリン博士だった。博士は部屋の中程まで来て、ようやくわたしたちに気づいた。カティアは逃げだした。わたしは博士の「おはよう」という、うわのそらの挨拶にぎこちなく答え、ふたたび地図に向き直ったものの、なにも目に入ってはいなかったと思う。ラヴリン博士は窓際の背の高い書棚にある本を取りに来たのだった。上の棚から本をひっぱり出した博士としばらく立ったまま会話を交わした。というよりは博士が一方的に喋り、わたしはしばらく黙って聞いてから、思わず話をさえぎってカティアのようすがおかしかったことを告げた。どこか悪いところでもあるのだろうか？

博士はきっと顔を上げた。

「悪い？　悪いとな？　どういう意味だね」

「つまり」博士のきつい口調にたじろぎながらわたしは言った。「あの、カティアは怖いって言っていたんです」

博士はずいぶん長いことじっとわたしを見つめて、そのあいだにさまざまな思考を巡らせていたらしい。しばらくして、なにもかもわかっているとでも言うようにほほえむと、わたしから離れて窓辺に寄った。「カティアはなにを怖がっているのか話したかね？」

わたしは彼女が口にした奇妙な単語を聞こえたままに繰り返した。博士にも意味がわからなかったのか眉根を寄せて窓の外を凝視していたのが、とうとうなにか思いあたったらしく急に笑いだした。

「ああ、リース・シー（博士の発音をできるだけ忠実に写すとそうなる）か、そうに違いない」すっきりした顔で本棚にゆったりともたれかかると、博士は説明し始めた。「リース・シーは森の魔物だ。カティアにとっては、この荒れ地のような人の手のおよばない場所はすべて森であり、だからひとりで荒れ地を出歩くようなことがあればリース・シーに、あるいはわれわれの言葉ではゴブリンに捕まってしまうと恐れているのだ。彼女自身、いつだったかコケモモを採りに行って道に迷ったとき、あやうく捕まるところだったと固く信じこんでいる。当然ながら、わたしにとってはとても興味のある題材だ。カティアが心から信じている伝説は、いまも東欧のあちこちにさまざまな形で流布しているものだ。森には魔物の王、つまり妖精王がいて、ゴブリンの狩人たちを率いて荒れ果てた寂しい土地をうろついており、人間を見つけようものなら、とくにそれが薪や茸を集めに来て道に迷った若い娘だったりすれば、さらってゴブリンの王国に連れていくのだと言われている。彼らの王国は森の中、妖精王の歩むところにつねに存在するが、死すべき人間の目には見えないのだという。こういった伝説は、ものごとを表面的にしか捉えられない批評家たちにはにべもなく斥けられることうけあいだがね。ともあれ囚われた人間はまる一年のあいだ妖精たちに娯楽を提供することになる。ふつうの人間にはとうてい望めない姿かたちの美しさを授けられ、ほかの囚われ人たちと一緒にずっと踊ったり競技をしたりで妖精王とその眷属を愉しませるのだ。ゴブリンの王国はそこかしこに緑の芝生や森の中に開けた草地があり、魔法をかけられたように美しく、永遠に変わらぬ陽光に照らされている。囚われ人は、あとにしてきた村の粗末な小屋や、くすぶる炉火や、小糠雨の降る空だとかいったものは思い出しもしない。そうして、さらわれてからきっかり一年後の同じ日がやってくると自由の身になって、連れ去られたまさにその場所に自分がいることに気がつく。森はなにひとつ変わっていないように見え、同じ季節で天気も同じだ。しかし自分の衣服を見下ろせば歳月に朽ちて剝がれ落ちてゆき、手を持ち上げて見れば萎びている。一年前は若い娘だったのに、いまは皺が寄り腰の曲がった老婆になっている。よろよろと村まで戻ると、妖精たちに仕えた一年のあいだに人間界では百年が過ぎていたことがわかる。さて、そこでだ」そう言って博士は息を継ぎ、手にした革装の本を撫でた。「その、カティアにとってはまだ生きている言い伝えと、わが国の妖精物語の類似点を探ってみると、非常に興味深いことがわかる。例としてノーサンブリアの古い迷信を挙げてみよう……」博士はわたしの視線に気づくとふと口をつぐみ、これは失敬というように短く笑った。「いやいや。こんな時間からいつものへたな講釈をお聞かせしてはいけませんな。しかし、妖精王の気晴らしに興味を持たれたなら、おりおり、これをご覧になるとよい」博士は古色のついた分厚い本を持ちあげて、わたしに書名が見えるようにした。箔押しの剝がれた文字をたどってみると『秘密の国』と読めた。博士は軽くうなずくと本を脇に抱えなおし、そそくさと戸口に向かった。

「ところで」扉のノブを摑んだところで博士はこちらを振り返った。「急なことだが、しばらく留守にすることになりそうだ。ここにひとりで残るのはかまわないだろうね？」

「ひとりで？」さっぱり事態が呑みこめていなかった。

「いや、むろん、子供たちと一緒にという意味だが」

「もちろん大丈夫です」わたしは答えた。頭にはあれこれ疑問が浮かんでいたが、口に出してはなにも訊けなかった。

その日の午後はみなで泳ぎに行った。みなというのはカティア、マルヴァン、イアンセ、それにわたしだ。プールの水はいつでも冷たかった。わたしの場合、泳ぐと言ってもたいがいは数分間さかんに水を跳ね上げたあと、のんびり岸辺に寝そべって体を温め、きらきらする冷たい流れが恋しくなったころにまた飛びこむといった調子だった。カティアは冷たさをまったく気にしなかった。もしかすると子供のころから冷たい水には慣れっこなのかもしれない。草原を流れるブグだかオグだかいう大河の氷を割って水汲みをしていたのだろうか。けれど今日のカティアは意気消沈していて、とてもはしゃいで遊ぶ気分ではないようだった。プールの中ほどに立って脇まで水に浸かり、ぼんやりと両手を水面に漂わせ、夢でも見ているように水中の自分の体を見下ろしていた。流れを透かして見える体は歪んだ像を結び、水底の黒ずんだ岩を背景にほの白く浮かびあがっていた。

ふたりの少女たちもわたしよりずっと長く冷たい水に浸かっていられた。つねに動き回っているので血の巡りがよいせいだろう。この日は、ふたりはいつもにも増して悪ふざけばかりしていた。わたしは前日の午後に彼女たちがなにを着ていたかという謎に決着をつけようとしたけれど、ふたりは生意気で意固地な態度をとりつづけた。わたしが質問するとでたらめに「はい」という答えを返し、なにかふたりにしかわからない冗談のようにくすくすと笑った。たいていの時間は互いにからかったり、いたずらをしかけたりしていた。どうした風の吹き回しか、イアンセはいつもは水泳以外のときに着ている上下に分かれた派手な水着を身につけていた。マルヴァンのほうはいつものとおり裸で泳いでいた。マルヴァンには、ふたりの格好が違うのは我慢のならない悪い冗談らしく、プールの中でも外でも半分くらいの時間は、イアンセにこっそり忍び寄ったりふいに襲いかかってショーツを脱がせようとしていたけれど、イアンセは断固としてあらがった。

「いいかげんにしなさい」わたしは割って入った。そのおふざけはあまりに一方的に思えたし、しつこさにうんざりしてきてもいた。「イアンセが水着を着ていたいなら、そうさせてあげればいいじゃない」

マルヴァンは笑い声をあげた。「この子は着ていたくなんかないの。彼が着ていろって言うから」

意地の悪いでたらめ——ヌアマンならそう言うだろう——に一瞬、声を失った。けれどマルヴァンは笑いに息を詰まらせながら、ほんとうだと何度も何度も断言した。とうとうイアンセが隙を見てマルヴァンに飛びかかり、溺れさせかねない勢いで水に沈め、とりあえずはそれで決着がついた。

だれも時計を持っていなかったので、お茶のために戻る潮時は推測するしかなかった。晴れの日がずっとつづくあいだに、わたしは木の影を見て時間の見当をつけるすべを学んでおり、リングストーンズでのわたしたちの暮らしでは、そんなだいたいの時間の感覚でじゅうぶんに間に合った。谷で頃合いを見計らって庭園に戻ってくると、見慣れた木の影から、推測がかなり正確だったとわかった。それをカティアに伝えたちょうどそのとき、サルキシアンがつるはしとショベルを担いで館からの私道をやってくるところに出会い、推測の正しさがさらに裏づけられた。サルキシアンはここ一、二日のあいだリングストーンズ・ムアにつづく道の補修かなにかをしており、お茶を終えてもうひと仕事しに行くところだった。わたしは彼があまり好きではなかったけれど、働きぶりには感心していた。彼は一日中なにかしら仕事をしていた。すれ違うときに声をかけると、返事のかわりに険のある一瞥が返ってきた。カティアはわたしたちより先に戻ってお茶の用意をしなければならないのだろう、いきなり駆けだして館までの道のりを走っていった。

ヌアマンの姿を見たのは宵も遅くなってからだった。夕食を終えた少女たちにおやすみなさいを言うと、わたしは館の外に出た。晩餐の前に着替えるまでのあいだ、庭園の真ん中の芝生を散歩するつもりだった。そこへヌアマンがやってきた。一日中工房にいたのだろうと思ったので、わたしのための「見てのお楽しみ」はどうなったのかと尋ねてみた。

ヌアマンは首を振ってにやりとした。「まあまあ、あせらないで。すぐにできるよ」

「じゃあ、わたしの時計のバンドは？　もうひとつのほうを片づけてしまうまで待たなければいけないの？」

「ああ、時計のバンドね。ほら、あれはひどく壊れてただろう、だから新しいのをつくらなきゃいけなかったんだ。でもきっちり同じ大きさにつくったから、ダフニの手首にぴったりだよ。二度と抜け落ちたりしない」

ふたりでそのまままっすぐ歩いて周回路に出たところで方向を変え、道に沿って庭園をゆっくりと巡った。このときのヌアマンはまじめな大人びた雰囲気で、ずっとあまり喋らなかったが、ふいに手をわたしの手の中に滑りこませ、とても力強い指でわたしの指先を握りしめた。

「リングストーンズを出て行きたいの？」

わたしが去るときのことは、それまで話したことはなかった。尋ねられてざっと残りの日数を勘定し、もうそれほど長くはいられないのだと気づいて悲しくなった。そのときはまだ別れのことなど考えたくなかったので、物思いをふり払って明るく答えた。「あら、わたしが帰るまでにはまだしばらくあるわよ」

「ぼくはダフニをずっとここにいさせたいんだ」彼はわたしの手を強く握ったままそう言った。

「ああ、でもそんなことはできないのよ、わかるでしょうけど。すべてのことに終わりがあるのだから。円環《サークル》を別にしたらね」

「円環！」彼は叫んだ。「でもリングストーンズはまさに円環だよ。ほら、ぼくたちもう一周したよ。そうするとすぐに新しい環が始まるんだ。リングストーンズの果てには行けない」

「そうなの？」わたしは答えた。「でも行けるわよ。わたしはこの円の直径をつっきって行くつもり、そうして館に戻って着替えるわ」

ヌアマンも異を唱えなかったので、ふたりで道を逸れて木々のあいだをゆっくりと抜け、庭園の中心を横切って館に向かった。広い芝生の真ん中にある、なかば草に覆われた平らな石のところでヌアマンが立ち止まり、わたしの手を離した。リングストーンズがもっとも美しく見える時刻で、夢見るような静けさと秘密めいた雰囲気は、なにものにも冒されず永遠につづくように思えた。そこはリングストーンズを堪能するにはもっともふさわしい場所だった。淡い色合いの丘と、夏の生命力を誇る葉群も重たげな木々が、まわりを完全に取り巻いていた。館は木立のむこうに隠れていた。目に映るすべてのなかで、丘の斜面を登る道が路傍にまばらに生えた木々のあいまに見え隠れするのだけが、現代という時代と人間の営為の証だった。その美しさに飽き足りることはなく、そんな夏の宵にリングストーンズが与えてくれる深い充足に匹敵する感覚は、この先けっして味わうことがないだろうとわかっていた。ふたりとも自分たちにかけられた魔法が解けてしまうのを恐れていた。黄昏の光と、鳥たちと流れる水のうたう終わりのない歌とが、強力な呪文のように心を摑んで支配した。

それはふいに破られた。わたしの耳は優しい音楽の流れを貫くやかましい物音を捉えた。遠くのほうで車輪が砂利を嚙み、馬の蹄がぱかぱかとせわしない音をたてた。わたしより耳の敏いヌアマンはとうに気づいて西の丘の斜面を見ていた。ちょうど庭園の木々の彼方にポニーに引かれた二輪馬車が姿を現したところで、ポニーはいつものように気をはやらせて速歩で長い斜面の道をどんどん登っていった。馬車にはひとりしか乗っていないようで、はっきりと見わけられたわけではないが、たぶんラヴリン博士だろうと思った。わたしたちが見守るなか、馬車は道の一番上までたどりついた。そこで馬車がいったん停まると、たくさんの人影らしきものが現れてまわりを囲んだ。人影のうちひとつは背が高く、ほかに十あまりの小さな影が背後の荒れ地から湧き出てきた。太陽は丘の上に低くかかっており、わたしたちはまともにそれを見つめるかたちだった。たしかに人間だと思ったけれど、どんな格好をしていたか、それにいったいだれだったのかはわからなかった。目を眩ませる金色の光を背景にした黒い影としか見えなかった。一瞬ののちには馬車も人影も稜線のむこうに消えてしまった。

「とうとうラヴリン博士は行ってしまわれたのね。こんな夕方の遅い時間に」わたしは驚いて言った。「でもあの上にいた人たちはいったい誰？」

ヌアマンはわたしを注意ぶかく見つめ、わたしの表情を探っているようだったが、なにげない口調で言った。「ああ、あれね。サルキシアンだよ、たぶん」

「でも、ほかの人たちは」

「サルキシアンの手伝いで道を直しているのさ」

ヌアマンはゆっくりと館のほうに歩きだした。両手をポケットにつっこみ、足を引きずって芝生を蹴散らしながら歩くようすは、小さい男の子がなにか大事なことを夢中で考えているようだった。

わたしは黙ったままヌアマンと並んで歩いた。深いやすらぎと調和の感覚はあとかたもなく消えていた。わたしが愛するようになった親しみやすいリングストーンズの絵がわきへ払いのけられ、かわりにまったく初めて見る光景がたちあらわれた。手足から力が抜け、心臓にぽっかりと穴があいた。館の玄関ホールでヌアマンがおやすみを言ったときも、ただその場に立ちつくし、相手の顔を見つめることしかできなかった。小さく整った浅黒い顔は不思議に生き生きとした複雑な表情をたたえ、そこには勝ち誇った喜びと、賞賛と、おのれの力に対する確信がせめぎあっていた。瞳にはいつにもましていたずらっぽい光が踊っていた。

彼は階段を半分ほど上がったところで立ち止まってこちらを振り向き、初めて会った夜にしたように身をのりだした。この期におよんでも、あざけりのなかに優しさのなごりがあった。

「おやすみ、ダフニ」彼は言った。「明日になったらすっかりわかるよ」

ラヴリン博士が行ってしまったのがわかったので、ミセス・サルキシアンにはわざわざ大食堂に食事を用意する必要はないと告げた。薄暗いなかで独りぽつんと卓につくのはいやだった。そこでわたしはミセス・サルキシアンとそれにカティアも一緒に、家政婦の部屋で夕食を摂った。そのほうがにぎやかだろうと思ったのだけれど、にぎやかさでは独りでいるのとたいして変わらなかった。カティアは朝に会ったときよりもさらにふさいでいた。たぶん泣いていたのだと思うが、ミセス・

サルキシアンはなにも言わなかった。ご主人はラヴリン博士と一緒に行ったのかとはっきりと訊いたにもかかわらず、たぶんそうでしょうとしか答えなかったし、道の補修をしていた人たちの話をしたときもだんまりを通した。窓際で背を丸めて繕い物をつづけ、暗くなって、わたしが手にした雑誌を読むのをあきらめても、まだろうそくに火を点けなかった。そうしてわたしたち三人は薄闇のなか黙りこくって座っていた。

とつぜん、扉がばたんと開き、三人とも飛び上がった。カティアは恐怖に息を呑んで立ち上がり、わたしも腰を浮かせたけれど、すぐにサルキシアンが入ってきただけだとわかった。馬車が戻ってくる音は聞こえなかった。ミセス・サルキシアンは夫をまじまじと見つめたあと、ふたたび頭を垂れて、もう見えてはいないはずの繕い物に戻った。サルキシアンがあごをしゃくると、カティアはこわごわと扉に向かい、戸口に立ったサルキシアンの脇を身を縮めるようにしてすりぬけた。サルキシアンが扉を閉めたとき、暗すぎてはっきりとはわからなかったけれど、もう片方の手をカティアの肩にかけたのが見えた気がした。

12

まどろみながらも、わたしは何度も寝返りをうった。精神は怒濤のように活動をつづけ、しかし、なんのためなのかは自分でもわからなかった。なにかのイメージがどっと押し寄せてきたが、なにと名指すことはできなかった。わかっているのは、それらはいたずら好きでわたしをほうっておいてはくれないということだけだった。うっとうしくてたまらない。わたしは手足を投げ出してひっくりかえった。なにかが手足にしがみついてきた。わたしは逃れようともがき、身をよじった。ようやくしがみついてくるものをふりほどくとベッドの上で起きあがった。

月の光が射し、窓が長方形にぼうっと浮かびあがっていた。わたしは立って窓際に行き、外を眺めた。西のほう、リングストーンズ・ムアの上に半月が低くかかっている。桟に手をかけると月光の帯が手首を横切るように落ち、そこから目が離せなくなった。月の光がわたしの手首を縛めており、そして背後にはなにものかがいた。しばらくのあいだ振り向くこともできなかったが、なんとか石づくりの桟から手をもぎはなし、ぱっと振り返った。だれもいない。ベッドと椅子と衣装簞笥と整理簞笥があるだけで、動くものも変わったところもなく、ただぼんやりとおぼつかない光が物の輪郭をぼやけさせていた。わたしは耳を澄ませた。館じゅうが静まりかえっていて、ときおりかすかに木材が軋みをあげ、屋根裏でかさこそという音がするだけだった。それでも、近くに目を覚ましているだれかがいるから物音をたてないよう気をつけなければいけないとわかっていた。

わたしは立ったまま、なにを着てなにを持ってゆくべきか考えを巡らせ、慎重に行動に移した。コーデュロイのスラックスを穿き、深緑色のジャージーのセーターを着て、ゴム底のウォーキング・シューズを履く。正方形の色鮮やかな絹のスカーフを衣装箱から取り出し、ベッドの上に広げた。そこに化粧用のコンパクトとヘアブラシと櫛をのせ、それから、化粧台に置いてあった缶入りの応急キット、運動靴、それに小型のフランス語辞書も加えた。辞書を持って行くのは忘れてはならなかった。これから行こうとしているところの人たちはわたしの言葉を理解できないだろうから。もちろん、その人たちはフランス語を話すわけではないが、辞書があれば言いたいことをわかってもらえる。スカーフの角を折って結び、小さな包みをつくった。それから階段が軋まないよう壁際をつたってそろそろと下り、玄関ホールを抜けてテラスに出た。

戸外のひらけた空間に出るといっそう警戒心がつのり、聴覚もかつてなく鋭敏になった。蒸し暑く風のない夜だったが、静寂に包まれているわけではなかった。リングストーンズの夜は完全に沈黙することはない。流れる水の音に混じって、姿の見えない生き物が小さく鳴いたりかさこそと動き回っていた。それにその夜は、というよりはきわめて早い朝まだきには、聞こえるか聞こえないかぎりぎりのところで、かすかなささやきのように、ほかにもなにかがうごめいている気配があった。慎重にしなければならない。木々や丘の輪郭を見わけられるくらいの明るさがあり、それはつまりさえぎるもののない芝生で動くものがあれば見わけられるくらい明るいということだった。わたしはつまさき立ちで走り、月光の描く乳白色のまだらを踏み越え、自分自身影と化して木々の黒々とした影の中に滑りこんだ。庭園を囲む壁に開いた門までたどりつき、リングストーンズ・ムアへの登り道のとば口に立ったわたしは、木々の下を探して細い枝を拾った。どういうふうにすればよいのかはわかっていた。小さいころグリーン通りでよく読んだ『サンデー・アット・ホーム』の合本に逃亡者の絵が載っていたからだ。そのとおりに枝の先端を包みの結び目に差しこんで肩に担いだ。そうしてわたしは丘を登り始めた。

道はとても登りやすかった。道幅が広げられ、穴を埋めて表面が均《なら》してあった。道の脇はきれいに芝生を植えた土手のようになっており、壁が丘の上まで斜めに延びているように見えた。わたしは急いで道を登った。体は軽く気分は高揚していたけれど、急がなければならないとわかっていた。右手に頭を巡らせれば反対側の丘が濃紺の塊のように見え、そのむこうの空はほのかに白み始めており、月のおもては輝きを失いつつあった。

わたしは丘の上にたどりついた。館の私道がブラギルからの道に合流しているはずだったが、ひとめ見たとたん、高揚した気分から落胆のどん底に突き落とされ、石の上にへたりこんで荷物を足もとに落とし、手を握り合わせた。館からの道みちずっと心の中で、これから向かうのはブラギルだ、ステインズヘッドではないと言い聞かせてきたのに、ブラギルへの道もなくなっていたのだ。サルキシアンと助手たちは道に土とヒースを被せて覆ってしまっていた。ブラギルへの小径のかわりに、ラヴリン博士の想像した壮麗な大通りのなごりの石が散らばるあいだを縫って、滑らかな道がストーン・サークルまで通じていた。泥炭質の土を均して赤っぽい砂を一面に撒いてあった。銀灰色と影の濃淡に染まった見渡すかぎりの荒野に、ほかに道はなかった。リングストーンズ庭園を出る唯一の道は、いまはストーン・サークルに通じていた。草に覆われた高台に古代の巨石が鎮座していた。盲目で不動の忍耐強いものたちが――。盲目でありながら、薄れゆく月光と白み始める曙光のもと、彼らはずっと注視していた。彼らは少しずつ明るさを増してゆき、黒々とした荒れ地を背景にくっきりと浮かびあがってきた。背後のヒースの茂みで小鳥が一日の最初のさえずりをあげ、うつわに水滴のしたたるような声が三たび響いた。

そして予期したとおりサルキシアンが庭園からの道を登ってきた。リングストーンズを出る道はなく、逃げることはできなかった。それにもう気づいていても驚きもしなかったけれど、真新しい道の左右の縁石のひとつひとつに小さな茶色の生き物が腰かけており、足を組んで両手であごを支え、サルキシアンがわたしを連れ戻すのを見物しようと待ちかまえていた。つるはしやショベルが石に立てかけてあり、仕事を終えてなにか面白い見ものが始まるのを期待しているかのようだった。彼らは自分たちが隠してしまった道を通ろうと、なにも知らないわたしが疑いもせずに登ってきたのを見て笑っていた。ひょっとするとわたしが逃げだすようにヌアマンがしむけたあとで、自分たちのつくった道を登ってくるわたしを見物するために待っているつもりだったのかもしれない。わたしはもうサルキシアンを少しも恐れていなかった。彼はヌアマンに命じられたことしかできないのだ。わたしを睨みつけることさえせず、むしろ面白がっているように見えた。上着は着ておらずシャツを腰まではだけていたので、胸板に真っ黒な毛が渦巻いているのが見えた。わたしが立ち上がると、こちらを見下ろして重々しく首を振った。

「たいしたやつだ、まったく」彼は口を開いた。「あんたを追いかけて、わざわざここまで登ってくるはめになった。ゆうべのうちに、もうひとりと一緒にしっかり捕まえておくんだった」

そう言うとサルキシアンはポケットから小さな枷《かせ》のついた犬の引き綱のようなものを取り出し、わたしの左手首にしっかりとはめた。わたしの荷物の包みを蹴り飛ばし、枝をとりあげて、わたしを引いて道を下りていくかたわら、自分の足をぴしぴしと叩いていた。谷底の庭園に着いたときには、月が地面に描いていた光と影の模様は暁の光に洗い流されてしまっていた。サルキシアンの半歩後ろをついて行くわたしには、彼の横顔がはっきりと見えた。早朝のどこからともない薄あかりの下で見ると、肌は生気が感じられない白さで頬に青黒い剃り跡が点々としていた。右耳に光る重たげな黄金の耳環は、それまで見たことのないものだった。曲がりくねった私道に沿って行くかわりに、白く露に濡れた草の上を横切り、重たげに葉を繁らせた木々の下を通った。梢では鳥たちが歌い始めていて、そのただならぬほど張りつめた、秘密を打ち明けるような声が、まだ人間の活動に冒されていない静謐な朝まだきの世界に響きわたっていた。

「わたしを厩に連れていくの？」わたしは尋ねた。

サルキシアンは場違いに大きな笑い声を長々とあげ、そのあいだ何度も引き綱をひっぱったので、そのたびにわたしの手首が跳ねた。

「あんたはいいタマだよ、まったく。厩だとさ！　あっはっはっ！　くびきにかけてひきだされるとでも思っていたのかい。まあ、こんなべっぴんの二頭立てを馭した人間はまだいないな。いいやお嬢さん、あんたは道場に入れられるのさ」

　けれどわたしたちが向かっているのは古い厩だった。サルキシアンはわたしを連れて、ふだんは通らない背の高い植え込みを抜ける道を進んでいったが、厩のところに出るはずだというのはわかっていた。柊とシャクナゲに挟まれた小径はとても幅が狭かったので、わたしはサルキシアンの後ろを歩くかっこうになった。湿った土の表面を覆う苔に靴のゴム底が滑った。そうしてわたしたちは厩の中庭に入る両開きの門扉の正面に出た。東の稜線の上には白々とした薄明にとってかわって赤みを帯びた黄金色の光が広がりつつあり、木々の薄い影が草の上に伸びていった。

　わたしたちは大きな扉の細く開いた隙間から中に入った。夜中に見たときとはなにもかも変わっていた。中庭は広大で、清らかな乳白色の石が敷きつめられていた。中央に大理石の噴水があって、獅子の口からあふれる水が大きな楕円形の水盤に流れこんでおり、淡い青緑色の水面が揺れてきらきらと輝き、大理石の縁の下で光の帯が踊っていた。

　中庭はぐるりと柱廊に囲まれ、薔薇色がかったクリーム色の滑らかな柱のむこうは幅の広い通路になっており、人や戦車が忙しく行き交っていた。いまは中庭の二辺にだけ建物がたっていた。右手には扉を閉ざした部屋がずらりと並び、暗赤色の木の扉に真鍮の蝶番《ちょうつがい》が輝いていた。門の真向かいには背の高い講堂があり、手前の長い柱廊に開いたアーチを通して中を覗くことができた。奥の壁の縦に細長い窓から明るい光が射しこむ室内には、わたしにはなじみのある体操器具がいくつも置かれ、おおぜいの人間が稽古をしていた。輪になって並んで次々と跳馬を飛び越えてゆく人たちがアーチのむこうを飛んだり跳ねたりして横切ってゆくのが見えた。すばやく軽やかな足音が床に響き、だれかが大きな声できびきびと指図していた。サルキシアンがわたしを連れていこうとしている三番目の辺には柱が二列に並んでいて、柱越しにかつては館が建っていた方向を見やると、はるか遠くまで芝生が広がっており、金緑色の野原にダイヤモンドをちりばめたように朝露がきらめいた。

サルキシアンは立ち止まってあたりを見まわし、だれかを探していた。芝生のあちこちで、若い娘たちが集団で稽古をしていた。立ち止まっているわたしたちを押しのけるようにしてすれ違う人波を見ていると、ほとんどがわたしと同じような年頃の若い娘だった。集団ごとに違った競技の稽古をしていて、それぞれ衣装も異なっていた。競走をしている娘たちはウエストまでも届かない短いぴったりしたベストを着ていた。隊列を組んで教練をしている集団は短い白いシャツの胴に色のついた帯を結んでいた。そのほかにも二人一組になって裸でレスリングをしている者たちもいたし、槍を投げているグループは上体に白い革の細い装帯を着けているだけだった。別の場所には踊っている者たちもいて、三人の小柄な褐色の少年たちが体の前に構えた笛を上下に揺らしながら吹くのに合わせて、体を揺らしたり、みなでいりくんだ隊形をつくったりした。踊り手たちが日灼けした上体を起こすと艶やかな裸身に朝日がきらめき、ふんわりした白いスカートが岩間に砕ける水泡のように翻った。また別の場所のグループは全体が青銅色と銀色に輝いていた。ふたりずつ組になって幅広の短い剣で突き合いをしており、腕には丸い盾を着けている——青銅色は彼女たちの腰とすらりと伸びた太股の肌で、銀色は防具の放つ輝きだった。防具はまるで体の一部であるかのようにぴったりと胸と背中を覆い、曲線を描いてウエストまでつづいていた。頭には羽根飾りのついたまばゆい兜を被り、面頬で顔を保護していた。羽根飾りはずっと遠くのほうでも揺れていた。草地のつきあたり、暗緑色の森との境のあたりで馭者が戦車を駆って行きつ戻りつしており、車輪の輻がときおり光を捉えて反射した。

みなすさまじい勢いで驚くほど熱心に練習に打ち込んでいた。一瞬でも休もうとする者はいなかった。踊り手たちはひとつにまとまっては離れ、教練をしているチームはまるで命がかかっているかのような真剣さで手足を突き出し、お辞儀をしてはまた身を伸ばし、剣術のグループは前に跳び、後ろにすさり、突いたりかわしたりを繰り返し、レスリングの競技手たちはいっときたりとも休むまいというふうに取っ組み合いをつづけていた。そしてそのあいだもずっと、教官たちは彼女たちを叱咤しているのだった。教官はみな、例の尖った耳をした茶色の小さな生き物だった。背丈はヌアマンと同じくらいだけれど体つきはがっしりとして筋肉が盛り上がり、猫のようにしなやかに盛んに動き回っていた。腰に幅広の白い革帯を締め、短い杖を手にしている。小さな魔神のようにあちこちへ突進し、身振り手振りを交えて大声で命令し、杖をふるって自分たちよりずっと背の高い競技手たちを打ちすえ、より激しい活動へと駆りたてた。

回廊も同じようにごったがえしていた。息をきらして野原から戻ってくるグループもあれば、あわただしく腰帯を締め、あるいは装帯をまっすぐに直しながら練習場所に出て行くグループもあり、とぎれることがなかった。わたしの格好はまわりとぜんぜん違っていたけれど、だれも気に留めるようすはなかった。あまりにもおおぜいの人間がいて、なにもかもがおそろしい速さで進行していたので、さまざまな衣装や装備をすべて数えあげるのは不可能だったし、いろいろな試合や稽古が行われているなかにはとても変わったものや複雑なものもあったのだけれど、とてもすべては追いきれなかった。すばらしく優美で統制がとれ、若さにあふれた集団だった。のびやかな体は楽々と動き、無駄のない美を誇示していた。肢体の天性の美しさに陽の光や輝かしい衣装が華やかな彩りを添え、しなやかな木の枝に花が咲いたようだった。わたしは嫉妬と賛嘆にわれを忘れ、圧倒されるほどの衝動に襲われた。踊りの音楽が始まると手足が勝手に動きだすように、どこかのチームについて出て行って、なりふりかまわず競技に身を投じたくて、そして息のつづく限界まで体を酷使したくてたまらなかった――あのゴブリンの教官たち、駆けまわったり怒鳴ったりして熱狂的な運動をつづけさせている、小さな茶色の鞠のように弾む小鬼たちのだれかに厳しく叱咤されながら。けれどサルキシアンがわたしの綱を押さえていた。

回廊の人波を縫って、競技手たちよりは小柄な少女がいく人か、稽古には加わらずに動き回っていた。華奢な体つきで、競技手たちがたいていは金髪であるのとは違って黒い髪と大きな黒い目をしていた。肌は小鬼の少年たちと変わらないくらい日に灼けて、派手な色合いの短いズボンに深紅やオレンジ色や空色の袖無しの胴着を身につけている。伝令か小姓の役目を帯びているようで、教官たちの後ろについて駆けまわっていた。サルキシアンは彼女たちのひとりを呼びとめた。人ごみを縫ってやってくるのを見ると、それはマルヴァンだった。サルキシアンは彼女に向かってわたしの引き綱の端を放り投げ、わたしたちを回廊に残して立ち去った。マルヴァンはわたしをひっぱって草地のほうへ連れていき、なれなれしい笑顔でこちらを見上げた。

「これがわたしたちの道場」彼女は言った。「あなたたちのところにいたとき、わたしたち、ちゃんとするのが難しかった」体をくねらせ、しかめつらをする。「ときどき失敗しちゃったし」

太陽が東の峰の上にまばゆく顔を覗かせ、草地の緑に衣装や装備があざやかに映えた。日中は暑くなるだろうという兆しが感じられた。わたしたちの一番近くにいた剣術のチームが稽古を終え、そろって回廊に戻ってきた。火照った顔で息をきらし、防具から覗く肌は汗みずくだった。兜からはみでた髪の房は濡れて額に貼りついていた。目はきらめき、頬は上気している。笑い、声を張り上げててんでにおしゃべりをし、模様を打ち出した盾を鳴らし、羽根飾りをなびかせ、互いにこづいたり、押したり、幅広の先を丸めた剣でぴしゃりと叩きあったりしながら、わたしたちをすっかり取り囲んで回廊を塞いでしまったが、後ろから跳ねるようにやってきた元気のよいちびの教官が彼女たちをまとめて追いたてててゆき、遅れた者たちは喚声をあげて、背中に回した盾が落ちないよう押さえながら小走りに追いかけていった。

彼女たちが行ってしまったあとも目で追っていると、マルヴァンが綱をひっぱった。中庭でサルキシアンが手招きをしていた。マルヴァンに連れられて中庭を横切り、向かい側まで行くと、青銅の鋲を打った大きな両開きの扉が開いており、中は戦車置き場になっていた。さんさんと光が降り注ぐ広々した空間には、四方の壁をひと巡りする回廊があり、そこから階段が下りてきて、扉を入ってすぐ目の前の床まで延びている。小姓や馬丁がおおわらわで動き回り、華奢で優美な戦車を誘導したり、二人組、あるいは四人または六人組の娘たちを引き具に繋いだり、汗を垂らして走路から戻ってきた者たちの引き具をはずしたりしていた。彼らのあいまを縫って行き交う馭者たちは短い持ち手のついた鞭を脇にたばさみ、肩に羽織った光沢のある短いマントが背に流れ落ち、まばゆい白い腰帯が引き締まった褐色の胴をふたつに分けているほかはなにも身につけていなかった。手前のほう、回廊から延びる階段のたもとにわたしの戦車がひきだされ、まわりの賞賛のまなざしを浴びていた。その形と優雅なたたずまいですぐにわかった。いまやそれは完成していた。磨き上げられた金属と、赤と白の革細工が真新しく輝き、曲線を描いた手すりは黄金で飾られていた。ほっそりした轅の先にある弓形の棒の両端には金属製のしなやかな手枷がとりつけてあった。すでにカティアがひきだされていた。服を脱がされ、軽い丈夫な靴だけを履かされ、明るい色の髪は黄金の網でまとめてあった。彼女が従順に持ち場につくと、小鬼たちがすばやく手首に手枷をはめた。カティアの両手が棒を握ると、上体に黄金の飾りのついた白い革の引き具をまわし、金具を締めてしっかりと棒に繋いだ。サルキシアンが別の引き具を抱えて現れ、わたしに向かっていらいらと首を振った。マルヴァンがここまでわたしを引いてきた紐をほどき、セーターの裾をひっぱった。

わたしは動かなかった。だれかが階段を駆け下りてきて、聞き慣れた声が楽しげに叫んだ。

「準備はできた?」

階段の下から三段目にヌアマンが立っていた。他の馭者たちと同じように腰帯とマントの装いで、ただ頭には金の環をはめ、額で大きな宝玉が輝きを放っていた。後ろにオレンジ色の胴着のイアンセがおり、ヌアマンの肩越しにこちらを見て、にっと笑った。ヌアマンはわたしを認めると眉をあげた。そして高らかに笑った。

「おいでよ! これはダフニのだよ」

彼が右手をさっと挙げると、手首に巻かれていた黒い鞭がほどけ、のたうつように階段を這い下りてわたしのほうへ伸びてきた。それでもわたしは動かなかった。ヌアマンがわたしをじっと見つめた。とっさに目を伏せたけれど、彼の表情が変わっていくのを見てしまった。中庭全体、そして道場全体に突如沈黙が落ちた。だれもがわたしに注目し、だれもがわたしのほうにわずかに身をのりだした。ヌアマンが腕を後ろに引いた。彼の顔をまともに見る勇気はなく、ただ鞭の先がしなって階段の上へ戻っていくのを見つめていた。そのとき、しんと静まりかえるなか、鉄の車輪が石畳に軋む音が響きわたり、馬が蹄を踏みならすのが聞こえた。わたしは音が聞こえてきた大門のほうへ向き直り、あらんかぎりの声を振り絞って叫んだ。「ラヴリン博士！」

固唾を呑んで見守っていた人々が動きだす前にわたしは中庭をつっきった。楕円形の水盤の端をひとまたぎで越え、門の隙間を走り抜け、さしのべられた腕の中に身を投げ出した。

＊

ダフニ・ヘイズルの手記は、ちょうどノートの最後の行で終わっていた。ぼくはノートを閉じ、ピアズが灰皿として用意してくれたばかでかい真鍮の鉢にパイプを打ちつけて灰を落とし、灯りを消してひっくりかえると眠りに落ちていった。

第二章

1

朝食のあと、ピアズとふたりでふたたび屋根裏部屋に上がったときにノートを返した。ピアズはノートを受けとると、腰を下ろして表紙をじっと見つめたままなにも言わずに考えこんでいた。素人の作文に感想を求められるのは、いつも気づまりなものだ。この場合はピアズ自身が書いたものではなかったが、それでも彼女の話をあまりにあっさりと片づけてピアズの気持ちを傷つけたくはなかった。ぼくはあたりさわりのないことだけ言おうとして、結果として失敗した。

「すごいと思うのはその勤勉さだよ。ノートまるごと一冊を埋めるなんて掛け値なしに大変なことだし、ぼくにはとうてい無理だ。たしかに完結はしていないようだけれど。というよりは結末が宙に浮いているとでもいうべきだろうか。それでも……」

「完結しているとは思わないのか？」ピアズはすばやく顔を上げた。

「まあ、想像はつくよ、『そしてわたしは目が覚め、つまさきがベッドの枠にはまりこんでいた』とかなんとか、そんなところだろう。お話の結末としては悪くないんじゃないか、よくわからないが」

ピアズはうなずいた。「これがお話ならね」どういう意味かと聞き返すより早く、ピアズは重ねて問いかけてきた。「ところで、こいつの内容、なんなら筋書きと言ってもいいが、それについてなにか印象に残ることはないか？」

　どうやら、できれば避けたい方向に話が向かっているようだった。そこで居心地の悪さを少しでもやわらげようと、自分の得意分野に近いほうへ話を逸らそうとした。印象に残ったといえば、ダフニ・ヘイズルはかなり文献を読みあさったに違いない、それもぼくが思っていたような女の子なら興味を持つとは考えにくい本ばかりだとぼくは言った。それに、自分の専門に関係があると、ちょっとしたことでも気になってしかたがないのは許してもらいたいが、彼女がどこで例の少年の名前を見つけてきたのかについては非常に興味がある、とも。

「自分で考えだしたんじゃないのか、残りの部分もみな作り話だとすれば」

「ああ、自分で考えたのかもしれないね。それが、まったくの偶然で実在の古代シリアの名前と一致した。だが……」

　ピアズが興味をひかれたように身をのりだしてきたので、もちろん促されるまでもなく、その名前の歴史上の例や、古代シリアの神話においてタンムーズとも呼ばれていた神の別名であった可能性があることなどをかいつまんで講義してやった。ちなみにタンムーズの名は――蛇足ではあるがちょっと面白いことに――現代のシリアの言葉やヘブライ語で七月を表す単語になごりをとどめている。また、やはり蛇足かもしれないがもっと面白いことには、シリアのヌウマーンあるいはタンムーズはギリシャ神話のアドニスに相当するが、アドニスは東方のアドナイ、すなわち主または王を意味する。ぼくらのアラビア語の教授の言うことが正しければ――疑わしいと思っている者もいるようだが――レバノン山でふつうに見られる花のひとつに赤いアネモネがあり、地元の人間にはシャカーイク・アン・ヌウマーン、つまりヌウマーンの姉妹と呼ばれている。フレッカーの詩は、もちろんこれをふまえている——

あのひとの父はアドニス
遠きレバノンに住まう、岩がちなるレバノン
真紅のアネモネの咲くところ

ピアズは考えこみ、たまたま目前にあるぼくの顔を長いこと食い入るように見つめていたが、やがてこう言った。「ダフニは、それは彼のほんとうの名前ではないと書いていた」

「おっと、ちょいとノートをもういっぺん貸してくれないか。話があっちに脱線、こっちに脱線しているもんで、肝心かなめのところを見落としたみたいだ」

ピアズはぼくの無駄口を無視した。「たしか発音についてなにか書いてなかったか」

ピアズの指摘に、ぼくは得たりとばかりに答えた。「そこだよ、ぼくの興味をひいたのは。ヌウマーン（Nuʻman）という名前のふたつめの子音『アイン』の発音は、西欧人の喉には非常に難しいんだが、ミス・ヘイズルはなぜかそのことに気づいたんだ。あのくだりには感心したよ。いったいどんな本を読んだのかな。アラビア語の文法をかじったことがあるとしか思えないんだが。きみの友人に対してだんだん尊敬の念がわいてきたよ」

ピアズは傍らの卓にノートをそっと置き、立ち上がった。ぼくはピアズのようすにとまどっていた。ダフニ・ヘイズルの趣味の創作に対する彼の心配ぶりはどう見ても度を越していた。彼は暖炉

を囲む炉格子を繰り返し軽く蹴った。

「そういうことか！」ピアズは大きな声を出した。「そういうことなんだ。ぼくには絶対わからなかっただろう。東洋言語なんてぜんぜん知らないからね。きみならぼくが気がつかなかったことにも気づくんじゃないかと思ったんだ。もちろん、ダフニはその名前を耳で聞いたんだ」

「耳で聞いた？　本で読んだのではなくて？　ああ、そうかもしれない。そういえば、文法書で知識を得たのなら〝アイン〟をもっと学術的な表記で書いただろうし。文法書は、アルファベットで〝アイン〟を表記する方法ならいろいろ教えてくれるが、どういうふうに発音すればいいかということにかんしてはちっとも役に立たない。だけど、そんなことはきみらのような感性豊かな文学の徒にとってはどうでもいいんだろうね。ぼくのような衒学の輩には尽きせぬ興味の源だが」

「いいや、もちろん重要だとも」彼は興奮したおももちでぼくを正面から見すえた。「なぜダフニみたいな子がこんなものを書いて、前置きも説明もなしに送ってきたのだろう」

「うん、それだけどね」ぼくはにやにや笑いを抑えられなかった。「まさにぼくが訊きたかったことだ。礼儀として口には出さなかったんだがね。しかし、だれでもおよそ自分の柄ではないことで賞賛されたいという願望にとりつかれたりするものじゃないかな。きみの友達のダフニも、間違いなく体操の世界でならどんな選手とでも肩を並べられるんだろう。肋木、跳馬、平行棒、平均台にロープ、それからなにがあったかな、もっと野蛮な時代の拷問台や吊り落としの道具にとって代わった器具には。そういうもので抜きんでるのと同じように、文筆の世界でも一目おかれたいとひそかな野望を抱いているんだ。どうだ、きみにだってそういう願望はあるだろう。悪い病気みたいなもので、時間だけが薬というわけだ。彼女は、なんていうところだったっけか、そこの仕事が暇ですることがなかったんだろう。たぶん、話し相手もいなくて。暇つぶしにそれを書いて、自分を一番わかってくれると思った相手がきみだったから、きみに送ってきた」

ピアズは首を横に振った。「ぼくはダフニをよく知っている。学校ではなにも書いたりしていなかった——そういう空想的なものはね。自分を表現するのは得意だし、読書家でもあった。でも、ゆうべも言ったように、おとぎ話を創作するなんて柄ではぜんぜんない。あの話を自分でつくったはずはないよ」

「でもつくったじゃないか。現にそこにある。だれかから聞いたのを書き留めたか、本から写したのでなければだが、そんなことをする理由はまったく思いつかない以上は、彼女にはきみの思いもよらない芸当をやってのけるだけの想像力があったというほかに答えはないように思うけどね。ぼくは想像力のなんたるかを知っているとは言えないし、若い女性についてはなおさらだが、若い娘がきみやぼくにはうかがいしれない自分だけの世界で空想をはばたかせて、こういう気まぐれの産物を生み出したということだってありえなくはないだろう」

「ほかに考えつく答えはないのか」

「ないね。きみにはあるのか」

「あるさ。ぼくの出した答えだが、これは創作なんかではない。実際に起きたことの記録なんだ」

ぼくはおおいに異議を唱えた。しかし、ぼくはピアズほど議論が巧みではない。そうでなくとも、彼のようにあいまいな文章や寓意を読み解いたり、実際の経験と想像上の経験の対立を解きほぐすのには慣れていない。残念ながら彼の主張を完全に理解できたとも言いがたかった。彼の言うところでは、ダフニの話で語られているできごとは実際に起きたことではないかもしれない、というより事実ではありえないとしても、想像上のできごとに形と性格を与えるもとになった経験はあったはずだという。そして経験を表現するために選ばれた象徴は経験自体と密接に結びついている以上、一見どんなにとるに足らない空想であっても解釈によって真実をあきらかにできるはずだとも。ぼくにはだんだんピアズがなにを心配しているのかわかってきたが、彼が追いかけようとしている怪物《キマイラ》は精神の奥底にある謎めいた領域の生き物であり、ぼくのとおりいっぺんの心理学の知識で踏みこもうなどとは考えられなかった。他人がなにを感じているかについて、コンパスの方位を片はしから読みあげるように当たりが出るまで繰り返すとか、ごく大まかな当て推量ならぼくにもできる。しかしピアズのやろうとしているのはコンパスの針に円環の三百六十一度を指せというようなものだった。

「だけどね、ピアズ」ぼくはとうとう音《ね》をあげた。「さっきからそうやって、いろいろとささいな点をつつきまわしては白が黒で黒が白だと証明しようとしたり、偽りによってしか真実はわからないとか、王様とキャベツをいっしょくたにするのは*、つまりは単に彼女が以前ならけっしてしなかったことを想像しだしたなら、彼女になにかが起こったのだと言いたいだけだろう」

「だから、そう言っているじゃないか」ピアズは叫んだ。

「なんだ、それなら、ぼくにはさっぱり理解できないが、そんなに心配するべきことはたったひとつ、彼女になぜそれを書いたのか尋ねてみればいい」

「そのとおり！」なんだか不吉な予感を覚えるほど満足そうにピアズは言い、すぐさま議論をうち捨てて行動にうつった。行く手の椅子をあらっぽくどかして戸棚のところへ行くと、一番上の棚か

＊王様とキャベツ云々は『鏡の国のアリス』の詩「セイウチと大工」より。

ら官製地図の束を取り下ろした。ぼくは郵便という手段を提案しようとしたのだが、ピアズが必要な地図をよりわけて卓上に広げるうちに抗議の声はだんだん弱々しくなっていった。

「ほら、見てみろよ」彼は指さした。「ここがステインズヘッドだ。何度か乗り換えれば列車でも行けるが、バスのほうが簡単じゃないかと思う。ヘイマーケットまで行って時刻を見てこよう。さて、リングストーンズはどこだ？　ああ、ここだ。ステインズヘッドからニザー・エッジを越える小径が描いてある。リングストーンズからブラギルへの乗馬道はこれだ。それにストーン・サークルも載っているぞ」

そのとおりだった。すべてはわれらが作家嬢の描写したとおりで、リングストーンズ庭園を巡って流れる小川や下流の谷にあるローマ時代の廃坑までもが地図に記されていた。

「ステインズヘッドまで行って、そこから小径を登ってリングストーンズまで行こう」ピアズは言った。

「まあ、この種のことにはヒロイン嬢より詳しい以上、われわれが道に迷うことは絶対にない」ぼくは口を挟んだ。「沼地の穴にひっくりかえるようなこともね。ああいやだ。まっぴらごめんだ。前にもきみと一緒に荒れ地に出かけたよな。まあしかし、ちょっとした気晴らしの遠出にはなるし、もし乙女が危難にさらされているなら、求道の騎士たるもの、というよりぼくらの場合は邪道の騎士かもしれないが、沼地や不毛の荒野のひとつやふたつに尻込みするべきではないな。ぼくは地図の見栄えをよくするために竜でも描きこんでおくから、そのあいだにパブとパブのあいだの距離を計算しておいてくれないか」地図を見つめるピアズの目つきは、肉屋の店先でショーケースのブラッドソーセージに釘付けになっている飢えたブラッドハウンドのようだった。そのときぼくはふと思いついて尋ねてみた。「ところで、彼女のアルバイト先だが、リングストーンズ・ホールだというのは確かなのか」

「そう言っていた」あくまで地図からは目を離さず、ピアズは答えた。だがこの点はかなり重要だとぼくには思えた。ダフニは自分が向かう場所の住所を確実に知らせてきたのだろうか。ノートに書かれたお話とは別の手紙で。

ピアズがやっと顔を上げた。

「いや、違う」彼は答えた。「最後の手紙はタワートンからだった。ステインズヘッドの近くだと書いてあった。それだけだ。でも、リングストーンズ・ホールはステインズヘッドの近くだ」

ぼくは地図に描かれた輪郭線やら破線やらを眺めたが、官製地図においてはそれら堂々と記された線を信用してはならないと経験から承知していたので、実際の距離が見かけの倍で済めば上出来だろうと指摘した。ここにわざわざ繰り返すまでもない、ぼくの地図読解能力に対するいわれなき誹謗にしばらく耐えたあと、ぼくはさらに食い下がった。「それじゃあ、ノートのほうはどうなんだ。どこの消印だ」

そこでぼくらはノートを包んでいた茶色の紙を探しまわるはめになった。やっと見つかった包み紙の消印は、ぼくよりよほど優秀な碑銘研究者でも匙を投げるようなものだった。確かに〝t〟の文字が、あるいは〝t〟のように見えるなにか未知の文字があった。しかしそれを言うならティンブクトゥにだって〝t〟はある。ぼくはこの線での追求をあきらめた。

「ぐるっと一周して戻ってこられる」ふたたび地図とにらめっこをしていたピアズが言った。「リングストーンズからさらに先へ進んでブラギルへ行くか、ブラギル・ムアを越えて幹線道路に出るかして、ステインズヘッドまで戻ればいい。夜はステインズヘッドのパブに泊まろう」

彼は最後の一言を根拠もなく自信たっぷりに断言した。古くはナザレのヨセフから、これまで枚挙にいとまのない例にもかかわらず、いまだにピアズは金をちらつかせるだけでパブに泊まることができると信じているのだった。とはいえ、北部では宿屋の主人は無愛想だとしても農夫はもてなしの精神に富んでいるし、スコットランド高地人もほかに泊まるところがなければこう言ったではないか——『なんの、レディ、丘ならいつでもそこにあります』。ステインズヘッドの先はなかなかよさそうな田園地帯であるように思えた。すばらしい天気は驚くほど長くつづいていた。ダフニを訪ねて行こうが行くまいがたいして重要には思えなかったが、ピアズがそれほど彼女に会いたいというのなら、ステインズヘッドのような小さな町を中心に探せばいいことがわかっている以上、タワートンから来た娘の所在を確かめるのが壮健な若い男ふたりの手にあまる難事ということはないだろう。ダフニが見つかったら、ぼくらふたりはとんだ間抜けに見えるだろうが、それはピアズの問題だ。

そういうわけで、ぼくらはその晩リュックサックに荷物を詰めて、固い決意を胸に(翌朝になってもその決意が揺らぐことがないようぼくは祈った)五時半に起こしてくれるようミセス・ドバーグに頼んだ。

2

バスの中で睡眠のつづきをとろうとしたが、それは単なるふりでしかなかった——無慈悲な機械神に対する無力な人間のささやかな抵抗であり、それ以上の意味はない。この世界にますます機械が増え、図体も大きくなっていくにつれ、人間のための空間が少なくなっていくのはまったく道理というものだろう。しかしときには不思議に思わないでもないのだが、毎月のように道路が広げられ自動車も巨大になっていくのに、そして「長距離バス」という名詞には当然のごとく「豪華」という形容詞がついているにもかかわらず、現代の工業技術の粋を凝らし、人間の体格にあわせて製品をつくってきたおそらく何世紀にもおよぶ経験をもってしても、足まわりの空間がごく平均的な人間の大腿骨の長さに一インチほど足りないとか、座席がやはり一インチほど平均的な人間の骨盤ふたりぶんの幅より狭いとかいった不便がないバスをつくりだせずにいるのはどうしたわけなのだろうか。ステインズヘッドに着かないうちに、ぼくは「豪華」という言葉のほんとうの意味に思いあたった。もちろん、その形容詞は見かけの絢爛さや贅沢さを指しているのだ。つまり曲線を描いた高い背もたれつきの座席やふんだんにあしらわれたビロードや革、そしてクロームめっきの把手や灰皿といったものだ。華美を尽くした張り布や、空間を惜しげもなく費やした設備は、なるほど豪華ではあるが、みな外から眺めて賛嘆するべきものだ。あともう少しの進歩でバスは究極の地点に到達するはずであり、そのあかつきにはいま乗客が無理矢理に体を押しこめているわずかな隙間さえもなくなって、侵入者の入りこむ余地はもはやなく、ただ豪華絢爛な備品が空間を埋め尽くすのだろう。

　ぼくがこれらの考察を開陳するあいだも、うわのそらで考えごとをしていたピアズは気のない返事しかしなかった。そんなことを言うのも、いつもより三時間も早く寝床を叩き出されたせいだろうと、今日のうちに好きなだけ足を伸ばせるようになるからと言ってぼくをなだめた。それでもこちらの説を論破できるほどにはしっかり聞いていたようで、もし空間がきみにとってそれほど価値があるなら、それはバス会社にとっても同じように価値のある売り物なのだから、この物価高騰のご時勢では支払ったチケットの額に相応の空間しか与えられないのだと指摘した。それからさっさと議論を切り上げ、もっと重要なダフニ・ヘイズルの物語に話題を移した。

それでもステインズヘッドでバスを降りたときには、ピアズもぼくに劣らず嬉しそうだった。ステインズヘッドには前にも来たことがあるに違いない。ともかく、バスを降りると迷うことなく大通りを進んでニザー川にかかる橋を越え、曲がりくねった細い路地を抜けて町のはずれまで来たところで初めて地図を開いた。ぼくらは石の踏み越し段を登って手入れのされていない牧草地のあいだの小径をたどり、ニザー・エッジに向かったが、そこから先は空間がありあまるほどにあった。北部の丘陵地帯に来るといつもあらためて確信するのだが、このごみごみした時代にあっては、空間と静寂こそは、もっと豊かだった時代がわれわれに遺してくれたもっとも貴重でありながらもっとも顧みられることのない賜物ではないだろうか。その貴重な空間をあらゆる犠牲を払って見境なく手近ながらくたで埋め尽くしたいという人間の不幸な衝動について、ぼくは嘆かずにはいられない。せめてもの慰めとしていつも考えるのは、空間に対する侵犯という点では、最初に斧が振るわれたとき、あるいは最初に鋤が入れられたときに始まった過程は、もう最終に近い段階まで来ているということだ。鋤のあとには囲い込みがやってきた。効率的活用という大義名分のもとに共有地が大々的に徴収されたあとは、目をなごませるが経済的価値はない田舎道の脇の空き地が容赦ない刈り込みによって削られ、土地の浪費でしかない生け垣は根こそぎにされた。ニザー・エッジに向かう斜面は葦の繁みの散らばる荒れ放題の牧草地で、その先は手つかずの荒れ地になっており、かつての無造作でほとんどでたらめとも言える土地の利用の仕方のおもかげをいまだに残している。ぼくらは広々とした物寂しい丘を登るあいまに空を見上げ、夏の青空を背景に暗灰色の岩がいまにも崩れそうな胸壁のようにいかめしくそびえ立っているのを仰ぎ見た。なにものにも縛られない丘にぼくはある種の崇敬と同情をこめて挨拶した──死にゆく兵に答礼を返すカエサルのように（そう見えたらいいのだが）。この道をまた通る機会があれば、そのときぼくが目にするリングストーンズ・ムアは、坑道の柱が林立しているか戦車の訓練場になっているに違いない。

ぼくらはエッジでひと休みすることにして、そのあたりの角が取れた平らな砂岩のひとつに腰かけ、のどかなニザー谷の光景を一望のもとにみわたした。眼下に広がる濃い緑色の牧草地は黒っぽい石垣にきちんと区切られ、タータンチェックのようだった。いっぽう、ぼくらの背後は荒れ地で、茶色と緑と灰色の入りまじった原野が波うつようにつづいていた。ピアズは地図をじっくりと調べた。彼のもちまえの幸運に導かれ（彼自身は技量だと言っているが）、どうやらステインズヘッドから正しい道をたどってきたことがわかった。小径を通る者はほとんどいないようで、そのままずっと道をはずれずに荒れ地を抜けてリングストーンズまで行ける可能性は少ないように思えた。しかし道に迷うことはあまり心配していなかった。頼りになる地図に加えてコンパスがあり（ふたりで遠出するとき、いつもピアズが持ってくるものだった）、晴天にも恵まれている以上、たとえ地面の状態が悪くて難儀することはあっても、まったくリングストーンズ・ホールにたどりつけないという事態はありえない。

実際のところ、ぼくらは何度も道を見失った。行く手には野放図にはびこるヒースの繁みや、足をすくおうとするぬかるみがつぎつぎと現れ、道を呑みこんでしまっていた。褐色の小山と窪地でできた迷路に置き去りにされたのもいちどでは済まなかった。靴を濡らさずに歩くのに難儀するようなところもあり、しばらくすると、ぼくはいつもそうなのだが、沼地に浮かぶ草むらから別の草むらへと跳ねて渡るのが面倒になり、無頓着にずんずんと歩いていった。当然の結果ながら、それほど進まないうちに海綿状のぬかるみの深さを甘く見て膝の上まではまりこむことになった。やっとピアズに追いつくと、彼はいま通ってきたばかりの地面を振り返ってじっと見つめていた。そこは荒れ地のなかでも一段低くなった広い窪地で、ヒースもほとんど生えていなかった。茶色のたまり水と色褪せた苔のあいだの地面は泥炭がむきだしになっていて、霜が降りたように見えるのは塩分かなにかが滲みだしたものだろう。ところどころでヒースの根がのたうつように泥炭からはみでているのがねじくれた骸骨の手のようだった。青空の下で見ても、これほど物寂しい荒れ地はまたとなかった。ピアズはここに違いないと言った。

どこといって特徴のない場所のように見えた――天地創造からとり残された原物質のひとかけらといったところだ。しかしダフニ・ヘイズルの話はある種の真実の記録であるというピアズの仮説を思い出し、彼の言わんとするところを悟った。あたりを見まわして、どんよりとした曇天の日に独りきりでそこにいる自分を想像してみた。歓迎すべき体験とはとても思えなかった。ぼくらはなぜ荒れ地をわびしいと形容するのだろうか。まるで虎を「人慣れしていない」と形容するようなものので、そんな言葉は荒れ地の本質を少しも表していないように思えるのだが。わびしさというのは人間の営為の産物だ。ほんとうのわびしさというものを知りたかったら、リーズかマンチェスターか、それともシェフィールドあたりの郊外にでも行くべきだ。鉱滓のように溜まるわびしさのずっしりとした重みで魂の底に穴が空くのを実感できるだろう。そんなエリオットの『荒地』なみの不毛の地と山の寂しさではまったく比べものにならない。丘陵地の空虚さには力があった。それも敵意を秘めた力が。古ぼけた缶のひとつでも地面に転がっていれば、なにもかもが違っていただろう。しかし、そこには缶などなかった。目に映るものが圧倒的なまでに非人間的であるせいで、そんな場所は世界のごく一部の狭い範囲でしかないことを忘れてしまいそうになった。ぼくらが見ているのは確固として存在するものだった。その荒野は太古から変わらず危険に満ちており、かつて旧石器時代の狩人は背後を振り返りながらこけつまろびつして追いすがる影から逃れようとしたのだ——寒気、飢え、そして死という影から。

ピアズの言うとおりだった。ダフニ・ヘイズルが道に迷ったのも、まさにその場所だったかもしれない。濡れたズボンの裾を持ち上げ、自分は彼女がはまったまさにその穴に落ちたのかもしれないと苦々しく考えた。

ふたたび歩きだしてからも、ピアズが足もとの地面をずっと目で探りつづけているのに気づいた。いちどなどは、わざわざ立ち止まってむきだしの地面についたかすかな跡をじっと見つめていた。足跡を見つけたと考えていたのだろうが、チンガチグックと息子のアンカスのふたりに革脚絆の主人公が加勢したとしても、*それが足跡だともそうでないとも断言はできなかっただろう。ぼくはそう言ってやった。ピアズはなにも言わず、ぼくらは先へ進んだ。しばらくするとまた小径が戻ってきた。あるいは別の小径かもしれないが、少なくとも道ではあった。だいたい目的の方角に向かっているように見えたので、ヒースの繁みのあいだをくねくねとつづく小径に従って荒れ地の波うつ地面を越えていった。しばらく行くとぼくらの左手に向かう細い流れにぶつかったが、きっとリン

＊いずれもジェイムズ・フェニモア・クーパーの革脚絆物語シリーズの登場人物。

グストーンズ川に流れこんでいるに違いない。その先の低い丘を越えたところでピアズが足を止め、なにかを指さした。ぼくらが向かっている方向よりやや右手の半マイルほど先に、周囲の荒野より少し高くなった円形の場所があった。まわりはすべてヒースに覆われているのに対して草地になっているためにはっきりと際だっていた。さらにもっと容易に目につくのは草地のあちこちに堂々と屹立する黒ずんだ巨石だった。現在地をたしかめようと、ピアズが地図を調べて周囲に目を走らせた。ぼくはピアズの道案内が正しかったことに賛辞を呈した。前方に見えるものこそ、官製地図にゴシック体で記されたストーン・サークルに間違いなかった。

まっすぐそちらを目指し、しばらくあとにはサークルの内側に横たわる平らな横長の石にふたり並んで腰かけていた。ぼくは東の地平線をなしている丘の稜線に見える窪みを指さして、まさにダフニの描写のとおりだと指摘した。ピアズはあわてて立ち上がった。「そうだよ。これが祭壇石に違いない。だけど、ぼくとしてはこれにお尻を乗っけたところで良心の咎めなんて感じないね。羊だって、あのなんとかいう老人と違って、この石にずいぶん不埒なふるまいをしているようじゃないか」ぼくはダフニの話の中でその場所がどんなふうに書かれていたか思い出そうと記憶をさらい、ようやくあることを思い出して、それこそダフニがその場所を自分の目で見たわけではないという証拠だとすぐに気がついた。ぼくはピアズに自分の発見を告げた。しかしピアズは、ぼくが言っているのはストーン・サークルからリングストーンズの私道までヒースの藪が払われたというくだりのことだと勘違いした。もちろんそんなものはなく、ピアズは想像的真実と客観的真実に関する彼の持論を繰り返そうとした。

「違う、違う」ぼくはさえぎった。「ぼくが言うのは、ここのサークルの中の草のことだ。草は滑らかに刈り込まれていたと書かれていなかったか？　だけど、荒れ地のほかの場所と同じように伸び放題でぼうぼうじゃないか。彼女はだれか年寄りから子供のころの光景を聞かされたのだと考えざるをえないね。たぶん、昔はここもきちんと手入れされていたのだろう」

ピアズは首を振ったが、ぼくの説をもっともだと思ったのかそうでないのかはわからなかった。ぼくらはリングストーンズ・ホールがあるはずの谷間のほうへ向かい、ストーン・サークルのはずれまで来た。そこからは、ストーン・サークルが立つ荒れ地とむこうの丘のあいだに谷があるとは、まずだれも気づくまい。右手のほうからブラギルからの乗馬道が荒れ地を横切って延びてきて、ぼくらの正面あたりで下りになって視界から消えているのが見えた。

ぼくらはストーン・サークルを離れ、消えかけた頼りない小径をたどって乗馬道に出ると、ほとんど使われている形跡がない道を下っていった。すると、ほとんど不意打ちのように行く手の丘の斜面が落ちこみ、険しい崖に挟まれた谷が現れた。驚くべき眺めだった——荒れ地のただなかにかくまわれた深い窪地で、草と木に覆われている。中心はひらけた庭園になっており、南東の方角に石造りの館や小屋が建っている。ぼくらは足を止めて見下ろした。だれもいないようだった。動くものといえば庭園に家畜が何頭かいるくらいだった。

「さて」ぼくはピアズに尋ねた。「無事に着いたわけだが、この先の作戦はどうなっているんだ」

「そんなもの、呼び鈴を鳴らしてミス・ヘイズルに会いに来たって言うのじゃだめなのか」

「いやまったく。ぜんぜん問題なしだ。ぼくらにツキがあれば、昔ながらの礼節をわきまえたラヴリン博士が昼食に招いてくれるかもしれないな」

「それはともかく、まさか中に入って友達に会っていくよう勧めないなんてことはないだろう」

そこでぼくらは斜面を下っていった。そのときは、でこぼこの狭い道の脇にラヴリン博士の言う古代の土木工事の跡を確かめることなどすっかり忘れていた。しかし斜面のようすを思い返してみると、あまりに荒れ放題で、羊歯やギョリュウモドキやひねこびた茨の茂み、それに樺の若木の群などが野放図にはびこっていたから、たとえ憶えていてまる一日を費やして探してみたとしても、先史時代の土手道など見つけられたかどうかは非常に怪しい。谷底の庭園に近づくにつれ、ダフニ・ヘイズルが芸術家の特権を存分にふるって、ありのままの姿に潤色を加えたことが明白になった。なんの道であれ初心者にはありがちなことかもしれないが、彼女もまた立場に伴う義務を学ぶよりは特権になじむほうが早かったものとみえる。まず、庭園は彼女の物語から想像していたよりずっと小さかった。つぎに、思い描いていたほどきちんと手入れされてもいなかった。実際のところ見捨てられたみすぼらしい荒れ地でしかなかった。堂々とした木々も半分は倒れ、植え込みは藪になり、芝生も世話がされないまま雑草や葦が伸び放題で雄牛の蹄に踏みにじられていた。赤毛の雄牛たちは首をもたげ、鈍重なまなざしでぼくらを見送った。丘のふもと近くには、かつては庭園を囲む壁だったに違いない崩れ落ちた石垣があり、支柱と針金で雑に補修がしてあった。家畜がさまよい出ないように入り口にも針金が渡されていた。ぼくらは針金をまたいで庭園の中に入り、館を目指して進んだ。庭園の中程まで来たところで、道の脇に生い茂った草むらからヤマウズラの群がいっせいに飛び立った。

丘を下りてしまうと館はすぐそばに行くまで見えなかった。木々が密集し、私道は敷地内を曲がりくねっていて、実際よりも広い印象を庭園に与えていた。ぼくらは無言のまま館を目指した。どちらもあたりを見まわすのに忙しかったし、ぼくのほうはその先に待ちかまえている展開に対する心の準備を整えるので手一杯だった。すでにそこで見聞きしたことから判断しても疑惑は深まるいっぽうで、あと数分もすればなんとも滑稽な状況に直面するしかないように思われた。そのときピアズがなにを考えていたのかはわからない。表情は真剣そのもので、いまにもダフニ・ヘイズルが藪から飛びだしてきて、後ろからエルフランドじゅうの猟犬が追いかけてくると考えているかのようだった。

とうとう帯のように並んだ樺の木の脇を回って庭園を抜け、館のテラスの前に立った。かなりのあいだ、ぼくらはそこに立ちつくしていた。ひとめ見るだけでじゅうぶんだったが、ぼくはピアズの顔を見るに忍びず館を眺めつづけた。しばらくしてようやっとピアズのほうを向いたぼくは、切り株に腰を落とし、つきあげるおかしさにすっかり身をゆだねた。そんな意気消沈を絵に描いたような困惑の表情は初めて見た。どうやらピアズもおかしさを自覚したようで、少し遅れてぼくの傍らに腰を下ろすと自分も笑いだした。

よろしい、たしかにそれはリングストーンズ・ホールだった。それに関してはみじんの疑いもない。しかし館はもう何十年も住む者もなくうち捨てられているようだった。煙突の通風管はなくなり、屋根の葺き板も多くは剝がれ落ち、窓を覆う鎧戸は腐って蝶番からぶらさがっていた。階段のひびわれに芝と雑草がはびこり、丈高く伸びた赤いギシギシが頭をもたげて一階の窓枠の高さにまで届いていた。館はまだ廃墟とまではいかなかったが、荒廃と崩壊に至る最終段階にあるように見えた。見捨てられた哀れなありさまは人の住んでいる家ではありえなかった。

ぼくらは階段を上がってテラスを進んだ。正面の扉はなかば開いていた。かろうじて蝶番にぶらさがっており、裾のほうに溜まっている砂の量からすると、もう長いこと開けっぱなしだったようだ。館の中に入り、石を敷きつめたホールに立ってまわりを見まわした。二階のほうで闖入者に驚いたコクマルガラスの群れが騒ぎだし、けたたましい警戒の叫びが館中にうつろに谺《こだま》した。屋根のあたりで羽音やひっかくような物音がしたかと思うと、館の上を旋回しながら盛んに怒りの声をあげているのが聞こえた。玄関ホールは湿っぽい黴の匂いがした。壁についた跡から判断すると、かつては羽目板が張ってあったらしい。いまは石の壁がむきだしで雨だれの筋がついていた。階段は一番下の段だけが無事だった。あとの段はすべて支柱や手すりもろとも崩れ去り、頭上には踊り場だけが手すりもなにもなくとり残されていた。一階のほかの部屋も巡ってみたが、どれも似たようなむきだしでからっぽのありさまだった。扉も羽目板も木製の部分はほとんどすべてなくなっていた。天井の漆喰は剝がれ落ち、暖炉は小枝や塵芥でいっぱいだった。

かつては由緒ある立派な館だったろう。崩壊のさなかにあってさえ、ぼくらの賛嘆を誘った。ゆったりと空間をとった、たしかな造りの屋敷だった。ほんの少し想像力を働かせれば、百年前はどんなふうだったかまざまざと思い浮かべることができる。どっしりとして威厳があり、その地にあって長い長い時を経てきたものの風格をたたえている。

「そうか、そうか、そうか」ふたたびテラスに出てくると、ピアズはゆっくりとつぶやいた。「ちょっと厩を見てこよう」

館の脇を回り、イチイの木が二列に並んだ幅広く高い生け垣のあいだを押し分けるようにして通った。生け垣は、かつては短い歩道の縁取りだったはずだが、いまではほとんど道を塞いでしまっている。それから草に埋もれた石畳の小径をたどって建物に囲まれた中庭に着くと、そこもまた館と同様に見捨てられた状態だった。両開きの扉の片方はなくなっていた。ぼくらは門を通って中庭に入った。敷石はどれも縁に沿って低い垣根を巡らしたように芝や雑草が生え、石自体も緑色に苔むしていた。ピアズは中央に据えられた石の水槽のところまで歩いていった。水槽の傍らに傾いた鉄のポンプがあり、錆で真っ赤だった。ポンプの吐水口はなくなり、取っ手が石畳に転がっていた。端は渦巻き模様の飾りになっているようだったが錆びてぼろぼろに欠けていた。

中庭に面して並んだ戸口は、ほとんどが扉もなく、うつろに開いた穴をさらしていた。ひと巡りしていくつか中を覗いてみた。どれもからっぽで長いあいだ使われていない建物に特有の湿っぽい匂いがした。屋根が落ちているところもあったが、門の向かいにあたる建物の棟には木造の頂塔がまだ残っており、てっぺんの鋳鉄細工は、かつてはおそらく風見の土台になっていたものだろう。中庭を巡る途中、角で立ち止まってパイプに煙草を詰め、両開きの戸がついたほかより大きめの部屋をなんの気なしに覗きこんだ。そこは馬車置き場だったらしい。中に入ってマッチを擦り、煙草に火を点けようとしながらも、目の端では壁際にまだ馬車の残骸が立てかけられているのを捉えていた。そのほかにも腐った革の引き具だとか鉄の破片などのがらくたが床に散らばっていた。部屋の片側には大きな炉床かなにかがあったようだ。あとからやってきたピアズは部屋のさらに奥に進み、ぼくの点けたマッチの炎が消えるまでのあいだ、そこらのがらくたをひっかきまわしていた。

「ともかく、この探索からふたつはあきらかになった」館に戻る道すがら、ぼくは口を開いた。「ひとつは、昼食は持ってきたサンドウィッチで我慢しなければならないということで、もうひとつは、きみの友達を見つけるには、どこかほかをあたるしかないということだ。もうちょっとここを探検してみるかい、それともパブが閉まる前にブラギルに着けるかどうか試してみようか」

ピアズは首を振った。すっかり満足したようすで、それどころか、ここがこういうありさまだということは最初から予想していたとでも言いたげだった。「ブラギルにパブはない。少なくとも、地図には載っていない」

彼は地図をひっぱりだして、しばらく考えこんでいた。ぼくは彼の調子に少しばかりとまどったものの、ぼくらがここで発見したことから、ダフニ・ヘイズルの物語を説明する新しい説をひねりだしたのだろうと考えなおした。今度は彼女の作り話にどんな問題を見つけだしたのか、ぼくにはさっぱりわからなかったが、もちろん、ぼくと彼ではこの件に関して立場が違った。

「ステインズヘッドまで戻る一番早い方法は」ピアズが口を開いた。「この丘をまっすぐ越えて反対側で道路に降りることだろう。ブラギルまで行ってバスに乗れることに賭けてみてもいいが、どんなスケジュールでバスが走っているのかわからないし、いま一番大事なのは、できるだけ早くダフニを見つけだすことだ」

「冗談じゃない」ぼくは答えた。「ぼくらはハイキングに来たんだ。言っておくが、あくまで道に従って行くほうがきみの言う近道より早いと思っているわけじゃないが、そんなに急ぐ必要があるとは認められないね」

ぼくらは庭園を横断した。反対側の川岸に近づいたところで、ピアズはどことなく弁解がましい口調で、ちょっとばかり想像をたくましくすれば、平らな地面を巡る周回路か走路のようなものが見えると指摘した。ぼくらは岩をつたって流れを渡り、樺の木と柳の密生したじめじめした藪をかきわけ、険しい山腹に挑んだ。

びっしりと生えた針葉樹の群落を抜けたところで、すでにだらだらと汗を垂らしたぼくらはひと休みすることにして、澄んだ小川のほとりでサンドウィッチを食べた。そのあとは苦労して荒れ地を登っていった。羊の通り道はみな水平に走っていたので、あまり役には立たなかった。しかたなく、羊歯とヒースが絡まるあいだを這いずるようにしてじりじりと登ってゆき、ようやく先ほどストーン・サークルから見えた尾根の鞍部に出た。尾根とは言ってもかなりの広がりがあり、おおむね平坦な山巓になっており、当然ながらほとんど泥沼と苔に覆われていた。歩みは遅々として捗らなかったが、だいたい東の方角へ、こころもち左手に向かって進みつづけた。丘陵を抜けるまでには、ステインズヘッドからリングストーンズまで小径を歩いたのとほとんど変わらない時間がかかった。しかしもちろん来た道をもう一度戻ることなど夢にも考えなかった。

やっと荒れ地の反対側に出て、水の入ったブーツをがばがばいわせながら舗装された道路に降りると、それまでの遅れを取り戻そうと一時間に四マイルのペースでひたすら行進をつづけ、ステインズヘッドまで歩きとおした。ステインズヘッドの集落にさしかかったところで、ブラギルからのバスがぼくらを追い越していった。

ピアズの案では、まず郵便局に行ってミス・ヘイズルの消息を尋ねてみるのがよいだろうということだった。ぼくも同意し、ただ、その前に町一番のパブである白熊亭に寄って、その夜に泊まる場所をなんとか都合できるかたしかめてこようと説得した。ぼくの予想に反して、しかしピアズにとっては意外でもなんでもなく、店はあっさりと手頃な値段で部屋を提供してくれた。ぼくらは店のおかみにミス・ヘイズルについてなにか知らないかと尋ねてみたが、有用な答えはひきだせなかった。それでも、おかみは郵便局までの道を教えてくれた。

お茶を飲んでから調査にとりかかることにしないかと切りだそうか迷っていたところ、探索は始まりもしないうちに終わった。ステインズヘッドはさほど大きな町ではないとはいえ、その出会いはまさに僥倖だった。大通りを歩いている途中、ピアズが急に「やあ！」と大声を出し、道の反対側に駆けていった。その先では背の高い金髪の娘が雑貨屋のウィンドウを眺めていた。緑色のワンピースにベルトを締め、帽子はかぶらず腕もむきだしで、小さな男の子と手を繋いでいたが、男の子のほうはずっと靴のつまさきで店の正面の石壁を蹴りつづけていた。

ぼくがふたりのところまで行ったときにはもう挨拶は済んでいて、気まずさ半分、おかしさ半分といった調子でいきさつを説明しているところだった。しかし、ぼくの登場で会話が中断され、さらに話がややこしくなったうえに、店の中から出てきた中年の女性がこちらにやってきたので、もう説明どころではなくなった。女性は褐色の肌をした外国人らしい十二歳から十四歳くらいの少女ふたりを連れていた。ぼくらは舗道にひとかたまりになって、てんでに喋っていた。男の子まで負けじと声をあげていたが、発言の内容はといえば、ただひたすら喉が渇いたと繰り返しているのだった。ともあれ、だんだんと事情はわかってきた。中年の女性はミセス・ハンコックといい、ダフニの目下の雇い主であり、男の子は彼女の息子のボビー、ふたりの少女はハンコック夫妻の友人の娘で、夏休みのあいだ夫妻のもとに滞在しているのだという。

ぼくらの側ではもっぱらピアズが会話をひきうけていたので、そのあいだぼくの注意は、当然ながら、このたびのどたばたした追跡劇のいわば金的であるダフニ・ヘイズルに向かった。想像していたとおり感じの良い快活な娘だった。自分でも書いていたように、いかにも飛んだり跳ねたりの活動が得意そうに見えた。しかし、もっと印象的なのは、彼女の一人称の叙述では知るすべのなかったその美貌だった。とくに生まれ持った肌や髪の色合いが魅力的で、淡い色の髪が柔らかに輝き、瞳は深い青で、日焼けした小麦色の肌に血の色が透けて明るく生き生きとした印象をもたらしていた。おそらく自分でも色合いの調和が気に入っているのだろう、その証拠に人工的な色素を塗りたくってだいなしにしたりはしていなかった。

ミセス・ハンコックが愛想良く、ぼくらも一緒に来てお茶にしないかと誘ってくれたので、徒歩で夫人の家に向かった。どうやら郊外のそれほど遠くない場所らしかった。ピアズとダフニとボビー少年が前を歩き、ミセス・ハンコックと少女たちとぼくがあとに続いた。ぼくは言葉を選んで慎重にぼくらの遠出について夫人に話した。

「まあ、リングストーンズ・ホールですか。ダフニとうちの主人なら、あそこについていろいろお話ししてさしあげられますよ」

どんな話かと尋ねるのはためらわれた。夫人がダフニの物語についてどの程度知っているのかわからなかったからだが、ちょうどそのときダフニがピアズに話している内容が耳に入り、別にそのことは秘密ではないらしいとわかった。

ダフニは心底驚いたという声で言っていた。

「だけど、わたしの手紙を読まなかったの？」

「いいや、手紙なんて来なかったよ」

「でもわたし、書いたのに」ダフニは言いつのった。「そこに全部説明しておいたわ。手紙のほうを先に送ったのは確かよ、だって、ちゃんと憶えているけど、ノートを包装したとき、手紙も一緒に入れたらよかった、そうしたら二ペンス半節約できたのにって思ったんだから。でも手紙は先に書いてしまっていて、なんにも考えずに封筒を糊づけして、切手を貼って、ボビーに渡して投函してちょうだいって頼んだの」

ダフニがふいに立ち止まったので、ほかのみなも足を止めた。彼女はボビーのほうを向いた。見たところ九つか十くらいの少年をまさかという顔で見つめる。

「ボビー。月曜日に渡した手紙はポストに入れてくれたでしょうね」

矛先を向けられた少年は身に染みついた大人への不信を思い出したように警戒し、質問に対してはそそくさとうなずいたきりで、すぐに別の話題でみなの気をひこうとして、どこで聞いてきたのか、緑のシープカー・バスの運行をステインズヘッドまで延長させようという計画について話しだした。懸命に注意を逸らそうとする果敢だが望みのない試みには同情せずにはいられなかった。この子もあと何年かすれば、ささいな過失の責任をあくまで追及しようとするときの女性ほどしぶといものはないということを学ぶだろう。そんなわけで、しぶしぶとバスの話題をあきらめた少年は、手紙はポストに入れたとはっきり言った。

「そうなの、でもいつのこと?」ダフニは引き下がらなかった。

「きのう」しょげかえった声が白状した。

ダフニは大きく息を吸いこんだ。「まあ、ボビー」そう言ってぼくらを見上げた顔は滑稽なくらい情けなかった。

「月曜日は忘れちゃったけど、きのうの朝に思い出して、すぐ出してきたんだよ」事実を認めてしまって口の軽くなったボビーは聞かれる前に言い訳を始めた。

そのときのピアズはぼくと目も合わせられなかっただろうと思う。ピアズが描きだした壮大な謎に対する単純そのものの答えが郵便で配達されるところを想像し、ひょっとするとピアズが荒唐無稽な推理を巡らせながら陰鬱にそびえるリングストーンズ・ホールを見つめていたまさにそのときに配達員が訪れていたかもしれないと考えると、もう我慢ができなかった。ふいに笑いだしたぼくにミセス・ハンコックはとまどった顔を見せ、ダフニの血色の良い頬はますます赤くなった。

「じゃあ、来てくれたのはそういうわけだったの」すっかり事情を呑みこんだダフニが言った。「それでわざわざリングストーンズまで行ったのね。どうしよう、わたしはなんて馬鹿なことをしたのかしら。でも、みんなちゃんと説明できることなのよ……」

「それなら、お話はお茶を飲みながらにしましょうよ」ミセス・ハンコックがほがらかに言った。「さあ行きましょう」

3

家に着くまでのあいだにミセス・ハンコックから聞いた話では、彼女の夫は医者で、ステインズヘッドで開業しているという。ふたりの少女はハンコック氏の友人であるエジプト人の医者の娘で、ハンコック氏は戦争中はほとんどエジプトにいたらしい。少女たちはイングランドの学校に入っており、夏休みをハンコック夫妻のもとで過ごしている。ミセス・ハンコックは夏のあいだだれかを雇って子供たちの世話を手伝ったり英語を教えたりしてもらえればと考えたという。たまたま医師の昔からの友人がタワートンで講師をしていたので、アルバイトに興味を持つ学生がいないかと手紙を送ったのだった。

エジプト人の姉妹はファリーダとナイーマといったが、恥ずかしがってなかなかうちとけなかった。英語はかなり話せたが、ぼくがアラビア語で話しかけてもただくすくすと笑うだけだった。しかしそれも驚くにはあたらないかもしれない。ぼくが知っているのは古典アラビア語だけで、しかもアクセントは間違いなくケンブリッジ流だろうし、現在のエジプトでアラビア語として通用している言語がどれほど崩れたものなのかはほとんど見当もつかなかった。しかし少なくともダフニがどこから知識を得たかについて一端はあきらかになった。それにナイーマ（Naʿima）の名は「アイン」に関する疑問を解き明かしてくれた。

ハンコック夫妻の家は大きく、広い庭からは荒れ地の丘陵のすばらしい景色を望むことができた。ぼくらが帰ってきてお茶にするのを待っていた医師は、半白髪の快活な小男で身なりはこざっぱりとしており、ダフニの描写したラヴリン博士のモデルであってもまったくおかしくないと思われた。ぼくらは広い居間でお茶をふるまわれ、壁一面に設けた書棚に医師の蔵書が収められているのが目をひいた。ケンブリッジではなにを勉強しているのかという質問を会話の糸口として、すぐにぼくはハンコック医師と東洋言語の話題で意気投合した。医師はかなり流暢にエジプト方言を話せるだけでなく文語もいくらか読めるようだった。少女たちは医師のアラビア語を問題なく理解し、答えを返していた。彼らの話す方言に古典アラビア語のなごりを探すのに夢中になって、ダフニの物語についてはすっかり忘れていた。それでも、ざっと見ただけでも医師の蔵書はかなり広汎な分野にわたっていて、あらゆる自然科学分野の本に混じって人類学や考古学の本もあり、『金枝篇』の縮約版やエリオット・スミスやペリーの著作なども含まれていた。

子供たちが遊びに出て行ったあと、ようやくダフニは彼女の物語について説明しようとしたが、どうにも話しあぐねているのを見かねた医師が代わりに話を引き継いだ。ぼくらがダフニに会うつもりでリングストーンズ・ホールまで行ったと聞いて医師は愉快そうに笑った。

「リングストーンズならよく知っている」医師は言った。「わたしはこのあたりで生まれ育ったからね。昔は、あそこもすばらしい古い屋敷だった。父は若いころにニーツブリッジに医院を開いたのだが、リングストーンズまで訪ねていくこともあった。二輪馬車でブラギルから荒れ地を越えてドクター・ラヴリンと――ドクターと言っても医者ではなく神学博士だったが――夕食を共にした話などを聞かせてくれたものだ。真っ暗闇の中、馬車を駆って戻ってくるときには、胃はポートワインでいっぱいで、頭の中にはピクシーやホブゴブリン、それから古代のブリトン人にローマ人にピクト人だのといった話をいやというほど詰めこまれていたそうだよ。ラヴリン博士は考古学研究家で民俗学者でもあり、父とはよく地元の伝説を俎上に載せて議論を交わしたそうだ。父は科学的な教育を受けて育ったから伝説に対しても合理的な起源を見いだそうとしたのに対して、博士のほうは超自然的存在を固く信じていたようだ。

これもみなわたしが生まれる前の話だ。その当時でもリングストーンズのような館を維持するのはたいへんな物入りだったから、ラヴリン博士は自分の収入ではまかなえないと考えたのだろう。ともあれ博士は館をたたんで外国に行き、そのまま異国で亡くなった。館は相続人に渡ったが、たしか博士の又甥かなにかにあたる人物でインド軍にいたらしい。ライトソン大尉といった。むかし、ニーツブリッジにライトソンという一族がいて、子供のころ日曜日にはよく教区教会でライトソン家の記念碑を眺めたよ。しかし一家はずいぶん前に途絶えてしまっていた。問題のライトソン大尉のことはこのあたりではだれも知らなかった。いちどでもやってきて実際に館を見たことがあったかはわからない。退役したらリングストーンズに落ち着こうと考えていたというのはありそうな話だが、とうとうその機会はなかった。館には大尉がロンドンからよこした夫婦者の管理人がいるだけで放っておかれ、ブラギルに住んでいたジョージ・イデンデンの父親が家畜を放牧するのに庭園を借りていた。そうこうするうちにライトソン大尉は不慮の死を遂げた。落馬して首の骨を折ったんだ。そう聞いた覚えがある。わたしが十九か二十くらいのときだったと思う。父が亡くなる少し前だった。ライトソン大尉には子供がいなかった。遺言執行人は館をまるごと売ろうとしたはずだが、あんな辺鄙な古い館に買い手はつかなかった。いまどきの人間にとっては寂しく不便すぎる。いまどきとは言っても、もう三十年近く前だがね。それでも、当時でさえリングストーンズは時代遅れで、まったくお呼びじゃなかったよ！　そういうわけで売れるものから少しずつ切り売りされていった。家具だとか古い羽目板や彫刻を施した内装などもすっかり剝ぎとられたあと、結局イデンデンのところが放牧地として地所を買い、ある狩猟クラブが荒れ地を買ったが、その後破産した。家具などの一部は地元の人間が買った。うちの玄関ホールにあるクウェート製の櫃は、もとはリングストーンズにあったものだし、ほかにもいくつか同じような品がある。

ともかく、わたしがステインズヘッドで開業した二十年前はそんなありさまだった。以前はここからブラギルまで荒れ地を越えて行くかなりしっかりした小径が通っていたから、ときどきは散策に出かけてリングストーンズを見に行ったこともあった」

ここでダフニが口を挟んだ。

「だから、リングストーンズについては全部、ハンコック先生から聞いたの。面白そうだからいちどぜひ見てみたいと思って……」

「そういうわけで一緒に行ったんだ」ハンコック医師が言った。ピアズとぼくを交互に眺め、もの問いたげに眉をあげた。「きみたちがダフニから聞いたのはその顚末なんだろう？」

ダフニはきまり悪そうにぼくらを見た。

「それが、違うんです」そう言って彼女は話を始めようとしたが、ピアズが助け舟を出し、リングストーンズに行ったときの話をまずあなたの口から聞かせてもらえないかと医師に頼んだ。医師はちょっと驚いたようだったが、すぐに思ったよりもこみいった事情があるのだと了解したのか、そのときのできごとを簡潔に話してくれた。

「あれはいつだったかな。四週間くらい前か？　そうだな。妻が子供たちを連れてシープカーにいる義姉のところに行ったんだ。日曜日だった。ダフニとわたしは荒れ地に出かけることにした。リングストーンズを見て、ブラギルから夕方のバスで帰ってくるつもりだった。荒れ地に出かけるのは何年ぶりかで、いざ行ってみると藪が生い繁って小径が消えかかっていたから、道をはずれないようにするのは大変だった。実のところ、その場では認めがたかったが、すっかり道に迷ってしまっていた。子供のころからなじんだ荒れ地でだよ！　とはいえ、ずっと歩きつづけていればどこか見覚えのあるところに出るはずだとわかっていたし、ダフニも健脚だったから、ヒースや苔を踏みわけて進んでいき、そうしてしばらくすると立石が見えてきた――館の名前の由来にもなったリングストーンだ。それでやっと一安心した。そこからは間違えようもない。ところが、そちらに向かおうとしたとたんにダフニが穴に足をとられて派手に転んでしまった。手を貸して立たせてみると足首を挫いていて、それに転んだときにヒースの固い茎のあいだに手をついたせいで左手首をかなり深く切っていた。まずい状況だった。あたりは薄暗くなってきていた。雷雨がやってきそうだった。荒れ地には雨をやりすごせる場所などまったくない。まあ、きみたちも知っているだろうがね。足首の状態からして、ダフニにブラギルまで歩かせるのは論外だった。もちろんわたしは紳士らしく、残りの四マイルばかり彼女を背負っていこうと申し出たけれど、それはそれは盛大に反対されたのであきらめざるをえなかった」

「ええ、だって体重九ストーンのわたしを背負って先生がよろよろしているところが目に見えるようだったんですもの！」ダフニが叫んだ。

「馬鹿な！」小柄な医師は言った。「きみを丸めた布団みたいに肩に担いで行ってもよかったんだ。ただ、きみの体面を尊重しただけだ。まあそんなわけで、あとはダフニを連れて館まで降りていくしか手がなかった。そこなら雨が来てもある程度はしのげるし、そのあいだにわたしはブラギルまで行ってダフニを運ぶ手だてをつけられる。残念ながら館まで降りていくあいだ足首はどうしようもなく、ダフニには大変つらい思いをさせた。それでも館にはたどりつけた。扉は開いていたからダフニを玄関ホールの中に入れて階段の一番下の段に座らせ、水を汲んできて足と手首を洗い、ふたりのハンカチを包帯代わりに巻いた。それからわたしはできるだけ急いでブラギルまで行った」

「ほんとうに、どうかしていますよね」ミセス・ハンコックはぼくらに訴えた。「若い娘をそんな寂しい古い屋敷に置き去りにするなんて。まわりは何マイル行ってもなにひとつないようなところに。しかも、あのポーランド人の娘の話をさんざん聞かせたあとだというのに」

「それとは関係ないだろう」医師はむきになって言った。

「あるかもしれませんね」ピアズが言い、ダフニを見やった。彼女はきまりの悪い状況に黙ってじっと耐えていたが、眼は雄弁な表情をたたえてきらめいていた。「その娘の話を聞かせてもらえませんか」

「いいだろう」医師は答えた。「わたしの知っているかぎりでだが、話してあげよう。軍務でここを離れていたあいだのことだった……」

ミセス・ハンコックが割って入った。「わたしのほうが詳しく話してあげられますよ。わたしは当時ここにいたんですから。終戦の年にタウンゲイト・エンドのローバックという一家がポーランド人のメイドを雇ったの。わたしの見たところ、あの娘はちょっと正気じゃなかったようね。ミセス・ローバックはよくあの娘のことでかんしゃくを起こしていましたよ。娘の話すことはぜんぜんわけがわからなかったし、娘のほうでもなにを言われているのかさっぱりわかっていなかったでしょうね。見かけは立派な子でしたけど、目つきにはなんだか落ち着きのないところがあるといつも思っていました。それで、ある日の午後、娘はふらりと家を出てそれきり戻らなかったの。暗くなっても娘が帰ってこないのでミセス・ローバックからうちに電話がかかってきて、どうしたらいいかって相談されたんです。ミセス・ローバックはありとあらゆる事態を想像していたけれど、わたしに言わせれば一番に思いついてもいいことには考え至らなかったようね。カティアは――娘の名はそういったのだけれど――当時ポーランド軍が駐留していたネトルワースに逃げだしたんじゃないかとわたしは思いました。その日は夜中まで何度も電話がかかってきて、そのたびにミセス・ローバックの心配はひどくなっていきましたよ。ミセス・ローバックはポーランド軍の駐屯地にも電話したけれど、そちらにはカティアはいなくて、それから病院に電話して、警察にも電話して、それでも娘の居場所についてはなにもわからなかったと言うの。だからしまいには町の巡査に任せてもう寝るようにと言い聞かせました。

ところがつぎの朝の八時前くらいにまた興奮した声で電話がかかってきて、ブラギルのイデンデンのところから電話があって、カティアが見つかったと知らされたそうなんです。それで彼女を連れ戻すのに車で連れていってくれないかって。当時わたしは国防婦人会の活動をしていたんです。そんなわけでミセス・ローバックとわたしとでブラギルまで行きました。イデンデンの家の台所にカティアがいて、魔女みたいに暴れて手のつけられないようすでした。ジョージ老人はにやにやしているし、息子のジョーはおどおどして、ジョーの奥さんは不機嫌そのものでした。カティアがミセス・イデンデンの服を着ていたので、自分の服はどうしたのかと尋ねたところ、なんだか気まずい雰囲気でしたよ。でもつぎにジョーがステインズヘッドに寄ったときに全部話してくれました。なんでもジョーは、その日の朝早くに、ポニーでリングストーンズ庭園に放してある仔牛のようすを見に行ったとかで。帰り道にストーン・サークルの中になにか白いものが横たわっているのが目に入って、病気の羊だろうと行ってみたところ素っ裸の若い娘で、最初は死んでいると思ったそうです。ところが近くに寄っていくと娘は起きあがって、ひと声叫ぶなり飛びついてきて、死にものぐるいでしがみついて離れなかった。気の毒に、ジョーが言うには、そのときなにかちょっとでも考える余裕があったとすれば、まわりにだれもいなくてよかったということだけだったって。なんとか娘をひき剝がして自分のコートを着せ、女房を呼んできてなにか着るものを持ってこさせるから待っているようにと言い聞かせようとしたそうです。ところがカティアはききませんでした。怯えきっていてどうしようもなかったので、気は進まなかったけれど、ジョーは彼女をポニーに乗せて連れ帰り、奥さんに世話を任せました。ジョーは彼女がだれだか知らなかったけれど、奥さんはローバック家でポーランド人のメイドを雇っていると聞いたことがあって、その娘が外国人らしかったのでミセス・ローバックに電話したというわけなんです。

ええ、もちろんわたしたちはカティアからなにがあったか聞きだそうとしましたが、彼女はなけなしの正気さえなくしてしまっていました。もともと英語がほとんど話せなかったこともあって、わたしたちがどうにか理解できたのは、彼女いわく〝小さい人たち〟に会って、だまされて服を脱がされ、一晩中古い館に閉じこめられていたということだけでした。みるからに怯えたようすでしたが、ひどい怪我などはなく、ただいくつも痣をつくっていたけれど、それは生まれたままの姿で丘の斜面を登って転んだりしたからでしょう。

　カティアが館にいたというのはほんとうだったのがわかりました。つぎの日かまたそのつぎの日、ジョー・イデンデンが彼女の服を見つけたんです。館のそばにある古い建物の中にあったそうです。無理もないことですが、カティアはすっかり気が変になってしまいました。ローバック家では置いておけなくなったので、ポーランド軍に彼女を引き取ってくれないかと申し入れました。それなのに、なんということでしょう！　駐屯地からポーランド人の医師が迎えにくることになった矢先に、カティアはまた姿をくらましてしまったんです。そして今度はとうとう見つかりませんでした。警察と自警団とポーランド軍にボーイスカウトまで、三つの教区からありったけの人手をかき集めて何日も荒れ地を探しまわったというのに。彼女が見つかったとしても、このあたりではないでしょうね。その日以来、いまに至るまでこのあたりではだれも彼女の消息を知りません」

「それでだね」妻が話し終わるのを待ちかねていた医師が割り込んだ。「この大衆科学と映画の時代にまさかと思うだろうが、ドゥエルガーのしわざではないかと恐ろしげにささやく者もいたし、またストーン・サークルはずっといわくつきの場所だったと言う者もあったよ……」

「ドゥエルガー？」ぼくらはいっせいに問い返した。

「そうだ。ノーサンバーランドでも、本で読んだ以外で、その名を知っている人間がまだいたのかと驚いたよ。だが不思議なことに、そういうものの記憶はずっとひそかに受け継がれていくようだね。ドゥエルガーは荒れ地に棲む種族で、人間を狩っては地下に連れ去ると言われている。その名前は昔、わたしが腕白で、祖母がよくおとぎ話をしてくれたころに聞いたきりだった」

「またその話ですか」ミセス・ハンコックが言った。「くだらないことばかり。言った人はただの冗談のつもりだったのでしょう。わたしが言おうとしたのは、あの場所とカティアの異常な出奔は切っても切れない関わりがあるということよ」

　ピアズは眉根を寄せた。「それで、リングストーンズに行く前にその話は聞いたことがあったんだね」とダフニに尋ねる。

「ええ。でもだからどうということはなくて。館に独りにされても、別になんとも思ってなかったわ。真っ昼間だったし。それに足首が痛くてほかのことなんて考えられなかった」

「そうだね、では、とりあえず残りのできごとを話してしまおうか」ハンコック医師が言った。

「わたしはブラギルに着いて、運良くジョー・イデンデンが出かけようとしているところを捕まえた。すぐに馬車にポニーを繫いで出させて、一緒に来てもらった。ダフニを独りにしたのは二時間半くらいだったと思う。ジョーとわたしが戻ったとき、ダフニは気を失って床に横たわっていた。意識を取り戻させると、ふたりがかりで馬車に運びこんだ。かなり錯乱したようすだったが、捻挫のショックでもないようだし、手首の裂傷からもそれほど出血していたわけでもないから不思議に思ったよ。ジョーはとてもよくしてくれた。彼の家でダフニを手当したあと、ここまで送ってもらった。そのときはジョーとポーランド娘の一件のことなどすっかり忘れていたが、彼のほうでは思い出したに違いないね。家に着いたときにはダフニの具合はだいぶ良くなっていた。ベッドに寝かせたが、捻挫と少し体温が低く脈が遅いのをのぞけば正常だった。翌朝にはもういつもどおりだった。事実としては、これで全部だ」

「なるほど」ピアズが言った。「でもダフニ、ひとつ話さなかったことがあるだろう」

「なんのこと？」ダフニはあわてたように言った。

「腕時計をなくしただろう」

「ええ、そうなの。バンドが壊れてしまって。コートのポケットに入れておいたのだけど。浅いポケットだったから、どこかで落としてしまったのね。転んだときかもしれない。でも、気づいたのはハンコック先生が行ってしまったあとだった」

「それで、いったいなにが起きたって言うんだ」ぼくは口を挟んだ。

ぼくの追及は、ダフニには酷だったのではないかと思う。とても気まずそうだったし、あえて気にしないふりをしていたけれど、災いのもととなったあのノートを衝動的にピアズに送ったりしなければよかったと考えていたのは間違いないだろう。

「ほんとうにどう説明したらいいのかわからないのだけど」ダフニは、なかばはハンコック夫妻に、なかばはピアズやぼくに向けてというふうに話しだした。「捻挫のせいでずっと外に出られなかったあいだ、気晴らしにノートに書き物をしていたのはご存じでしょう。書いてみるとあんまりばかばかしい話だったから、お見せしなかったけれど。自分でもまったく信じてなどいなくて、それでもとにかく書かなきゃいけないっていう気がしたの。書きあげてしまったら、たぶんそのままだれにも見せずにしまっておくのがよかったのでしょうね。でも、なんて言ったらいいのか……そうね、夢を見たときにもあるのじゃないかしら、だれかに言いたくなって、ピアズならわたしをわかってくれているし、それで、ついそのときの勢いで、いきさつを手紙に書いて、ノートは小包にして送ったの。もちろん、ボビーが手紙を投函していなかったなんてぜんぜん知らなかった。説明もなしにあのノートを受けとって、いったいなにごとかと思ったでしょうね。でも、まさかわたしを探してリングストーンズまで行ってしまうなんて思ってもみなかったし」

「気にしないで」ぼくはダフニを元気づけようと言った。「ぼくらも楽しかったし。あの沼地の穴を逃す手はないよ」

「足の届くところに穴があるかぎり、きみがそれを逃す心配はまるきりないよ」ピアズがまぜっかえした。「それにしてもやっぱり、あの話がどこからきたのか教えてもらいたいね。どうやって思いついたんだい？　ダフニさえよければ、あれをごらんになれるようにお送りしますよ」最後はハンコック医師に向かって言った。

ダフニはためらった。「そうね」考えこむように言い、指先でクロスに散らばったパン屑を集めていた。「まあ、夢みたいな、というかたくさんの夢の集合みたいなものかしら。ありえないと思われるだろうとはわかっているのだけど。だって、ふつうはあれを全部夢に見るなんて無理だもの——あの会話やなんかを全部。表現するのがとても難しいけれど、あなたたちだってきっとそういう夢を見たことがあるはずよ。つまり、目が覚めたときにはっきり思い出せるのは、ひとつかふたつのできごととか夢の中でだれかが言ったことだけで、でも憶えていないだけでほんとうはもっとずっとたくさんのできごとや会話があったのは確実で、たしかにそこにあるのに、ただそれと意識することができないというような」

「穴に消えていく鼠のしっぽの先みたいなものか」ぼくは言った。「ああ、夢から覚めたときにそんな気持ちになったことはあるよ」

「そう、そういう感じだけれど、なんというかもっと強い感覚で、すごくあざやかな現実感があって、書き留めているあいだも現実にあったことを思い出しているような気がしたわ。ペン先を紙に滑らすと、なにもかもあふれるようによみがえってくるの――夢の中でラヴリン博士が話したことは全部あのとおりだったし、自分はあのとおりの庭園の景色を見て、少女たちとヌアマンもあのとおりのことをしたのだとわかっていた。と言っても会話を一字一句憶えていたというわけではなくて、目覚めたときにはいくつかの文章がはっきりと心に残っているだけだけれど、もしこういう発言があったなら、そこに至る会話の道筋はこうだったはずだというのが全部わかるの」

ダフニの言いたいことは、なんとなくわかる気がした。ピアズも彼女の言葉を裏づけるように、以前、優等卒業試験の前に経験したことだがと言い、朝に目が覚めたときには、たしかに夢の中で十七世紀の演劇を主題とした試験問題に対する完璧な解答を書きあげたという実感があったという話をした。

医師は興味をひかれたようだった。「いつから夢を見ていたんだね？」とダフニに尋ねた。

「それも不思議なんですけど」ダフニは答えた。「よくわからないんです。先生がわたしをリングストーンズにおいて行ってしまわれてからしばらくは、足首と手首の痛みと、それにどうやって帰ればいいかということぐらいしか考えていませんでした。でもそのあいだも腕時計のことが気になっていました。安物だったけれど失くしてしまったのは残念だった。それから、寒いと感じたのを憶えています。蒸し暑い日だったからおかしなことだけれど。それでたぶんちょっと怖くなったのかしら。あたりがおそろしいくらいしんとして、そこに独りきりだというのを急に意識しだしたわ。

実際はどこかの部屋でかすかにかさこそという物音がしていたし、それから、そう、おもてのほうでふいに人の声がして、子供の声のようだったけれど、笑ったり呼びかけあったりしているのが聞こえたの。気のせいじゃなかったことは自信を持って断言できる。なんて言っているのかはわからなかったけれど、たしかに人の声だった。怖くはなかった。現実に人がいるとしか思えなかったから。もしその子たちが入ってきて階段の下にわたしが座っているのを見たらびっくりするだろうと、そちらのほうが心配だったくらい」

「コクマルガラスだろう」ぼくは言った。「鳴き声が人間の声みたいに聞こえることがあるからね。それとせせらぎの音だね。ぼく自身、丘で小川の側にキャンプを張ったとき、すぐ横でだれかが喋っているような気がして、わざわざ起きだしてただの水音だというのを確かめたことがあったよ」

「そうね」ダフニは納得していないようだった。「そうね、そういうことだったのでしょうね。でも、それから後ろからだれかが階段を下りてきて、わたしの首の後ろに触って、それでわたしは気を失ってしまったの」

「なんだって」ぼくらはそろって声をあげた。「階段を下りてきた？　階段なんかないじゃないか」

ダフニはほんとうに驚いていた。「階段がない？」信じられないという口調で言う。「でもわたし、階段に座っていたのよ。足首に包帯をするあいだ、先生がそこに座らせたんじゃありませんか」とハンコック医師のほうを向いた。

医師は真剣な顔でダフニを見つめた。「きみは階段の一番下の段に座っていた。でもあったのはその段だけだ。残りの段はとっくの昔になくなっている。中に入ったときに気がつかなかったのか。まあ、無理もないか。あのときは足首の痛みのせいでまわりのことなど気にする余裕はなかっただろう。暗示の力を示すいい例だ。きみはほんとうなら階段の残りがあるはずのほうに背を向けて座っていて、おそらくは実際は背後になにもないことを感じていたにもかかわらず、潜在意識はそこに階段があるはずだと仮定して補っていたのだ。しかし状況から考えると、きみは無意識のうちにふたつのできごとの順序を入れ替えたに違いない。まずきみは失神した——おそらく疲れと精神の動揺によるものだろう——それから半分意識を取り戻したあとに、足音を聞いて触られたという幻覚をおぼえた。軽い譫妄状態にあったのかもしれない。もっとも傷はそんなにひどいようすではなかったがね。しかしなんとも言えない。わたしはエジプトで屈強な男が皮下注射されただけで失神したのを見たことがある」

「でもわたし、そこに階段があるとばかり思っていました」ダフニがつづけた。「階段がないあのホールなんて想像もできない。いまでは、あの館について夢で見た内容は、みな自分の目で実際に見たわけではなくて、先生が以前に話してくれたことの寄せ集めだっていうのはわかっているけれど。あそこで気を失ってからつぎの日の朝にここのベッドで目を覚ますまでの記憶はあまりないの。少なくとも、馬車に乗せられて連れてこられたのはぜんぜん憶えていない。でも、そういえば、回る車輪だとか鞭が鳴る音なんかのきれぎれのイメージがかすかに残っていなくもないわね。翌朝になって起きてみると、足首が痛む以外はもう大丈夫で、失神してからずっとひとつのとてもいりくんだ夢を見つづけていたに違いないという気がして、もしその気にさえなれば夢の一部始終を細かいところまで思い出せるはずだと強く感じたの。確信があまりに強かったから、足をひきひき整理簞笥のところまで行って新しいノートと万年筆を取り出して、夢を全部書き留めていったというわけ」

ダフニは椅子の背に体をあずけ、ぼくらを見まわした。

「その作品をぜひ見てみたいね」医師が言った。「夢を逐一記録するのはかなり骨の折れることだが、不可能というわけではない。結局、人はほんとうに思い出すことのできたいくつかの夢のできごとのあいだの隙間を理性と想像力でもって埋めてしまうものだから。最近の薔薇十字会を称している連中も、夢の記録を習慣にしている。彼らの夢の記録をいくつか見たことがあるよ。おそろしく支離滅裂なしろものだった」

ぼくはうなずいた。それなら見たことがある。結局、あの話は創作の練習だというぼくの単純な説のほうが、ピアズの謎めかしたたわごとよりは真実に近いところを突いていたと知って気分はまんざらでもなかった。「どうやらきみの書いた話、というか夢の材料はすべてあらかじめ揃っていたようだね。ハンコック先生から聞いた先生のお父さんとラヴリン博士の会話や、ここにふたりのエジプト人の女の子たちと小さい男の子がいるという事実などがそうだ。ラヴリン博士の考古学に関する長口上については、おおかたはここにあるいろいろな本で読んだことを夢の中でつぎはぎしたものだろう。もしきみがこれらの本を拾い読みしていたらの話だけど」そしてたしかに読んだとダフニも認めた。「痛みがきっかけで夢を見はじめたのだとすると、たぶんそうだろうと思うが、潜在意識にあった気がかりが――つまり腕時計のことだとか、どうやって家に帰るかといった心配なんかだが――混乱した夢という形で顕れたのだろう。あの話では、肉体の酷使と虜囚として閉じこめられることが主要なテーマになっていたね」

ピアズとハンコック医師が口を開け、夢に関するぼくの理論を粉々にしようと反論を繰りだしかけたが、ぼくはふたりを制して、ダフニの話を物語としてみたときに気になっていた別の疑問を口にした。

「あなたがたフロイト派の反撃はちょっと待ってくれ。まず言っておくと、きみがあれを全部夢に見たというのもありえない話ではないと思っている――夢の中の夢も含めてね。ぼく自身、思い返せばそういう二重の夢を見たことがあったような気がする。だけどきみの空想のなかに、なにがもとになったのか知りたいものがひとつある。あの剣闘士の養成所みたいなやつだが、それ自体は別に不思議ではない。じつを言えば、ぼくもいまだに学校時代に体育館で追いかけ回されたときのことを悪夢に見る。そうではなくて、あの戦車だ。夢の中ではありがちな、なにかに縛りつけられてもがいているような――もっと早く動きたいのに引き留められているような、そういう感覚のひとつの表現かもしれないというのはわかる。だが、若い娘たちが戦車を牽いているという具体的な光景はどこから思いついたんだろうか。たしか、東洋の悪女を扱ったエリザベス朝劇にそんなものが出てきた気がするのと、マルコ・ポーロの見聞録に、タイギンの王が専用の小さな軽い乗り物を奴隷女に牽かせて宮殿を乗り回していたという話があったが。それに信憑性は疑問とはいえ、インド暴動のときの話で、反乱者たちがデリーを占拠したときにムガール皇帝の皇子がイギリス人の女性の捕虜を何人か裸にして馬車に繋いだという記録もある。でもいったいきみはなにを読んだんだ?」

ダフニは笑った。「インド暴動の話は初めて聞いたし、正直に言うとマルコ・ポーロは読んだことがないの。『タンバレイン』*なら少しは憶えているけれど、でもほんとうに、あの戦車についてはどこで読んだのかはわからない。あの夢の中ではただそういうもので、あたりまえの競技のひとつだったわ。前にも轅《ながえ》に繋がれたことがあるような、そんな気がしていた……」

＊十六世紀の劇作家クリストファー・マーロウによるティムール大帝を描いた戯曲。

ダフニは身をよじり、いままさに身に迫る危険を避けるかのように縮こまった。

「ふむ」ぼくは話をつづけた。「それじゃあ理屈では説明できない夢見る想像力の気まぐれということにしておくしかないのかな。でもそれでは、霊感とでも言うか、想像の原動力としてはやはり不十分な気もするけどね。きみの話にあった馬車置き場を見たけれど、ぼくの潜在意識でも想像力でもなんでもいいが、とにかくそういったものが古い自転車の車輪やら黴の生えた馬具やらを元に輝くような戦車をつくりあげられたとしたら驚きだよ」

ダフニはなにか言い返そうとしたが、ピアズが割って入った。「それで思い出した！」彼は叫んだ。上着のポケットからなにかを取り出してテーブルの上に置く。

「きみの時計か？」

ダフニはそれを手に取った。「ええ。そう。わたしのよ。でも、どこで見つけたの？」ダフニが興奮するとその眼がどれほど明るくきらめくか、ぼくはあらためて気がついた。ピアズに向けられた青い瞳の輝きに目を奪われていたせいかもしれないが、その明るく輝く眼と好ましい対照をなしていた、額や頬の暖かみのある肌色が蒼ざめて色を失っている理由には、しばらく思い至らなかった。

小柄な医師はダフニの手から時計をとりあげ、ねじを巻いて振ってから耳に当てた。そして嬉しそうに興奮した声をあげた。「いいぞ。大丈夫だった。動いている」そう言うと炉棚の上の置き時計を見て時刻を合わせ始めた。

ダフニはまだピアズを見つめていた。「これをどこで見つけたの」質問を繰り返したが、その声はささやきに近かった。

「うん、あの厩の中庭の馬車置き場だよ」ピアズはじっと彼女を見据えたまま答えた。

医師が顔を上げた。「厩の中庭だって？　そんなわけがない。ダフニは厩には近寄ってもいない。行けたはずがない。そうだろう？」

ダフニはなにも言わなかった。ぼくはふいにダフニの尋常ではない眼の輝きの理由を悟った。ピアズはとうに気づいていたのに、ダフニがどれほど不安に苛まれているか思い至らなかったのは不覚だった。彼女は両手をさしだした。時計を受けとるためではなく、だれかに手首から先をゆだねるような、奇妙な服従のしぐさだった。左手首の内側の日灼けした肌に癒えたばかりの長い切り傷がくっきりと浮きでていた。ダフニは手首を捧げるように宙にさしのべたかと思うと、得体の知れない衝動にあらがえなかったかのように、ゆっくりと手のひらを下に向けて指を軽く曲げ、ぼくらの目には見えないなにかを握った。だれも言葉を発しなかった。見守るぼくらはこみあげる恐怖を覚えていたと思う。宙に垂れたふたつの手は、なすすべもなく待ちつづけていた。ふいにピアズがテーブル越しに身をのりだして、ダフニの手を両手で固く握りしめた。

「しっかりしろ」ピアズは言った。「時計はぼくらの時間を刻んでいる。ドクターは間に合ったんだ。来てくれたんだよ」

人形つくり

第一章

「パストン・ホール、そしてそのすばらしい景観を誇る広大な敷地は」――と学校案内はうたっている――「健康によい高台の立地に恵まれ、美しい森の広がる手つかずの自然に囲まれた完璧な静けさが約束されているいっぽうで、魅力あふれる古き良き市場町ペンタブリッジへの交通の便もよく、定期的な運行があります。きめ細やかな目配りのもと、生徒たちには園芸、スポーツ、乗馬などのさまざまな屋外での活動が奨励され（……）とくに知的観察力、自発性、責任感など、おのおのの気質と人格の陶冶に重点がおかれ（……）外国にお住まいのご両親にかわってご息女を全面的にお世話いたします」

こういったうたい文句のとくに最後の一文を思い浮かべながら、クレア・リドゲイトは十二月の夜に、パストン・ホールの一階にある監督生室で、暗がりに足音を忍ばせて窓際まで行き、油を注しておいた掛け金をはずした。以前、校長のミス・スペロッドが滑らかな光沢紙に印刷される文章のどこを強調しようかと吟味しているところを目撃したときには、偽善者ぶりに嫌悪を覚えたが、偽善こそは校長の性格の根幹であり、この五年のあいだ自分が吸ってきた空気の主要な成分でもあることには、つい最近になって気づいたばかりだった。

　クレアは窓枠によじ登って外に出ると、静かに窓を閉めた。月は出ていなかったが、満天の星が闇を明るませ、砂利を敷いた小径と芝生と木立の塊がかろうじて見分けられた。運動靴の足でつまさき立ち、粗い砂利道を大股に二歩で越え、足音を消してくれる芝生までたどりついた。校舎をふりかえり、こちら側の窓はすべて灯りが消えていることを確かめると、ゆっくりとした、しかし夜でもあたりを知りつくした者のためらいのない足どりで、刈りこまれた芝生を踏んで歩いていった。

　クレアは前かがみになり、頭上の漆黒の空が織りなす錦繍には目もくれず、校庭や塀のむこうの森で活動する生き物たちが低く奏でる夜の音にも耳を傾けなかった。美しい森の広がる手つかずの自然など、クレアだけでなくパストン・ホールの生徒たちはみな、ろくに知らなかったし、魅力あふれる古き良き市場町ペンタブリッジも同様だった。ミス・スペロッドは郊外の立地を学校の魅力のひとつとして主張するいっぽうで、教師の監督のもと、まとまった人数でなければ出歩いてはならないという厳しい校則については、わざわざ触れたりしなかった。校長の計算では、たいていの保護者、とくに熱帯の国で汗水を垂らしている人たちは、深く考えもせず、イングランドの自然は子供の成長に良い影響を与えるというワーズワース的信条に賛成するはずだった。いっぽう、古き良き市場町の映画館《シネマ》やダンスホール《パレ・ド・ダンス》はもちろん、素朴そのもののハリウェルの村にさえ他の種の影響を与えかねない存在が待ちうけていることを校長は承知していた。それらの誘惑の源は生粋のイングランド生まれだとはいえ、生徒たちが感化されては、学校の評判にもかかわりかねない。もっとも、ペンタブリッジの誘惑はたいして危険ではなかった。パストン・ホールから町までは六マイルもあり、「交通の便もよく、定期的な運行があり」というのも、実際のところは地元のバス会社と契約を結んで、必要に応じて学校と駅のあいだを送迎することになっているだけだった。緊急に生徒を町まで連れて行く必要があるときは、しかるべき付き添いがつき、タクシーを使うため、ほとんどの生徒は学期の始まりと終わりに駅で乗り降りするだけで、ペンタブリッジの町なかを見ることはない。

この秋学期は、クレア・リドゲイトにはそんなささやかな外出の機会さえなかった。クレアは休暇のあいだも全面的に世話される生徒のひとりだった。以前はあきらめ半分ながら自分の境遇を受け入れていた。その頃は父が長期の契約でリオ・ティントの銅山の仕事をしており、夏休みとクリスマスはスペインで過ごすことができたから、それより短いイースターと降誕祭の休暇や学期の中休みはパストン・ホールで過ごすのにも耐えられた。けれどいま父がいるのはマレー半島で、休暇に訪ねていくのは無理だし、父も母もイングランドでクレアを預けられるような縁者はいなかった。だからクレアにとっては、いくつかに分かれた学期があるというよりは、ひとつの長い学期が切れ目なく続いて授業だけがひたすら繰り返され、前のクリスマスから次のクリスマスまでが過ぎていった。悲惨さに輪をかけたのは、以前はイースター休暇や学期の中休みのあいだ居残りの境遇を共にする仲良しのグループがいたのに、いまはばらばらになってしまったことだった。クレアは十八歳だった。ほんとうなら今年の夏学期を最後として同級生たちと一緒にパストン・ホールを卒業していたはずだったが、父がオックスフォードの給費生試験を受けるようにといって譲らなかった。

学校案内は「中等教育修了試験、大学入学資格試験、大学受験に向けた準備も万全」だとうけあっている。クレアは自分のなし遂げたことが、校長にとってもパストン・ホールからつましい生活の糧を得ているささやかな理事会のメンバーたちにとっても望外の成果だったのを漠然としか理解していなかったが、生来の賢さと、よく勉強していたことが試験官たちに認められて二つの試験に合格し、学校の歴史に名を残すことになった。おそらく校長は、この快挙に舞いあがったのと（もちろんそれは学校の手柄だった）、いつもは手を煩わせるばかりの生徒たちのひとりが、保護者のポケットからお金を引き出すという、忍耐と絶妙なさじ加減を要する仕事に協力してくれているのが新鮮だったせいで、すっかり調子づいたのだろう。リドゲイト氏のもくろみを持ちあげ、パストン・ホールで勉強をつづけさせれば、クレアはオックスフォードの給費生資格にも手が届くと信じこませた。クレアはまさに、少なくとも人生のこの一局面においては、さまざまな外的影響に翻弄された犠牲者だった。大学入学資格という手にしたばかりの栄光があり、父からの手紙につづられた甘い言葉があり、クレア自身の野望と手が届きそうな未来の可能性があり、そしてミス・オッタレルがいた。

校長は教師の斡旋業者を通じてアン・オッタレルを雇った。彼女はとても若く、教師としての経験も資格もなかったが、歴史学の学位を持ち、ロンドン大学を出てすぐにでも仕事に就く必要に迫られていた。ハイレベルな学問の世界を知っているという点がミス・スペロッドに好印象を与えた――聖堂参事会の愛顧を願う仕立屋にとっては、準参事会員の御託でさえありがたいのと同じようなものだ――そしてアン・オッタレルはクレアの大学生活への憧れをかきたてた。

こうして、過剰な熱意はあらゆる過剰のうちでも最悪のものであるという信条にもかかわらず、校長は若輩の教師の熱意に流されてしまった。クレアは特別にオッタレル文学士の教えを受けることになった。いっぽう、学校には追加の学費が入ることになり、さらなる栄光も現実味を帯びた。クレアにとっては天国の扉が開かれたようなものだった。パストン・ホールに女神が降臨した――

ミス・オッタレルがやって来たその日から、女生徒たちはみなためらいもなくそう認めていたが、クレアは信徒たちのなかでも一頭地を抜く存在となり、学問の喜びと信頼に満ちた長い個人授業をつうじて女神と特別に親しく交わることを許されるはずだった。

ところが秋学期が始まる前にミス・オッタレルは死んだ。

その朝、クレアは校長の居室につっ立ったまま、ミス・スペロッドの薄い唇がせわしなく動くのを見つめ、やるかたない憤懣を抑えながら、後ろめたいことでもあるのか大げさな抑揚をつけてまくしたてられる説明を聞いていた。なにを告げられているのかはなかなか理解できなかった。理解したときには、校長が伝えようとしていた事実よりも、言外に読みとった校長の本音のほうに大きな衝撃を受けた。クレアのパストン・ホールに対する反抗はその朝に始まった。

信じられないことながら、ミス・スペロッドは教師の死に驚くでも悲しむでもなく、ただ我が身の心配をしているだけだった。くどくどした言葉の端々に自分は悪くないという主張が透けており、学校が少しでもアン・オッタレルの死に関係していると思われはしないかとおそれ、予防線を張っているかのようだった。

「言うまでもないことですが、あの人が発ってから七週間も経っているんですよ」校長は繰り返した。「休暇に入ったその日に街へ向かったんです。そのときはぴんぴんしていらした。ここでの夏学期が終わって、とてもお元気そうだと思ったのを覚えています。寮母だって、学期の始めに来られたときと比べても見違えるようだと言っていたくらいですから。そこがあの病気の恐ろしいところですよ。どんな健康な人でもかかることがあって、またたくまに症状が出るのだと、そう聞きました。ペンタブリッジまでの列車の中でうつされたのかもしれないし、むこうで一緒にいた人からうつったのかもしれませんね。ペンタブリッジではかなり流行っているそうですよ。夏学期のあいだ中等学校は閉鎖するべきだったのではないかしら。わたしの知るかぎりでも、すくなくともふたりの生徒が亡くなっていますし……」

校長のもとを退散したクレアは、もっとはっきりしたことを聞き出そうと、助教諭のミス・ギアリーを探しに行った。ミス・ギアリーは夏休みのあいだもパストン・ホールに留まっていた。探し回るあいだにも、徐々にさきほど聞いた知らせの真の重みがのしかかってくるのを感じていた。それまでは身近に死を経験したことはなかった。死とともに、かつてなく重大な意味を持つものがパストン・ホールとクレア自身の生活に押し入ってきたように感じられた。夏休みのあいだクレアはずっと期待の甘やかな霞に包まれて過ごし、次の学期を心待ちにしてあれこれの楽しい空想で彩っていた。しかし、死は霞を吹きとばし、果てしなく広がる退屈な現実をあらわにした。

勉学の魅力も成功の希望も、アンの死とともにあっさりと消え失せたように思われた。オックスフォードの奨学金を目指した特訓も、この五年間ひたすら耐えてきたうんざりするような授業の繰り返しがさらにつづくだけでしかない。醒めた目で冷静に見れば、アンのような人の指導もなしに、奨学金獲得を目指すなど、無謀もいいところだ。クレアは敗北を受け入れはしたが、途方にくれ、傷ついた。クレアの夢をうち砕いた力はおそろしいほどに強大だった。自分のささやかな敗北は、怪物が通り過ぎるときに起きたちょっとした事故にすぎないと認めるのは、まだ難しかった。

ミス・ギアリーは、はえぬきだった。なにしろパストン・ホールの創設時から教師を務めているのだ。代々の生徒たちは、彼女に対する「変わり者《クイアリー》」というあだなをなんの疑問もなく受け継ぎ、知能がすこし足らないらしいという噂もそのまま信じていた。中等部の低学年の生徒たちは少女向け読み物の影響で奇人変人が大好きだったから、ミス・ギアリーの見た目や服装、声音、それにぼんやりしたふるまいなどの風変わりなところをいちいち面白がっていた。中等部の高学年の生徒たちは、ミス・ギアリーは理事のだれかの遠い縁故だという説に与していたので、そういった立場への当然の軽蔑もあらわに接していた。高等部の生徒たちは彼女をほとんど気にかけず、かわいそうなお婆さんとしか見ていなかった。

クレアが心の中の小さな死を隠し、ぶっきらぼうにミス・オッタレルの死因を尋ねると、老女は白髪まじりのまっすぐな髪を額から掻きあげ、遠くのものを見るように眼を細めて背筋を反らしながらクレアを凝視した。まるで目覚めている時間の大半を遥かな高みで夢想に浸って過ごしており、そこからクレアを見おろしているというふうだった。それからいわば崖を下りて現実に戻ってくると、小首をかしげて病名を告げた。

「小児麻痺よ。ペンタブリッジではいま流行っているの」

老女はうなずき、立ち去ろうとした。

「それなら」クレアは大胆にも教師をひきとめると、不幸な者の特権で言いつのった。「ミス・オッタレルはペンタブリッジでなにをしていたんですか？　なぜ休暇に故郷に帰らなかったんでしょうか」

ミス・ギアリーはふたたび自分だけの高みに逃げこんだ。

「見当もつかないわ」そう呟いたが、まるでクレアには見えないほかのだれかに向けて言っているようだった。

新学期が始まった。少女たちが学校に戻ってきても、クレアの級友はいなかった。新しく第六学年に進級してきた生徒たちは、クレアの目にはどうしようもなく幼く、お喋りばかりして頭はからっぽに映った。彼女たちの内輪の言い回しやこみいった人間関係を覚えるほどの忍耐力は持てなかった。クレアの同輩はおらず、他の生徒たちは彼女になにか近づきがたさを感じているようだった。クレアは孤独だった。

あいだに夏休みがあったのと、共に学んできたなじみの面々に代わって新しい第六学年の生徒がやってきたせいで、夏学期は八週間という暦の上での時間よりずっと遠い昔に押しやられていた。学期末にアン・オッタレルが書いてくれた何枚かのメモを見ても、検討する時間がほとんどなかった学習計画を見ても、そこに記された思いつきや計画は別の人生のもののようで、昔スペインで過ごした夏休みの、はっきりと他の時間とは切り離された暮らしと同じように、いまの生活と結びつけるのは難しかった。

ミス・スペロッドはときどき思い出したように、口先だけは調子よく、クレアの勉強の計画をたてなければと言い、ミス・ギアリーはおぼつかない調子ながらフランス語の講読を見てくれたが、どちらもまったく頼りにならなかった。座って本を開くたびに単純明快な事実がページからクレアを見返してきた。パストン・ホールのだれひとりとして給費生試験になにが必要なのかまったく知らないのだった。つぎのイースターまでにカリキュラムを自力で踏破しなければならないのに、完全に道を見失っているのを思い知らされた。

しばらくのあいだはミス・オッタレルがおおまかに示してくれた計画にただ機械的に従っていた。けれどミス・オッタレルはおらず、彼女を喜ばせたいという励みもなく、そのうちだんだんと計画から逸れ、とりあえず興味のあるものだけを読み、残りはほうっておくようになった。秋学期が終わるころには、読むのはほとんどイギリスの作家か、現代のイギリスとフランスの詩人の作品だけになっていた。フランスの古典劇は退屈だったし、必須のラテン語も歯が立たなかった。パストン・ホールにはラテン語の教師はいなかった。どうにかして中等教育修了試験に合格する必要のあるほんのひと握りの生徒たちは、公立のペンタブリッジ中等学校から来る教師に見てもらうことになっていた。ミス・スペロッドが生徒を履修登録すると、学期のあいだは週に一、二度、放課後に教師がやってくる。二年前の修了試験では、クレアはなんとか及第点を取ったものの、そのとき習ったことはすっかり頭から抜けおちてしまっていた。ミス・オッタレルとなら、せいいっぱい努力してみせるつもりだった。必要とあらばラテン語入門書を丸ごと暗記するのも辞さなかっただろう。毎日ウェルギリウスの詩を十行ずつ訳し、ホラティウスの頌詩をものにする。ところがいまはぼんやりと本を見つめ、独りでひきうけなければならない退屈で無意味な苦行を前に絶望して計画を放棄するしかなかった。

そんな敗北感を抱えるなか、クレアは秋学期も終わりに近づいたある夜更けに、もう四年もしていなかったことをした。十一時をまわったころに自室を出てそっと一階に下りると、監督生室の窓から抜け出して二、三時間ほど敷地を歩き回る――それは、かつては仲良しのメンバーだけの秘密にしていた冒険だった。第三学年のとき、その特定の窓からなら抜け出すのは簡単だと気がついたのだ。掛け金にはいつも油を注しておくように気をつけ、校舎のどの窓からも見えないところまですばやくたどりつけるよう、芝生を横切るコースをとった。週に一度は抜け出して、敷地のはずれにある小さな林でピクニックをした。庭師の息子を抱きこんでハリウェル村からソーセージと卵とお茶を持ってこさせ、抜かりなく、火を焚いても校舎から見つかるおそれのまったくない場所まで塀のきわに見つけてあった。学期が四つか五つ過ぎるほどのあいだ、夏も冬もグループは秘密のピクニックをつづけた。けれど少女たちが高学年に上がると、冒険は魅力を失ってばかげた行為に感じられ、それきりになっていた。最後まで彼女たちの秘密は暴かれず、下級生に伝えられることもなかった。

クレアがその習慣にたちもどったのは、いまの彼女にとっていちばん切実な欲求はパストン・ホールから離れることだったからだ。自分だけの生活、自分だけの場所、だれにも知られず息をつけること、学校にもミス・スペロッドにも汚染されていないもの。そういったものを求める気持ちが耐えがたいほどに強くなっていた。監督生の代表として一人部屋を与えられてはいたが、そこはあまりに息苦しかった。傷だらけの家具やすりきれた敷物、鉛筆で落書きされた羽目板や敷居などは、自分のものになってまだ日が浅く、学校の匂いをさせていた。学校の敷地は広大だったが、ゴシック様式を模した小塔やパストン・ホールの切妻が威圧するようにそびえたち、地所の一方は高い塀に、他方は殺風景な鉄柵に阻まれ、自由には限りがあるのをはっきりと告げていた。クレアは第三学年の日々の記憶から、夜は世界を一変させること、そして夜の世界を歩みゆく者はみずから掟をつくりあげる力を手にできることを思い出した。夜は誰にも邪魔されない、自由な息抜きの場所を与えてくれるかもしれない。監督生室の窓は以前と変わらず音もなく開いた。掛け金を外すだけで、果てがないとさえ思わせる広大な王国を自由に歩き回ることができた。

クリスマス休暇に入った後のその夜は、アンの死の知らせのあと敷地をうろつくようになって七回目か八回目の夜だった。クレアは塀のきわに見覚えのある太い樺の木を見つけた。かつてその根本で彼女と仲間たちは火を焚いたのだった。そこに腰を下ろし、いまでは学校生活のほんとうの姿が見えるようになったと考えた。五年間のほとんどは不毛な時間の浪費でしかなかった。スペインで過ごしたなんどかの休暇はまったく別だけれど、それらの日々は別な世界の輝かしいかけらのようなもので、ふとしたはずみでこの色彩のない空間、時の砂漠にこぼれ落ちてきたのだ。学校生活の空虚さはほとんど実体を備えており、冬の教室に独特の寒々しくよどんだ空気を嗅ぎわけるように五感で捉えることさえできそうだ。唯一の楽しい思い出が第三学年の夜の冒険だった。冒険というにはささやかだったにせよ、それはほんものの体験だった。危険はほんものだったし、赤々とした炎も、薪の燃える煙臭い匂いも、ソーセージの味わいも、パメラという名のオーストラリアから来た少女がエナメルの缶で淹れてくれた濃く甘い紅茶も、みなほんものだった。そんな夜のピクニックはほんとうの自由の象徴であり、いまは懐かしく思い出された。アン・オッタレルは自分の力で切り拓く波瀾万丈の人生への扉を開いてくれたと思ったのに、結局はただのまやかしだった。

クレアは立ちあがった。木の根本にずっと座っていたせいで筋が強張り、体は冷えきっていたし、うじうじと悩むのにもうんざりしていたが、夜の王国から狭苦しい自室という牢獄に戻る気にもなれなかった。なめらかな木肌に手を滑らせて幹の後ろを手探りすると、指先が壁に触れた。

高い煉瓦の塀で、ヴィクトリア朝時代に建てられた校舎よりも古いものだった。塀が隣の地所の昔の境界であり、向こう側にブラッケンバインという古い屋敷があることは知っていても、実際に屋敷を見たことはなかった。スターンと名乗る一族が住んでいる、あるいは以前は住んでいたはずで、庭師の言葉を信用するなら、パストン・ホールはスターン家のものなのだという。パストン・ホールは、スターン家の所有地のうち、最初からあった庭園を囲む塀の外側に七十年ほど前に建てられたのだ。一族の目新しいものが好きなだれかがパストン・ホールを建てたのは、庭師に言わせれば、古い屋敷があまりに狭くて暗くてじめじめしていたからだという――「おっきな木が覆い被さってるし、むこうのエイキンショー・ヒルのどてっぱらに倒れこんだみたいになってるから、ウサギが屋根の上を走り回っているよ」と庭師は言っていた。クレアも、学校がパストン・ホールに間借りするようになってからそれほど長いわけではないのは知っていた。かつてパストン・ホールがパストン・ハウスと呼ばれ、北ロンドン郊外に三つの屋敷を擁していた頃の話をミス・ギアリーから聞いたことがある。なぜスターン一族が新しい館を出て旧居に戻ったのかについては考えたこともなかった。いまあらためてミス・スペロッドの学校経営にかける望みに醒めたまなざしを向けてみると、スターン一族は困窮してパストン・ホールを明け渡さざるをえなかったのだとしか思えなかった。きっと賃料も安くたたかれたのだろう。

指先に触れる煉瓦は塀の本体ではなく控え壁の一部だった。煉瓦を積み上げた控え壁は一段ごとに煉瓦の数を減らして塀の一番上まで傾斜をつけてあるので、クレアもよく覚えているとおり、狭く急な階段のようになっており、片手で樺の木を摑んで支えにしながら頂上の笠石まで登ることができた。第三学年のときにはよくみなで登って塀のてっぺんにまたがり、向こう側に広がる森の暗がりを見つめては、そこからは見えないブラッケンバイン屋敷について噂しあったものだった。クレアの足は独立した意思を持つかのように控え壁の最初の段を探しあてていた。木の幹に腕を回すと、すぐに昔と同じように手がかりとなる横枝に手が届いた。体をねじって向きを変え、塀の頂上まで登った。クレアは丸みを帯びた笠石にまたがり、片方の脚を学校の敷地の側に、もう片方をブラッケンバインの森の側にぶらぶらさせた。

森は真っ暗だった。冷たい風が落葉した木々のあいだを吹きぬけ、枝が小さく軋んだ。クレアはコートのベルトをきつく締めなおし、手袋の上から両手に息を吹きかけた。あの懐かしい日々には塀の下で焚き火の炎が踊り、乾いた小枝が爆《は》ぜ、ソーセージが食欲をそそる音をたてていたのに、いまは寒い暗闇にたった独りで、身を刺すような風が吹きすぎるだけだった。つま先で控え壁を探り、下へ降りようと背を向けかけたところで、ブラッケンバインの森の中に一点の明かりが見えた。

それは小さな黄色い火花のようで、地面に近い位置にあった。クレアが気づいたのとほとんど同時に光は消えてしまったが、冬の夜遅くにだれかがブラッケンバインの森をうろついているなどとはどう考えても不審だったので、夜の闇という隠れ蓑に包まれているのをいいことに、ふたたび塀の上に腰を落ちつけて、明かりがまた現れるかどうか待ってみた。さほど経たないうちに光が瞬いたかと思うと、ふたたび消えてまたすぐに現れ、まるでだれかがランタンか松明《たいまつ》を掲げて森で探しものをしているかのようだった。明かりはこちらに近づいてくるようすはなかったが、瞬きながら森のごく狭い範囲をすばやく動き回っていた。あちらからこちらへとあまりにすばやく移動するので、ランタンだというのは怪しくなってきた。半信半疑ながら、鬼火だなどということはあるだろうかと考えてみた。それからふいにわけが呑みこめた。明かりはひとつではなく、いくつかあるのだ。ほんの少しのあいだ二つか三つの光が同時に点った。

光はとても小さく、木々の幹のあいだを縫って複雑に動き回っていたので、ここがスペインなら蛍だと思うところだった。あまりにじっと見つめていたせいで、しばらくすると光がどのくらい近くに、あるいは遠くにあるのかもわからなくなってきた。遠くのほうにいくつかランタンが点っているようにも見えなくはない。しかし、ブラッケンバインの森がとても鬱蒼としているのは、昼間に見たことがあって知っていたので、塀からあるていど離れるとふつうのランタンではまったく光は届かないはずだというのもわかっていた。それでも光のうちひとつはほかのものより明るいように思えた。大きく滲んだように暈《かさ》を広げる光を見ているうちに、それが思ったよりも塀に近いところにあるのに気づいてどきっとした。一瞬、小枝や枯れ葉が光に照らされてぼんやりと浮かびあがったのだ。

そっと足を引きあげてゆっくりと塀の上に立ちあがり、控え壁を降りて学校の敷地の側に戻ろうと、樺の木の太枝に摑まって体を支えようとしたときに、細い枯れ枝に体重をかけてしまい、枝が大きな音をたてて折れた。よろめきながらも太枝を摑みなおしたが、はずみで足下の古い笠石を固定していたモルタルが崩れ、笠石がはずれた。枝を握っていたおかげでまっさかさまに転げ落ちることは免れたものの、笠石と一緒に足から滑り落ちて、塀のブラッケンバインの側にかろうじてぶらさがった。もう物音をたてることを気にする余裕もなく、塀の上に体を引きあげようともがきながらも、足がかりをとらえられないでいるうちに、下のほうで枯れ葉を踏んで走ってくる足音がして、腰に巻きついた二本の腕にあっというまに塀からひき剝がされた。地面に仰向けに押しつけられ、湿った落ち葉に背中が沈み、腐った小枝がぽきぽきと折れるのを感じた。

突然に襲いかかってきた相手が力を緩めて体の上から退くまで、ほとんど息をすることもできず、叫ぶこともできなかった。二本の手がクレアの両肩を摑んでひき起こし、片方の手がすばやく髪と顔を払った。

深く息を吸い込む音が聞こえ、短いぎこちない笑いがつづいた。

「なんと、アルテミスよ!」男の声が小さく、しかし驚いたように漏らした。「女だったとは。女神ディアナは夜の鳥捕り《バットファウラー》に商売変えしたのか? それともきみはハリウェルで初めての女の密猟者なのか？　前者だとすると、残念ながら今は蝙蝠《バット》の出る季節ではないし、後者だとすると、もう長いことブラッケンバインでは鳥の一羽も撃ち落とされたためしがないんだが。マフェキングの解放＊の頃に、ある朝、大おじのジェイブズが主教殿の奥方の帽子から作り物の鳥を叩き落としたのが最後だ。こら、グリム、爪はしまっておけ。こいつはぼくの鼠だ」

　クレアはまだ息もつけず、すっかり圧倒されて声も出ないまま、襟もとにたてられた爪とひたすら首すじを舐めつづけるざらざらした舌から逃れようと身もだえした。男のほうは、話しているあいだにもう落ち着いていた。男の声はおだやかでからかいの響きがあったが、片手でしっかりとクレアの肩を押さえ、立ち上がろうとしてもそうはさせてくれなかった。

「ちょっと待って」男は言った。「きみはだれで、なにをしていた？　忍び込もうとしていたのか、それとも出て行こうとしていたのか？」

　クレアはやっと自分をとりもどした。男が彼女を摑まえて喋っているあいだに、最初に感じた恐怖は薄れていった。男の声は若く教養を感じさせ、面白がっているような響きがあった。スターン家のひとに違いないと、ようやくまわるようになった頭で考えた。枯れ葉が積もっていたおかげで落ちても怪我はしなかったし、手荒な扱いに腹をたてていたのも、身の危険への恐れが消えるとともにおさまった。するとこんどはばつの悪い思いに襲われ、また別な意味で怖くなった。おそらくはミス・スペロッドを知っているはずの人間に、こんな夜中に出歩いているところを見つかってしまったのだ。

＊第二次ブール戦争中の一九〇〇年五月、トランスヴァール共和国の都市マフェキングがブール軍による七ヶ月に及ぶ包囲から解放された。

「べつになにもしてないわ」我ながら、まるで第三学年の子供だったときの自分が話しているような声だと思った。「帰ろうとしていたところをひきずりおろされたのよ」

「そうだろうとも。ところでそもそも、どうしてこんな夜遅くにうちの塀の上にいたのかお聞きしたいのですが？　もし〈子供をだめにする《ミス・スポイル・ザ・チャイルド》〉女史がこういう夜の運動を奨励しているなら、ときには、ええと、なんだろう――過失による侵入とでも言えばいいのかな――そういったこともあると、こちらにもひとこと断っておいてもらわないと」

「子供をだめにする？」わけがわからず聞き返したあとで、自分の馬鹿さかげんに惨めな気分だったのも忘れて吹き出した。「それは考えつかなかったわ」それから男の手がまだ肩に置かれているのを意識して身を固くした。「それじゃあ」おずおずと口を開く。「わたしがどこから来たのかはわかったでしょう。もう行ってもいい？　戻らなくては」

「雄鶏がときをつくる前に？」

「そうじゃなくて、管理人さんが起きてくる前に」クレアはきまじめに答えた。

「ふむ。もしきみが落ちてくるときに洗濯籠にはまったヤマアラシみたいに枝にひっかかっていなかったら、それにこの落ち葉の上に落ちたときにどさっと音がしなかったら、きみ自身がなんと言おうと、実体のある存在とは思わなかったかもな。いまでもきみがほんとうに〈鞭を控えて《ミス・スペア・ザ・ロッド》〉女史のところの寄宿生かどうか完全には納得していない。なにしろ、これまで夜中にブラッケンバインとの境をうろついている子など見たことがないしね。それに寮は休暇のあいだは閉まっているだろう」

　最後のひとことには辛辣な疑いがこめられており、クレアの口からはしどろもどろのいいわけがころがりでた。

「なるほどねえ」相手は意味ありげに言った。「でもやっぱり納得できないな。女学生の姿をとるような抜け目のない霊なら、どんないいわけだって考えておくだろう。きみの周りに魔法円を描いて、霊を呪縛する呪文を唱えて正体を確かめてみるのがいいな」

男はクレアを放した。少し離れたところで落ち葉がかさこそと鳴るのが聞こえた。クレアはよろめきながら立ち上がり、手を伸ばして塀を探した。

「待て」男は言った。「きみのその姿がかりそめのものか、そうでないかは知らないが、やめたほうが身のためだ。こちら側からは塀には登れないし、森は真っ暗だ。そのからだがきみ自身のものであるにしろそうでないにしろ、むこうずねをすりむいたり鼻が折れたりするのはありがたくないだろう」

クレアはうろたえて立ちつくした。ブラッケンバインの敷地がどうなっているかはまったくといっていいほど知らなかった。ただ、森は木々が深く、塀のこちら側は、男も言ったとおり、足がかりがないので登るのは不可能だった。かすかに金属がこすれるような音がしたかと思うと黄色い光が目に飛び込んできて、昔風のランタンの小窓が向けられているのがわかった。光は規則正しく上下に揺れながらクレアのまわりに円を描いてゆっくりと動いていった。そのあいだ、灯りの背後の影に沈んだ男は、わけのわからない呪文をおごそかに朗々と唱えていた。クレアはランタンの光に自分の姿があらわにされるのを感じ、光の動きを追ってじりじりと体の向きを変えながら、こちらからは見えない相手に検分されているのだと考えて身を縮めた。

円は完成した。ランタンが地面に下ろされたとき、クレアは驚きに思わず息をのんだ。弱々しい光の先の闇に、緑色の双眸が輝いていた。男がわずかにランタンをずらすと、おそろしく大きな黒猫の姿が浮かびあがった。顔を上げてじっとこちらを見ている。落ち葉の上に投げ出されたときに飛びかかってきた小さな前足のことはすっかり忘れていた。

「グリム」男は言ったが、猫に呼びかけたのではなくクレアに名を教えるためらしかった。「グリマルキン*の略。きみがあの枝をぽっきり折る前に、こいつがこのへんに誰かいると教えてくれたんだ」

男は闇に姿を完全に隠したまま、長いあいだ黙っていた。クレアは神経質に手を握りあわせたが、不安よりは困惑がまさっていた。逃げだしたい気持ちは大きくなるいっぽうだったものの、森の奥に駆けこんだりしたら馬鹿みたいに思われることも痛いほどわかっていた。だからじっとその場に立っていた。男が冗談めかして描いた円にほんとうに縛りつけられたかのように。

「それじゃあ」ついに男が口を開いた。「ここを離れたいというきみの気持ちを尊重しよう。まだ訊きたいこともいろいろあるが、〈鞭を控えて《ミス・スペア・ザ・ロッド》〉女史がそのとおりにしてくれなかったら――もちろん比喩的な意味だが――たいへんだからね。では、夜にさまよう精霊よ、汝に命ずる。あるいは女学生よ、汝に請う。汝のもといた場所へ帰れ。汝がいずれであれ、魔法がかけられたいま、従うよりほかにすべはない」

一瞬、黒い影がランタンの光の前を横切って、塀のそばに身を屈めた。顔を背けた男の黒っぽい髪と、クレアが足をかけられるように組み合わせた両手がかろうじて見分けられた。

男があまりにあっさりと態度を変えたため、クレアは根が生えたように動けないでいた。男の声にうながされ、ようやく気をとりなおして塀に駆け寄り、あぶみの形に組み合わされた両手に足をかけ、ぶざまな姿を気にする余裕もなく塀の上によじのぼった。

足で探って控え壁をたしかめたところでようやくひとごこちがつき、「ありがとう」と礼を言った。しかし男はすでにランタンの小窓を閉め、暗い森の奥へと戻っていくところだった。

頭が塀の笠石より低くなるところまで下り、学校の領域に戻ってきたと感じるとともに、女学生らしい正直な心配がふたたび頭をもたげた。

「あの」壁越しに呼びかける。「黙っていてくれるでしょう?」

耳を澄ませて待ちうけたが答えはなく、寒風に枝がかすかに鳴るばかりだった。

＊年寄りの雌猫。魔女の使い魔。

第二章

　クリスマスが三日後に迫っていた。ミス・スペロッドがクレアを探して監督生室に入ってきたとき、彼女は窓の下にしつらえられたベンチに腰かけ、雨が滴を結ぶガラスに額をつけて外を眺めていた。視線の先では、濡れそぼつ芝生に丸裸の木々が柱のように立ち並び、霧の柔らかくぶあつい帳《とばり》をかかげて校舎を包み隠そうとしているようだった。校長に声をかけられ、ようやくクレアは振り向いてのろのろと立ち上がった。それでもまだミス・スペロッドの話はぼんやりとしか頭に入ってこなかった。校長は青い便箋を手に、くどくどと要領を得ない説明をしていた。常に反論に身構えているような大げさな喋り方がいつもにも増して耳についた。

「わたし自身はどうしても行けません」校長はそう言っていた。「もうずいぶん前に、クリスマスにはロンドンへ行く手はずを整えてしまいましたから。もうずいぶん前にですよ。それで、どうしてもクリスマス・イヴには発たなくてはならないの。ミセス・スターンはほんとうにご親切ですこと、それなのにこんな間の悪いことになって、申し訳なくてしかたがないわ。あの方が少しでも気を悪くなさるようなことは本意ではないのだけれど。あの方には手紙を書いて、計画を変更することができなくてどんなに残念に思っているかを説明しておくつもりです。きっとわかってくださるはずよ。それに、ミス・ギアリーとあなたは喜んでお受けしますと伝えておきますからね。先にちょっとでも打診していただけなかったのは、ほんとうに残念だわ。去年のクリスマスにはお招きはなかったし。でなければ、わたしも早まって兄のところで過ごす手はずを整えたりしなかったでしょうに。でもわたしの代わりにミス・ギアリーが行ってくれるし、クレア、あなたは監督生を代表することになるのですからね。もちろん、ミセス・スターンも休暇中にそれほど大勢の上級生が学校に残っているとはお考えではないでしょうしね」

「招待されているんですか?」クレアは尋ねた。

「ちゃんとそう言ったでしょう」校長が答えた。それからまた便箋に目を落とした。「ミセス・スターンは、わたしと、それにもしクリスマス休暇に学校に残っている助教諭や上級生がいるなら、クリスマス・イヴのお茶の時間に訪ねてくれると嬉しいと書いてくださっているわ」

「ミセス・スターン」ぼんやりと名前を繰り返したクレアに、校長はたたみかけた。

「ミセス・スターンですよ、ブラッケンバインの。あの方はこれまでもいろいろと学校によくしてくださっています。学校に関心を持っていただいているのですから、わたしたちがあの方のお招きをつつしんでお受けするのは当然のことです。こんな少ない人数しかお伺いできなくて残念だわ。でも寮母とミス・フィンチは下級生の世話で残る必要があるから、あとはミス・ギアリーしかいない。あなたは決して遅れないように四時半きっかりに伺うのですよ」

「わたし、ブラッケンバインに行ったことがありません」クレアは答えた。

「ミス・ギアリーと一緒に行けばなにも問題はありません。ミス・ギアリーはスターン家の人たちと面識がありますから。あなたにはよい気分転換になるでしょう。オックスフォードの給費生試験のためにどんな勉強をしているか、ぜひミセス・スターンにお話してさしあげるのよ」

クレアが昼食時にミス・ギアリーと顔を合わせると、すでに招待について知っており、傍目にもわかるほど手放しで舞いあがっていた。ちょっとした気晴らしの機会をそれほどまでに楽しみにしているのをまのあたりにして、初めてクレアは老女がどれほど退屈で不自由な生活を送っているかということに思いいたった。生徒たちはみなミス・ギアリーにはパストン・ホールのほかに帰る家もないのを知っていたが、それをあたりまえとしか受けとめていなかった。老女の風変わりなところにはめざとく気がついても、子供らしく、彼女の境遇まで思いやることはなく、その孤独や辛さに同情を寄せたりもしなかった。ミス・ギアリーはこの世に独りぼっちで、たぶんとても貧乏なのだとクレアは悟った。学校からはほんのわずかの給料しかもらっていないのだろうし、パストン・ホールを辞めたら、もうほかの職は見つからないだろう。クレアはミセス・スターンの招待を受けた老女の興奮をわがことのように感じ、これまで子供っぽいからかいや物まねの種にしてきたのが急に後ろめたくなった。

「ミセス・スターンはほんとうに親切ね」ミス・ギアリーは言った。「きっと、自分でもクリスマス休暇を学校で過ごした経験があるのでしょう」

「わたしも行っていいなんてびっくりしました」クレアは言い放ち、ミス・ギアリーを真っ向から見返した。それは暗に学校の因習的な束縛に対する反逆を意味していたが、相手はそれほど驚いたふうでもなかった。

「それはもう、ミセス・スターンが招待してくださっているのなら、話はぜんぜん別ですもの。あなたのご両親も訪問に反対はなさらないでしょう。あのね、スターン家はとっても古い家柄なの。それにほら、あの人たちはパストン・ホールの所有者なのよ。ひとえにアーサー・スペロッド氏がスターン老人と旧知の間柄だったおかげで、理事会がホールを借りることができて、こんなすばらしいところを使えるわたしたちはほんとうに幸運ね」

「スターン老人？」クレアはいぶかしげに尋ねた。

「そう、ジェイブズ・スターン氏。アンドリュー・スターン氏の叔父で九年ぐらい前に亡くなっている。学校がここに移ってきてすぐのことよ。ちょっと変わったご老人でしたよ」

「わけがわからなくなってきたんですけど」クレアは言った。「アンドリュー・スターン氏というのは？　若い男の方ですか」

「いいえ、ぜんぜん。アンドリューさんはミセス・スターンのご主人よ。ずっと昔に、叔父さまより先に亡くなられた。それで地所が残された奥さまのものになったの。ミセス・スターンはトリシユーイ家の人でね、コーンウォールの。わたしのいとこは以前から彼女と知り合いなの。ミセス・スターンはもともとスターン家の遠縁でした。たしか、はとこどうしで結婚したのだという話ですよ」

「ほかにはどなたが住んでいらっしゃるんですか」

「それがね」ミス・ギアリーは言いよどんだ。「わたしはよく知らないの。ご家族がいらっしゃるのは確かだと思うわ。少なくとも息子さんがひとりいらしたはず。でもレイチェル、つまりミセス・スターン以外には面識がなくて。彼女とは知り合いで――ああ、もう昔々、彼女が結婚する前の話よ。それ以来、学校がここに移ってきて、スターン老人が亡くなるまで、レイチェルには会っていなかったけれど。あのひとは最近までずっと外国にいたものだから」

「先生はブラッケンバインに行ったことがあるんですよね」クレアは尋ねた。

老女はクレアを見つめて、しばらく問いを反芻しているようだった。

「ええ」ややあって老女は答えた。「前にも招かれたことがありますよ。ほかの先生方と一緒にね。でも今年の夏が最後でした」

クレアはどうすれば自分の知りたい情報を聞きだせるか考えを巡らすのに忙しく、ミス・ギアリーの答えがどこか歯切れ悪かったのには、ほとんど気を留めていなかった。

「お屋敷には大勢いらっしゃるんでしょうか」クレアは尋ねた。「つまり、クリスマスにお客が泊っているかもしれませんよね」

「わからないわ。だれかが知っているとも思えない。あれ以来――そう、夏以来、お客はいないと思うけれど。でも、大人数でないほうがわたしはいいわ。ずっと楽しくお話できるでしょう。レイチェルはとても魅力的な人なのよ」ミス・ギアリーはクレアに視線を向けたまま、なにごとか考えているようすだったが、あきらかにクレアとはまったく別の、もっと遠くにいる人物に思いを馳せていた。「あのひとはずっとなんでも好きなようにしてきたのよ。絵の勉強をつづけて、たいそうな腕前になった。パリやローマにも行ってね。わたしはコーンウォールでスケッチをしていたときに彼女と知り合ったの」

クリスマス・イヴの前に雨はあがり、ミス・ギアリーの大きな悩みも解消された。天気が悪かったら、どうやってブラッケンバインまで行こうかと気を揉んでいたのだ。ほんの目と鼻の先に出かけるのにペンタブリッジからタクシーを呼ぶのは許されるかどうかという難問は、老女を煩悶の淵に突き落とすのに十分だった。クレア自身も招待に関して不安がないわけではなかった。生徒たちは、学期のあいだはパーティはもちろん校外の誰かを訪ねて行くのも許されず、休暇のあいだ学校に留まる生徒もこの規則に従うものとされていた。そのため、学校の制服を除くと、クレアのワードローブには紺色のヴェルヴェットのドレスが一着あるきりだった。高等部の生徒のイヴニング・ドレスとしてミス・スペロッドの示したおおまかな指定のとおりに仕立てられたものだ。クリスマス・イヴの昼食の後、クレアはベッドの上にドレスを広げ、日の光のもとでくたびれ具合をじっくりと観察した。実際に着て映りのよくない鏡の前に立ってみると、どうにも小さすぎるのがわかって絶望的な気分になった。申し分なく上等のドレスだったが、買ってもらったのは母が前にイギリスに戻ってきたときで、もう二年ほども経っていたから、すそも袖口も、すでにぎりぎりまで出してあった。

　せめてスターン家の集まりが盛大なものなのかどうかわかればとクレアは考えた。家族だけの内輪の集まりなら自分は目立ってしまうだろう。いっぽう大勢の人が来るなら、ほかにも若い娘がいて、きれいなドレスを着ているかもしれない。どちらにしても辛い試練が待っているとしか思えなくなり、ミス・ギアリーに一人で行ってきてほしいと言いにいこうかと真剣に考えた。ミス・スペロッドはもうロンドンに向けて出発したあとだった。ミス・ギアリーなら説得できるだろう。そのほうがいい。考えてみれば、お茶の席で例の若い男に会うかもしれないという危険を冒す勇気はありそうにない。あえてそれ以上には考えないことにした。あのひとに会うかもしれない危険。

　クレアは立ったまま近々と鏡をのぞきこんだ。もしわたしがもっときれいだったら、服がみすぼらしくてもなんとかなっただろうに。このあいだまでの同級生の何人かを思いうかべ、彼女たちならこんな状況もうまくきりぬけただろうと考え、自分は彼女たちの容姿や自信に満ちた態度をとても羨ましく思っていたのだと、苦境に立たされたいまになって正直に認めた。クレアは自分の顔をつとめて客観的に見ようとした。茶色の髪はまっすぐで艶がない。顔の輪郭はえらがはりすぎていて、眼は自分では灰色だと思っているけれど、まわりには緑だと言われる。冬の午後の弱々しい光の中では、顔はひどく陰気で怯えているように見えた。肌がきれいなのだけがとりえだった。ただそこには、もっと経験を重ねていれば、うまく言い表せたかもしれないなにかがあった。緑がかった眼の落ち着いたまなざしや、唇やあごのしっかりとした線は、見る者が見れば、思春期の臆病なようすに隠された肉体と精神の両面での靭《つよ》さを感じとることができたかもしれない。ある種の冒険心と、状況によって権威に対する強情な反抗心とも賞賛すべき独立心とも呼ばれるであろう精神とを。

いまはまだクレアは自分に反抗する力があることに気づいたばかりだった。真夜中の邂逅がもたらすなりゆきから逃げるのは、パストン・ホールに対する反逆を否定することにほかならないとクレアは思い直した。そんなことは許せない。ミス・ギアリーの準備ができるころには、その先になにが待ちうけていようと、真夜中の冒険をやり遂げるために必要なことなのだと、なんとか自分を納得させていた。

厳しく冷えこんだ冬の日が暮れ、森の上の夕映えが褪せないうちに小道の水たまりには薄く氷が張った。しっかりと着こんだミス・ギアリーとクレアは徒歩で学校を後にした。校門を出て左に曲がり、数ヤードも進むと、もうクレアにはまるきり未知の領域だった。校門から右に行くとペンタブリッジの方角で、学校のフェンスが途切れると、少し先でハリウェルへの小道が枝分かれしている。学期のあいだ、天気のよい日曜の朝には生徒たちがぞろぞろと行列を作ってその小道をゆくが、近隣の地理に関してパストン・ホールの生徒が知ることを許されているのはそこまでだった。こちら側の道はエイキンショー・ヒルの斜面を回りこむように続いており、森に覆われた丘は、五年のあいだ晴れの日も曇りの日も学校から眺めつづけてきたクレアには、かたちも色あいもすっかり馴染みになっていた。低学年のころ、いくどか丘の頂上までの道を想像しながら山肌を視線でなぞってみたことがあったが、旅行ガイドの写真で見たルウェンゾリ山*に空想の中で登るのと変わらないくらい曖昧模糊としか思い描けなかった。道の左側は学校の敷地とブラッケンバインを隔てているのと同じ高い煉瓦の塀で、クレアは塀がずっと続いているのをいま初めて知った。エイキンショー・ヒルはおおよそ円錐型の丘で、ペンタブリッジから西の方角にとぎれとぎれに延びる丘の連なりからはぽつんと離れている。歩いていくあいだも道はずっと左に曲がっていたので、塀は丘全体をぐるりと囲んでいるにちがいない。

宵の空はまだ明るく、道の両側の対照的な色あいを見わけることができた。エイキンショー・ヒルを覆いつくすオークの森はあわあわとした灰色と茶色がいり混じり、反対側はくっきりとした暗緑色の樅と松が地平線までずっと広がっていた。丘は暗い海に浮かぶ島のようだった。暗赤色の塀は島をとりまく崖で、そして岩と木立のあいだのどこかに館が建っており、そこには館を魔法使いの城に見せることのできる者が少なくともひとり住んでいる。

ミス・ギアリーがミセス・スターンの話をしているのはわかっていたが、クレアがほんとうに聴いていたのは、でたらめな呪文をおごそかに唱える別の声だった。そして目裏におぼろなランタン

＊アフリカ中央部の連山。最高峰の標高は五一〇九メートル。

の灯りがよみがえり、子供だましだと思いながらもなかば以上は本気で、ブラッケンバインの壁の向こうはパストン・ホールとは別の世界なのだと証《あか》すために光が魔法の環を描いてゆくのを見守った。

ブラッケンバインへの入り口は鋳鉄の門で、両脇に煉瓦の塀とひとつづきになった砂岩の柱が立っている。塀はさらに先へとつづき、ゆるやかな弧を描いて丘を囲んでいた。門はわずかに開いており、ミス・ギアリーはポケットを探って懐中電灯をひっぱりだしながら、門の隙間に身を滑りこませた。クレアは最後にもう一度あたりを見まわした。深みを増してゆく空と黒々とした針葉樹林のあいだを淡い光の帯がわかち、門の内側から頭上にさし伸べられた枝が細かな網目をなし、通る者もおらずまわりに建物もない寂しい小径がほの白くリボンのようにくねって彼方の薄闇に消えていた。

庭園の中はとても暗かった。木々が小径の上に枝をさしかわし、道の両側に下生えの月桂樹とシャクナゲが高く繁っていた。ミス・ギアリーが手にした懐中電灯が投げかける小さな光の輪を頼りにわだちをたどり、半分凍った水たまりをまたいで進んでいった。風は遮られていたが、外の道を歩いていたときより寒く感じられた。慎重な足どりで丘の斜面を登ったり降りたりしながら、邸宅に通ずる私道というよりは荷車でも通るような小径を進んだ。

門を入ってから、くねくねと折れ曲がる道にしたがってもう一マイルは森の中を歩いた気がするのに、まだ屋敷に着かないとクレアが思っていると、ふいに木立のむこうに窓から漏れる灯りが見え、するともう扉が目の前にあった。

屋敷がどんなふうなのかについて、予備知識はほとんどなかった。パストン・ホールの庭師やミス・ギアリーから聞いた話に、森で若い男に出会ったことでかきたてられた空想が合わさって混沌としていた。しかし漠然と古いマナーハウスのようなものを想像していた。古びてはいても、いま目にしているものよりはずっと堂々として大きな邸宅を。繁みを抜けていきなり扉の前に立たされたときクレアの頭に浮かんだのは、これが屋敷であるはずはない、ただの番小屋かなにかだろうという考えだった。しかしミス・ギアリーはためらいもなく一段だけの石の階段を上がり、半ば開いた扉を押してランプの光に照らされた小さなホールに入っていった。

ホールから中の部屋に通じる内扉は大きく開かれており、そこから暖炉の炎とランプが発する光とともに暖気が押し寄せた。ふたりがまだコートや長靴の始末をしているうちに、柔らかく澄んだ声が親しげにメリー・クリスマスと呼びかけてきた。表玄関を入ってすぐのところにいたクレアが内扉のほうに目をやると、大きな暖炉に薪がさかんに燃えているのが見とおせた。ミセス・スターンが二人を出迎えにやってくるところで、赤や黄色に燃えあがる炎を背に金色のサテンのドレスを着た夫人は、ドレス自体が炎でできているようにまばゆく輝いていた。

最初の瞬間からクレアはミセス・スターンに心を奪われた。驚きもあいまって、たちまち目が離せなくなった。なぜとはなく、あるいは第三学年のときに級友たちから聞かされた根も葉もない噂話のせいかもしれないが、ミセス・スターンは老女——ミス・ギアリーのようなお婆さんだとばかり思いこんでいて、いま相対しているのがミス・ギアリーの昔からの友人で同世代のミセス・スターンだとはまだ信じられないでいた。目の前の女性はミス・ギアリーの半分くらいの年にしか見えなかった。小さな整った顔には皺もなく、髪は漆黒で大きな黒い眼には輝きがあった。しかしミス・ギアリーは女性を「レイチェル」と呼び、声をあげて笑い、親しい友人に会った喜びをあらわして、これまでクレアが見たこともないほどのびのびとしていた。

挨拶とクレアの紹介が済んだあともミセス・スターンとミス・ギアリーはずっと話しこんでおり、クレアのまったく知らない人たちが話題になっていて会話に加わる必要もなかったので、招き入れられた部屋のようすにすべての意識を向けることができた。最初に屋敷を見たときに感じた印象とはまったく違うのにはすぐ気がついた。部屋は広く、いかにも地方の古いマナーハウスにありそうな、羽目板を張りめぐらしたゆったりとした客間だった。黄色い絹地の傘がついた石油ランプがふたつ点されているほか、暖炉の炎がいっそう明るい光を投げかけて金色と赤の豪華な模様を描いていたが、部屋は奥行きがあったのでランプも暖炉の炎も隅々まで照らしだすには足りず、部屋の端のほうではところどころで額縁の金箔や羽目板の艶やかに磨かれた飾り縁を浮かびあがらせているだけだった。そうした暖色のうす暗がりに点じられた光のせいで、じっさいよりもずっと奥まで部屋が広がっているような錯覚をおぼえた。部屋のゆったりとした広さは、パストン・ホールの大広間の寒々としたそっけなさとは大違いだった。ここにはむきだしの硬さはなく、すべてが褐色と金の柔らかい階調に包まれていた——金茶色のカーペットとくすんだ金色のカーテン、肘掛け椅子のヴェルヴェットと革、それに時代を経た濃い色の木材などが混然一体となって秋の樹木を思わせる調和を醸しだし、夕陽にも似たあたたかな暖炉の炎に照らされていっそうゆたかさを増していた。

クリスマス・イヴのその日は、本物の樹木も飾りとして使われていた。樅の木と柊の枝を大きな弓形に編んだものが暖炉を囲むように飾られ、部屋のあちこちに置かれた花瓶に挿した常盤木の枝のあいだから、柊の実が不透明な赤い宝石のような控えめな輝きを放っていた。暖炉の向かいの壁にある二枚の細長い窓のあいだには、クレアがこれまで見たこともないくらい大きなクリスマス・

ツリーがあった。高さが十フィートほどもある唐檜の木で、大きな木の桶に植えられており、まだ火を点していない蜜蠟のろうそくが鈴なりになったさまは、六月に栗の大木に咲く花房のようだった。

ミセス・スターンは二人を暖炉のそばに案内した。低いテーブルに白いクロスが敷かれており、クレアがゆっくり腰をおちつける間もないうちに、男の声と陶器の鳴るにぎやかな音がホールのほうから聞こえてきて、茶菓子を載せた巨大な真鍮のトレイをあぶなっかしく捧げ持ちながら、塀のところでクレアを捕まえた若い男が入ってきた。たとえ後ろから大きな黒猫が飛びこんでこなかったとしても、また聞き間違えようのない、よく通るからかうような声を聞かなかったとしても、濃い色の髪と指の長い浅黒い手を見ればすぐにわかっただろう。自分を捕まえた相手の正体は見当がついていたし、昼の光の下で顔を合わせる覚悟もしていたにもかかわらず、冷静さはあっけなく失われた。思わず立ち上がってミス・ギアリーが座った椅子に身を寄せ、うつむいて靴を見つめた。

「ニール！」ミセス・スターンが息を呑んだ。「そんな全部いっぺんに持ってくるなんて、だから男っていうのは無茶なのよ。それにそのトレイはどうしたの」

「なにがいけないんだ」若い男が言い返し、テーブルにトレイを下ろすと、もうほかのものを置く余地はなかった。「お客さまをもてなすには、うちで一番立派な皿がふさわしいと思ったのさ。これはインドの王侯が米の飯を食べるのに使ったかもしれないやつだよ」そう言って身を起こすと、腰につけたメイドのエプロンを手早くとり、丸めて背後の椅子にほうった。

「息子です」ミセス・スターンが言うと、彼はミス・ギアリーの手をとっておおまじめにどこか異国風のお辞儀をした。ミス・ギアリーがクレアを紹介すると、今度はゆっくりと彼女のほうに向き直り、すばやくぎゅっと手を握った。楽しげに微笑んでいたが、クレアが顔を上げて目を合わせ、真剣に訴えるようなまなざしで見つめたときも、彼女を認めたそぶりはまったくなかった。

母親がお茶を注ぎ始めると、彼は召使いがいないことについて軽い口調で弁解をまくしたてながら、カップや皿やサンドウィッチを配っていった。

ミセス・スターンの隣に座ったクレアは学校生活についていろいろと尋ねられ、ミス・ギアリーの手前、答えに苦慮しながらも、ちらちらとニール・スターンのほうを窺って二十五歳くらいだろうと見当をつけた。彼もまた初対面の印象とは違うところがあってとまどったものの、二十五より上ではありえないと考えた。お母さまはあんなに若いのだもの。母親を知らなければ、三十五歳だと思ったかもしれない。母親とよく似ており、黒い髪と濃い色の輝く眼も同じでありながら、彼のほうが年上にさえ見えた。母親の顔は柔らかで皺もなく少女のようにふっくらとしているいっぽう、彼の顔は歳月か病のためにひどくやつれたのか、若さのもつ柔らかさをすべて剝ぎとり、最小限の骨と筋肉のうえに褐色の皮膚を少しの無駄もなく貼りつけたようだった。意識して陽気にふるまっていないとき、ほほえみの消えたその顔を見たなら、母親のように人好きのするところは少しもないだろう。陽気さを仮面のように被っているだけで、本来は陰鬱で禁欲的な険しい表情をしているのではないかという気がした。

彼はたちまちクレアをまるめこんで、まずはサンドウィッチやケーキやミンスパイをとりわけるのを手伝ってくれるよう頼み、それからずるい笑みをうかべてさりげなく自分は手を引き、クレアにすべてを任せた。「きみのほうがはるかにみごとな手際だ」おおげさにほめたたえ、心底残念そうに聞こえよがしの独りごとを言った。「片づけのときまでいてくれたらなあ！」

いつしか、ミセス・スターンとミス・ギアリーが画家や最近催された展覧会の話をするかたわら、クレアは大きな革のクッションに腰をおろして燃えさかる薪を眺めながら、ニールと二人だけの会話を小声で交わしていた。彼はゆったりとした肘掛け椅子にふかぶかと身を沈めて脚を暖炉のほうに伸ばし、むこうずねに猫のグリムを乗せていた。

クレアは自分がやすやすと無言の合図を読みとり、相手の演技にならって初めて会ったふりをしていることに驚いた。しかしかつてないほど心地よく親密な理解に満ちた雰囲気に興奮し、だんだんと初めて出会ったときのことを思い出しても気後れを感じなくなった。それこそは、彼がクレアのまわりに描いた魔法の環の力だったのかもしれない。暖炉の炎が照らすなか、親しみと友情が環のようにふたりを囲み、考えを口に出せばたちまち理解が返ってきて喜びがわきあがり、ひらめきが矢のように飛翔した。なにもかもが新鮮で胸がときめくと同時に満ち足りた、感情と思考が一体になった世界がひとつの部屋の中にあった。オックスフォードに行けば自分もその一員になれるかもしれないと夢見た、まさにそんな世界だった。気がつくと給費生資格をめざした勉強のことをうちあけており、問われるまま、これまでの学習のあらましを話したり、あれこれ議論したりしていると、自分でも驚いたことに、あらたに興味と意欲が湧いてくるのを感じていた。ニールは大学には行かず、きちんと学校に通ったことさえなかった――あちこちを転々としながら雑多な教育を受けただけだという――にもかかわらず、ありとあらゆる本を読んでいた。無味乾燥だとクレアが投げだしてしまった類いの文学も、ニールは香《かぐわ》しくみずみずしい夏の森をゆくように渉猟したのだ。彼が話すのを聞いているうちに、クレアはアン・オッタレルが見せてくれた世界はやはり幻ではなかったのだと思いはじめていた。アンの導きで勉強を進めていたらこんなふうだったのかもしれない。そしてパストン・ホールはオックスフォードにつながる控えの間となったかもしれない。クレアはあらためて死の理不尽さと取りかえしのつかない時間の浪費を思い、アンの死の知らせを聞いた後にもなかったほど苦々しく感じた。

ニールにアン・オッタレルのことは話さなかった。ただなげやりにもう望みはないのだと言った。パストン・ホールにはだれも助けてくれる人がいない。不可能なのか、そのつもりがないのか、必要な本を全部貸してさえくれない。

「本のことだったら……」ぎっしりと本が詰まった本棚を見わたしてニールは言った。「学習計画を見せてくれないか。足りないものがここにないなんてことは、まず考えられないよ」

クレアは首を横に振った。「無駄よ。もう時間がほんとうに少ししかないもの。フランス語はどうにかなったとしても、ラテン語がある。それだけでもう絶望的よ。試験ではそんなにたくさん出るわけじゃない。その場で翻訳する問題が二つだけ。でも、もうすっかり諦めているの。自分で本を見てもわかるとは思えない」

「ラテン語？」彼は声を高くした。「なんだ、それなら母の出番だ。祖父は昔かたぎの言語学者で名がとおっていたんだ。母ならきみにラテン語の講釈をしてくれるよ。エリザベス女王がローマ法王に聖餐式の手順を指図するみたいな具合にね。ねえ、母さん……」

ちょうどそのときミセス・スターンも息子になにか話しかけた。ミス・ギアリーは、もうおいとまする時間だし、また長い道のりを歩いて帰らなければならないからと言っていた。

「でも、ツリーに火を点すところを見ていってくれないと」ミセス・スターンは言った。「ニール、わたしたち、ツリーのことをすっかり忘れていたわね」

「忘れてなんかいないよ」ニールは勢いよく立ち上がった。「合図を待っていただけだ。おいで、クレア。ろうそくを点すのを手伝って」

かれはクレアにマッチ箱を渡して下のほうのろうそくに火を点けるよう頼むと、自分は細くした柳の枝の先に点火用のろうそくをとりつけ、主祭壇に臨む僧侶のようにうやうやしく上のほうからろうそくを点していった。こうしてクレアはふたたび彼が儀式を執り行うのを目撃した。そのふるまいには、クレアにもじゅうぶん理解はできるが、自分では人生のほんのいっときのあいだにしか経験しなかったものがあった。それは魔法を信じるふりをすること、儀式によって日常の世界から影と不思議な力の世界に通ずる道を見つけられるというふりをすることの喜びだった。彼はろうそくを点しながら、クレアにしか聞こえないくらいの小さな声で、森で魔法の環を描いたときと同じような謎の呪文をそっと唱えていた。

彼は慎重に進めていったので、クレアが手の届く範囲に全部火を点け終えてもまだ上にろうそくが残っていた。クレアは少し下がってツリーを見上げた。ろうそくを除くとふつうツリーにつけるような飾りはなく、ただ柊の実を見えない糸に通して巻きつけてあり、それがろうそくの光を受けて枝の先に明るく輝いているのが、血の滴がぶら下がっているように見えた。ずっと上のほうまで見上げると、いまは明るく照らされているおかげでもうひとつ飾りがついているのがわかった。ふつうなら星か天使や妖精などが飾られる頂上ではなく、一番上の枝より少し下あたりに小さな人の形をしたものがあった。それは長い金髪の人形で緑色のドレスを着ていた。人形はまっすぐ立った姿勢で幹にくくりつけられていて、飾りとしてはおかしな位置だった。ニールが手前のろうそくにも火を点けると、そのまばゆい輝きにさえぎられて人形は見えなくなった。

ツリーはさながら光のピラミッドのようだった。しかし、クリスマス・ツリーと言われてクレアが思い浮かべる、たくさんのきらめくガラスの玉がぶら下げられ、モールがドレープを描いているものとは似ても似つかない。そしてふつうとはちょっと違うツリーにしても、人形がたったひとつ飾られているだけというのはあまりに奇妙だった。なぜこんなふうなのかと尋ねたかったけれど、けなしているように思われそうで口には出せなかった。

ニールは点火用のろうそくを吹き消し、それから部屋の反対側に行って二つの石油ランプを消した。五、六十本の小さなろうそくが輝き、さきほどまでのランプと暖炉の炎を合わせたよりもずっと明るく部屋を照らしだした。クレアもミス・ギアリーも感嘆してツリーを見つめた。

「美しい部屋ね」ミス・ギアリーがうっとりと言った。「外からは想像もつかない」

「わかりますよ」ニールが口を挟んだ。「こんな狭い掘っ建て小屋にしては欲張り過ぎだとおっしゃりたいんですね。へんですよね。釣り合いがとれていない」

「それじゃあ、お屋敷はそれほど広くはないのかしら」クレアは尋ねた。

「こぢんまりとしたものだよ。建て主のもともとの構想からするとね。一階には、この部屋以外にひと部屋しかない。玄関ホールの向こう側に小さい居間があって、ぼくらは食堂として使っている。おいで、案内してあげよう！　ああ、大丈夫ですよ」ミス・ギアリーを見てつけくわえる。「そんなに急いでお帰りにならなくても。ぼくが学校の門までお送りしますから」

みなで狭い玄関ホールに出た。実際のところホールは石を敷きつめた短い通路でしかなく、いま出てきた扉のほかに二つの扉があるだけだった。つきあたりに二階へ上がる急な階段があり、途中の狭い踊り場でいちど折れ曲がっていた。

ニールがランプを手にして一方の扉を開け、小さな居間を見せた。白い漆喰の壁に低い腰板をめぐらした田舎家風の部屋で、無垢のオーク材のテーブルと椅子、それに古めかしい背の高いサイドボードがあった。格子のない暖炉の前に革のラグが敷かれているほかは石の床がむきだしだった。

「もうひとつの扉のほうは台所や貯蔵庫やなんかだ」ニールが説明した。「一階はこれで全部だよ」

「とても古い家みたい」クレアは言った。「パストン・ホールよりずっと古いのでしょう?」

「百五十年ばかりね」ニールが答え、わざとらしくもったいぶったようすでつづけた。「この家こそが本来のブラッケンバイン屋敷にしてトリシューイ家の本拠地だ。パストン・ホールのほうは、ヴィクトリア朝の中期にスターン家のある人物が建てたものだが、安い税金と新式配管設備、それにサー・ギルバート・スコット*なんかの影響を受けた、悪趣味と歪んだ価値観を体現している」

「パストン・ホールの配管は新式とは言えないと思うけれど」クレアは小声で言った。「原始的よ」

「そうかい、でもここにはそれさえない」ニールはこともなげに言った。「おかげで厳しい冬でもことは簡単だ。ポンプに藁で覆いをするだけでいい。だがそれがここに使用人を置けない理由のひとつでもある」

「でも夏には若い娘がいたでしょう」ミス・ギアリーがミセス・スターンに尋ねた。「なかなか気だてのよさそうな子だったけれど」

「ろうそくを見ていなければ」唐突にミセス・スターンが言い、客間に戻っていった。ミス・ギアリーも後につづいた。

「ああ、よろしく」ニールが言った。「どこもかしこも木でできているからね」彼はクレアに向か

*ヴィクトリア朝時代のゴシック・リヴァイヴァルを代表する建築家。

って説明した。「マッチ工場みたいに燃えてしまう」

ミセス・スターンが召使いに関する質問に答えるのが聞こえた。「ああ、ジャネットのことね。とてもいい子だった。かわいそうに。ここにずっといてくれそうだったのだけれど、七月に休みをとったの……ペンタブリッジのおばさんのところに行って……」部屋の奥にゆくにつれて声は不明瞭になり、あとはわずかな断片が聞きとれただけだった。「……病院に入れられて……流行のまっただなかで……何日かで死んでしまった」

「ほら！」ニールが大きな声を出し、ランプを高く掲げて通路の端まで行った。階段の入り口の上に粗削りな仕上げの黒い木材の梁が渡され、上方の壁を支えている。「建築者の印が見えるだろう」

彼がランプを近づけると、梁の木肌に飾りのない盾の形が深く彫り刻まれており、中に〈I・T・〉という頭文字が読みとれた。クレアは口に出してくりかえした。

「そうだ」ニールが言った。「〈I〉はジョンを表している。* 〝Iは船頭ジョンのI〟だよ。頭文字はジョン・トリシューイを表しているんだ。ジョン・トリシューイ船長と呼ぶべきかな」

「あなたのご先祖さまなの？」

ニールは階段の下に置いてある大きな櫃《ひつ》に腰掛けた。「ここに座って。話してあげる。母ときみの先生はまたおしゃべりを始めたから急ぐ必要はないよ」クレアが隣に座ると、彼はかすかに笑いかけ、声を低めて言った。「精霊なら蝙蝠のように飛んで逃げるところだろうが、女学生はおとなしく先生を待たなければね」急にふたりの秘密に触れられてなんと答えるべきかクレアが判断しかねているあいだに、相手はまた元の調子に戻って話をつづけた。

「ジョン・トリシューイ船長は、ある程度の信憑性がある範囲でうちの一番古いご先祖だ。トゥルロでは評判の薬屋の息子だった。少なくともぼくはそういうことにしている。母はぼくが話をでっちあげていると言うんだが。まあとにかく、ジョンは医学を勉強させられた。彼の父親は共同で商船を所有していたらしいから、かなりの資産家だったのだろうし、息子に家業の見習いをさせた可能性もあるね。

ところがジョンには放浪癖があった。それで船乗りになったのだが、父親の所有する船だったかもしれないし、それともクロムウェルの艦隊のどれかだったのかもしれない――なんとも言えない。けど、ブレイク提督のアルジェ砲撃のさまをその場にいたかのように語っているから、海軍の軍医として乗り組んでいたというのもありそうなことだ」

「語っている？」クレアは尋ねた。「本かなにかを書いたの？」

「まあ、本と言えるかな。覚え書きみたいなものだ。あちこち航海する途中で見聞きしたさまざまな世界の驚異に関する記録で、全編いかにも医者らしいラテン語で書かれている。

王政復古の時代をどんなふうに過ごしていたのかはさっぱりわからない。だがしばらく後にはブリストルからギニア湾へ、さらにそこから奴隷を積んでアメリカの大農園へ向かう航路で羽振りを利かせていたようだ。いっときカリブ海を回っていたともほのめかされているが、どうやら後ろ暗いこともやったらしい――これも母に言わせれば、ぼくの奔放な空想ということになるだろうけどね。とにかく、堅実に航海を重ねて古いオーク材の櫃に――ひょっとするとこれがそうかもしれないね――たんまりスペイン銀貨を貯めこんでいたところ、あるときサレの海賊船に襲われた。ギニアに向かう途中、バーバリ海岸沖でガレー船に横づけされ、海賊どもに乗りこまれたあげく、彼自

＊古い綴りではIとJは区別されない。

身の悲憤慷慨といった書きぶりにしたがえば、履いていたズボン以外は身ぐるみ剝がれて売りとばされ、みじめきわまりない奴隷の境遇に落とされたという。サフィの南のほうだった」

「でも、自分はかわいそうな黒人をアメリカに売っていたんでしょう」クレアは言った。

「そうだ」ニールは認めた。「奴隷として悲惨な暮らしをおくるあいだも、取引であげた利益は無事トゥルロの櫃に収まっていると考えて心を慰めていたんだ。もっとも行間からうかがえるかぎりでは、奴隷の生活もそれほど過酷なものではなかったようだがね。彼を買ったのはその地方の有力な貴人、彼いわく〈族長《カイド》〉で、山の中の城に彼を連れ帰ったんだ。そのうちに機会を得て外科医としての腕を披露して、やがて主人の寵愛を受けるようになった。相当な自由を許されていたことから推測すると、この古狸は——もちろん、当時の彼はそんな年齢ではないが——正式にイスラムの教えを受け入れて信徒になったらしい。もちろん覚え書きではそんなことは触れられていないが。だがじつのところ、モロッコのおおかたの場所を自由に訪れることができたし、ついに逃亡を決意したときにはたやすくそうできたばかりか、来たときよりずっと裕福になってバーバリを後にした。あるくだりを読むと、脱出に使った船は自分の持ちもので、どんな手を使ってか、首尾よく解放したキリスト教徒の奴隷たちを乗せていたとしか解釈できないんだ。

しかしこんな経験をしたせいでジョンの放浪癖もすっかり収まったようだ。名誉革命のすこし前にこのブラッケンバインの地所を買って田舎紳士として腰を落ち着けた。おそらくこのとき父親はすでに故人になっていた」

「じゃあとてもお金持ちだったのでしょうね」クレアは尋ねた。

「それはもう」ニールは答えた。「だがここがおもしろいところで、やっこさんには財産よりも大きな構想があったとみえる。ふつうなら、つらい経験をした後なのだから故郷に居心地の良いこぢんまりとした屋敷でも構えそうなものだろう――薬草を見て回ったり生け垣の植物を調べたりできるようなね。ところが彼は、コーンウォールから遠くはなれた、当時は相当に寂しく人里離れていたはずのこんな場所までやってきて、エイキンショー・ヒルを中心にした広大な森林地帯を買い、高い煉瓦の壁を延々とめぐらして地所を囲うのに、あれほど苦労して稼いだ銀貨の大半を費やした。壁を先に築いたのはわかっている。どれくらいの金がかかったかも、とうとう壁が完成するまでどれほど気を揉んだかも。ぼくの考えるところでは、それがこの家がこんなに釣り合いがおかしい理由だ。広い邸宅を建てるつもりでいたのに、壁に金を使い果たしてしまった――それか予想していたよりもずっとかかったか――それで小さな家で我慢するしかなかったが、当初の計画を完全に諦めるつもりにもなれなかったので、もし資金がつづけば建てるつもりだった屋敷の大きさにふさわしい部屋をひとつだけ作ったんだ」

ニールは口をつぐんでクレアを見つめ、しばらくなにごとか考えているようすだった。「鹿苑なら壁があってもおかしくはないだろうけど」彼は言った。「でもうちの塀を見ていると、思うことがあるんだ、トリシューイ船長はモロッコにいたあいだにすこしおかしくなったんじゃないかってね。なんだかクーブラ・カーンを連想させるじゃないか――

〝かくて五哩《マイル》の二倍の肥沃な土地を
壁と塔をもて囲み……〟（コールリッジ「クーブラ・カーン」より）

もちろん十マイルもないし、肥沃さという点では、まあせいぜいオークが育つ程度だが。ほかのはほとんど試したこともない。船長はムーア人的なプライバシーの観念を身につけて帰ってきたんだろうね。当時ここらにはたいして人が住んじゃいなかったが、その数少ない人間にも自分の仕事に首をつっこんでもらいたくなかったんだ」

「仕事ってなに？」クレアは尋ねた。「まだなにかしていたの」

「まあね」ニールはあいまいに言った。「園芸家というか植物学者みたいなものに鞍替えしたんだ。船に乗っていたあいだにけっこうな数の珍しい植物を集めていてね。ここで育てようとしたんだが、植物の生育に関してちょっとおもしろい試みをした――小さくした松やオークを育てる日本の技に似ているが、日本なんてそんな遠くまで行ったことはないはずだから、モロッコで見たのかもしれない。どうやら彼はある仮説をたてていて、とても小さな木は自然の寿命に逆らって永遠に生きると考えていたらしい。もしかしたら――単なる推測にすぎないけれど――もしかしたら敷地じゅうをミニチュアの森に変えるつもりでいたのかもしれない。だから小さな木を守るために壁をめぐらすことにあんなにこだわった。おもしろいのは、彼は正しかったのかもしれないということだ」

「正しい？」クレアはわけがわからずおうむがえしにくりかえした。

「つまり、小さな木の寿命のことだ」ニールは答えた。

「どういうこと？　木を育てるのに成功したの？」

「そうだ。成功した。一部はいまでも成長をつづけている。こんど来たときに見せてあげるよ。昼間にね」

クレアは動揺してニールのほうを見た。「あの、でもわたし……」言いかけた彼女を遮って相手は勢いよく立ち上がった。

「おや、ミス・ギアリーは今度こそ帰るつもりみたいだよ。まだ家を案内し終わっていないのに。おいで、先生が長靴を履いているあいだの二、三分で済んでしまうから」

　彼はランプを取りあげると、反対する暇も与えず階段を登りはじめた。クレアも立ち上がったが、客間の扉のほうを見てためらっていた。しかし踊り場から呼ぶ声を聞いて、急いで階段を駆け登った。

　階段は急に折れ曲がり、木材と漆喰を組み合わせた壁に挟まれたあいだを通っていた。ニールが先に立って登ってゆき、一番上まで着くとクレアを振り返って、頭に気をつけるようにと注意した。

「ここを上がるたびになんだか木の洞に棲んでいる鼠みたいな気分になるよ」彼は言った。「大叔父のジェイブズは晩年には絶対に階段を上がろうとしなくなった。居間で寝ていたよ。ほんとうの理由は体の自由が利かなくなってリューマチの気もあったからだが、ぼくにはいつも、ある晩に階段を登っていたら船長の幽霊が下りてきたせいだと言っていた。幽霊は頑としてどいてくれなかったが相手の体を通り抜けていくのも嫌だったので――相手は親戚みたいなものだし――自分が階段を下りて二度と上には行かないと決めたのだと。そんな話ばかりして、小さい男の子がこの家でくつろげるようにしていたわけだ」

「ほんとうに幽霊が出るわけではないんでしょう?」クレアはなかば本気で尋ねた。いまふたりが立っている、階段を上がりきった場所のいびつな形をした床を見回し、木材と漆喰の壁に並んだ古めかしい大きな黒い扉や、菱格子のある刳《く》りの深い窓に目をやり、その上に落ちたふたりの影が、ニールがランプを揺らすのにつれて踊っているのを眺めた。

「残念だなあ」悔しそうにニールが言った。「ときはクリスマス・イヴ、ところは築二百五十年の屋敷、それなのに幽霊がいないなんて。船長が鬘《かつら》に剣にバックル付きの靴という姿で化けて出てきてくれたら雰囲気満点なんだが。カリブ海でどんな非道をはたらいたか知れたものじゃないし、そのせいで死後の安息を失わなかったともかぎらない。だが幽霊になるには非業の死を遂げなきゃいけないが、わかっているかぎりでは、船長はバックル付きの靴は履かずにベッドの上でやすらかに死んだ。まあ厳密に言えば、いつどこでどうやって死んだかは記録にないけれど。でもぼくはこの家で亡くなったのだと思う」

彼は扉のひとつに向かい、ノブがわりの鉄の輪に手をかけた。半分回したところで手を止めて、階下から聞こえてくるくぐもった話し声にしばらく耳を傾け、楽しげにクレアに笑いかけた。「嬉しいね、きみがまたブラッケンバインに来てくれるなんて。あんな出会い方をしたあとでは恥ずかしがって来ないかもしれないと思っていたんだ。そうじゃなくてよかった」

クレアはうつむいて、波打った濃い色の床板を見つめた。なんと言っていいのかわからなかった。相手はあの夜についてさらになにか言おうか迷っているようだったが、結局黙って輪を回して扉を開けた。

「ぼくらはここを船長の部屋と呼んでいる」そう言うと中に入り、灯りを高く掲げた。「ぼくらがここに越してきたときはがらくた部屋だった。見てのとおりアトリエにしたんだ」

縦に長い部屋で一階の客間と同じくらい奥行きがあったが、天井は中心から両脇にかけて斜めになっており、壁際では床から六フィートくらいの高さしかなかった。奥の正面に丈の長いカーテンが引かれ、後ろに窓があるようだった。その反対側の壁には炉格子のない暖炉があって薪を燃やした跡の真っ白な灰が溜まっており、まだ心地よい温もりを放っていた。ニールは部屋の中ほどまで進み、母親と自分の道具類が所狭しと置かれているのを見せた。壁際に木製の戸棚と積み上げられたカンヴァスが並び、いくつかの小さいテーブルに壺や絵の具のチューブや筆を挿した瓶が満載されていた。天窓の下にイーゼルが立てられ、いっぽうの壁際には指物師の使うような作業台があり、さまざまな道具や木屑が散らばっていた。部屋はこまごましたものであふれかえっていた——本、陶器、なにかの材料、瓶や箱などで雑然としていたが、それは生き生きと血の通った乱雑さだった。そこはいつも忙しく作業が行われ、なにかが生み出される場所だった。それに暖炉の前の一角は居心地良さそうに整えられていた。古びた革のついたてですきま風を遮り、すりきれた肘掛け椅子が配され、低い書棚があり、読書ランプが置かれていた。

「あなたも絵を描くの？」クレアは尋ねた。

「いいや」相手はとんでもないというように答えた。「ほんのお遊び程度だ。まじめに勉強したわけじゃない。そういうのは得意じゃないんだ」

そう言ってあごで作業台のほうを示した。「ぼくは木彫りをやるんだ。傀儡《くぐつ》をつくる」

「傀儡？」クレアはめんくらってただ繰り返した。

「そう、操って動かすことのできる小さな人形のことだ」

「知ってる」クレアは言った。「だから、言葉の意味は知っているけれど、ただ——そう、実際に見たことはなくて。お芝居をするの？　つまり人形劇ということだけど」

「そうだ」相手は答えた。「芝居。うん、そうだ。言ってみればね。いや違うな、ぼくはただ人形をつくるのが好きなんだ。人形に命を吹きこんで完璧なものにするのがね。人形をつくるところを初めて見たのはイタリアでだった。当時住んでいたフィレンツェの近くの小さな村だ。その村には中世の時代からずっと操り人形をつくっている一家がいた。よく何時間も座りこんでおじいさんと息子たちを見ていた——人形つくりの技はほとんどそのときに覚えたんだよ。そのうち母も興味を持つようになった。母が人形に服を着せて色を塗ってくれる」

クレアの視線は、ニールが灯りを置いた作業台に向かった。「いや」クレアの考えを読んだかのように言う。「いまはなにもつくっていない。このところずっと休んでいるんだ。ぼくは怠け者なんでね」彼は木屑を掻き集めて小さな山をつくっていた。貴重品を扱うかのようにそっと手を滑らせて木屑を作業台の縁のほうから真ん中に寄せる。クレアはふいに思いついて尋ねた。

「クリスマス・ツリーの人形はあなたがつくったもの？」

相手はうろたえたように顔を上げ、しばらくクレアの顔を見つめていたが、しぶしぶといった口調で認めた。「ああ、そうだ。ぼくがつくった」ふたたび作業台に目を落とし、質問によって妨げられた思考の糸を手繰りなおすかのようにつづける。

「ぼくは芸術家なんかではないが、つねに不満を抱えた職人だとは言えるかもしれない。真に迫ったものをつくりたいというぼくの欲求は、ほんとうの芸術に霊感を与える理念というよりは原始的な衝動に近いだろう。彫刻というのは、あたうかぎり生きた人間に近いものをつくりだしたいという欲望から生まれたんじゃないかな。つくられた像が命を持つようになることは、ずっと人間の見果てぬ夢だった。古代エジプトでは死者に似せた像をつくったが、それはミイラにしたほんとうの体が間違って壊されたとしても魂が戻ってこられるようにするためだった。こういったすべての背後には、肉と血よりながもちする体をつくりたいという願いがこめられていないだろうか。生身の体は百年のうちに滅びるが、オークでつくった体は何世紀ももつし、大理石なら永遠にもつだろう。大理石の人間はけっして死なない。オークの人間は何千年と生きるだろう」

「でも関節は曲がらないでしょうね」相手の言葉の意味をはかりかねたクレアは冗談でまぎらした。

彼は笑った。「だからすべての芸術はいつわりの永遠なのかもしれないね。生命が消えてしまっては永遠にもなんの価値もない。大理石も木に彫られた彫刻も、カンヴァスに描かれた絵も、すべてむなしい。ただ——そう、ただごまかしの永遠を完璧なものにできないかぎりは」

彼はランプを手にとると腰を上げた。「ああ、ぼくは自分の腕には余る夢を見ているのかもしれない。こつこつと人形を彫っては完璧な生命を吹きこもうと苦心する——人形たちが独立した命を持っているという楽しい幻影をつくりだすために。それでいて自然の生きた素材のなかではもっともながもちするとわかったものを使うのは、たぶん不死性という別の幻影に魅かれるからなんだろう。もしこのふたつを——生命と永遠を両立させることができたなら、ぼくは比類なきつくり手になれるんだが」

彼はざっと部屋を見回した。「残念だけれどもう見せるほどのものはない。ジェイブズ大叔父の貧弱な幽霊話をもっともらしくしてくれるようなものはね。四柱式寝台もなければ、古いオーク材の戸棚もない——あれはみんな合板だ。それでも、子供の頃、たまにジェイブズ大叔父を訪ねて泊まりにきたときなんかには、この部屋はぼくのお気に入りだった。家のこちら側は丘にくっついているんだよ。軒と同じ高さのところにブルーベルが咲くし、壁のすぐ裏に岩がある。森からそのまま歩いて屋根に登ることができる。ぼくらはこの大きな天窓をこしらえたけれど、以前はあそこにもっと小さな窓があって、よく屋根から忍びこんだものだ——ああ、すぐ行くよ！　ミス・ギアリーがお帰りのようだ。もう下に行かないと」

ふたりはアトリエを出ようとした。イーゼルの横を通ったとき、ニールの体が端にひっかかって少し向きがずれ、はずみでイーゼルの脚に立てかけてあったカンヴァスが床に倒れた。「ちっ」ニールは舌を鳴らし、カンヴァスをとりあげて元に戻したが、そのとき表が見える向きに置いた。クレアはなにげなく目をやり、驚きに思わずはっと息を呑んだ。ニールは不思議そうに彼女を見るとランプを近づけて絵を照らした。サマー・ドレスを着た若い娘が草の上に座り、まだらな木漏れ日が模様を描いている。陽気な笑いさざめきの聞こえてくるような肖像画で、生命の躍動と夏の光にあふれていた。娘はわずかに顔をかしげ、なにかに聞きいっているようだった。唇には楽しげなほほえみが浮かび、茶色い瞳は優しくきらめいて関心と親愛の情を表している。潑溂《はつらつ》とした少女が陽気にはしゃぐ恋人の言葉に耳を傾けているときの生き生きとしたようすを、画家はあますところなく捉えていた。

ニールがいきなりクレアとカンヴァスのあいだに割って入った。クレアはうろたえて一歩下がった。

「わたしはただ――」言葉が口をついて出た。「知っている人だと思ったから。でもそんなはずはない」口早につけくわえる。「若すぎるもの」

相手はどこか悲しげにうなずいた。

「でもそうなんだ。これはアン・オッタレルだよ。若く見えるのは未完成だからじゃないかな。今年の夏、彼女がハリウェルにいたときに、母がこれを描いたんだ。もう永久に完成させられなくなってほんとうに残念だった」

ニールはあらためて扉の方に向かったが、クレアはなお立ち去りがたく、いまは暗がりに沈んだ絵に最後の一瞥を投げてから後につづいた。

「知らなかった」のろのろと言う。「あなたたちが知り合いだったなんて……休暇にハリウェルにいたことも知らなかった。そんなこと教えてくれなかった……」

ニールはもう階段を下りていくところだった。「ぼくのほうはそれほど親しかったわけじゃない。母がつきあいがあったんだ。絵のモデルをするためになんどかうちに来たことがある」

階段を下りてホールに出ると、ミス・ギアリーはもう身支度を整えてふたりを待っていた。クレアが急いで帰り支度をしているあいだにニールが謝った。さきほど覗かせた深刻な表情はどこにもなかった。垂木に吊した大きなヤドリギの下に母親を引き寄せるとキスをして、つぎにミス・ギアリーのほうを向いて彼女にも特権を要求するかに見えたが、その代わりに相手の手を取ると身をかがめて口づけた。クレアはスカーフを結びながら教師の背後の扉のほうに移動し、身を起こしたニールが謎めいた問いかけのまなざしを向けてきたときにも目は合わせなかった。彼は母親が用意して灯りを点けておいたランタンを手にすると、ごろごろと喉を鳴らしながら足元にまとわりつく巨大な猫を従えて森の中の小径を案内した。ミス・ギアリーが辞退するのも意に介さず、陽気におしゃべりをしながら身を切るように寒い夜道をふたりに付き添い、結局、パストン・ホールの門までついてきた。

第三章

ミス・スペロッドはボクシング・デイ（十二月二十六日）の翌日にロンドンから戻ってきた。クレアが校長の帰還を知ったのは夕方になってからで、小間使いから校長が居室で待っているという伝言を受けとったのだった。クレアは監督生室を出てのろのろと校舎の正面側に向かった。

クリスマスの二日間をクレアは不思議に満ち足りたおだやかな気持ちで過ごした。まったく理不尽とさえいえる感情だった。本来なら昨年のように、寮母やミス・フィンチが不憫な居残りの下級生たちに気を使ってうわべだけの明るさを壊さないようにしているのがわずらわしく、かえって憂鬱になっていたはずだった。ボクシング・デイが終わるころにはうんざりして不機嫌にふさぎこんでいただろう。けれどその夜、枕に頭を預けたときには、ひたすら大きなやすらぎを感じていた。そのやすらぎは翌朝目を覚ましたときにも、また午前中もずっとつづいており、校庭におりた霜を踏んでまわったり監督生室で暖炉のかたわらに座ったりしているあいだも、初めて経験する感覚に浸っていた。はっきりと思い出せるかぎりではそんな気持ちは初めてだったが、いまはもうさだかではない遠い記憶の薄明のどこかに、幼年時代という別世界でそんなふうに守られ甘いやすらぎに包まれたというかすかな覚えがあった。

こんなはずはないのに——不可解としか言いようがなかった。この二日間というもの、ブラッケンバイン屋敷とその住人の姿が繰り返しあざやかに目裏によみがえり、そのたびに本来ならありえないような思いがこみあげた。スターン家の団欒はなごやかで気やすく、屋敷を辞去したあとも炉辺のここちよい温もりが心に残っていたのもたしかだが、快い体験に潜む棘のようなできごとにとまどい、不安を感じていてもおかしくはなかった。

思いがけずアン・オッタレルの肖像と対面し、スターン親子と親しかったと聞かされて、ほんとうならもっと驚いてもよかったはずだ。悲しみをあらたにすると同時に妬みを覚え、自分の知らないところでアンが友情をはぐくんでいたと知って傷つくのが当然だ。もっと早く違ったなりゆきで知っていたなら、きっとそんな気持ちになっただろう。けれどクレアの心にはそれまで知らなかった赦しと理解、そしてやすらぎがあるだけだった。少しの自虐もなく、アンの目に映っていただろう自分の姿をありのままに認めることができた——授業があるあいだだけめんどうを見なければならない大勢の女生徒のひとりにすぎず、束縛を離れた私生活ではとくに大事な人間というわけではない。アンは学期が終わってパストン・ホールの門を出たとたんに、学校のことなどきれいさっぱり心からふり払ったのだろう。クレアにもいまはその解放感がどんなものだったかよくわかった。ブラッケンバインに行ったことで自分もそんなふうにパストン・ホールを投げ棄てたのだ。熟した果実がはぜ割れて種を露出させるように、学校が弾けとんで萎びた皮が剝がれ落ちていった。

スターン親子はほんとうの意味で大人で、クレアのことも対等にあつかった。ふたりはパストン・ホールの誰よりも生き生きとして現実の存在感があり、学校という紙のように薄っぺらで退屈ないつわりの世界から自分をすくいあげて、本来いるべきだったゆたかで完全な世界に連れ戻してくれた。クレアの心を占めていたのはそんな思いで、絶大な幸福感もそこから発していた。あのふたりが自分を束縛から解き放ってくれた。そうしてニールは奴隷商人だった先祖の罪を償ったのだ。

彼が母に頼んでクレアを招待させたのではないかという疑いはクリスマスのあいだも大きくなるいっぽうで、いまは確信に変わっており、そう考えるとひとりでに笑みがこぼれた。クリスマスの朝、ミセス・スターンから学校のみなにカードが届いた。クレアに宛てたものもあり、あっさりとした浮きだし模様のカードだったが、封筒にはもう一枚、正方形の紙を雑に折ったカードが入っていた。大部分は墨で塗りつぶされており、走り書きで木の幹のようなものが描かれていた。ブラッケンバインの暗い森をあらわしているのだろう。その暗黒の中に四つか五つほどの小さな光の点があった。藪の中で光る猫の眼のようだったが、クレアには塀の上から見たいくつかの小さな光だとわかった。

その小さな謎はスターン家で新たに出会ったどんな刺激にもましてクレアの好奇心をそそった。クリスマス・イヴにニールと顔を合わせたとき、森の中で灯りを点してなにをしていたのか訊きたくてしかたがなかったが、実際に質問を口にするのはためらわれた。カードのふざけた絵は、尋ねてみろとクレアを誘っているようだった。きっと、ニールの人形つくりの趣味や船長のミニチュアの森にも劣らぬ、想像もつかない不思議な秘密があるのだろう。ニールと彼の母親のように好奇心のおもむくままに行動し、自分にどんな能力が与えられているのかを知って試したいという願望でクレアの心はいっぱいになった。そのクリスマス節の三日目のお茶の時間になるころには、願望の土壌に強い決意が根を張っていた。ほんとうに手遅れになる寸前で、オックスフォードの給費生資格を手に入れられるかもしれないという希望がもういちど見えてきたのだった。クレアはいそいそとノートを取りだし、イースターまでの残りの期間で復習と手つかずの分を終わらせるために猛勉強の計画を練りはじめた。

校長の呼び出しを受けたクレアは不承不承に手を止めた。これほどミス・スペロッドがわずらわしく感じられたことはなかった。校長の部屋に行くとミス・ギアリーもいて、どことなくばつが悪そうなのは予想外だったし、クレアを迎えたミス・スペロッドの猫なで声にはびっくりさせられた。いつものことながら、校長は足場を固めるあいだ攻撃をかわそうとでもするかのように無意味な前置きをつらねたので、本題はいっこうにつかめなかった。校長は喋るあいだもちらちらとミス・ギアリーのほうを窺っており、きりだそうとしている話がクレアにどのようにうけとられるか確信が持てないでいるのがわかった。とうとうはっきりと口に出された内容は意外というほかなかった。

簡単に言えば、ミセス・スターンがミス・ギアリーから話を聞いて、ラテン語を教えてくれる教師がいないのでクレアが困っているのを知り、給費生試験までのあいだ毎週、何時間か個人授業をしてもよいと申し出たのだった。

そういったことが伝えられるあいだ、ミス・ギアリーはひたすら天井を見つめていた。クレアは驚きのあまり口もきけないでいたが、それを不服のしるしととったミス・スペロッドは、クレアがこれまで校長から聞かされたあらゆる長口上を凌駕する熱弁をふるいだした。そのあいだにクレアは落ち着きをとりもどし、偶然にゆきあたった幸運の鉱脈は驚くほど深く、まだ尽きてはいなかったのだと実感が湧いた。その申し出がどれほど大きな意味を持っているかは、ミス・スペロッドにはけっして漏らすつもりはなかったので、つとめて感情を抑えて言葉すくなに感謝を述べ、いつからミセス・スターンのところに行けばよいかと尋ねた。

「ミセス・スターンにことづけをお送りします」校長は言った。「すぐにでもお返事をするつもりです。あなたからも感謝の気持ちをお伝えするのがよいでしょう。授業はあなたの時間割に合わせる必要があるけれど、できるかぎりミセス・スターンのご都合がよろしいときにしなければなりません。すばらしい恩恵ですよ。ミセス・スターンはほんとうに古典に造詣が深くていらっしゃるのですから。お父上はそれはそれは高名な教授でいらした。あなたのお父様にはわたくしのほうからよくご説明さしあげるつもりです」

　そんなことよりクレアはただ、いつブラッケンバインに行くことになるのかが知りたくてたまらず、ミス・ギアリーの口からはっきりした答えを得て、ようやく取り決めは夢ではないのだと実感できた。ところが、クレアはいつでも都合のよいときにブラッケンバインを訪ねてゆき、ミセス・スターンと相談してレッスンの予定を決めてかまわないということで話がつくと、今度はだれがクレアを連れてゆくかを巡ってばかげた議論が持ちあがった。ミス・スペロッドにとっては、自分の監督下にある生徒がひとりで公道を歩くなど論外だった。クレアは自分の付き添いをなんとかするために、まったく現実的でない案がいくつも出されては却下されるのを黙って聞くしかなかったが、しまいには、公道など通らなくてもブラッケンバインに行けると校長に言ってやりたくてうずうずした。校長の部屋を出たあと、クレアはなかばふてくされてミス・ギアリーに不満をこぼし、自分より年下の少女たちが学校のあるあいだは毎日、何マイルも離れた村からペンタブリッジ中等学校まで、まさに問題になっている道を自転車で通っているのに、付き添いが必要だとはだれも言わないと指摘した。ミス・ギアリーはただおだやかに、他校の生徒がどうだろうと関係ないと返した。

それでも、付き添いの問題はなんとかよい方法を考えるとうけあってくれた。

話し合いのあいだ、ミス・ギアリーもクレアも、ブラッケンバインにニールがいることは口にしなかった。ふたりで口裏を合わせて隠したわけではないが、ミス・スペロッドがニールの存在を知らないのはたしかだとクレアは考えた。若い男性がいることを知っていてなお、この件に関してミス・スペロッドがあれほど乗り気になっただろうと考えるほど世間知らずではなかった。ニールがいてもクレアがブラッケンバインを訪問するのにさし障りはないと、ミス・ギアリーが暗黙のうちに認めているのは、育ちの良さのあらわれだとクレアはうけとめた。それはどう贔屓目に見たところでミス・スペロッドに備わっているとは言いがたい美質だった。ミス・ギアリーが言葉には出さなくともクレアの良識を高く買ってくれていることに感謝するいっぽうで、ニールについてなにか話してくれないかと期待する気持ちもあった。ミス・ギアリーが夏にブラッケンバインに行ったときにも彼はいたのかどうか知りたかった。ミス・ギアリーは、そして校長は、夏期休暇のあいだアン・オッタレルがブラッケンバインを訪問していたのをどの程度把握していたのか知りたかった。しかしミス・ギアリーはそういった疑問の答えとなることはなにひとつ口にしなかった。

ミス・ギアリーは、付き添いの件についてはあっさりと片をつけた。次の日の昼食が終わるとすぐにクレアを送り出し、帰りはブラッケンバインの敷地の門で三時半に待ち合わせることにしましょうと告げた。それなら暗くなる前に学校に戻ってこられる。理にかなった取り決めでありクレアにとっても好都合だったので、一も二もなく静かでひとけのない道を急ぎ、罠から解放されたウサギのように心も足どりも軽くブラッケンバインの古い鉄の門をめざした。

クリスマスの後は爽やかに晴れた日がつづき、取り決めも申し分なく順調にいっていた。クレアが昼食の後に文法書とノートを携えてブラッケンバインを訪ねると、小さな食堂兼居間の暖炉にこちよく炎が燃え、オーク材のテーブルの上に本を広げてミセス・スターンが待っている。ふたりは二時間にわたってラテン語にとりくんだ。それまでクレアが経験したことのないような授業だった。アン・オッタレルでさえ、教わったのは夏学期のとても短いあいだだけだったが、教師ぶったところがいくらかはあった。いっぽうミセス・スターンとラテン語文法の世界に分け入るのは、仲間とともに新大陸の探検に乗りだすようなものだった——いつどんな驚異やお宝に出くわすか、ふたりとも予想もできなかった。だんだんとわかってきたところでは、ミセス・スターンは子供のころラテン文学を読む楽しみのためにラテン語を学んだのだった。彼女にとってラテン語は死んだ言語ではなかった。むかしよく父親とラテン語もどきで会話をして、知らない単語は勝手にでっちあげたけれど、正しく活用されているかぎりは、父親はそれを大まじめに受け入れたという話をした。クレアにとっては新鮮な知識である、ラテン語とフランス語やスペイン語との関係についてもミセス・スターンはくわしく、クレアも知っているスペイン語の戯れ歌が二千年前のローマの通りでうたわれていた歌や詩からきているのだと教えてくれた。『アエネーイス』や『農耕詩』の一節を声に出して読んでいると、文法や韻律といった先の尖った柵がとつぜんばらばらに壊れ、それまで近づくことのできなかったラテン語の韻文の力強さと意味がたちあらわれるのを感じた。そうして言葉が息を吹きかえした。ページの上の言葉は、かつて生きたひとびとがその響きをいとしむように口ずさみ、やはり生きたひとびとが耳にして、クレアがイェイツの詩に感動するのと同じように心を動かされたものだった。

クレアはあらたな理解のほとばしりを飽くことなく飲み干し、それと同時に無味乾燥な知識に関しても学習意欲がめばえた。文法を覚えるのも楽しい探検旅行に欠かせない準備なのだとわかり、子供のころ父親とピクニックやキャンプに行く前に用意をしたのと同じくらいの熱意で知識を吸収した。記憶力に恵まれ、またひとたび興味を持てばすばらしい集中力を発揮する質《たち》でもあり、クレアは日ごとに着々と文法を制覇していった。そうして勉強に励み、知識が増えていくのを自分でも実感するうちに、秋学期の焦燥や絶望はあとかたもなく消えていた。クリスマス・イヴに始まった確信と輝かしい充足感はまだつづいていた。

毎回、三時になるとニールが少し早めのお茶を運んで入ってきて、にぎやかにカップの鳴る音がレッスンの終わりを告げた。楽しみに最後の仕上げをしてくれるその音を、クレアは心待ちにするようになった。それからしばらくのあいだ三人で赤々と燃える薪を前に腰を下ろし、お喋りをした――ラテン語や文学について、絵画やいろいろな国について、そして太陽の下にあるあらゆるものについて。あるいは、クレアにしてみれば、陽光に輝くあらゆる良きものについて。

帰りはたいていニールが敷地の門まで送ってくれた。葉を落としたオークのそびえるしんとした茶色の森を抜けていくあいだ、ニールはいっそう陽気にはしゃぎ、ジェイブズ大叔父の話をしてはクレアと一緒になって笑い声をあげたので、ふたりの声がエイキンショー・ヒルの固く凍った斜面にこだました。そんなおり、ミス・スペロッドがブラッケンバインの所有者と良い関係を保とうと汲々としている理由についてニールが説明した、というよりはほのめかしたことがあった。

「ジェイブズ大叔父はホールを維持できなかったんだ」ニールは言った。「あそこは使用人の手が山ほどいるが、当時でもそれは高くつくようになっていた。父親から引き継いですぐにスターン家の財産が尽きてしまい、金に困るようになった。でももちろん地所を売ることはできなかった。限嗣相続で嫡男にしか相続権はなかったからね。そこへアーサー・スペロッドがあらわれて――きみのところの校長のお兄さんだよ――助けの手をさしのべたわけだが、その代わりにジェイブズ大叔父がブラッケンバインにひっこんで、きみらの栄えある理事会にホールをただ同然で貸すというのが条件だったんじゃないかと思う。ぼくが地所を相続してすぐに同じ条件で契約を更新した。実際のところ、ぼくはきみの大家だけれど、いっさいをとりしきっているのはアーサー・スペロッドだ。ぼくはただ契約の更新時期が来たら――次は再来年だが、サインをするだけだ。理事連にとっては有利な取り決めだ。いまどきイングランド中を探しまわっても、同じような場所をあれほど格安で借りられはしないだろう」

「どうしても更新しなければいけないわけじゃないんでしょう。もしほかの人にもっと高く貸せるなら」クレアは尋ねた。

相手は肩をすくめた。「まあね。でもいまのままで十分だ。ぼくらは金儲けには向いていない。ただ邪魔されずに静かに暮らしたいだけなんだ。君らよりひどい相手が隣人になる可能性だってあるわけだろう。ぼくらは〈子供をだめにする《ミス・スポイル・ザ・チャイルド》〉女史の行き届いた監督には、おおいに感謝しているんだよ」そう言ってにやりとした。

クレアは学校に入って以来、これほど勉強したことはなかった。しかしそれをいわゆる試験前のがり勉と呼ぶのは、かつての懐かしい休暇の日々を学校で過ごす期間と一緒にするくらい的外れであるように思えた。ミセス・スターンの提案では「週に何時間か」となっていたが、実際は、はじめからあたりまえのように毎日レッスンがあった。すぐにクレアはパストン・ホールではなくブラッケンバインこそが自分の居場所だと感じるようになった。鉄の門をくぐると、帰ってきたという気がした。

年が明けて何日か経ったある日、クレアはいつものようにブラッケンバインを訪ね、玄関ホールから食堂兼居間に足を踏み入れたところで中に誰もいないのに気がついた。暖炉には火が入っているが、テーブルの上には本の一冊もなかった。客間を覗いてみると、大きなクリスマス・ツリーがまだ飾られ、暖炉のまわりの緑の葉でつくられた飾りもそのままで、やはり誰もいなかった。キッチンに通じる扉を開けて耳を澄ませても、物音ひとつしなかった。そのとき二階から人が歩きまわっているような音がかすかに聞こえたので、階段のところまで行って遠慮がちにミセス・スターンの名を呼んだ。不明瞭な応えが返ってきた。少しためらい、階段を半分まで登った。すると今度ははっきりとニールの声が聞こえてきた。「おうい、ここにいるよ」

上まで行くと、開け放した扉のむこうでニールがベッドの上に広げたスーツケースと格闘しており、まわりの引き出しや戸棚は開けっぱなしだった。

「やあ」顔を上げたニールが大きな声を出した。「母かと思ったよ。まだ帰ってきていなかった?」

彼は部屋から出てクレアに近づいた。アトリエの扉も開いており、クレアのところまで光がさしこんでいた。「母は今朝ペンタブリッジに行ったんだ」ニールは説明した。「きみが来るまでには戻ると思ったんだが」

「いいえ」クレアは言った。「いいえ、下にはいらっしゃらなかった。わたし――お母さまに呼ばれたと思って――それで上がってきたのだけど……」

「そうか」ニールはクレアから目をそらし、寝室のほうをふりかえって言った。「もうすぐ帰ると思うよ。一時のバスに乗るつもりだと言っていたから、ハリウェルの辻のところから歩いてもそうかからない」

　クレアはニールの視線を追って、ベッドの上のスーツケースとまわりにちらばった荷物を眺めた。

「食堂で待っているから大丈夫。荷造りが残っているんでしょう」相手の顔も見ず、ぶっきらぼうに言う。

「ああ、そんなの……別に急いじゃいないよ」

　ニールはアトリエの戸口まで行くと、さまざまな物でいっぱいの中をなにともなく見回していた。そのあいだもずっとおし黙っており、クレアは突然のよそよそしい雰囲気にとまどい、なにか言わなければならないような気がした。

「長いこと留守にするの？」

　ニールが壁ぎわの作業台のほうへ行ったので、クレアも答えを聞くために自然についていくかたちになった。ニールは作業台に置かれた道具を見下ろし、それらをどうしようかと考えているようだった。そしてずいぶん経ってからようやく答えを返した。

「わからない。どれくらいかかるかは、わからない」

　彼の口調にはそれ以上の質問を許さない重々しさがあり、クレアはなにも言えなくなった。心臓が石になって沈んでいくような感覚をおぼえ、その場に立ちつくして相手の背中を見つめ、長い指が彫刻刀をもてあそぶのを見守るうちに、率直に認めざるをえない事実に思いいたった。ニールが行ってしまったなら、このところの熱意も、活気も喜びも、一緒にあらかた消え失せてしまうだろう。

　クレアはアトリエを見回し、まだ火のくすぶっている暖炉から部屋の反対側のカーテンで閉ざさ

ARLEQUIN. (Pantin)

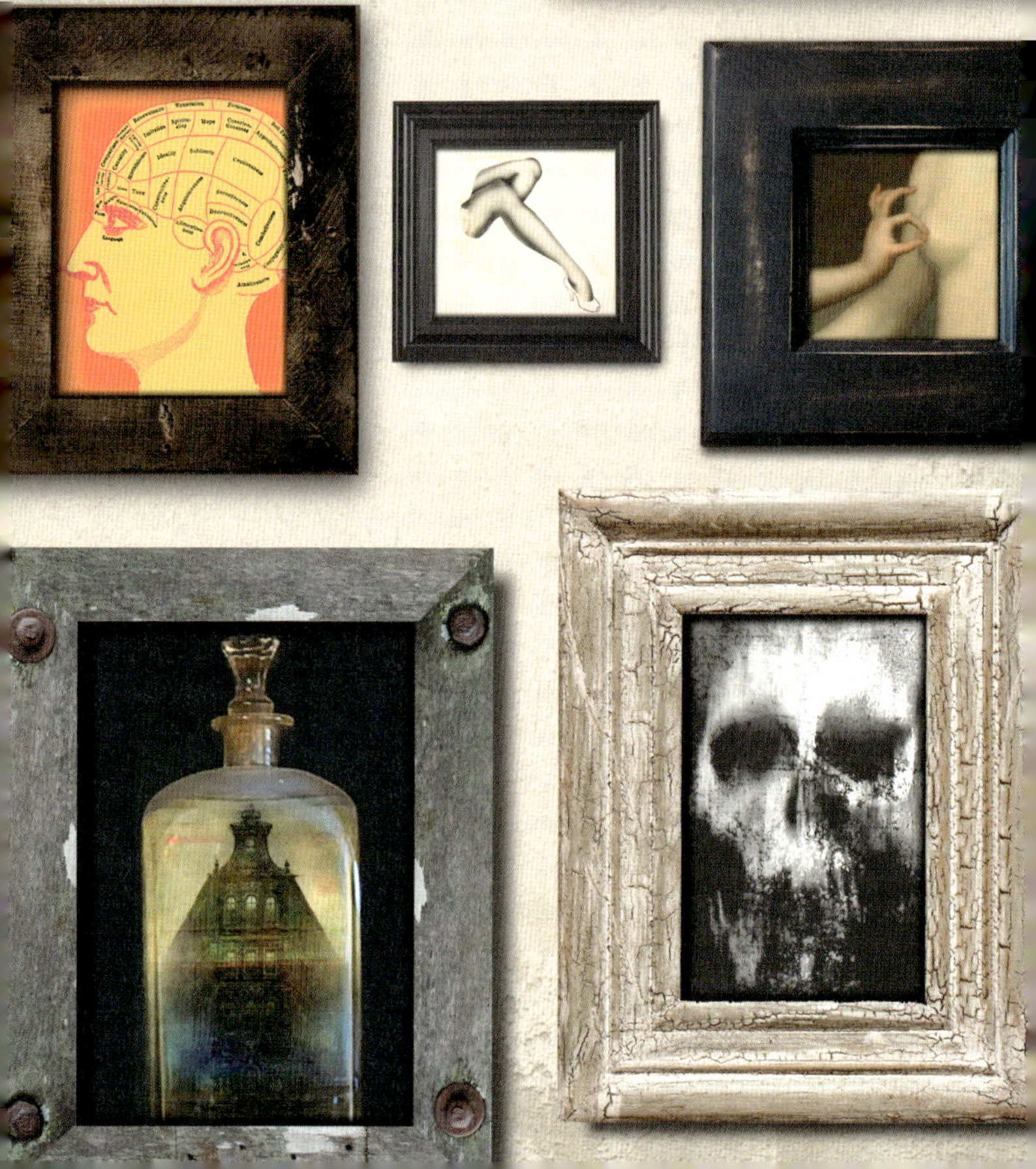

創刊にあたって

小社では創立まもない一九七五年に紀田順一郎・荒俣宏両氏の責任編集で〈世界幻想文学大系〉（全三期・四十五巻）を刊行、以来つねに異端・綺想・前衛の文学を世に送り出してきました。そして、二〇一六年、原点に戻るべく「国書刊行会にしか出せない（出さない）海外文学叢書」を刊行するために責任編集を若島正、横山茂雄のお二人にお願いし、知名度や受賞歴云々一切関係なく、時代やジャンルを超えた傑作・問題作・異色作を十巻選出していただきました（全巻内容は本冊子巻末に掲載）。

全世界で生まれる厖大な数の文学作品群から翻訳紹介されたのはごく一部にすぎず（その選出精度も怪しいものが多い）、必ずや知られざる傑作、未知の優れた作家が存在すると確信していましたが、「なぜこれほど凄いものが眠っていたのか」と驚く作品がずらりと並んだ鮮烈なラインナップとなりました。ジャンルを逸脱・超越した作品、なにやら得体の知れないものとして今まで見過ごされた作品がようやく純粋に楽しめるようになるのです。

〈ドーキー・アーカイヴ〉には、未来の読者、つまり我々のために熟成された美酒が揃っています。味わったことのない奇妙な味、毒かと思うような刺激の強いもの……ともあれ、口当たりのいい清涼飲料水で満足している読書人は本シリーズで〝酩酊する快楽〟を知ることになるでしょう。

願わくは、読者諸賢の絶大なる御支援を賜らんことを。

国書刊行会

〈ドーキー・アーカイヴ〉刊行記念対談

若島正×横山茂雄

若島　今回、私と横山茂雄さんの責任編集で新しい海外文学シリーズを始めることになりました。国書刊行会からの依頼としては、誰も知らない作家の傑作、とびきり変な小説をわれわれが五冊ずつ選んで全十巻にする、というものです。その結果、幻想怪奇・ホラー・ミステリ・SF・自伝……とあらゆるジャンルの、何でもありの、言ってみれば無茶苦茶なラインナップになりました。その十冊についてこれから紹介していこう、という趣向です。

横山　お互いに五冊選んで全十巻なんて、ずいぶん乱暴で安易な企画ともいえますが（笑）、いっぽうで、予想通りというべきか、まあ大変な十冊になりましたね。大半の人は名前すら聞いたことがない作家も多い。たとえば、若島さんが選んだ作品である**アイリス・オーウェンズ**の**『アフター・クロード』**（一九七三）は、私も全然知らなかった。

若島　アイリス・オーウェンズは私も最近〝発見〟した作家なんです。彼女はアメリカ人で、パリでぶらぶらしてたときに、あの悪名高いオリンピア・プレスのモーリス・ジロディアスに会って、ポルノを書けと言われて実際デビューしたんですね、ハリエット・ダイムラーという「美人ポルノ作家」という触れ込みで。オリンピア・プレスの看板娘という感じで五冊ぐらいポルノ小説を書いているんです。

横山　ああ、なるほど。アメリカの作家、芸術家でよくあるパターンですね、パリに行って活動を始めて……という。

若島　そうですね。で彼女はアメリカに帰ったあとはポルノではなく普通の小説を書き始める。『アフター・クロード』もその中の一冊ですね。そもそも彼女のポルノ小説を知ったきっかけというのが、小鷹信光さんのおかげなんです。数年前小鷹さんのお宅に伺った時に、小鷹さんがポルノ小説のペーパーバックをどーんと積んで、好きなやつをお土産に持って行って良いですよ、と。それでハリエット・ダイムラーを一冊抜いた。

アイリス・オーウェンズ

横山　それはまったくの偶然なんですか。

若島　たまたまではあるんですが、理由はありまして、その本（*The New Organization*）は中身がオ

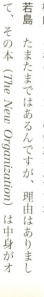

リンピア・プレスの版そのまま、表紙だけ付け替えてVACATION BOOKSというところから出たという体裁になっている。実はこれは日本の海賊版で、そういう本があるのは知っていたんですね。それでハリエット・ダイムラーを初めて読んで、それが無茶苦茶面白かった。サドをテーマにしたアンチ・ポルノなんです。相当な才女だなと思いまして、彼女の作品をいろいろ読んで『アフター・クロード』にたどり着いてビックリたまげたわけ、面白すぎるので。女性の一人称小説で、昔でいうとレニー・ブルースみたいな悪口が速射砲のように連発されるんですね。威勢はいいんですが、実はそれが空威張りで、そこから悲惨な現実が透けて見えるという物語。この本の破天荒な語りを日本語に置き換えることが出来るのは、渡辺佐智江さんしかいない、と思って彼女にオーウェンズを薦めたらすぐに「面白い!」と言ってくれまして、二人でオーウェンズ・ファンクラブを結成しました(笑)。あと、スーザン・ソンタグの日記を読んでいたら、アイリス・オーウェンズが出てきてね。ソンタグもパリにいたころがあって、アイリスに会ったことがあると。そのパリのサークルでは女王様のような存在だったと。

横山 スーザン・ソンタグとアイリス・オーウェンズは同世代なの?

若島 ほぼ同世代ですね。スーザン・ソンタグは誰でも知

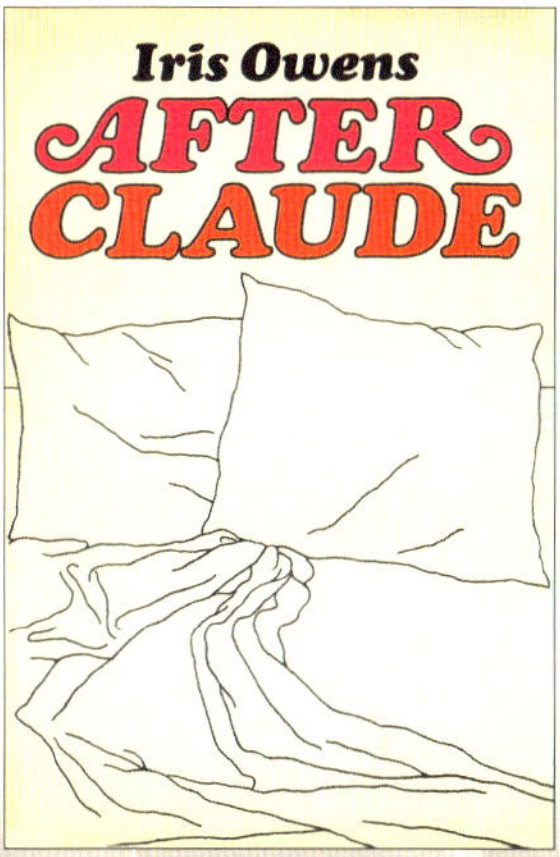

『アフター・クロード』
原書カバー

ってるけど、アイリス・オーウェンズとかハリエット・ダイムラーなんて名前、誰も聞いたことがないでしょう（笑）。こんな凄い作品を書いているのに、ちょっと可哀想じゃないか、ということでセレクトしたんですね。

横山 そういえば、若島さんが選んだ**ドナルド・E・ウェストレイク『さらば、シェヘラザード』**（一九七〇）もポルノ小説家の話だし、若島さんの個人的な趣味、嗜好が窺えるような気がしますけれど（笑）。

若島 そうそう、これはポルノ小説ではなくてポルノ小説家の話で、下積みのころに偽名でポルノ小説を書いていたこともあるウェストレイクの半自伝的な作品なんです。若い頃に読んで、ウェストレイクお得意の艶笑譚としてゲラゲラ笑える傑作なんですが、造りが凝っているんですよ。ポルノ小説家が主人公で締め切りを過ぎてもなかなか書けなくて、一章十五ページずつありきたりのポルノを書こうとしてもすぐに、自分の生活のあれこれ、夫婦の問題を書き込んでしまって挫折する。で、この本はそのポルノ小説の一章がえんえん書きなおされて繰り返されるんです（笑）。だからページ数が上と下に二つ付いていて、上はずっと1―15の繰り返し。これは前代未聞の造りでしょうね。ウェストレイクは有名な〈ドートマンダー〉シリー

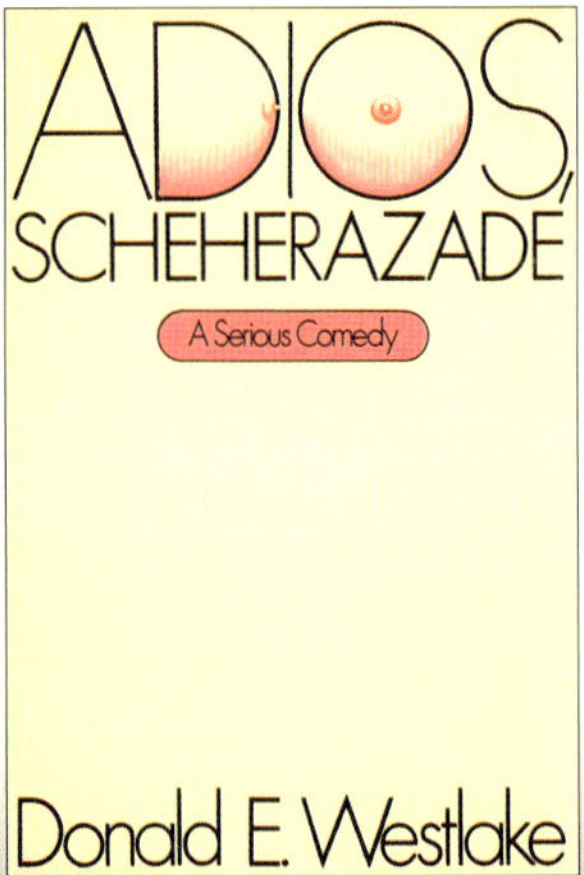

『さらば、シェヘラザード』
原書カバー

ズや、リチャード・スターク名義の〈悪党パーカー〉シリーズをはじめとして、ほとんど訳されているけど、この本が未訳なのはそういう特殊な造りのせいかもあるかもしれない。『さらば、シェヘラザード』を読むきっかけになったのも、やっぱり小鷹さんです。小鷹さんが雑誌連載で紹介していて面白そうだなと。小鷹さんの影響は大きいですね。

横山　ぼくは人間がお上品なもんで（笑）、ポルノは読まないからなあ。若島さんがポルノ小説を読むのは、映画だったら裸さえ出しておけばアナーキーなことが許されるという場合もあるでしょう、それに似た感覚で追っておられるわけですか。

若島　もともとジャンル小説は好きですし、ナボコフの『ロリータ』も最初はオリンピア・プレスから出たということもあります。ジャンル小説に特有のくだらない本が圧倒的に多い中で、稀にハリエット・ダイムラーのようにおおっと思うような作家を発見することもあり、その砂中に金を探すような快感がたまらない（笑）。

横山　日本での海外ポルノ小説の紹介はもちろん戦前からあるけれど、その頃はまだ一部の好事家向けという感じ。「大衆化」するのは一九六〇年代後半くらいでしょうか、胡桃沢耕史が浪速書房から乱発していたシリーズとかね。

若島　そうそう、清水正二郎という名義でね。そういえば先ほど話題に出したハリエット・ダイムラーのアンチ・ポルノ小説は実は日本で翻訳が出ているんです。『淫蕩な組織』という題名で、訳者が清水正二郎。元の小説は造語とかもあって翻訳が難しそうなんで、どういうもの

か読んでみたら、全然インチキ（笑）。翻訳ではなく完全な創作で、ダイムラーの原書とは関係ないものでしたね。このあたりの出鱈目さは有名で、ヘンリー・チェームズ著の『巨大なベッド』というのもやはり清水正二郎訳ということで浪速書房から出ています（笑）。ヘンリー・ジェイムズがポルノを書くわけないだろ、と当時の読者は思わなかったんでしょうかね。実はこれ、オリンピア・プレスで出ていたもので、作者の正しい名前はヘンリー・ジョーンズ（笑）。では、ポルノからSMという流れで**サーバン**に行きましょうか。

横山　誤解を避けるためにいっておくと、サーバンはイギリスの団鬼六というわけではありません（笑）。独特のエロティシズムに溢れる幻想的な作品をごく少数だけ遺した作家です。六〇年代にハヤカワSFシリーズで彼の『角笛の音の響くとき』（一九五二）が邦訳されて、中学生のときに読みましたが、単純に小説として面白かった。まあ、沼正三あたりはすごく興奮したんだろうな（笑）。日本での紹介は『角笛』のみに終わり、大学生になってから他の作品を探しても入手困難でね。『角笛』は、ディックの『高い城の男』と同じく、ナチスが勝利した世界という歴史改変あるいはパラレルワールドものSFと解釈できなくもない。とはいえ、作者自身は特にSFを書いたつもりはなかったでしょう。サーバンは性的支配や拘束というテーマに取り憑かれた人なんですよ。ナチスが絡めてあるので『角笛』は普通の読者にもとっつきやすくなっていますが、今度出る**『人形つくり』**に収められたふたつの作品では、そのテーマがもっと濃いかたちで展開されています。

若島　サーバンは拘束具が好きなんですよね（笑）。サハラ砂漠を舞台にした、生前未発表の中篇「湖の王」にも、やはり奇妙な拘束具が出てきます。彼は覆面作家で、本職が真面目なイギリスの外交官なんですね。中近東に勤務していたこともあるんで、そのときの異文化に接した体験が彼のエキゾチックな作風に影響していると思います。

横山　生来の性癖に非西欧圏での体験が混淆して、異様な妄想世界が広がっていく。「人形つくり」（一九五三）は田舎の女子寄宿舎学校が舞台で、少女が人形つくりが趣味の青年と出会って、彼の人形のモデルになるけれど、その青年の真の目的は……という話。いっぽう、「リングストーンズ」（一九五一）は大きなお屋敷でアルバイトの家庭教師として雇われた女子大生の手記で、屋敷の子供たちと過ごす夏休みがだんだん奇怪な様相を帯びてくる……というお話。以前に私が書いたエッセイから引用すると、

> 繊細で喚起力が強い文体を通じて「徹底した被支配関係から生じる魅惑と恐怖のないまざった荒々しいマゾヒズム的快感」が描写されるわけです。

若島　英国領事館での勤務を黙々とこなしながら、奇怪なSM幻想に浸っていた静かな男。そういう不思議な、忘れ去られた作家の作品がシリーズの冒頭を飾るのもなかなか凄いですが、インパクトはありますよね。もう一人、サーバンとともに刊

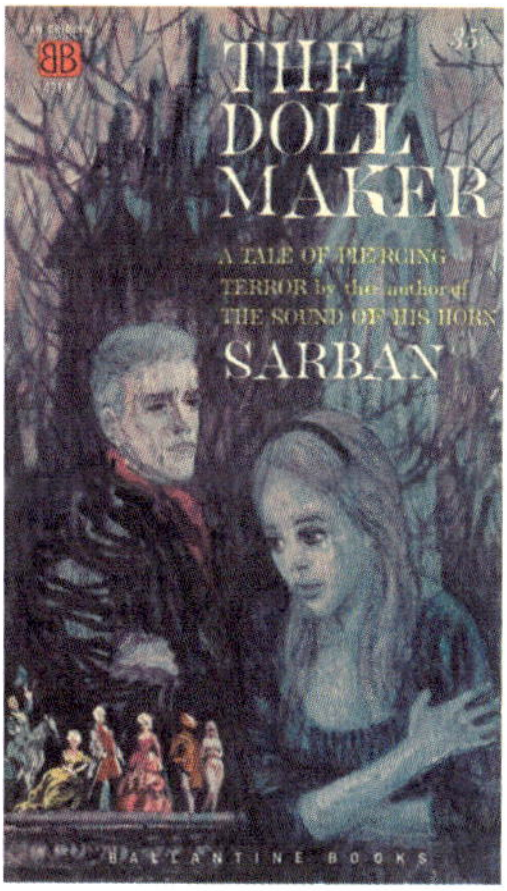

『人形つくり』原書カバー

行されるL・P・デイヴィス、彼も日本ではまだ『忌まわしき絆』の一冊しか翻訳が出ていなくて（論創社刊）、忘れ去られた作家、今ではほとんど知られてない作家ですが、実は凄い人です。ミステリとSFあるいはホラーのボーダーラインに位置する作家ということで、ジョン・ブラックバーンと似た感じがあって、それこそ作品数の多さでも良い勝負をしている印象がある。

横山　デイヴィスはSFの世界では評価されているんですか？

若島　いや全然（笑）。なんの評価もない、というかSF作家として認知されてないですね。デイヴィスもたくさん作品がありまして、本シリーズではスタートを飾る作品として、一番ぶっとんでるやつを選びました。この『虚構の男』（一九六五）は国際謀略スパイ小説という具合に始まるけども実際はSFでもあって、途中でどんでん返しを何度もやって読んでいてハラハラするんですね、大丈夫なのかなこの小説は？と（笑）。それで、最後には唖然とするしかない結末を迎える、実に驚くべき作品です。一九六五年刊行作ですが物語の設定が一九六六年とその五十年後の二〇一六年、ということで、今年翻訳刊行されるのが決まっていたような作品ですね。横山さんはデイヴィスはどうですか。

『虚構の男』原書カバー

横山　結構読んでましたね。変な小説を探していると、ひっかかってくる作家（笑）。ブラックバーンと同様、ＳＦ、ミステリ、ホラーといったジャンルのひとつに分類するのが困難な作家でしょう。

若島　関係ないけど、ブラックバーンは古本屋の親父で、デイヴィスはタバコ屋の親父なんだよね。

横山　どちらも暇そうだ（笑）。店内でこつこつ小説を書いて、むしろそちらで金を稼いでいたんじゃないかな。ブラックバーンには古書業界を舞台にした作品もありましたよ。

若島　デイヴィスの本のカバーに載ってる著者近影は大体タバコ屋の店内にいる写真を使ってます（笑）。『虚構の男』は映画化もされてて、かのギミック映画の巨匠ウィリアム・キャッスルが監督していますね。日本では劇場未公開で、タイトルは"Project X"（TV放映邦題『危機一髪！西半球最後の日』）。

横山　これは意外にもキャッスルにしてはケレンがない（笑）。とはいえ、キャッスルが映画化したということは、デイヴィスも鬼面人を驚かす類の作品を書く人という扱いだったのかな。

若島　そうかもしれない。でも映画のほうは最初からＳＦ寄りで原作の形をほとんどとどめていませんね。この『虚構の男』

L・P・デイヴィス

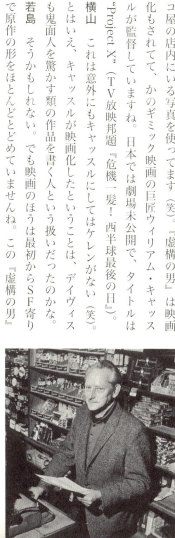

はディックの『時は乱れて』に似ているとも言われてますが、どこが似ているのか判らない。いくらなんでも、ディックはここまでハチャメチャじゃない（笑）。彼の作品はどれもとにかく変としか言いようがないけれど、一応ジャンル小説の体裁をとっていて、だいたい二百頁足らず、ということで明らかに職業的なエンターテインメントを意識しているのが面白いですね。

横山　さっきもいったけれど、デイヴィスやブラックバーンはおそらく生活の安定のために書き始めたので、そのあたりのフォーマットは常に意識している。いわば職人気質。いっぽうで、世の中には、精神の安定というか崩壊を防ぐために書かざるをえないというタイプの作家もいますよね。たとえば、**シャーリイ・ジャクスン**なんかそうじゃないかな。まあ、書いているうちに逆に「悪化」するような気もしますが（笑）。

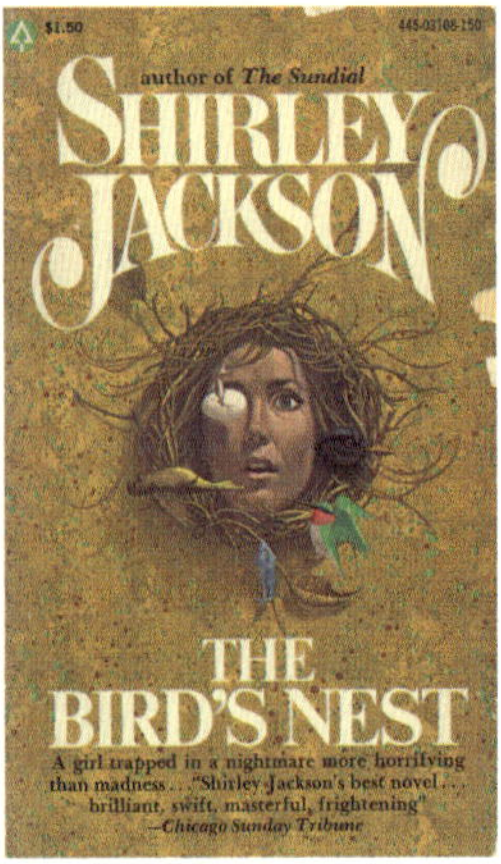

『鳥の巣』原書カバー

若島　シャーリイ・ジャクスンは**『鳥の巣』**（一九五四）という初期の長篇、これは多重人格ものなんですが、なぜ今まで訳されていなかったのか不思議なほどの傑作です。本シリーズで、一番知名度が高いのはジャクスンかな。あまりにも知らない作家ばかりだと読者も戸惑うだろうと思いまして（笑）選びました。多重人格ものと言えば、先ほどのL・P・デイヴィスも何冊か書いているし、我が国ではよく知られたダニエル・キイスの『五番目の

サリー』というような例もあるわけですが、実を言うとジャクスンの『鳥の巣』はそうした作品群に先立つ、多重人格ものの枠組みをこしらえてしまった作品です。L・P・デイヴィスの場合だと、多重人格というネタをあくまでもストーリーの牽引力として使っていて、その意味でエンターテインメントに徹していますが、ジャクスンの『鳥の巣』はそれよりはるかに病んでいる、真に恐ろしい小説になっています。

横山　短篇「くじ」と幽霊屋敷ものの長篇『山荘綺譚』（恐怖映画の傑作『たたり』の原作）があまりに有名になったので、ジャクスンには一般的にホラー作家というイメージがつきまといがちですが、女性の心理の暗黒面、深淵にこだわって、その挙句にとんでもないところまで辿り着いた人ですよね。ホラーという言葉で括ってしまうのには、違和感を覚える。彼女の作品には明らかに深く病んでいる部分があって、現在に至るまで一定数の読者を惹きつけるのもそのためかなとも思います。

若島　ジャクスンは最近伝記も出て、本国でも再評価が進んでいますね。日本でも新しい短篇集や、未紹介だった長篇も出始めている。ジャクスンの短篇は訳がわからないやつ、何が起きているのか困惑する作品がたくさんあって、今でも読み応えがあるものが多い。そこはロバート・エイクマンに似ているところがありますね。ということで、横山さんが選んだ**ロバート・エイクマン『救出の試み』**（一九六六）。怪奇小説の巨匠エイクマンは、つい最近でも短篇集『奥の部屋』が〈モダン・ホラーの極北〉という惹句でもって文庫にも入りました。ただし

『救出の試み』はなんと小説ではなくてエイクマンの自伝。
横山　いやあ、思い切ってやってしまいました（笑）。これも稀少本で長いこと手に入らなかったけれど、正直なところ、自伝だから別に読まなくてもいいかと思っていた。ところが、ようやく入手できて大して期待もせず読みだしたら、驚くべきことに異常に面白い。こんな面白い自伝があったのか、ある意味では、エイクマンの小説よりも面白いんじゃないかと。
若島　内容としてはエイクマンの幼少期から作家になるまでの自伝ですね。面白いというのは、やはりエイクマンの父親のくだりですか。
横山　この自伝は「父はいまだに私の知るうちで最も奇矯な人物である」という文章から始まります。エイクマンの父親は建築家だったそうですが、出自を語らず年齢も不詳で、見た目がとんでもなく若く見える容貌で、母親（『黄金虫』を書いたリチャード・マーシュの娘）は結婚後に夫が実は五十代だと知って衝撃を受けたという（笑）。ともかく異様な家族なんですよ。あと本人の恋愛話も出てくるんだけど、過激な恋愛観でね。やっぱりエイクマンも病んでいる……というか、もう一家ごと病んでいる（笑）。さらに言えば、一九二〇年代英国中産階級の一家族を描いた書物としても傑出した出来です。しかし、エイクマンは小説家として別

『救出の試み』
原書カバー

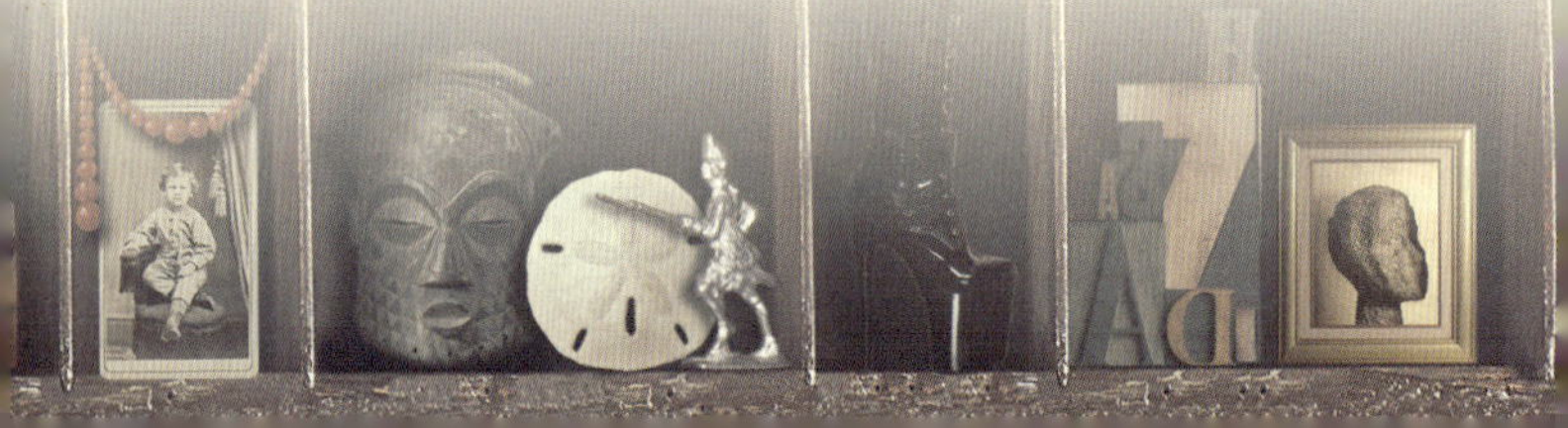

に有名ではなかったのに、よく自伝なんか出版できたなあと。出版社にコネがあったのかしら。

若島　最近タータラス・プレスみたいに、エイクマンが書いたものは全部刊行するという出版社もありますからね。こないだはドキュメンタリーDVD付きの作品集なんてのが出て驚いた。そのDVDを一時間観て、すっかり堪能しました。さらにはフェイバー・アンド・フェイバー社がエイクマンの短篇集をまとめてペーパーバックで再刊している。エイクマン再評価のきざしがあちらでも起こっているのでしょうか。

横山　エイクマンは現在の英米では一部に熱狂的な愛読者がいる作家でしょうね。とはいえ、こんなマイナーな作家のよりによって自伝を選んだのは、われながら「快挙」あるいは「暴挙」だと自負しております（笑）。エイクマンの未訳の優れた短篇群は今後も翻訳紹介する機会はあるでしょうが、自伝となると、今回を逃せばまず無理だろうという判断からです。このシリーズの選択の基本方針は、もちろん面白いというのが一番だけど、文学は何でもありなんだ、というのを示すということもある。フィクションだけを考えてみても、いわゆるメインストリーム・フィクション、純文学の他に、ジャンル・ゲットーといいますか、ミステリ、ホラー、SF、ファンタジー……といろんなジャンル分けがなされているわけですが、これには明らかに意味がないでしょう。また、自伝や日記、書簡だって文学以外の何物でもないし、面白ければ何でもいいじゃないかと。既成のジャンルに収まらない作品、越境する作品は、わけがわからないということで見落とされがちだし、読者も敬遠する傾向がありますが、面白いもの、

凄いものは必ずある。そういった作品を本シリーズでは揃えた、ということになるんでしょうか。実は、わたしは五、六年前に、〈二〇世紀イギリス小説個性派コレクション〉という五冊の翻訳シリーズ（新人物往来社刊）を、佐々木徹さんと共同編集しており、そのときはあまり無茶はしないように（笑）自制心を発揮したんですが、今回はもう全開ということで。

若島　かつて早川書房で出ていたシリーズ〈異色作家短篇集〉というのも、そういうジャンルを超えたところを〈異色作家〉〈奇妙な味〉という言葉でくくっていましたね。私が二〇〇七年に〈異色作家短篇集〉のアンソロジーを三冊（アメリカ篇・イギリス篇・世界篇）新たに編んだときに、イギリスの作家**ジョン・メトカーフ**の短篇「煙をあげる脚」（一九二五）を選びまして、横山さんに翻訳をお願いしました。メトカーフも幻想怪奇もののアンソロジーで何篇か訳されているけれど、単行本は出ていない作家です。本シリーズの唯一の短篇集『**煙をあげる脚**』は横山さん編でメトカーフの傑作を厳選した内容になりますね。

横山　「煙をあげる脚」はビルマの神秘的な宝石をめぐる話で、この宝石を狂った外科医が船乗りの脚に何と埋め込んでしまうという奇譚。メトカーフもほんとうに独特な作家でして……

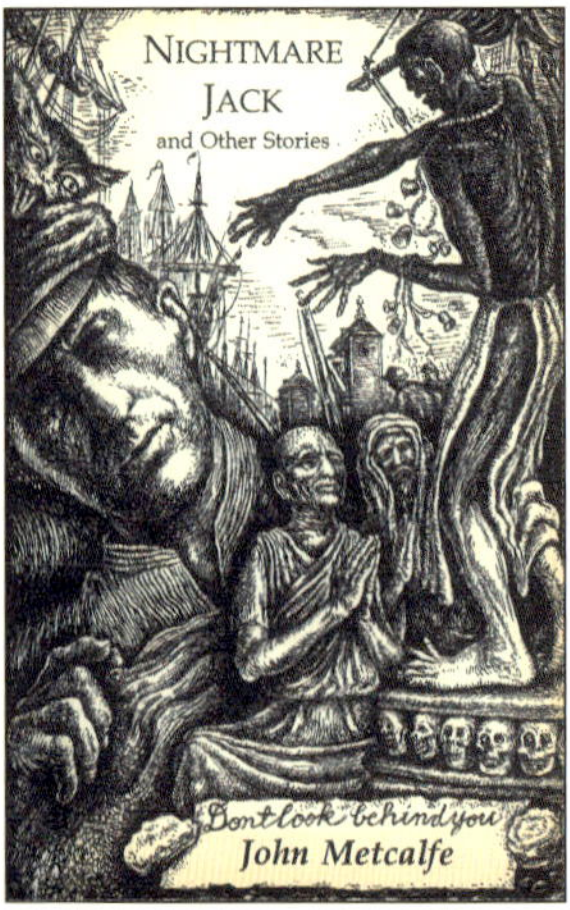

メトカーフ短篇集成 *Nightmare Jack* カバー

ジャクスンと同じく、「書く」しかない人だったような。小説家としてしか存在できない人。ただし、ジャクスンとは異なって、彼の作品はほとんど売れなかったし、一般には評価されなかった。かなり年をとってから、かのアーカム・ハウスに拾ってもらって久々に刊行できた中篇が『死者の饗宴』（一九五四）。これは傑作なんだけれど、とにかく売れないからね、悲惨な末路だったようです。

若島　メトカーフは奥さんがイーヴリン・スコットという当時は有名な作家なんですよね。彼女も今ではすっかり忘れ去られた作家になっていますが、アメリカのヴァージニア・ウルフ的な位置の人で。ウィリアム・フォークナーの『響きと怒り』が刊行されたときに、出版社が彼女の書評を販促に使ったぐらいに影響力もあったそうです。

横山　そんな有名な女性だとは知らなかった。メトカーフの魅力はやはり謎めいた作品にあり、その中でも「ブレナーの息子」（一九三二）というのが頂点に立つ。何が起きているのか分からないところはエイクマンに似ているけれど、この作品は読んでいて頭がおかしくなりそう。たぶん、本人も頭がおかしくなりながら書いたんだと思いますけど（笑）。

若島　『死者の饗宴』も怪奇小説系出版社の総本山であるアーカム・ハウスから出ていますが、そういえば**マイクル・ビショップ**のモダン・ホラー**『誰がスティーヴィ・クライを造ったのか？』**（一九八四）、これもアーカム・ハウスで刊行されたものですね。

横山　ビショップはSF界ではネビュラ賞までもらった作家ですけれど、この作品は分類不能

ということで、大手はもちろん中堅からも断わられて、やはり、救いの主は弱小出版社アーカム・ハウスしかなかった（笑）。ビショップは今はあまり人気がないようですが、『誰がスティーヴィ・クライを造ったのか？』は秀作です。ＳＦ作家が余技で書いたホラーみたいなかたちで、見逃されているのならば勿体ない。アメリカ南部の小都市に住むヒロイン、スティーヴィの愛用するタイプライターが故障して、修理から戻ってくるとひとりでに文章を綴り始める、それはスティーヴィ自身の不安と恐怖から織り上げられた「フィクション」に他ならず、中身を読むうちに彼女は現実と虚構の区別ができなくなる……という物語。スティーヴィ自身が書いた小説まで挿入されて、複雑な入れ子構造が採用されている。その点では一種のメタフィクションですが、同時に、当時量産されていた「モダン・ホラー」のパロディの側面もあります。ただし、決して頭でっかちの作品ではなくて、純然たるホラー・ノヴェルとしても怖い。

若島　『誰がスティーヴィ・クライを造ったのか？』は二〇一四年に〈三十周年記念版〉という著者が序文を書いて、本文を修正した版が出ましたね。ビショップはアメリカＳＦ界の中ではジャンルの枠にはなかなか収まりきらない、知的で地味な作風の作家で、短篇

『誰がスティーヴィ・クライを造ったのか?』
原書カバー

が有名な*Best American Short Stories*という年間傑作選にも選ばれたことがあるほど、メインストリームからの評価も得ています。彼の多彩なキャリアの中でも、『誰がスティーヴィ・クライを造ったのか?』は突出して異常な作品に映りますね。

横山　しかし、『誰がスティーヴィ・クライを造ったのか?』にしても、メトカーフにしても、出版社が見つからず、果たしてどれだけ読者がいるのかという状態で刊行された作品なのに、やはり突出したものというのは、時が経つと必ず読む人が現れるんですよね。それが文学の力だと思う。

若島　それは本当にそうです。だから、気が早いけどこの叢書の第二期ラインナップを考えると(笑)、紹介したい同じような作家がたくさんいますね。例えばトマス・リゴッティ。彼の作品なんてマイナー出版社から極小部数しか出てなくて、市場に出ているものはすべて彼のサイン入り、みたいな状態ですが、そんなリゴッティでも最近大手のペンギン・ブックスから短篇選集が出たんですよね。

横山　そもそもの話、たとえばエミリー・ブロンテの『嵐が丘』がそうでしょう。刊行されたときはほとんど無視されて、作者本人もほどなくして死んじゃってという状態だったのが、二十世紀には大古典ですものね。ジェイムズ・ホッグの『悪の誘惑』もスケールは違うが似たようなもんだな。

若島　アイリス・オーウェンズの『アフター・クロード』も最近になってアメリカでペーパー

バック化されたけども今までは忘れられた作家ですからね。

横山　**ステファン・テメルソン**という作家も知らなかった。**『ニシンの缶詰の謎』**（一九八六）、これはどういう作品なんですか。

若島　これを選んだ理由が一つありまして。我々が扱う作品は基本的に英米系なのでアメリカ・イギリスの作家が多くなる傾向があるので、それ以外の国のものも入れといたほうが後々間口が広がるだろうと、それでこのポーランド人作家のこれを選んだんです。といっても、彼はもともと前衛映画作家で、作品自体がとんでもないものなので、出身国なんてあまり関係ないといえば、ない。ポーランド人だけどイギリスに渡ってからは英語でも書いたという作家です。

横山　コンラッドみたいですね。

若島　まったくそう。クリスティーン・ブルック＝ローズという、英国産のヌーボー・ロマンみたいな作品を書く前衛小説家がいるけども、彼女の夫もそうだよね。ポーランドからイギリスに渡る作家の系譜。テメルソンなんていう人は、私もちょっと前まで全然知らなかったけれど、あるとき沼野充義さんにテメルソンが撮った実験映画の話を聞いたんです。それで色々探っていったら、イギリスに行ってから自分でギャバーボッカス・プレスという小出版社を作って、訳のわからない作品の英訳版を出して、ということを知りましてね。面白いのは、数学者のバートランド・ラッセルが友達らしくて彼が序文を書いていたりするのね、不思議な人脈で

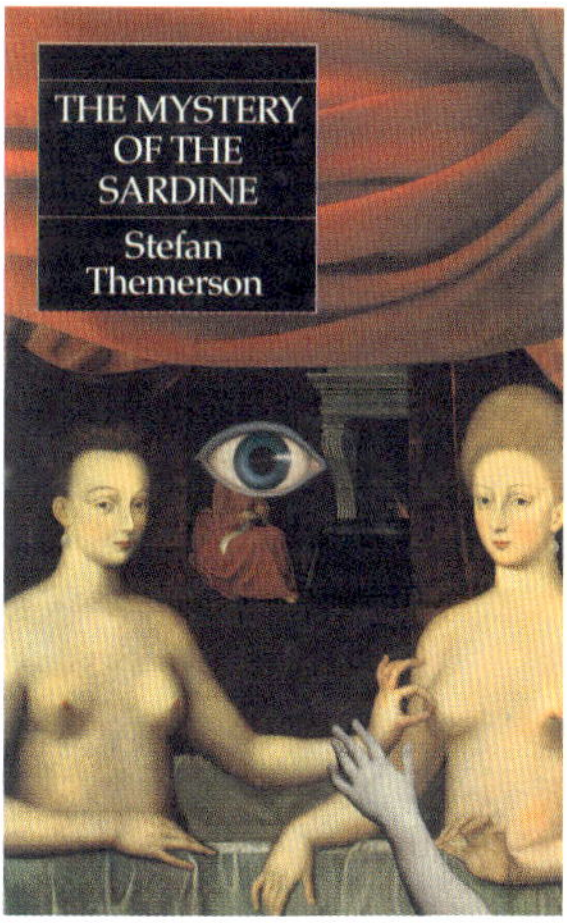

『ニシンの缶詰の謎』原書カバー

すが。テメルソンの奥さんはフランチェスカという画家でアルフレッド・ジャリ『ユビュ王』の挿絵なんか書いてまして、日本でも翻訳が出てます（『ユビュ王　comic』宮川明子訳、青土社）。

横山　前衛夫婦なのか（笑）。ポーランドには独自の前衛文化がありますよね。ゴンブロヴィッチとかさ。映画ではポランスキーがもちろんポーランド人だけれど、ロバート・グレイヴスの傑作短篇「叫び」を長篇映画にしちゃったスコリモフスキもそうだ。

若島　テメルソンもかなり変な作家です。この『ニシンの缶詰の謎』はハチャメチャな内容なんで物語の筋を紹介するのが難しいんですが……爆弾テロの場面から始まるんだけど、爆発するのがなんとプードル犬（笑）。主人公というのがいなくて、誰一人まともじゃない登場人物たちが章ごとにドタバタする、でもその関係も出来事もランダムのように見えて実はつながっている、という不思議な構造をもつ小説。それで『虚構の男』同様に、最後はええーッと驚く終わり方をする、ＳＦでもあり幻想小説でもありユーモア小説でもあり……とにかくヘンな作品です（笑）。

横山　あらためてラインナップを見ていくと、タバコ屋の親父から前衛映画作家まで揃えて、

実に懐が深いシリーズだなあ（笑）。まあ、単に無茶苦茶ともいえるか。

若島　最後に横山さん訳の**チャールズ・ウィリアムズ『ライオンの場所』**（一九三一）。これはもう翻訳が完成しているんでしたっけ？

横山　いや、二十代の頃に半分ぐらい訳したけれど、大昔にやったものなので……話せば長くなるんですが（笑）、何と四十年近く前にある出版社でチャールズ・ウィリアムズ選集という企画が、奇蹟のごとくいったん通った。そのときのために翻訳しかけたものが手元に残っている、ということです。ウィリアムズも日本では知る人はごく僅かでしょうね。翻訳は国書の幻想文学大系で一冊出ているきりで（『万霊節の夜』）、しかもあのシリーズで一番売れなかったらしい（笑）。チャールズ・ウィリアムズという人は本来は詩人で、C・S・ルイスやJ・R・R・トールキンたちのグループ、いわゆるインクリングズに途中から参加しますが、非常にカリスマ性があった。ルイスの場合、彼にとんでもなく強烈な影響を受けてしまい、そのため、トールキンが嫉妬したほどです。ウィリアムズは全部で七冊の長篇を残していますが、「神学的スリラー」、「形而上学的ショッカー」と呼ばれたりしました。でも、「形而上学的ショッカー」といわれても、何だかわからないですよね（笑）。いずれも、オカルティズムや魔術を題材に、独自のキリスト教神学を展開する小説で、鮮烈なヴィジョンに彩られています。この『ライオンの場所』にしても、なかなか説明がむずかしいけれど、ごく簡単に言えば、プラトンのいう〈イデア〉は実在するという物語です。イデア界が現実世界に侵入してくる。彼に

は、『多次元』（一九三二）という、根本のテーマにおいてトールキンの『指輪物語』に似ているのではないかと思える作品もありまして、そちらも最初の数章は訳しています。

若島　では第二期で刊行ということで（笑）。

横山　ウィリアムズの小説は「形而上学的ショッカー」と称されるくらいだから、やはりジャンルを越えており、たとえば長篇第一作の『天上の戦い』（一九三〇）の場合、出だしの雰囲気は黄金期の英国探偵小説そのものなんですよ。ところが、いつのまにか、聖杯をめぐる宇宙的規模の善と悪の闘争の話になってしまう（笑）。『ライオンの場所』だって、最初は、移動動物園から逃げ出したライオンに遭遇する場面から始まるという分かりやすさ（笑）。どうか、神学や形而上学という言葉に恐れをなさないでくださいね。ただし、ウィリアムズは本質的に神秘主義者、幻視者《ヴィジョナリー》なので、世間一般の基準からすると変なのかもしれないけれど、メトカーフやジャクスンが変だというのとはまた違いますね。

若島　変な人の変な小説、というのは最近よく読まれているでしょう。ミュリエル・スパークとか。

横山　スパークも頭が変だよなあ（笑）。スパークはイギリス小説の主流作家として評価が高かったけれど、『運転席』なんて典型的で、わけがわからない、なにこれ？とい

『ライオンの場所』
原書カバー

う作品がある。

若島　本シリーズの中で一番まともなのはマイクル・ビショップでしょうね。彼のSF評論集を読んだことがあるんですが、まともというかバランスが取れて健全な作家だということがよくわかる。

横山　そうですね、ジャクスンは病んでいるし……エイクマンやサーバンになると、病んでいるというより、むしろ腐敗している（笑）。ただし、病んでいること、腐敗していることは文学にとっては重要でしょう。私たちの世界には、病んだ精神、腐敗した精神、逸脱した精神にしか捉えられない相というのが確実にあるわけで、それを言語によって顕現させるというのはやはり文学の使命のひとつではないでしょうか。

若島　ラムジー・キャンベルがエイクマンのことを「私が会ったことのある人の中で一番歯が汚い」と言ってますね（笑）。

横山　うーん、凄い発言（笑）。

若島　まあ、そういう変な作家をこの〈ドーキー・アーカイヴ〉では出し続ける、ということですね。

横山　ドーキー・アーカイヴというのは勿論フラン・オブライエンの小説のタイトルだけど、そういう名前の出版社もあるんだよね。

若島　アメリカの小出版社で、それこそどこも出さない小説を引き受ける前衛出版社です。そ

こからシリーズ名を拝借したという。実は第二期で考えているものでデイヴィット・マークソンの『ウィトゲンシュタインの愛人』という小説があって、それはそのドーキー・アーカイヴから出ていましてね。その紹介文をアン・ビーティが書いていて「この本は実に五十以上の出版社から拒否に遭った、ギネスブック級の記録保持者である」とある（笑）。それ以前の記録保持者はベケットで、『モロイ』の四十四社だそうです。そういうものを刊行する出版社なんです。実は『ウィトゲンシュタインの愛人』も以前日本のある出版社の人が検討してやはり躊躇して、結局出ませんでした。

横山　まあ、今回のシリーズは、常識ある出版社なら（笑）手を出さない、出せない作品がほとんどですが、遂に陽の目を見ることになりました。こんなものが実現するとはいまだに信じられないけれども、皆様も全冊読んでみられて、是非ともこの驚きを分かち合い、文学の妖しい力を実感していただきたいと思います。

若島　知られざる傑作、忘れ去られた作家というものは、なんとなく自分の胸の内にしまっておきたい、自分だけのものにしておきたい、という気持ちもあるんですが、今回の企画では思い切ってそれを大放出することにしました。ごく少数の熱狂的な読者に迎え入れられれば、と思う一方で、そういう読者が実は思いがけないほど多数いたんだ、とわかれば、それがこのシリーズを第二期、第三期と続けていくブーストになります。どうぞご支援のほどをよろしく！

【責任編集者紹介】

若島正

1952年京都市生まれ。英米文学者・翻訳家・詰将棋、チェス・プロブレム作家。京都大学大学院文学部修士課程修了。現在、京都大学大学院文学研究科教授。日本ナボコフ協会会長、チェス・プロブレム専門誌「Problem Paradise」編集長。著書に『乱視読者の冒険 奇妙キテレツ現代文学ランドク講座』（自由国民社）、『ロリータ、ロリータ、ロリータ』（作品社）、『乱視読者の英米短篇講義』（研究社）、『乱視読者の帰還』（みすず書房）、『乱視読者のSF講義』（国書刊行会）など、訳書にウラジーミル・ナボコフ『ロリータ』（新潮社）、『ローラのオリジナル』『記憶よ、語れ 自伝再訪』（共に作品社）、G・カブレラ＝インファンテ『煙に巻かれて』（青土社）、編訳書にシオドア・スタージョン『海を失った男』（晶文社）、チェス小説アンソロジー『モーフィー時計の午前零時』、サミュエル・R・ディレイニー他『ベータ2のバラッド』、トマス・M・ディッシュ『アジアの岸辺』（いずれも国書刊行会）などがある。

横山茂雄

1954年大阪府生まれ。英文学者・作家。京都大学大学院文学部修士課程修了。博士（文学）。現在、奈良女子大学教授。稲生平太郎の名で小説を執筆。横山名義の著書に『聖別された肉体―オカルト人種論とナチズム』（書肆風の薔薇）、『異形のテクスト―英国ロマンティック・ノヴェルの系譜』（国書刊行会）、『神の聖なる天使たち―ジョン・ディーの精霊召喚 1581-1607』（研究社）、訳書にマーヴィン・ピーク『行方不明のヘンテコな伯父さんからボクがもらった手紙』、ヒレア・ベロック『子供のための教訓詩集』（共に国書刊行会）、マーガニータ・ラスキ『ヴィクトリア朝の寝椅子』（新人物往来社）、編著に『遠野物語の周辺』（国書刊行会）、『危ない食卓― 十九世紀イギリス文学にみる食と毒』（新人物往来社）など。『日影丈吉全集』（国書刊行会）の編集、全巻解説も手がける。稲生名義の著書に『アクアリウムの夜』（書肆風の薔薇）、『アムネジア』（角川書店）、『定本　何かが空を飛んでいる』（国書刊行会）、『映画の生体解剖』（高橋洋と共著、洋泉社）がある。

国書刊行会
〒174-0056　東京都板橋区志村 1-13-15
電話 03-5970-7421　ファックス 03-5970-7427

れた窓へと視線を移した。部屋のようすはクリスマス・イヴに見たときと変わらなかったが、ただイーゼルの脚に立てかけてあった肖像画はなくなっていた。部屋のなかには見あたらないようだった。

ふいにニールが振り向いてクレアを見下ろし、いつになくまじめに探るようなまなざしを注いだ。黒い眼はこゆるぎもせず、表情はおそろしいほど真剣で、クレアは相手が腹を立てているのだと思い、たじろいで少し後ろに下がった。しかしニールはすぐに視線をはずすと、どこか悲しげなぎこちない笑みを浮かべた。

「そういえば思い出したけれど」彼は口を開いた。「見せてあげると約束したものがあったね。発つ前に約束を果たしておくのがいいだろう」

「操り人形？」クレアは尋ね、相手が怒っていないとわかって途方もない安堵をおぼえていた。

「いや、違う」彼は答えた。「というか、まあ、そのものじゃない。ぼくが作ったものではないよ。トリシューイ船長の趣味の話をしたのを覚えている？　小さな木のことだけど。ここから見えるんだ」

ニールは部屋のいちばん奥まで行くと分厚いカーテンを開けた。鉛の格子を嵌めた小さな出窓があり、下は奥行きのある低い木製の腰掛けになっていた。ニールは腰掛けにひざまずくと、クレアに向かって隣に座るよう手招きした。そのとおりにしたクレアは、窓の外のすばらしい光景を目にして小さく声をあげた。

ひざまずいたクレアの顎のあたりにある窓枠は、外の地面からはほんの数インチの高さにあった。丘の中腹にうがたれた奥行きの深い窪地をのぞきこむかっこうになっており、かつては石切り場だったのか、三方は切り立った砂岩の崖に囲まれ、残る一辺を家の切り妻壁が塞いでいた。岩壁の割れ目やひびにはびっしりと草や灌木が生え、崖の上は森がぎりぎりまで迫っていた。閉ざされた空間の底はテニス・コートより少し広いくらいで、苔のカーペットが敷きつめられていた。完全に平らではなく、奥と左右に向かってゆるやかに隆起し、ところどころに小さな起伏や小山が変化をつけ、一面を覆う苔からごつごつした灰色の石が顔を覗かせていた。そここに氷の張った小さな水たまりがうす蒼くきらめいている。この空間のあちこちに小さな木立をつくり、並木をなして、あるいはぽつんと一本きりで、船長の木が生えていた。どれも高さは三フィート足らずだが形は完璧な成木で、クレアの知らない種類の常緑樹だった。顔を手で囲って室内のようすや崖の上のふつうの大きさの木が目に入らないようにしてこのミニチュアの庭園を眺めると、はるか彼方まで広がる景色を見ているようで、小さな木々はオークの巨木さながら、エイキンショーの森の木々にも劣らぬ堂々とした風格をたたえ、幹は太く、濃い緑色の草地の上に節くれだった腕をいっぱいに広げていた。

木立や並木を縫って曲がりくねった細い遊歩道が延び、平らな草地はいかにも鹿や赤毛の牛の群が草を食んでいるのが似合いそうだった。視線をゆっくりと奥に移すと、地面がゆるやかに隆起するにつれて木々はいっそう密になり、切り立った岩壁に迫っていた。そこでふと目が留まった。一見すると梢の緑の上に岩の堆積がそびえたっているようだったが、ほのぐらい谷間にさしこむ弱々しい光のもとで目を凝らすうちに、自然のものではないようだとわかった。どうやら築山でもない。さまざまな建物をでたらめに積み重ねた、奔放な空想から抜け出たような奇怪な城で、褐色の砂岩でつくってあるらしい。遊歩道はどれも斜面を登ってその城に向かっていたが、城の正面にはねじくれた木々が太い帯をなして密生し、入り口は見えなかった。ニールが小さく息を吐くのが聞こえ、クレアは首をめぐらした。

「これをぜんぶ船長がつくったの——この小さな庭をぜんぶ？　それからずっと、こんなに大事に世話されていたの？」

「大事に？」ニールは訊き返した。「いや、ぜんぜん。木はただ生きつづけるだけだが、スターン家の代々の人間は船長の庭を荒れるがままに放っておいた。ぼくがきれいにしたんだ。あの蛮行をやったのもぼくだが」

指先で窓の一点を指し、ミニチュアの庭園の木が切り倒され、いくつもの切り株がさらされているのを示した。クレアは悲痛な声をあげた。「なぜ木を切ったりしたの」

「心配しなくていい」相手は答えた。「船長の理論は正しかった。根っこは死なない。切り株から新しくひこばえが伸びてきているのがわからないか。ほら、そこの近くにあるやつ。見てごらん。ぼくは少し木材を採っただけだし、有能な森林管理官なみに慎重にやった。船長だって自分の植えた木がどんなふうに使われたかを知ったら文句は言わないはずだ。ほかのものでは役に立たなかっただろうし、ぼくの目指すところは船長とそう変わらない」

「どういうこと？　なにに使ったの？」クレアは尋ねた。

ニールが立ち上がってカーテンを閉めたのでクレアも腰を上げた。階下でさかんに動き回る物音がして、すぐにミセス・スターンの声が聞こえた。

「ここにいるよ！」ニールは叫び返した。

彼はつかのまクレアを見つめてほほえんだ。「前にぼくは永遠という幻想を追いかけていると言ったろう。永久に生きるものを求めている。船長と一緒だ。ぼくは船長の不死の木から人形をつくっているんだ」

第四章

どういうわけか、ミス・ギアリーはニールがいなくなったのを知っていた。次の日の午後にブラッケンバインの入り口の門でおちあったとき、そのことを話題にした。クレアはすばやく老女の顔を窺った。いつもどおりおだやかな表情で、口ぶりも普段と変わらずおっとりしていたが、言葉の端にどこか満足げな、あるいは安心した響きがあるように感じられた。クレアはただの思い過ごしだと自分に言い聞かせた。ニールがいなくなってミス・ギアリーが喜ぶ理由などあるわけがない。ニールがいなかったら母親は独りになってしまうのに。森の中の静まりかえった家に独り残されたミセス・スターンを気の毒に思うのが当然だった。ニールは快活で、ある意味子供っぽい流儀ではあったが、ミス・ギアリーに対して紳士的に振る舞っていたし、クリスマス・イヴのようすではミス・ギアリーもニールに好感を持ったように見えた。ニールの存在が老女の気に障ったとはとても考えられなかった。

その日の午後、三時になってもティーカップを運んでくるにぎやかな音が聞こえないのは、想像していたよりもずっと寂しかった。クレアはできるだけさりげなくミセス・スターンに質問し、ニールの行き先やいつ帰ってくるのかを聞き出そうとした。しかしはっきりした答えは返ってこなかった。ニールは用事があってイングランドの北のほうに行ったらしい。しばらく帰ってこないかもしれないし、ブラッケンバインを留守にするのも珍しくはないようだった。

クレアはひたすら計画に従って勉強にうちこみ、朝晩の自習に励みながらブラッケンバインで過ごす午後のひとときを待ちこがれた。家は以前より静かになり活気も失われたが、それでもミセス・スターンとの交友は貴重な宝物だった。ミセス・スターンと知りあうまで不毛な生活をどうやって耐えていたのかは、もうほとんど思い出せなかった。

昼間はあいかわらず以前の学校生活と比べればはるかに幸福だったが、夜になるとわけもなく落ち着かなくなった。ニールがいなくなって、確信も輝かしいやすらぎも粉々に砕け散った——彼と最後に会った日の夜に突然に壊れてしまったのだ。それからというもの、自室の扉を閉めて独りになったとたん、きまってわけのわからない焦燥におそわれた。いれかわるように消えてしまった途方もない充足感と同じく、その焦燥も以前には経験したことのないものだった。あえてアン・オッタレルが死んだあとの数週間の気持ちを思いだし、今の気持ちと比べてみたりもした。しかしそれとこれはまったく違うたぐいの感情だった。アンが死んだときはひどく落ちこんだ。なにかが奪われたと思い、喪失感と敗北感に苦しんだが、それはただ受け身の感覚だった。いま抱えているのが喪失感であるとしても、心を麻痺させるというよりは激しく揺り動かし、なんともいえない懊悩を生じさせた。感覚は過敏になり、神経の昂りをおさえることができず、精神は熱に浮かされたようにひとりでに不安と恐怖に満ちた心象を生み出しつづけた。

それでいて、その心象は目覚めているときにはつかみどころがなかった。恐れを感じていたが、自分がなにを恐れているかはわからなかった。不安の根源を言葉かあるいは映像で捉えようと格闘したあげく、かろうじて言葉にするなら、なにかが壊れてしまって、なんとしてもそれを元に戻さなければならないのだと言うしかなかった。いっぽう夢の中では、恐れははっきりと目に見える姿かたちをとってあらわれた。夜も寝付けなくなり、何時間も悶悶とした後にようやく眠りに落ち、目を覚ましたときには身も心もけだるく、ことに頭脳は酷使されて疲労困憊していた。眠りのなかで情け容赦なく追いたてられ、おそろしく混乱したさまざまな場面をくぐり抜けたのを憶えていた。人や物の間隙を縫って逃げまどううちにも、まわりのすべてがめまぐるしく姿を変え、その背後には一貫して目的があった。すべてがつねになにか巨大で恐ろしいものをめざして変幻を繰り返したが、けっして完成することはなかった。夢の一部は、ほんの断片でしかないにしても、目覚めた後も鮮やかに記憶に残っていた。すべてなんらかのかたちでブラッケンバインにつながっており、なかでもはっきりと映像として憶えているのは、ミニチュアの木の小さな庭園にまつわるものだった。

夢の中では、なんども繰り返しアトリエのあの小さな窓にかじりついていた。外に出たくてしかたがないのに掛け金を外すことができない。外の小さな木々のあいだにいるだれかにどうしても会わなければならなかった。それから、目覚めたときにはもう記憶からこぼれ落ちてしまっていたさまざまなできごとがあり、ブラッケンバインの森を必死に駆けていた。追われているのではなく、なにかを探していた。なにがなんでも見つけなければならない大事なもので、けれどいつもあとわずかのところで見失ってしまう。そのうちに鬱蒼としていた木々がだんだんまばらになり、気がつくとゆったりと大股に走っていた。一歩一歩の間隔が長くなり、走るというよりむしろ楽々と宙を飛ぶように、濃い緑色の苔に覆われた地面のすぐ上を滑っていった。陽光でも月光でもない光のもと、船長の常緑のオークが背後に流れ去り、体が上の方に引き寄せられ、黒々とした木々の帯の背後にそびえる廃墟の城に向かっているのがわかった。そして、城の入り口は見えないにもかかわらず、そこでだれかが待っているのを知っていた。面と向かう勇気はないが、会わなくてはならないだれかが。切なさに夢の中で涙があふれるのがわかった。なくしてしまったものをふたたび見つけることさえできたら、城の入り口にたたずむその人に向き合うことができるだろう。

すすり泣きながら狂ったようにあたりを見回して、なくしたものを探し求めた。みんなが持っているものなのに、自分にだけはない。気がつくとまわりに自分以外にも人間がいた。だんだんと足が鈍り、歩くのと変わらぬ速さになり、しまいには重い足をひきずって柔らかな苔のうえを進んでいくうちに、ひそひそとささやきかわす群衆は先に行ってしまった。それでも独りではなかった。いつのまにか、城への道を阻むようにからみあう年経りた木々の下を歩いており、木の一本一本の根本にひとりずつ人が立っていたのだ。初めは見分けもつかなかったが、しばらくすると森がだんだん明るくなって、みな輝くドレスを纏った少女であるのがわかった。ドレスの色は緑だったり、炎のような金や赤や黄色だったりした。まっすぐ背筋を伸ばして幹のすぐ傍らに立っているのだが、あまりに幹と近いので、ひょっとして彼女たちの胴こそが幹であり、白い腕が持ち上げている髪の房が葉群をなしているのではないかと思えた。少女たちはおのおのが明るい炎の環に囲まれていて、炎は勢いを増すことも消えることもなく、苔の上に静かにくっきりと燃えていた。そして少女たちはみな笑いさざめき、小首を傾げて声か楽器の音に聴きいっていた。その音はクレアの耳には聞こえなかったが、このうえなく美しい響きで、城の広間から漂ってくるのだとわかった。

泣きながら自分の足元を見下ろすと、明るく静かな炎の環があるべきところには、ただ切れた鎖のように小さな火花がぽつぽつと点り、猫の目か土蛍のように緑色に光っていた。緑の火花が揺らめきながら体のまわりをゆきかっていたが、きちんと環をなしてはくれなかった。足が苔に深く沈み、がっちりと捕らえられた。胸に重石をされたような息苦しさに目を覚ますと、現実に声にだして叫んでいた。「壊れてる！　壊れてる！」

これらの脈絡のない情景は、夜毎に想像力が紡ぎだす長大な夢の中に繰り返しあらわれた。イメージ自体は恐ろしくはなく、むしろなかば人間である木々は不思議と美しかったとはいえ、夢の中で感じた不安や壊れた環を目にしたときのひどい悲しみは耐えがたかった。この懊悩が始まってから三、四日経ったころには眠るのが怖くなり、一晩中読書をして起きていようとしたが、意志に反してあっさりと眠りに打ち負かされ、いやおうなくブラッケンバインの森や暗いアトリエに連れ戻されては毎回苦悩に苛まれた。

クレアは誰にも悩みを話さなかった——もとより、話せるような相手がパストン・ホールにはひとりもいなかった。けれど悩みのせいで青ざめた自分の顔や暗い目を見るにつけ、ミス・ギアリーかミセス・スターンに気づかれて、具合が悪いのかと尋ねられはしないかと心配した。それ以上に、ミス・スペロッドに勉強のしすぎだと判断されてブラッケンバインへの訪問を減らされたら、あるいは父親に相談がいって、給費生試験のための勉強は無理だという話になり、ブラッケンバインとのつながりも切れてしまったらと恐れた。そんな喪失には耐えられそうになかったから、とにかくミス・スペロッドとはなるべく顔を合わせないように気をつけ、それができないときは、つとめていつも以上に明るく元気なようすをよそおった。

夜毎の苦悩は始まったときと同じく唐突に止んだ。その終わりかたを考えれば、原因がなんだったのかは明白だった。

ニールが出かけて一週間ほど経ったある日の午後、クレアはいつもどおりブラッケンバインを訪ねた。ミス・ギアリーから、帰りに門のところに迎えに行くのが少し遅くなると言われていた。ふだんだったら、いつもより長くミセス・スターンといられると嬉しくなっていたはずだった。けれどその日、クレアは森を抜けるでこぼこの道をやっとの思いで歩いていた。精神的な疲労が肉体にも影響を与えて一種の倦怠感をもよおさせたのか、ひどい疲れを感じており、前夜夢の中で何マイルもつまずきながら駆けていたのが現実だったかのようだった。

いつものように家の扉は開いていたが、食堂兼居間にミセス・スターンの姿はなかった。客間のほうからがさがさと枝を折るような音が聞こえたのでそちらに行ってみると、暖炉の傍らにミセス・スターンがいて、緑も鮮やかなクリスマスの飾りを煙突の下に山と積み上げているところだった。

「あら、いらっしゃい」ミセス・スターンは明るい声でクレアを迎えた。「すぐ終わるわ」

クレアは近づいていって膝をつくと、ミセス・スターンを手伝って、役目を終えた干からびた月桂樹の葉や、樅や柊の枝を積み重ねていった。大きなクリスマス・ツリーは鉢から下ろしてろうそくを外してあり、これから点す篝火の主役にするために暖炉に立てかけてあった。

「柊の葉に気をつけて」革の手袋をはめたミセス・スターンが注意した。クレアが腕いっぱいに樅の枝を抱えあげると、針状の葉が雨のように炉床の煉瓦に降った。

「クリスマスの飾りは十二夜の日に外すものではないのですか?」クレアは尋ねた。「もう過ぎていますよね」

「そうね」ミセス・スターンは答えた。「ニールが戻ってくるまで置いておいたものだから」

クレアはそのとき巨大な暖炉の中にいた。ミセス・スターンに背を向けたまま、目の前の煉瓦でできた洞窟のような空間を斜めに横切る唐檜の枝を見つめた。

「ニール？」振り向きもせずに尋ねる。「帰ってきたんですか？」

ミセス・スターンは信じられないほどあっさりと答えた。

「まだ。でも夕方には戻ってくるはずよ」

クレアは向き直って葉や枝をかき集めはじめた。猛烈な勢いで手を動かしながら、どうでもよいことをしゃべりつづけ、声の弾みを抑えようとしても、われながら浮かれているようにしか聞こえなかった。

「ほら」しばらくしてミセス・スターンが声をかけた。「これで終わりね。手をひっかいたりしなかった？　これでクリスマスも終わって火葬を待つばかり。夜にはゆっくり座って燃えてしまうのを眺めるわ。むこうの部屋に行きましょう。ここは寒くて」

クレアは積み重ねた枝の山に最後の一瞥を投げると、思わず声をあげて近づき、黒ずんだ壁に立てかけてあるクリスマス・ツリーの一番上あたりの枝をかきわけた。

「あら、見て！」クレアは大きな声で言った。「人形を忘れてる！　気がついてほんとうによかった」

クリスマス・イヴに見た、緑色の服を着た小さな人形がまだそこにあり、糸で幹に縛りつけられ、枝になかば隠れていた。クレアは人形をはずそうとひっぱったりねじったりした。何回か巻きつけてあっただけの糸はすぐに切れたので、人形を手にしてふり向くと、ミセス・スターンが目を見開いたどこか妙な表情でこちらを見つめていた。

クレアは人形に目を落とした。見事な出来映えで衣装もすばらしい——柔らかな髪や、繊細な彫刻の上に彩色をほどこした顔は生きた人間さながらだった。

「燃やしたりしたらかわいそう」クレアは言った。「とてもかわいい。ニールが作ったのでしょう?」

「ええ」ミセス・スターンは答えた。しばらくの間があり、ふたたび口を開いたが、困惑しているように聞こえた。

「実を言うと、忘れていたわけではないの」言葉を選びながら言う。「うちではクリスマスの後にツリーを焼くとき、人形も一緒に焼くの。古い迷信でね。うちの家ではずっとそう。その年のあいだずっと幸運をもたらしてくれると言われていて」

クレアはすっかり小さくなった。「まあ……まあそんな、ごめんなさい。そのままにしておかなければいけなかったのね」人形を元に戻したものかどうか迷うように、ためらいがちにツリーのほうに向き直った。「でも、こんなにかわいらしいものを燃やしてしまうなんてかわいそう」あきらめきれずに繰り返す。「作るのに何週間もかかったでしょうに」

あまりにしょげたようすにミセス・スターンは声をあげて笑い、クレアの肩をたたいた。

「実は、ニールは失敗作だと言っていたけれど」ミセス・スターンは言った。「でも安心して、これは燃やさないことにしましょう。あなたが持っていらっしゃい。今夜のためには、あとで紙を切って人形を作っておくわ。生け贄を受けとるのは運命の女神だか妖精だかしらないけれど、見わけなんてつかないでしょう」

クレアはいっそううろたえた。「ああ、でももしニールが……」言いかけたところをミセス・スターンは笑ってさえぎり、人形を持って食堂に移動すると、手早く薄紙で包んでクレアのコートのポケットに入れた。「ほら」ミセス・スターンは言った。「ひょっとしたらこれは今年中あなたに幸運をもたらしてくれるかも」

クレアは受けとるわけにはいかないと重ねて固辞した。しかし結局は、中途半端な妥協をしているようで、また迷信を信じているのを白状することにもなり、少し恥ずかしくはあったが、顔を赤らめつつこう言った。「ニールに訊いてみることにします。イースターの後まで、試験までのあいだだけこれを持っていてかまわないかって」

「もちろんどうぞ」ミセス・スターンは笑顔で答えた。「これで決まりね。わたしの祖母なら、あなたが家に入ってきて、そうやってツリーからクリスマスの人形を外したのをなにかの前触れだと言ったでしょうけど。でも、あなたは予兆なんて信じないでしょう？」

「いいことだけしか」クレアはきっぱりと答えた。

その午後は、ニールが行ってしまう前と比べてもいっそう明るく熱心にラテン語のレッスンに没頭した。講読のあいだも、息抜きの雑談をしているときも、ニールがいつ帰ってくるのかについて少しでもヒントがないかとずっと注意していたが、ミセス・スターンはニールの帰宅についてはもうなにも言わなかった。冬の短い午後が早くも暗くなりかけるころ、ミセス・スターンがお茶を淹れてくれて、暖炉の傍らでふたりでお茶を飲んだ。クレアはいまにもホールに彼の足音がしないかとぐずぐずしていたが、時計が四時を回っているのを見ると、さすがにそれ以上長居はできなかった。

敷地を抜けるくねくねとした私道を独りで歩いているうちに、いつしか足どりは軽く弾んでいた。

その日の午後ニールに会えなかったのは残念だが、明日のお茶の時間には必ずいるはずだとわかっていればどうということはない。クレアはもう自分をいつわるのをやめていた。ポケットの中の小さな包みをそっと握り、自分はニール・スターンに恋をしているのだと、そしてあと丸一日もしないうちに彼に会えるのだと幸福な気持ちで考えていた。彼が帰ってきたいま、魔法の環はもとどおりになった。夢の中で少女たちのまわりに燃えていた静かな炎の環のように、明るくゆるぎない確信が自分を囲んでいるのを感じた。

敷地の門の少し手前で小径は急な角度で折れ曲がり、丘の斜面からつき出た大きな平らな岩を回りこんでいる。ちょうどそこにさしかかったとき、森の暗がりから動物が飛び出してきてクレアを驚かせた。それは道の真ん中でちょっと立ち止まったかと思うと、すぐに岩の陰に逃げこんだ。兎やオコジョにしては大きかったし、姿が隠れる前に一瞬、長くふさふさとした尾をぴんと立てているのが目に入った。狐？　クレアはおそるおそる先へ進み、動物の姿を探した。ふいにそれの全身がふたたび視界に飛びこんできた。岩に跳び乗り、クレアの肩あたりの高さにいるのは巨大な猫だった。クレアは息を呑んだ——グリム、決まっているじゃない！　彼女は猫の名を呼んだ。

こたえは森の中から陽気な人間の声で返ってきた。

「それからそのご主人様だ！　こんな足場の悪い斜面ではずっとのろまだが、君に会えて嬉しい気持ちでは負けないよ」

小枝が擦れたり折れたりする音がして、岩のすぐ傍らの樹間を通る細い小径を背の高い人影が下りてきた。

「ニール！」自分でも声に喜びと安堵があふれているのがわかったが、気にはしなかった。彼はそれ以上なにも言わせずクレアを抱きしめ、顔を覗きこんだ。宵闇が深まるなか、ふたりは長いあいだ見つめあっていた。クレアは黄昏の光のせいか彼の顔に宿った優しさにうたれ、魅せられているうちに、ふいに体中の力が抜け、そして悟った。相手がこれまでと違って見えるのは、黄昏の光のせいだけではない。体にまわされた腕は力強く、その環がふたたび壊れることがないようにとクレアは祈った。

「すぐに帰ってきてくれてよかった。ほんとうによかった」ようやくクレアは言った。

「そんなにぼくに会いたかった？」

クレアはうなずいた。「夜が最悪だったわ」抑えようとしても声に苦痛がにじんだ。「眠れなかった。それから――ああ！　あのひどい夢。寝ながら悲鳴をあげた」

ニールはわかっているというように重々しくうなずいた。

「でももう環を描きなおしたからね。魔法は完璧だ。もう絶対に壊れないようにしてほしい？」

「絶対に」

彼はクレアにキスをした。「絶対は魔法の言葉だ」その声はクレア自身の声と同じく抑えられてはいたが真剣だった。「ソロモンの唱えた呪文にだって、これより力のある言葉はなかった」

クレアは相手の胸にきつくしがみついていたが、ニールは腕をゆるめると、そっと彼女の髪を撫で、名残惜しそうに言った。「ずっとこうしていたいが時間がない。門のところではミス・ギアリーが君を待っているだろうし、家では母がぼくを待っている……」

「でもこんなに早く帰る予定だったの？」

「丘を越える近道をしたんだよ。そうしたらこのならずものが森でこっそり狩りをしているところに出くわして、こいつが君に気づいてここまで案内してくれた」

「いい子ね、グリム」クレアは優しく言って猫の大きな頭を撫でた。「ああ、そういえば！」急に思い出して声をあげ、ポケットから紙に包まれた人形をとり出す。「言わなきゃいけないことがあって――お母さまがクリスマスの飾りを燃やすためにまとめるのをお手伝いしていたとき、これを――この人形を見つけて、うっかり忘れられていたのかと思って、つまり、燃やすものだなんて知らなかったから――」

ニールは包みを取りあげると、中身を探るように指先で触れた。

「母がこれを君に？」彼は問いただした。

「ええ」クレアは答えた。「話を聞いて戻そうとしたのだけれど、お母さまは、あなたも反対しないだろうっておっしゃったし、これがとてもかわいかったから――ただ燃やしてしまうなんて、考えただけでがまんできなかったの。こんなによくできているのに。持っていてもかまわないでしょう？」

「それは」彼は少しためらうように答えた。「それはもちろん、かまわないよ。気に入ってくれたのなら、母が君にあげたのはよかったよ。ただ、君には特別なのをつくろうと思っていたから――完璧なものをね。それは失敗作だ」

「失敗作？」思わず声を高くした。「でも、とてもきれいなのに。どうして失敗なの？」

「なぜかはわからない」ニールは考えこむように言った。「なぜうまくいかなかったのかわからない。でもなにかがまずくて、うまく動かなかった。だからツリーにつけたんだ。ぼくだってもちろん、うまくできたやつは燃やしたりしない」

「そうなの、でも、だからってどうして燃やすの？　ちゃんと動かないのだとしても、みごとな木彫りの人形じゃない。動かなくたってかまわない。ところで、ツリーに人形がなくてもほんとうに大丈夫なのね？」

「ああ。単なる昔の迷信だ。いまでは迷信と言うよりはただの子供じみたならわしだ。たぶん、祖母は――つまりぼくの母の母だけど――まだいくらか本気で信じていただろう。もしかしたら、祖母はドルイドの伝統のかすかな記憶を受け継いだ最後の人間だったのかもしれない」

「ドルイド？」

「ぼくの想像ではね。クリスマス・ツリーの習慣は、森や特定の聖なる木の下で儀式を行った古代の宗教がルーツじゃないかな。ドルイドの儀式では木は重要な役割を果たしていた。ぼくらがヤドリギを飾るのもそこからきているんだよ。そのほかにドルイドは人間を生け贄として捧げることもした。クリスマス・ツリーに人形を飾って儀式として燃やすのは、人身御供の代わりだろう。遠い昔のブリテンの森の中で、ドルイドはそうやって生け贄を不死の神々への使者として送り出したんだ。子供たちは人間を生け贄にして喜んでいるんだと考えると、なんとも野蛮な感じじゃないか。でも、きみだってハリウェルの教会で聖餐に与るたびに儀式的に食人を行っているのだし、ぼくの知るかぎりでは、ドルイドは生け贄を食べたりはしなかった。そっちはたしか東方からきた習慣だったはずだ」

ニールは人形を手のひらに載せ、重みをたしかめるようにしていたが、すぐにクレアに返した。

「かわいそうなお人形」クレアは言った。「助けてあげられてよかった」

それから、すこし考えてつづけた。「でも、人形がうまく動かなかったのは残念ね。ところでどうやって動かすの？　操り人形をつくるんだって聞いてから、ずいぶん不思議に思っていたの。これまで人形を操るところは見たことがなくて。ほんとうに生きているように見えるの？　いちどきにたくさんの人形を動かすのは大変でしょうね。どうやるの？　糸で？」

ニールはしばらくなにも言わなかった。あたりはすっかり暗くなっており、表情ははっきりとはわからなかったが、眉根を寄せ、きわめて難しい問題を解こうとでもしているようだった。彼はふいに両手でクレアの肩を摑んだ。

「いいか！」彼は言った。「ぼくが人形を操るのを見にくる勇気はあるかい？　きみに見てもらいたいんだ。でもきみにその勇気がある？」

「勇気？」クレアは訊き返した。「どういうこと……？」

「それは」ニールは被せるようにつづけた。「夜に来なければいけないからだ。独りで、誰にも言わないで。最初に会ったときのようにして来なければいけない——壁を越えて。きみにできるか？」

しばらくのあいだ、肩を摑む手にこめられた力のほかにはなにも意識できず、摑まれたところから奇妙なけだるさがひろがって抵抗の気力を奪うのを感じ、悲しみと喜びがいり混じった途方もなく大きな感情に圧倒された。その降伏、あるいは束縛の感覚は愉楽を秘めており、まさにそんな束縛を夢の中ではむなしく求めつづけていたのだった。ニールが質問を繰り返し、今度はクレアはあたりまえのように答えていた。「ええ、もちろんできるわ。いつ行けばいいの」

「一週間後の夜。ただし、晴れていたらだ。どのみちその日の午後には会うだろう。ちょうど日付が変わるころ、前に来た樺の木のところで塀を越えるんだ。そこで待っている」

クレアはなにも言わず、ただ、彼の顔が近づいてくると夢中で唇をさしだし、ふたたびキスを待ちうけた。そしてふたりは別れ、クレアは舗装もされていない凍った小径を走って門までたどりついた。

ミス・ギアリーはもう着いていて、外の道を行ったり来たりしていた。クレアは息せききって謝罪を口にしようとしたが、老女は待たされたのを気にしてはいないようだった。

「レイチェルは寂しい思いをしているでしょうね、息子さんが出かけていらして、家にはほかに誰もいなくて」パストン・ホールまでの帰り道、ミス・ギアリーは言った。

「そうですね」クレアは答え、ためらった。「そうですね、寂しいでしょうね」不自然なほど間があいた後にようやくそう言った。今晩、ニールが帰ってくることになっていると――もう帰ってきたのだと、ミス・ギアリーに言うつもりだったが躊躇した。森でニールに会ったことは言えないし、ミス・ギアリーはニールをこころよく思っていないのではないかという疑いもあった。それでほんとうのことを言いそびれてしまった。クレアは無言のまま、どのみちニールが帰ってきたことはすぐにわかるだろうと心の中でいいわけをした。明日のお茶の時間にはニールがいるだろうから、ミス・ギアリーに訊かれたら、さりげなくニールに会ったことを伝えればいい。

第五章

その夜クレアはぐっすりと眠り、夢も見なかった。目覚めはすがすがしく、子供のころスペインで休暇を過ごしたときにもそんな朝を迎えたことがあったように、もうなにも望むものもないほど満ち足りて、前途には幸福だけが待っている気がした。唇にはニールの口づけの感触が残り、体にまわされた腕の力強さも記憶に新しかった。ニールが帰ってきて触れてくれたのが最後のひと押しとなって、パストン・ホールの呪縛を打ち破る力を与えてくれた。

クレアはかわりばえのしない殺風景な部屋を見まわし、そして笑った。それは、いまはもうクレアに対してなんの力も持っていなかった。彼に会うために真夜中にブラッケンバインとの境の塀まで行くという約束を思い出すと胸に歓喜がわいた。自由を求めて夜をさまよったのは無駄ではなかった。彼女は自由だった——これまでにないほど自由で、しかもその自由はすばらしい束縛のなかに見つかった。記憶を呼びかえし、彼の腕にきつく抱かれて唇を押しつけられ、自分はすっかり相手のものだと感じたときの圧倒されるような幸福を思い出そうとした。けれど再現できたのはほんの一部でしかなく、ふたたび現実にたしかめたいという思いがつのった。服従が勝利をもたらし、束縛が自由をもたらすとは、なんと不思議なパラドックスだろう。部屋を歩き回りながら横目で鏡を見やり、満ち足りたほほえみが、夢見る顔を明るく輝かせているのに我ながら驚いた。

その朝には自分のゆくすえもはっきりと思い描くことができた。あと一学期をパストン・ホールで過ごせば、心の中ではすでに勝ちとった自由を実質的にも手に入れられる。オックスフォードの給費生試験に合格できるとほぼ確信していた。どんな障害でも乗り越えられる自信があった。オックスフォード、そして自分の人生を好きにする権利……長期休暇には、父親がいつか落ち着くつもりで買った田舎のコテージで家族と過ごしているところへニールが訪ねてきてくれるだろう……ふたりで緑あふれるイングランドの田舎を散歩して、気のおもむくままにあてどなくさまよい、語り合えばお互いへの理解と信頼は夏の海のようにゆたかに深まり、愛は海の上にきらめく陽光のように輝く。ニールとミセス・スターンはオックスフォードにも訪ねてきてくれるだろう。オックスフォード……クレアは部屋を歩きまわりながらそっと口ずさんだ。

〝輝きと花の香にあふれ
つねに愛の絶えぬところ〟(フレッカー〝The Dying Patriot〟より)

いまが夏だったら良かったのに。ブラッケンバインの森が緑の葉に包まれ、木々のあいだの草地に暖かい陽射しが降り注ぐ、そんな季節だったら。

クレアはあらためて細長い鏡の前に立った。唇には笑みが浮かび、眼は輝いていた。それにしても、彼のようなひとがこんな自分を愛してくれるのが不思議でならなかった。こんな、ただのつまらない、臆病な、不器用な女学生でしかないのに。たとえば去年の第六学年の同級生にいたような、いかにも若い娘らしいかわいい女の子でもない。彼はいくつなのだろうか。ずっと年上に見えるが、以前に病気をしたか、外国でつらい経験をしたせいかもしれない。三十より上ということはないだろうし、もっと若いかもしれない。喋ったり笑ったりしているときは少年のようだ。せいぜい六つか七つ離れているだけかもしれない。けれど年齢以上に人生経験には差があった。彼はずっとよく世界を知っていた。もっと魅力的な娘にもたくさん会ったにちがいない。多くの人や街を見て、女性も見て、それでも自分を愛してくれたのだ。

クレアは彼の手を思い浮かべた。指が長くて力強い、職人の手だった。彼は日々楽しげに仕事にいそしみ、いつも新しい発見をしている。そこでふいに、クレアはその完璧な朝にさらに喜びの花を咲かせてくれるものの存在を思い出し、戸棚を開けて薄紙の小さな包みを取りだすと、注意深く包みを剝がして日の光のもとで人形を眺めた。

木彫りだというのが信じられないほどに、生き生きとして真に迫っていた。顔は繊細にかたちづくられ、入念に色づけされている。ニールは母親が人形に色づけして服を着せてくれるのだと言っていた。ミセス・スターンがどれほど熟練した手並みで忍耐強く丁寧に仕事をするかは想像に難くなかった。その人形はまさに芸術家の手で描かれていた。顔はふつうの人形とはまったく違って、細密に描かれた肖像画のようにクレアと同じくらいの年の少女の姿を写しとっていた。ただ、わたしよりずっとかわいいけれど、とクレアは心の中でつけ加えた。人形の眼はそれだけでも賛嘆に値した。ガラスのような材質の小さな玉を木肌に埋めこみ、白目の部分も虹彩や瞳も、ほんとうの人間の眼をそのまま小さくしたように再現されていた。髪の毛もすばらしかった。素材はなんだろうか――見た目からすると絹かもしれない。つやのある淡い金色の房はゆたかに人形の腰のあたりまで流れおちていた。髪の根本は精巧に頭部に貼りつけてあり、頭皮から髪が生えるように木肌から生えているとしか見えなかった。クレアは人形の腕を調べ、ドレスをめくって胴体や脚をたしかめた。つくり手の技量は完璧で、驚くほど生きた人間そっくりだった。肌色に塗られているので木目は見えず、足のつまさきや手の指といった細部に至るまで造形はすばらしく精確であるにもかかわらず、人形の全身は八インチかせいぜい九インチしかなかった。人形を見ていてひとつ疑問が湧いた。とてもすばらしい小さな彫像だけれど、いったい、どうやって動かすのだろう？　操り人形というのは、木彫りのおもちゃのようなもので、ただ自由に動く関節がいくつもあるのだと考えていた。ところがその人形には見たところ動かせる関節はなかった。腕や脚を曲げようと慎重に力を入れてみても動かなかった。ニールはそれを失敗作だと言っていた。だからなのだろうか。でも最初から動くようにつくられてはいないように見える。ただ……。クレアは膝や肘のあたりに眼を凝らし、ごく細い線がかすかに走っているのを見つけたような気がした。この関節が動くはずだったのに動かなかったの？　クレアにはなんとも言えなかった。ニールが人形劇を見せてくれるときに、ちゃんとしたものを触らせてくれるよう頼んでみなくては。クレアは人形のドレスを直し、ヘアブラシの先で絹のような髪をとかしてやった。見るからにかわいらしいその小さな人形を、彼がつくったからという理由がなくても、ただそれ自体で好きになっていた。クレアは人形を大切に包みなおすと、戸棚の一番上の段の奥のほうにしまった。

その日の午後、ニールが帰ってきたかどうかミス・ギアリーに訊かれることはなかった。それどころか、つづく一週間のあいだはミス・ギアリーの姿を見かけなかった。老女はひどい風邪で外出できなかったのだ。驚いたことに、ミス・スペロッドはクレアが午後にブラッケンバインから独りで帰ってくるのに反対しなかった。校内で校長と顔を合わせたときなど、折に触れて勉強の進みぐあいを尋ねられ、あらためてミセス・スターンに感謝するように、また与えられた機会を無駄にすることなく精一杯努力するようになどと言われたが、校長はただいつもの保身の術として形ばかり質問しているだけで、むしろ答えは聞きたくないようだった。クレアは自分がなにをしているかについて、ほんのわずかでもすすんで明かすつもりはなかったし、実際のところ校長もまったく関心がないのだと確信していた。

それでも、これほど邪魔が入らないとは予想外だったので、ニールに言わずにいられなかった。彼は敷地の門でクレアを待っていてくれるようになっていた。そこから屋敷まで肩を並べて歩くあいだは、ふたりだけの時間を満喫できた。

「ミス・スペロッドに魔法をかけたのでしょう、わたしにしたみたいに」クレアは言った。もうニールにはすべてを打ち明けていた。ずっとパストン・ホールをどう思っていたかや、過去に感じたみじめな気持ち、そしてアン・オッタレルの導きで束縛から逃れられるかもしれないという希望をほんのつかのま抱いたことも。クレアはふたりのあいだでの冗談として、ニールに魔法の力があると信じているふりをしていた。

「離れたところにいる人間にも魔法をかけられるの？　まだ子供だったころ、校長に仕返ししたい気持ちがとくに大きくなったときなどは、そんな空想をしたものだけれど。あなたなら悪い夢を見せる呪文も知っているでしょう——いいえ、いまはいいの。だって、このごろの校長はすごくいい人だし。でも、また元に戻ったりしたときはね」

「きみにあの夢を見せたのはぼくだと信じているのか」

「ええ。あなたは大魔術師なのだと信じている。塀のところで初めて会った夜は、魔法の薬をつくるために薬草を集めていたのよね。あのときわたしが見た小さい光はなんだったの？　グリムの眼だったとしてもおかしくないけれど、あれは魔女の花で、十二月の半ばに咲いて特定の時間にだけ光を放つのかもしれないでしょう。それとも、ひょっとしたらマンドラゴラとか。魔術師は深夜にマンドラゴラを採集すると本で読んだことがあるわ」

「へえ、どこで読んだんだい。パストン・ホールの図書室にどんな魔法書があるっていうんだ。それにマンドラゴラは光らないよ、ひっこ抜かれたときに叫び声をあげるんだ」

「それは叫ぶでしょうね――凍えるような冬の夜にひき抜かれたりしたら」

ニールは笑い、家の手前でクレアを脇の繁みにひきこんでキスをした。

「きみのこの唇や灰色の眼にかなう魔法なんて、アズィマリの本を全部ひっくりかえしても見つからないし、妖精の国との境界のこちらがわに生えるどんな薬草よりも、きみの髪はうっとりするような香りがする」

「そんなことない」クレアは否定した。「わたしに魔法の力なんてない。あなたがわたしに植えつけたもの以外は。ひょっとして、こういうこと？　あの夜あなたがわたしを虜にして、それからずっと魔法の檻に閉じこめているのは、魔法をかける練習台が欲しかったから？　そういうことなの？」

「もしそうだったら嫌かい？」

「いいえ」彼女は笑顔でニールを見上げると、無邪気そのものの率直さで答えた。「わたしはあなたの虜でいるのが好き」

ニールが少し体を離してクレアの顔をのぞきこみ、ふたりは目を合わせてにっこりした。

「そのアズィ……っていうのはだれ？　さっき言っていたでしょう」クレアは尋ねた。

「アズィマリ。サレの海賊からぼくのご先祖であるトリシューイ船長を買ったベルベル人の族長《カイド》の名前だよ。母なる自然の裏の顔を知ろうとするような、そういうたぐいの魔術に手を染めていた。あの南アトラス山脈のあたりじゃ、イスラム教が伝わるまで、部族の医師はその手の研究をしていたようだ。トリシューイ船長はアズィマリの本を何冊か翻訳して持ち帰ってきたんだ」

「その本で魔法を身につけたの？」

ニールはおおまじめにうなずいた。「本を読んで、それから実際にやってみてね」

クレアはうつむいてニールの腕を撫でた。「あなたはわたしのアズィマリ。そしてわたしは船長と同じであなたの奴隷。すばらしい船長さん！　アズィマリの魔法を持ち帰ってくれてほんとうによかった。船長もわたしのようにご主人様を愛したのかしら」

「もしかするとね。でも、最終的には主人から逃げ出した。きみも自由を望むようになるだろう」

クレアはきつく身を寄せ、相手の腕をとって自分の体にまわした。

「いいえ、それは違うわ。いまわたしは自由なの、ほら、こうしていると。あなたは厳しい主人でいなきゃだめ。そうしてわたしが魔法の呪縛を破ろうとしたら二重にも三重にもして、わたしをあなたのお城の地下牢の一番深いところに縛りつけて。それとも魔法の森のオークの洞に閉じこめて。わたしを逃がしてはだめよ！」

「ああ、そうだね」彼は驚きながらも優しく言った。「地下牢もオークの洞も、たしかにぼくは持っているけれど、でもきみには使わない。古い呪縛の儀式でじゅうぶんだ。もしきみがぼくの奴隷になりたいなら、その儀式をしよう。アズィマリが船長に対してしたように。そうしてほしい？」

「ええ、そうして」クレアは相手のコートに顔をうずめたまま、ほとんど聞きとれないほどのささやき声で言った。

ニールは笑った。「いまじゃない。惑星の配置が儀式に適したときじゃないといけないから。時と場所が大事なんだ。きみが人形劇を見にくるときにやるつもりだよ」


その週から学期が始まった。ニールが人形劇を見せてくれると約束した夜は学期に入った後だったが、クレアにはまったく問題ではなかった。第三学年のときは、クレアも仲間たちも同室の生徒とは秘密を共有していなかったが、それでも夜の外出が露見することはなかった。いまでは一人部屋を与えられているから、みなが寝静まった後に学校を抜けだすのはそれほど危険ではない。

ニールが指定したのは土曜日だった。その日は朝早くから雪が降り、昼ごろには青空が広がって、陽が落ちるまえに凍るような寒さが戻ってきた。午後のレッスンの後、ニールは家から敷地の門まで送ってくれた。クレアは幸せでいっぱいだった。ふたりしてわだちに積もった柔らかい雪をすくっては雪玉をぶつけ合い、門の近くまで来てもまだ別れがたく、大きな岩に並んで腰かけた。一緒についてきていたグリムがふたりのあいだに割って入り、クレアが手のひらに載せてさしだした雪を慎重に嗅いでいた。

クレアは猫のふさふさした毛皮を撫でた。「こんな犬みたいに忠実についてくる猫なんて見たことない」クレアは言った。「なんていう品種なの――猫に品種ってあるのかしらないけれど」

「グリムみたいな猫がほかにいるはずがない」ニールは答えた。「品種については、ぼくには仮説があるんだ――ぼくのほかの仮説と同じく、母なら妄想だって言うだろうけれどね。グリムの毛色に注目してごらん。よく見るんだ」

　クレアは言われたとおり観察し、冷たく冴えた光のもとで、以前は見落としていたあることに気づいた。猫の毛皮は黒一色ではなかった。艶やかな暗色のなかにひときわ濃い部分があった。かすかな斑点や縞の模様は、たいていの光の加減では沈んで見えないし、ほんの少し離れてもわからなくなるだろう。

「わかった？　じゃあ、今度は体格を見てごらん――頭は横に広くて、体はがっしりしている。それにこのふさふさした立派なしっぽ。たいていの家猫とはぜんぜん違うだろう。こいつがどこから来たのかはわからない。ただ森で見つけたんだ――それともこいつがぼくを見つけたのかな。うちに来させるには、なだめたりすかしたりでそうとう骨が折れた。それでも最後にはうちの敷居を跨ぎ、どうやら待遇に満足したらしく、ぼくらの奉仕を受け入れてやっているというわけだ。それはともかく、ぼくの仮説では、グリムは野生の血を引いているんだ。もちろん家猫の血も入っていて、それで黒い毛色なんだと思うが、でも、大部分は学名フェリス・シルウェストリス・グランピア――いにしえのブリテンの山猫だと信じている」

「でも、ブラッケンバインの森に山猫なんていないのじゃない？」クレアは反論した。

「そりゃあ、いまはね。でも、ぼくとしては、グリムはこの森の自生種なんだと思いたい。ぼくには想像できるよ――そう、二百年か三百年か前、ブラッケンバインのオークの森がはるかウェールズまでつながっていたころのことを――いまぼくらがいるこの森は、ブリテンに残された原生林の最後のなごりなんだ。サクソン人の斧が入ったこともなく、イングランドの郷紳が植樹したわけでもない。トリシューイ船長がここにやってきたのも、そのせいじゃないかと思う。三百年前にはイングランドにはまだ猪がいたし、スコットランドには狼がいた。ブラッケンバインに山猫の一匹や二匹いたところでそんなに不思議だろうか？　たとえばだよ、わがご先祖さまの時代にたった二匹だけ山猫が残っていたとしよう。一匹は殺された――うちの物置きには、まさにそのとき使われたかもしれない古い歯輪式の鳥撃ち銃があるよ――そして生き残ったもう一匹はある日、しなやかな黒い雌猫が、きみにも想像できるだろうが、しゃなりしゃなりと家からお出ましになったところに出会う。まあ、こんなのはただの空想かもしれないが、ジェイブズ大叔父の話では、大叔父の父親の森番がときどき森で獣を仕留めることがあって、それは山猫だと言われていたそうだ。ぼくにはやはり、ブラッケンバインには古い血統が絶えることなく受け継がれてきたのだとしか思えない。たとえどんなに薄くなったとしても。そしてこいつはいまに伝えられたその血を体現しているんだ」

「でも、トリシューイ船長が猫を飼っていたのはたしかなの？」クレアは尋ねた。「船長がしなやかな黒い雌猫を飼っていたなんて、どうしてわかるの」

ニールは大きく顔をのけぞらせて笑った。

「ぼくの想像の産物をそんなに厳しい目で見ないでくれよ。よくできたお話に証拠を求めるなんて野暮なことだ。ぼくが話をするときは、想像力に手練のかぎりを尽くさせる。人形に命を吹きこむときにこの手の技を尽くすのと同じだ。人形たちにはそんな厳しい目を向けないでくれるよう頼むよ」

「でもどうやって人形を動かすのか知りたい。見せてくれる？」

「どうやって動かすかって？　ひょっとしたら、動かすのではないのかもしれない――ただきみに幻影を見せるだけでね。きみも協力して、見せ物師が信じさせたいと思うものを信じなければならない」

クレアは岩から飛び降りた。

「わたしはむしろ、あなたは見せ物師ではなくて、ほんとうの魔術師なんだって信じたい。今夜わたしのまぶたに塗るために薬草を集めておくつもりなんでしょう」

ふたりはそこで別れた。ニールは急いで遠ざかるクレアを見つめ、薄れゆく冬の光のもと、褐色の幹のあいだにその姿が消えるまで見送っていた。

午前零時をまわるすこし前、クレアはふたたび監督生室の窓から抜けだした。雲ひとつない夜で、昇ったばかりの半月が薄く積もった雪のおもてを照らしていた。凍った雪の層は足の下で大きな音をたてた。クレアは明るく輝く一面の雪の上を走り抜け、塀のきわにある木立の陰にたどりついたところでしばらく息を整えた。その夜は風もなかった。ブラッケンバインの森はそよともせず静まりかえっていた。樺の木の後ろを手探りすると、雪を被った控え壁の縁に触れた。塀の向こうの森の奥は真っ暗だった。笠石の上まで登り、ニールの姿を探してあたりを見回した。塀のてっぺんにまたがると、体勢を整える暇もなく真下にかすかな灯りがあらわれ、低い声がした。「よくきたね。時間ぴったりだ」

見下ろすと、粗末な低い梯子が壁に立てかけてあった。いそいで下におりると、ニールはクレアの目深にかぶったニット帽をずらし、クレアの頬につめたい頬を押しあてた。

ニールはクレアの手をとり、ランタンの光もなしに木々のあいだを足早に抜けていった。彼は真っ暗な森のなかを迷いもせず楽々と進み、力強い腕に引かれてゆくクレアは、自分の意志とは関係なく勝手に体が動いているような感覚をおぼえた。それは夢のなかで船長の森を駆けていたときとよく似ており、いまにも暗闇がおぼろな夢幻の光に変わるのではないか、そして細い枝の指をこちらにさしのべている木々は、実は夢に出てきた娘たちであり、樹冠の髪を広げているのが見えはしないかと、なかば本気で待ちうけた。

闇が薄れた。ふたりは丘の斜面をいくらか登ったところに出た。木々がまばらになり、頭上に空がひらけ、すこし先では雪に覆われたなめらかな斜面が凍てつくような月光を受けて輝いていた。しばらくしてようやく気づいたが、その起伏のない均一な斜面はブラッケンバイン屋敷の屋根だった。ニールが小さく笑った。

「母を起こさないようにしよう。天窓から案内するよ」

彼は斜面をよじ登ってゆき、つっかい棒をして開けてあった天窓から中に姿を消した。それからふたたび肩のところまで身をのりだすと手をさしのべてきた。クレアはその手にすがって屋根を這い登った。後ろ向きになって天窓の開口部に身を押しこめ、降りようともがいていると、ニールが足を誘導して隣に立たせてくれた。足下を見ると、天窓の真下に据えられた低いテーブルに立っていた。アトリエの端にある暖炉にはまだ燠火がくすぶっており、部屋は暖かかった。

ニールは床に降りたってランタンの小窓を開け、広い部屋のあちらこちらを黄色い光で照らしだし、なにか問題がないかたしかめているかのようだった。クレアもテーブルから降りてあたりを見まわしたが、以前に見たときととくに変わらない部屋のようすに少し拍子抜けしていた。人形劇のための特別な用意などは見あたらない。ニールは読書ランプをひとつ点け、ランタンの火を吹き消した。ランプを持って部屋の向こう端のカーテンを閉ざした窓のところまでゆき、そこにあったスツールの上に置いた。ふりかえってクレアを手招きする。

「暖炉の火を消さないでおいたんだ」近づいたクレアにニールは言った。「寒くはないね？」

ささやき声にはそれまでにない押し殺した興奮が感じられ、それがクレアにも伝染した。胸の高鳴りに声を出すこともできず、クレアはただうなずいた。ニールはこのうえなく優しい手つきでクレアのスカーフをほどき、コートのボタンをはずしていった。その指は神経質にふるえてなかなか思いどおりにならないようだった。けれどようやくクレアが肩からコートを滑り落として帽子を取ると、ニールはいつものようにしっかりと彼女を抱きしめた。

「憶えている？」彼は尋ねた。「儀式をすると言っただろう――呪縛の儀式を。やってほしいかい」

クレアはうなずいた。

「だめだ、声に出して言うんだ」彼はうながした。「おおいなる力を持つ儀式なんだ。きみがすすんで、喜んで受けるのでなければ意味がない。儀式は失敗してしまう」

クレアは自分が望むか望まないかはどうでもよいという気がしていた。自分の意志などなく、なにも望んでいなかった。彼がきつく抱きしめていてくれていれば、それでよかった。それでも相手のいいなりになるのが嬉しかったので、「覚悟はあるか？」とたたみかけるように尋ねられたとき、にっこりとして答えた。「ええ、あるわ」

ニールは片手でカーテンを引き開け、窓とその下の奥行きのある腰掛けをあらわにした。そちらにクレアを押しやり、窓に背を向けて座らせた。そしてランプの光を遮るようにクレアの前に立って覆いかぶさってきた。クレアは首筋に冷たい夜気が吹きつけるのを感じて身を震わせた。「すぐに終わる」ニールはささやき、左手でぐっとクレアの顔をのけぞらせた。クレアは左の耳の後ろに開いた窓枠の縁があたるのを感じた。視界の隅でニールの右手が腰掛けに伸び、きらりと光る小さな器具を取りあげるのが見えた。彼の右手が頬をかすめ、左の耳たぶにするどく刺すような痛みを覚えた。思わず幼い少女のような悲鳴を漏らし、手を上げかけたが、ニールがその手をぎゅっと握った。

「触るな」にわかに断固とした命令の響きを帯びた口調で告げられ、それ以上抵抗することもできず、クレアは怯えた子供のように身を固くして座っていた。

クレアが見守るなか、ニールはポケットから小さなガラスの管を取りだした。中には小さな木片がふたつみっつ入っているようだった。栓をはずし、傷をつけたほうの耳たぶに管の縁をあてがう。そのあいだも朗々と、森の中でクレアのまわりに円を描いたときやクリスマス・ツリーのろうそくに火を点したときと同じ、わけのわからない呪文を唱えていた。今回は、クレアの頭ごしに、開けはなされた窓の外の冷たい夜の闇に語りかけているように聞こえた。彼は耳たぶに押しつけた管を離してクレアを解放すると、少し下がって小さく笑った。

「ほら、終わった。痛かったか」

クレアは耳に手をやってから指先を眺め、小さな血の滴がついているのを認めた。混乱したままニールの手を見ると、ガラスの管はもうポケットにしまわれるところだった。

一瞬するどい痛みが走ったあとにかすかな疼きがつづいていたが、気にはならなかった。不思議と快い疼きだった。クレアはほほえんで首を横に振った。「いいえ。とにかく――たしかに痛かったけど――でもたいしたことない」

ニールは窓を閉めて鍵をしっかりと下ろした。

「それじゃあ」彼は言った。「今度は人形劇だ。きみがくつろげるよう用意をしよう。ぼくは行かなきゃいけない」

クレアはまだ落ち着いて考えをまとめられず、耳になにをしたのか尋ねることもできないでいたが、そのあいだにもニールはいくつかクッションをかき集めて腰掛けに置き、そこに座って窓の外を見るように言った。

「でも絶対に窓を開けてはだめだ」そう注意する。「それに物音をたててもいけない。灯りは消すよ。そうでないと外でなにが起きているか見えないからね。ぼくが戻ってくるまで灯りを点けないで」

ニールが分厚いカーテンを閉めると、出窓の空間は小さな部屋のようになった。灯りが消され、ニールが天窓を登って出て行く物音が聞こえた。

クレアは窓のむこうに注意を向けた。月は高く昇り、切り立った崖の底にある船長のミニチュアの庭園にも月光が射しこんでいたが、対照的に岩壁の高いところやその上の森は夜の紺青に沈んでおり、恐ろしく高い崖に囲まれた谷間を遠くから覗きこんでいるという錯覚を妨げるものはなにひとつなかった。その夜は一面がまっさらな雪に覆われて、細かな氷の結晶がちらちらと月光に輝き、ごつごつとした地面も白いコートに包まれてなめらかなおもてを見せ、年経りた木々は樹冠や枝の白い重荷に耐えていた。クレアはその光景の隅々までゆっくりと視線をさまよわせ、純白の静寂と燐光の繊細な輝きに魅せられた。まばらな木立は白を背景に灰色と褐色の線を刻みつけたかのようで、奥のほうにある、木々の絡まる森は全体が灰色の雲だった。そのむこうには崖の影とほとんど一体となって、クレアが城と名付けた無骨な建造物がひときわ黒々とわだかまっていた。以前に昼の光の下で一面が緑の苔に覆われているところを見たときには気づかなかったが、その夜には奥の森から斜面を下りた手前にある池が目を引いた。凍りついた水面は鋼のように月光を反射していた。

分厚いカーテンとしっかり閉ざされた窓のあいだにいるクレアには、家の中の音も外の音も聞こえなかった。ニールが独りにしないでくれたらよかったのにと考えた。もちろん常識は即座にそのような考えを打ち消し、そこに一緒にいながら同時に人形を操ることなどできるわけがないとわかってはいた。怖かったわけではない――怖いというのとはちょっと違う、とクレアは心の中で自分に言い聞かせた。ただ、いまでは常にニールを求めるようになっており、彼に焦がれる気持ちは飢えや渇きといった単純な肉体的欲求と変わらないほど強かった。彼の近くにいたいという欲求は、その夜に頭を押さえつけられ、わけもわからないうちに小さな傷を負わされてからいっそう強くなっていた。傷自体はもう疼きもしなかったが、恐怖とすれすれの漠然とした戦慄を感じており、それを鎮めるにはニールが必要だった。

クレアは冷たい窓枠に額を当て、もの思いにふけりながら外を眺めているうちに、ずいぶん時間が経っているのを改めて意識した。あとどれくらい待つのだろうと考えたそのとき、ふいにもう劇が始まっているのに気がついた。

森の背後に黒々とそびえ立つ城に小さな黄色い光がいくつか点っていた。じっと動かない光は灯りのついた部屋の窓のように見えた。しかし森の中ではほかにも光がまたたいたり、せわしなく動きまわっており、すべてが始まったあの夜にブラッケンバインの森で見た光景とそっくりだった。さらに、雪に覆われた斜面のふもとの池のあたりにもいくつか動くものがあった。それは人の形をしていた。とても小さく遠く、凍った池のおもてをなめらかな弧を描いて移動するのを見れば、スケートで滑っているのに違いない。月光の魔法のもと、舞台効果は完璧だった。小さな人形たちの動きは生きた人間さながらに自然だった。細かい部分を見定めようとずいぶん注意して見つめていたが、人形が動いているのと明かりが十分でないせいで諦めざるをえなかった。人形がくるくると回るときにフレア・スカートがふわりと持ちあがって揺れたり、長い髪がなびくのが見えた気がしたが、人形が男だとも女だとも自信を持って言うことはできなかった。たしかなのは、彼らがすばらしく巧みに操られているということだけだった。しかしやはり、どこからどうやって操っているのかはまったくわからなかった。けれど劇のからくりについて考えていたのはほんのわずかなあいだで、クレアの関心はスケートをしている人形たちから逸れ、新たに増えた光のほうに向かった。視界の左手にあるまばらな林や木立のあいまに光が点っていった。昼間に見たとき、そちらに小径が延びていたのを思い出した。見ているうちに、それらの光はランタンを掲げた行列で、林の中を斜めに進んでこちらに近づいてくるのがわかった。ほどなく、ところどころ木々がとぎれて地面の雪があらわになったあたりに行列がさしかかり、おぼろな影が姿を現したかと思うとまた見えなくなった。そしてとうとう行列は林を抜け、窓のすぐ前に開けた雪の原を横切るように向きを変えた。

行列が近づいてくると、クレアは思わず歓声をあげた。精巧につくられた小さな橇《そり》を二頭の馬が引いている。馬は軽やかに駆けながら首や尻尾を振った――少なくともそう見えたほど、なめらかな動きは生きた動物そのものだった。ふたつのランプが雪の上に暖かな光をふり撒き、シルクハットの御者が鞭と手綱を手に座っていた。御者の後ろの舟型をした橇の本体の部分には、毛皮をまとったふたつの人影が見えた。けれどじっくりと見ている暇はなかった。ほかにも目を奪うものが次々とやってきたからだ。騎馬隊がつづき、さらに何台もの橇が来た。騎手たちはとくにすばらしかった。駆ける馬の動きは橇を引く馬と同様に自然で、そのうえ鞍にまたがった乗り手たちも腕を上げたり、会話を交わすかのように互いに身をのりだしたりしていた。かれらの動きがあまりに真に迫っていたため、蹄の音や橇につけた鈴の音に混じって、かすかに話し声や笑い声が聞こえたような気さえした。

掲げられたランタンの光や橇の灯り、そして半月のおかげで、人形たちの衣装の細かいところまで見わけられるのに、人形が動く仕組みは依然としてよくわからないままだった。人形たちは豪奢に装っていた。緋色の服に身を包んだ者、青い外套を着た者、銀の縁取りのある三角帽子を被った者、ハンチング帽に似た黒い帽子を被った者、白い膝丈のズボンとブーツを履いた者などさまざまで、なかには腿のなかほどまで届く艶のある黒い長靴が十八世紀の騎兵を思わせるいでたちの者もいた。馬たちの毛色も乗り手の衣装と同じくとりどりだった。青毛に葦毛、鹿毛、栗毛、それに駁毛。行列は決まった順番を守っているわけではなく、先頭をゆく橇の後ろにひとまとまりになっていることもあれば、二、三騎ずつにわかれてほかに三、四台ある別の橇を囲んでいることもあった。人形の数が全部でいくつかは正確にはわからなかったが、三十か四十は下らないように見えた。

行列は楽しげに進んで窓のすぐ前の開けた場所を横切り、右手の林の手前までゆくと、ぐるりと回ってふたたびクレアのほうに戻ってきて、さきほどよりいっそう窓に近いところを通った。クレアは先頭の橇とその周りの四、五人の騎手を食い入るように見つめた。騎手たちは橇のほうに身をのりだして話しかけているようだった。衣装から判断してみな男だとばかり思っていたが、よく見ると幾人かは女、ことによると若い娘ではないかという気もした。帽子から長い髪がはみだして深紅の外套の肩にかかっていたし、女性らしい柔らかな体つきをしているように思えた。クレアはニールが幻影をつくりだすことについて話していたのを思い出した。彼の選んだ照明は完璧であり、人形に持たせたランタンも絶妙な効果をあげていた。ランタンの灯りと月光が溶けあい、雪の冷たい照り返しに柔らかな蒼い影がいり混じった不思議な光の下で人形の巧みな動きを見ていると、人形の顔に表情があるような錯覚をおこした。クレアはたしかに人形の表情が変わるのを見たと思った。彼らが笑い、唇や眼を動かすところを目撃したと――。実際には人形たちの動きはぎこちないものなのだろうが、すべてをかすませるおぼろな光があらを隠し、見る者が人形の姿や動きの不自然さを無意識のうちに補って気にならなくなるようしむけていた。

クレアはこんなすばらしい見せ物は初めてだったし、人形にこれほど完璧な動きができるとは思ってもみなかった。後になって考えてみて、人形の手の込んだ衣装や繊細な仕上げもトリックの一部であり、細部に観客の目を引きつけることで劇のからくりから注意を逸らすのがねらいだったのだと気がついたが、このときはわからなかった。

先頭の橇がふたたび正面を横切った。橇を囲んでいた騎手たちが馬を急がせて前に出たので、橇に座った男と若い娘の人形の姿がよく見えた。橇が向きを変える直前、娘が肩に掛けた毛皮のショールを払いのけ、一瞬、笑みを浮かべた顔とむき出しの肩や腕、そして胸もとと手首を飾る宝石のきらめきがクレアの目を射た。若い娘の人形はすばらしくなめらかで優美な動きで隣に座った男のほうに向き直った。男は深紅の袖に包まれた腕を娘のまばゆいほど白い肩にまわし、豊かな褐色の髪の頭を胸に引き寄せた。橇に続いて行列全体が向きを変えて庭園の中ほどを登ってゆき、なだらかに波打つ雪の原を越えて池のある窪地に着いた。

行列はいったんそこで止まった。スケートをしていた人形たちが滑るのをやめて池を出てきたので、さきほどよりはよく見えた。まだ距離があったが、人形が手にしたランタンの灯りのおかげで、みな若い娘で、毛皮の縁取りのある短いドレスを着ているのがわかった。彼女たちが橇と騎馬の集団に近づいてくるとき、手にぶら下げたスケート靴の刃がきらめくのも見えた。彼女たちは騎手や橇に乗った者らに挨拶するような仕草を見せ、自分たちも橇に乗りこんだ。人形たちは、全員でふたたび列をつくって長い斜面を登ってゆき、たちまち暗い森の中に消えていった。クレアはその後もずっと見つめていたが、城の最上階の黄色い灯りがひとつ、またひとつと消え、あとはもう、冷たく静かな月の光が雪を照らし、うすぼんやりした灰色と茶色の森の背後に真っ黒な崖がそびえ立っているだけだった。

クレアは目の前を通った遊興の一団の生きているとしか思えないようすに圧倒されたまま、出窓に座りこんだ。繰り広げられた光景の陽気さと活気、そして華やかな彩りに魅了され、すっかり幻影に入りこんでおり、幸福そうな小さな仲間たちへの羨望で胸がいっぱいになった。あの後も素晴らしい愉しみが待っているのだろう。ニールがいなかったときに夢で見たのと同じように、みな笑いながらクレアのかたわらを通りすぎて城へと急いでいった。城では歓楽のさざめきと音楽と賑やかな宴が待っており、クレアも本来ならそこに加わっているはずだった。ほんとうなら、あの小さな橇に自分も乗っているはずだったのだ。ほんの一瞬かいま見ただけの、先頭の橇に恋人と乗っていた若い娘の姿が脳裏にあざやかによみがえると同時に、クレアは奇妙な胸騒ぎを覚えた。彼女の顔や、腕をあげて褐色の髪を払うしぐさは真に迫っていただけではなく、見覚えがあった。あの愛らしい顔が、まさにあんなふうに誰かに笑いかけるところをたしかにどこかで見たし、茶色の瞳が恋人の姿を捉えてきらめくところを見た。見覚えはあるのに、いつどこで見たのかはまったく記憶になく、例のいりくんだ夢の一場面だったとでも考えるしかなかった。

　どすんという鈍い物音と、喉を鳴らす音とも唸り声ともつかないものが聞こえ、クレアは現実に戻った。カーテンを開けるとグリムが脚に体を擦りつけてきた。それからひっかくような物音がして、ニールが抑えた声で呼びかけてきた。「戻ってきたよ。待って、灯りをつけるから」

　マッチの炎が燃えあがり、クレアはランプのまばゆい光に目をしばたたいた。外のおぼろな雪明かりの劇場に慣れた目には、暴力的なまでに明るい光だった。ニールは上機嫌でクレアを見た。

「どうだった」彼はささやいた。「気に入ってくれた？」

　クレアはどう言えば自分の感激を伝えられるのか、ふさわしい言葉が見つからなかった。思いつくかぎりの賛辞を連ねても、あれほど巧緻をきわめた舞台に対しては十分ではない気がしてもどかしかった。

「ともかく、きみをがっかりさせずにすんでよかったよ」クレアの賛辞に気をよくしたニールは笑いながら言った。「筋書きのある芝居のようなものを期待していたかもしれないが、行列が精一杯だったんだ。前にも言ったけど、ぼくはああいう人形を作って動かすことにしか関心がない。芝居をつくる方法なんかはさっぱりわからない」

「そんなこと」クレアは勢いこんで言った。「お芝居なんかよりずっとすごかった。実際に生きている人たちの華やかな人生の何分間かをそのまま切りとったようだったわ。わたしは窓からほんものの庭園を覗いていたんじゃないのかしら。大勢でパーティをしていて、雪景色の中、夜の遠乗りを楽しんで、夜食とダンスのために揃って城に戻っていくの。それくらい、人間そっくりで、あの人形たちはわたしが見る前から生きていて、森に消えた後もずっと生きつづけるんだって、本気で思った。ああ、なんて言えばいいのかわからないけど、見ているあいだずっと、あの人たちと一緒でないのが、パーティに招待されていないのが悲しくて」

「ほんとうに？」ニールは尋ね、クレアを引き寄せた。「ねえ、そうだったの？」

クレアは彼の手を撫でた。「ええ。でも感謝している。ニール、あなたのことを考えると、とっても不思議な気がする。いつもいろんな、ほんとうにいろんな気持ちが混じっているのだけど、その底にはひとつだけずっと変わらない気持ちがあるの――謙遜のような、慎ましい感謝のような。だけど、あなたに感謝しているのか、それともあなたと引き合わせてくれた運命に感謝しているのかはわからない」

「わかるよ。ぼくも同じ気持ちだ。ぼくがたまたま森にいたまさにその夜に、運命はきみを塀の向こうからよこしてくれた」

「ううん、同じじゃない。だって、偶然わたしだっただけで、学校が嫌いだから抜け出そうする女の子なんて、ほかにもいくらでもいるでしょう――うちの生徒はみんな学校が嫌いだし。でもあなたはすごく特別な人。すばらしい技術を持っていて、だれも知らないようなことを知っていて、不思議な力がある。ねえ、なぜわたしみたいな平凡でつまらない女の子を好きでいてくれるの？」

彼はクレアの顔を両手で挟み、自分のほうを向かせた。

「ひとことで言えば、きみは平凡でもつまらなくもないからだ。それに、優しい瞳が太陽の光だとするなら、知識なんてろうそくの灯りでしかないし、どんな匠《たくみ》の技も温かい体に比べたらなんでもない。きみを愛している。どれだけ言葉を連ねようと、それがすべてだ。でも、あとひとつだけ。

ぼくはきみを喜ばせたい。今夜きみはぼくの人形たちを幸せそうだと言ってくれたが、それと同じくらいきみを幸せにしたい」

「もうしてくれた」

「ああ、だけどもっと熱烈で完璧な喜びもある。もしきみがいつまでもぼくのものでいてくれるなら――きみの心をずっとぼくのものにして、きみを暗い森の向こうの、ぼくが愛するすばらしい世界の住民にできるなら、きみをあそこへ、永遠の木の下へ連れて行けるなら……」

「そして一緒に魔法の城に行くのね、音楽と踊りが待っているところへ」クレアは言った。「ああ、でもあなたが案内してくれないと。もう道は途中まで知っているのでしょう」

「そうしたらついてきてくれる？」

「喜んで。それはもう喜んで！　行くしかないわ。いままではただあなたを喜ばせるのがわたしの幸せ。息をするときも、空気はあなたの魔法でいっぱい。どうかあなたの魔法でわたしをずっと縛って。ぜったいにほどけないように」

ニールは優しく彼女の耳を撫で、針を刺したところに触れた。

「きみは森の彼方の城に行くだろう」彼はそっと呟いてキスをした。「ぼくは道を知っているし、きみは今夜うらやんだ誰よりも誇らかで幸福に、馬を駆ってかの地をゆくだろう」

ふたりは塀に立てかけた梯子のところで別れを告げた。クレアが梯子を登る前に、ニールはもういちど彼女の耳に触れた。

「まだ痛い？」彼は尋ねた。

「もう痛くない」クレアは答えた。「なにをしたの？　あの小さい管の中身を耳に付けたの？」

「それは秘密だ」ニールはにやりとした。「なにかを耳に付けたのかもしれないし、耳からなにかを取ったのかもしれない」

クレアは耳をこすった。「耳は無事みたいだけれど。取ったとしても、血を一滴くらいじゃないの、ぜんぜんかまわない。たった一滴の血ではたいした魔法はかけられないでしょう」

クレアは塀の上まで登ったところで一息つき、そしてパストン・ホールの側に下りていった。

「どうかな」ニールがおだやかに答えた。「一滴の血は魂のすべてを宿すのにじゅうぶんかもしれないよ」

第六章

恋をするのはこのうえなく楽しかった。クレアにとっては、パストン・ホールの煉瓦と漆喰やそこに暮らす人間よりも、心の中で、あるいはニールに対して自分の気持ちを説明するときに使う象徴的な言葉や、ふたりのあいだで信じるふりをしているつくり話のほうが現実的に感じられるようになった。クレアは自分は魔法の世界に生きているのだと説明したが、それは比喩などではなく現実だった。魔法はそれまで見えなかったものを見えるようにしてくれたし、姿を消すことのできる隠れ蓑でこそないにしても、誰の注意も引かないようクレアを覆い隠してくれた。ブラッケンバインに通っていることが学校でほとんど噂にならなかったのにも、もう驚きはしなかった。第六学年の生徒たちはクレアの行動を知っていながら、既成の事実として受け入れているようで、詮索がましい質問にあうことはなかった。ミス・ギアリーの風邪がよくなってからも、午後にブラッケンバインの門で待ち合わせて帰り道の付き添いをする習慣はなくなったままだったし、ミス・スペロッドは、クレアが半マイルを一人で歩いて帰ってきているというゆゆしい事態にも、とくになにも感じていないようだった。ニールが帰ってきたことは話題にものぼらず、誰もそれを知らないのではないかと思われた。以前のクレアなら、パストン・ホールでそんな自由を謳歌できるとは想像もつかなかっただろうが、いまは当然のように受け入れていた。それも、ニールとともにはるかに大きな自由の世界に足を踏み入れたために必然的に起こったことだと思えた。

クレアはニールのほうでも自分のそばにいたいと切実に思ってくれている証しをまのあたりにして深く心を動かされた。嬉しいことに、人形劇の後の何週間かは、午後に訪ねていくとミセス・スターンが食堂ではなく広い客間のほうに火をいれて待っていることが多く、そこにはたいていニールもいて、椅子に深々と身を沈めて読書に没頭するふりをしていたが、実際にはクレアの一挙手一投足に注意を傾けているのだった。おかげで午後の楽しみはいっそう喜ばしいものになった。ときおりミセス・スターンは、クレアの邪魔をしないようにと言って息子を追い払おうとしたが無駄だった。ミセス・スターンの真剣に怒っているふうをよそおった意味ありげな口調から、ふたりの仲を感づいているのがわかった。ときには、息子にじっと牽制するようなまなざしを送っていたし、クレア自身、ふと顔を上げると悲しげな同情を湛えた瞳に見つめられていることもあった。ニールとクレアがあまり長いあいだふたりきりにならないよう、さりげなく気を配ったり——ちょっとした言動の端々から、ミセス・スターンがさりげなくクレアを守ろうとしているのがはっきりと伝わった。クレアは内心でそんな心配を笑った。ニールのことなら母親よりもずっとよく理解しているという自信があった。彼と一緒にいるときは、どこまでも安心しきっていられた。

そのほかに、レッスンのあいだニールがいるせいで、以前と比べるとラテン語は捗らなくなった。しかし別な方面では成果もあった。ニールはよく部屋にスケッチブックを持ち込んでおり、クレアがときおりちらりと目をやると、いつも鉛筆を忙しく動かしていた。そのうち、お茶の時間になったときに、なにを描いたのか尋ねてみるようになり、そのたびに一、二ページにわたって彼女自身を描いたスケッチを見せてもらった。クレアには玄人並みの腕前に見えたので賛辞を惜しまなかったが、ニールは謙遜し、そこへ母親が批評を挟んだりで、ついには午後のレッスンが絵画教室になったり、そこまではいかずとも、ミセス・スターンによる線画についての講義が始まったりした。

ミセス・スターンはニールのスケッチをけなし、自分の描いた絵を見せるのだが、その態度には嫉妬めいたものが混じっているように感じられた。ときにはラテン語のレッスンがすっかりどこかへ行ってしまうことさえあった。ニールがクレアを描きはじめると、すかさずミセス・スターンが手厳しい批評を加え、議論が白熱したところでふたり揃って二階のアトリエに上がってゆき、複製画の画集をめくったり、ミセス・スターンの昔の作品のカンヴァスを持ち出してきたりした。

「わたしたちの作品をあんまりもちあげてはだめよ」ミセス・スターンは言った。「ニールのはだめ。あんなのは安物のカメラで十分用が足りるわ。偉大な画家を研究するのよ——いい画家をね。わたしもほんものの芸術家とはいえないでしょうね。本来なら、装飾のほうが向いていたのかも。陶器に花を描いたり、布地の模様をデザインしたり」

クレアには納得がいかなかった。ミセス・スターンはアン・オッタレルを描いて、本人をじかに知っていたクレアでさえ見過ごしていた魅力をみごとにあらわした。一途に恋人を見つめる愛らしい顔を見るとなんともいえない気持ちになって、目をそらさずにいられなかった。

ミセス・スターンの作品のなかには、ほかにもすぐにそれとわかるものがあった——ニールの人形のための原案である。ニールが参考にしたに違いない馬の習作が大量にあった。三角帽子と裾の長い上着のりゅうとした紳士たちや、手のこんだドレスや豪奢な毛皮に身を包み、胸元にも髪にも宝石を飾った貴婦人たちを描いた絵もあった。また乗馬服姿の男装めいた少女たち、昔の宮廷人のようなサテンとヴェルヴェットと黄金のレースづくしの華麗な装いの少年たち。古い時代の装束を描いた習作やスケッチの数々は、人形劇の一座に必要な舞台衣装を網羅していた。絵画にそれほど詳しくないクレアにさえ、ニールの小さな人形たちの衣装をつくるために、有名な画家の作品からどれほど多くの豪華な富を模写したのか察することができた。

クレアの肩越しに絵を覗きこんでいたニールがため息をもらした。

「母の仕事は完璧だ。それにひきかえ、ぼくの手が生み出すものときたら、デザインにはまったく及ばない猿真似でしかない」

クレアは、例の夜にはあんなに完璧に幻影をつくりだしたではないかと言おうとして、すんでのところでとどまった。かわりに、ニールのつくった人形を見せてほしいと頼んだ。

ニールは顔をほころばせた。「いつかその時が来たらね。ずっと怠けていたから。これからいくつかつくらないと。母さん、もっと豪華な衣装をデザインしてくれないかな。ぼくの最高傑作に着せるんだ――クレアのためにつくるやつだよ」

しかし返事はなかった。ニールは簞笥の引き出しをつぎつぎと開け、母親の集めた美しいはぎれや、つくりかけの小さな衣装をクレアに見せた。ミセス・スターンは乗り気ではないようだった。

「今度は自分でつくりなさい」と突き放すように言い、ミセス・スターンがそんな冷たい言い方をするとは思わなかったクレアは驚いた。「とても細かい作業なのよ」ミセス・スターンはクレアにいいわけした。「もううんざりしたの。熱が冷めて、苦労してつくる価値があるのかどうか疑わしくなってきたのかしらね――そもそも、ああいうものをつくるべきではなかったのかも」

「そんな、もちろん、こんなにきれいで誰にも真似のできないものをつくるのは……」クレアは言いかけた。

「そうね」ミセス・スターンはさえぎった。「もし美が唯一の法で、人を創作に向かわせる情熱に高慢の罪という一面がなかったなら、そうなのでしょうね」そう言うとミセス・スターンはほほえんだが、ただのおもちゃの話をしているにしてはあまりに悲しげで、クレアはとまどった。ミセス・スターンの口調は真剣そのものだった。「もし美が真実と同じくらい正しいものなら、美のことだけを考えていてもよかったでしょうね。悲しいけれど、人が自分の過ち、あるいは罪を自覚したときにはもう手遅れで、正すことはできないの」ミセス・スターンはニールに向き直った。「でも少なくともやめることはできる。自分たちの道を行き、これ以上罪を犯さずにいることもできる。わたしはもう、なにもつくらないと思うわ」

パストン・ホールでクレアは朝も夜も勉強にふけった。自分だけの勉強部屋は与えられていなかった――パストン・ホールにはそんな余裕はない。けれど午前中はずっと、第六学年の生徒たちが授業を受けているあいだ監督生室をひとりで使うことができた。学期が始まってから三週間ほど経ったある朝、クレアは一日じゅう自習をするつもりで監督生室に腰を据えた。その日の午後はブラッケンバインには行かないことになっていた。前日にミセス・スターンから、ペンタブリッジに用事があり、遅くまで帰らないと告げられたのだ。ニールの表情は、それでも来ればいいとあからさまに誘っていた。クレアもそうしたかったが、ミセス・スターンが留守にしているのを誰かが知っているかもしれないのに白昼堂々と出かけていくのは危険すぎた。

その朝は冷たい雨が降っており、クレアは暖炉の火が消えているのに気づいてうんざりした。規則では夕方まで部屋に火が入れられないことになっていたのを、根気よく訴えて変えさせたのだ。だが実際には、クレアがうるさく言わなければ、いつもメイドは朝に火を入れ忘れた。クレアは本を置いて家政婦の部屋まで行き、しばらくかけあった末に、メイドをよこして火を点けなおすと約束させた。そこでクレアは部屋に戻り、ヴィクトル・ユゴーに没頭した。

ずいぶん経ってようやくやってきたメイドは、さらに長い時間をかけ、不器用な手つきで新聞紙と生乾きの枝を火格子のあいだにつっこんだ。クレアはパストン・ホールの流儀を熟知していたので手を出そうとはしなかったが、自分でやれば半分の時間で火を熾せただろう。メイドはやる気もなさそうに焚きつけをつついていたが、それでもとうとう石炭粉の小山の上に小さな炎が点り、どうやらそのまま燃えつづけそうだった。メイドが鼻をすすりながらのろくさと新聞紙を裂いているのに苛々させられたクレアは、もうほうっておいてさっさと立ち去るように言った。

炎は徐々に大きくなり、クレアは何時間かフランスのロマン派の作品に集中した。それからあくびをして体を伸ばすと、別の教科に移る前に何分か火にあたって休憩しようと立ち上がった。メイドの仕事ぶりはずさんで、焦げた枝や紙きれが炉床に散らばり、暖炉の前の敷物には余った新聞紙が広げられたままだった。クレアはそれらを拾い集めて石炭入れの後ろにほうりこんだ。ペンタブリッジ・インディペンデント紙の半分にちぎれたページがひらりと落ちたので再び拾いあげたところ、見知った顔の写真が目を引いた。

とっさに知人だと思ったのだが、すぐに勘違いだと気づいた。写真の下に説明はなく、メイドが適当にちぎり取ったあとに一段落ほど本文が残っているだけだった。クレアはそれを読んだ。

ここに哀悼の意を込めてペンタブリッジ・ハイウッド・ロード・ホワイトハウス在住ジョージ・レインズ夫妻の十七歳になる息女マーガレット・レインズが小児麻痺により死去されたことをお知らせする。マーガレットは先週木曜夜から重篤な症状でペンタブリッジ診療所に入院していた。マーガレットはペンタブリッジ高校の歴史においても極めて優秀な生徒の一人だった。学業および試験において輝かしい成績を修めただけでなく、より広く校外の活動にも熱心に取り組んだ。自然を学ぶことに情熱を傾け、特に野鳥観察を趣味とし、準会員として所属するペンタブリッジおよび周辺地区博物学会で昨年春に論文を発表し、会長を務めるサー・エドワード・ポーターに高く評価された。ペンタブリッジ中等学校の第六学年の担任であるミス・ランシングは、マーガレットの死去という悲報に対し、学校関係者を代表して深い悲しみを表明し、次のように述べた。「わたしたちは皆、マーガレットにはすばらしい将来が開けていると思っていました。彼女はいろいろな分野で非凡な才能に恵まれていました。学校では社交的で皆から好かれていましたが、一部の人間は繊細な一面もあることを知っていました。読書家で自然を熱烈に愛し、よくひとりで森や野原を歩き回っては、そこでの体験をもとに細やかな観察眼に裏打ちされた思索的な詩を書いたりしていました……」

後の部分は破られ、暖炉の火を熾すのに使われてしまっていた。新聞の日付をたしかめると、去年の六月のものだった。

マーガレット・レインズの名前を聞いたことはなかった。パストン・ホールの生徒にとっては、ペンタブリッジの人間はパタゴニアの住民も同然だった。それでも、マーガレットの顔に見覚えがあるという確信は揺らがなかった。新聞の粗い印刷で見ても、美しい少女だった。顔をふちどる金髪は三つ編みにして両耳を覆うように巻きつけてあり、制服の首元には白いブラウスの襟が覗いていた。ペンタブリッジ中等学校の生徒――どう考えても知っているはずがない。ときどき自転車でパストン・ホールの門の前を通り過ぎるところを目撃する女生徒たちの一人だとすると、見かけたことぐらいはあるかもしれないが、そんなひとめ見たという程度ではなく、もっとじっくりと眺めたことのある顔だという確信があった。

ずっと写真を睨んでいると、ふいに謎がとけた。クレアはあわただしく新聞のきれはしを折りたたみ、部屋をとびだして階段を駆けあがり、自分の部屋に戻った。このところしばらくはクリスマス・ツリーの人形の包みをほどいて見ることもなかったが、もう疑いはなかった。写真の少女と人形は双子さながらだ。戸棚の奥の包みをひったくるようにとり出し、紙を剝がす。しかし、あっと声をあげてベッドにへたりこんだ。

最後に人形を見たのは一週間、いやもう二週間近く前になるだろうか、そのときはたしかになにごともなかった。扱いには細心の注意を払っていた。それなのに人形はぼろぼろになっていた。とっさに、だれかがたちの悪いいたずらをもくろんで部屋に忍びこみ、人形をめちゃくちゃにしたのではと考えて猛烈に腹がたった。しかしそれはあまりに荒唐無稽な考えだった。パストン・ホールにそれほど歪んだ心の持ち主がいるはずがない。そこでもっと念入りに人形を調べたあげく、なんらかの自然の作用でそうなったのだろうと判断した。どうやら木材が木目に沿って割れ、細かな亀裂が入ったのが原因らしかった。関節の微細な継ぎ目がぱっくりと割れ、塗料が剝がれ落ちていた。

ドレスはまったく被害を受けていなかった。どうしたらそんな短期間で木材が劣化するのか、クレアには理解できなかった。戸棚の近くはもちろん、部屋のどこにも熱湯の配管は通っていない。壁は完全に乾いており、戸棚に入っていたほかのものは駄目になっていない。冬のあいだずっと同じ棚にテニス・ラケットがしまわれていたが、ラケット自体にもそれを掛けてあった枠にもまったく歪みや割れは見られなかった。

クレアはひどいありさまに泣きそうになり、人形が無事かどうか毎日たしかめなかったことで自分を責めた。最初に割れが入ったときに気づいていれば、ニールのところに持って行って、ひびがそれ以上に広がらないようにしてもらえたかもしれない。でも、割れるなんてどうして想像できただろう。木材はミニチュアの木から採ったもので、とてもながもちするから使ったのだと言っていた。いまからできることといえば、ニールに人形を見せ、しまってあった場所を説明し、どうしてそうなったか、また修理できるかどうかを尋ねてみることくらいしかない。午後にさっそく持っていこう。ミセス・スターンが不在だとしても、危険を承知で行くしかない。とても次の日までは待てなかった。

そう決心すると少しは気が落ち着き、人形を見に来た理由を思い出した。新聞のきれはしを広げ、人形と一緒にベッドの上に置いた。人形の顔も無傷ではなかったが、直感は正しかったのがわかった。人形の長い髪をゆるくお下げに編んで写真の少女と同じように巻きつけてみた。そっくりだった。やはり思い違いではなかったのだ。

人形と写真を見比べてはあれこれと思いめぐらしているうちに終業のベルが鳴り、クラスから解放された生徒たちのざわめきに我に返った。いまにもばらばらになりそうな人形を慎重に包み直し、午後までしまっておくことにした。新聞のきれはしは小さくたたんでハンカチの入った引き出しの底に忍ばせた。

その日の午後、クレアを見たニールは驚いた顔で、しかし嬉しそうに歓迎の言葉を口にしたが、クレアのほうはほとんど口もきけないほど息を切らし、ただ悲痛な顔で相手を見つめた。それ以上なにも言わずにポケットから人形の包みを出してさしだす。

「どうしたの？　なにがあったんだ」ニールはそう言うと、クレアの悲嘆もあらわな顔から小さな包みに視線を移した。クレアが訪ねて行ったときニールはアトリエにいた。作業台はきれいに片づけてあり、不思議な形をした木片をいくつかいじっているところだった。「これを見て」クレアは情けない声で言った。「ほんとうにごめんなさい。こんなふうになるなんて思わなかったの。戸棚に入れておいたのだけど。直せる？」

ニールは手にした工具を置いて額にしわを寄せ、人形の包みを解いた。クレアは相手の顔を真剣に見守り、被害は深刻でないと考えているしるしが読みとれないかと祈るような気持ちだった。彼は人形をじっと見つめた。ドレスを脱がせ、隅々まで入念にたしかめた。あまりに真剣に没頭しているので、クレアは自分がいることを忘れられたのではないかと考えた。しばらくしてニールは名残り惜しそうに人形から視線を引き剝がすと、表情をやわらげた。

「うん、これね……」彼は言った。「そんな悲しそうに言うから、もっと大変なことかと思ったよ。これはどうしようもない。失敗作だと言っただろう。こうなるのはわかっていた。きみは気に入ってくれていたから、その点では残念だけれどね。でももう大丈夫。ほら！　ちゃんと約束は果たしているよ。きみのために別のやつを作っているんだ」

彼はいくつもの小さな木片を示した。なかのひとつは人間の胴体の形をしているように見えなくもなかった。クレアはニールのこともなげな口調と笑顔に気を楽にした。人形が失敗作だと言っていたのはよく憶えていたが、それでもまだわけがわからなかった。

「なぜこんなふうになったのかわかる？」彼女は尋ねた。「もっと別なところにしまっておくほうがよかったの？　それとも材料の木が良くなかった？」

「そうだな」ニールは考えこんだ。「どこにしまっていても変わりはなかったと思う。うん、選んだ木材が悪かったんだろうね」彼はつくりかけの木片を見下ろした。「どんなふうに扱うかも重要なんだけどね。きみが思うほど杓子定規でも機械的でもないんだ。経験から学んだんだが——こういう失敗をとおしてね——なにかをつくりだそうとするなら、素材の性質に逆らってはいけない。これを創作と呼ぶのが正しいのかどうかさえもわからない。だってね、あの小さな長方形の木片を見てごらん。きみの人形のための腕はもうあの中に存在しているんだ。そのはずだ、いままさに出てこようとしているんだから。ぼくが埋め込んだのじゃない。ぼくがつくったのじゃない。ぼくはただ周りのものを取り除いて自由にしてやるだけだ。それから、持てる限りの技を尽くして、ほかの木材の中にある別の部分と調和するように繋げてやって、全体としての命を与える——もしできるなら。全体としての人形はぼくとは関係なく存在している。ぼくはただ手を貸してやるだけだし、それも素材の本性が告げるとおりにしか手出しできない。この素材にぼくの思いのままの形を取らせることなどできない。素材自身が望んでいなければ加工できないんだ。ぼくが工具を手にする前にすでに人形は存在していると言ってもいい。そんな意志が——そうやって動いて命を得る、あるいは生きているかのような見かけをとろうとする意志が、ぼくではなく素材自身に備わっているはずがないと、誰が言えるだろうか？　この死んだ物質はじつは死んではいない。つまり、静的で不変という意味で死んではいない。そうじゃない。きみも見たとおり、変わることができる。物質の隠れた本性を見抜いてそれがどんなふうに変わりたいと望んでいるか、密かな意志とでも言ったものを理解して、それに従う。これがぼくのやりかただ。とても玄妙な技なんだ。ぼくがときに間違うことがあっても不思議はないだろう？」

クレアには、ニールの述懐は他人に聞かせるつもりのない推論、あるいは自己弁護のように聞こえた。最後に彼はもの憂げに微笑んでクレアのほうを見た。「人生は短く、創作の道は遠い」

彼は合板の戸棚を開けると、工具や素材やスケッチブックでいっぱいの棚に無造作に人形をほうりこんだ。

クレアは作業台の木片のひとつを手に取った。ずっしりと重い木材で驚くほど木目が細かかった。

「これがうまくいくといいけれど」クレアは言った。「息を吹き込むとか、そんなことでは駄目なの？　魔法をかけて従わせるとか。だってあなたは人間を思いどおりにできるじゃない。木ならもっと簡単なはずでしょう」

「ぼくの人形は木だけでできているわけじゃない」彼は答えた。

「そうなの？　他になにを使うの？」クレアは驚いて尋ねた。

ニールは破顔した。「画家が絵の具に混ぜるもの――脳味噌さ！　プラクシテレス*の彫像はけっして大理石だけでできているわけじゃない。石だけではなく汗と涙と溜息からもできている。ぼくがつくるものには血や肉や魂も込められていて、だからこそ間違うこともあるんだ」

＊紀元前四世紀ギリシャの彫刻家。

「なにか手伝えたらいいのだけど」クレアは言った。「わたしのために人形をつくるのに、そんなに無理をさせるのはわがままみたいな気がする。もちろん人形ができたら誇らしい気持ちになるでしょうけれど」

ニールは作業台に置いてあったスケッチブックをひったくった。「やっぱり！」彼は叫んだ。「さっき素材自身が望んでいなければいけないと言ったけど、そのとおり素材が望んでいることがわかったわけだ。午前中ずっとここの構造に手こずっていて、モデルがいたらなあと思っていたんだが、そこへぼくの祈りに応えるようにきみが現れた。コートを脱いでそこの箱に乗って、少しのあいだだけポーズをとってくれたら、問題は解決だ」

クレアは言われたとおりにした。ニールが彼女にポーズをつけてゆき、彼の手に体や手足の位置を指図されるうちに、魔法の力の虜になっているというふりをしていたのがほんとうになったような気がした。クレアは肉体的な服従に喜びを感じ、それに甘んじた。ニールがスケッチを始める頃には、自分の意志でポーズをとっているのだとわかっていても、彼の支配力を痛切に感じ、また彼がそうやって自分を所有しているのを喜んでいることがはっきりと伝わってきて、命令でそこに釘付けにされており、許可がなければ望んでも身動きできないのだと自分でもなかば信じこんでいた。

ニールは容赦なかった。たびたび休憩を許してくれたものの、思いがけず手に入れた機会をとことん利用すると決めたようで、薄暗くなるまでずっとクレアにポーズをとらせつづけた。それまでに全身の絵を二枚と頭や手足のスケッチを何枚か仕上げていた。クレアはスケッチを眺めて内心では感嘆したが、あえて批判的な態度をよそおった。

「これでいい」ニールは満足げに言った。「芸術にはほど遠いが、表現は正確だ。これが欲しかったんだが、いままできみをちゃんと描く機会がなかった。来てくれてほんとうに嬉しいよ」

「そう、でもひどいじゃない」クレアは言った。「こんな格好のときにポーズをとらせるなんて。着替える暇がなかったものだから」

クレアはそのとき、いつもブラッケンバインに来るときのウールのセーターと濃い灰色のスカートではなく、ワンピース式の体操服を着ていた。パストン・ホールの生徒はみな体操服をみっともないと思っていたが、体育の授業が毎日あるために午前中はそれを着て、昼時になると、ミス・スペロッドの決めた規則の範囲内でもうすこしさまになるものに着替えることにしていた。

ニールはアトリエの暖炉の火でやかんに湯を沸かし、お茶を淹れているところだった。

「ええ？　どうして」彼は言った。「それのどこがいけないの」

クレアはふんと鼻を鳴らした。ニールは同情するように笑ったが、作業台をかたわらに茶を飲んでいるあいだ、小首を傾げてクレアをまじまじと眺め、彼女の着ているものに初めて気を留めたというようすだった。

「よくわからないけど」彼は言った。「そのままでは美しいとは言えないけれど、基本的なアイデアは悪くないんじゃないかな。ちょっと手を加えればよくなるよ。とても魅力的にもできるだろう。こんなのはどう？」

スケッチブックをめくり、てばやくワンピースを着た少女を描く。クレアはそのスピードと技術に圧倒されて目を離すことができず、みるみるできあがっていく絵に魅せられた。描かれた少女はかわいらしく、彼女の着ている少し手の加えられた体操服は、堅苦しくはないが気品があり、きちんとしているが軽やかで、スパルタの少女たちが着ていたキトンにも通じるものがあった。

「そうね、いいんじゃない」クレアはしぶしぶ認めた。「でも、〈鞭を控えて《ミス・スペア・ザ・ロッド》〉女史が許可してくれるとは思えないわ！　それはそうと、この絵にはモデルがいるんでしょう。わたしじゃない。誰かって言えば……」

　クレアはスケッチブックを手にしてニールが点したランプの近くに寄り、スケッチを眺めた。絵の少女の名前がのどもとまで出かかっていたが、わかったと思ったその瞬間に名前は消え失せた。その絵そのものの少女を知っているわけではないのはたしかだった――それでも誰かに似ている気がしてならなかった。こんなふうに短い巻き毛でスタイルの良い、きれいな若い娘を知っている。あともう少しで、どこかに行ってしまった名前をふたたび捕まえられそうだった。まだ頭を悩ませているうちに、ニールが手を伸ばしてスケッチブックをとりあげ、閉じた状態で作業台に置いた。彼がクレアの手をとり、ほかの話を始めたので、いったい誰に似ているのか、もどかしい探索をそれ以上つづけることはできなかった。

　それでもずっと気にかかってはおり、ブラッケンバインを辞去するとき、ニールの腕に抱かれてキスされながらも、クレアは喜びに完全に我を忘れることはなかった。ニールに髪を撫でられ、支配の印がまだ残る耳に触れられているときも、まだあれこれと考えていた。訊かなければと感じていたことを形にするのは難しく、なんとか言葉を見つけたときには、ランプの光のもとでスケッチを見ながら答えを探していた質問とはまったく別のものに変わってしまっているように思えた。

「人形はいつもモデルからつくるの？」クレアは尋ねた。「現実の人を描いたスケッチから、ということだけど――今日、わたしを描いたみたいに」

「まあ、そうだね」彼は答えたが、なぜその質問がクレアにとってそれほど重要なのかは、わかっていないようだった。「生身のモデルが一番だけど、そう簡単には都合できないしね。だから代わりに写真を使うこともある」

「写真を？」クレアは大きな声を出し、安堵の思いにしがみつきながらも、なぜそれほどほっとしたのかは自分でもよく説明できなかった。「新聞に載っている写真とか？」

ニールは笑った。「そうだね。もしいいのがあれば、新聞の写真でも。どうしてそんなことを？」

「さあ」クレアは相手を見上げた。心の重荷が除かれたかのように、われながら不審なほど気持ちがうわついていた。「さあ、どうしてかしら。わたしの人形はわたしとそっくりになるの？　肖像みたいに」

「そうかもね」そう言ってニールは彼女にキスをした。「実際、そうなるだろう。つくっているあいだずっと、きみのおもかげを思い浮かべているだろうから。そっくりになるだけじゃない。人形はきみになるんだ。きみはいつでもぼくの心と魂にいて、この手をとおして木に入りこむんだ」

クレアは相手の肩にもたれた。

「それじゃ、あなた自身の人形もつくらないと。そうしたら、人形もわたしたちと同じように恋人どうしになって、ふたりで現実では行けない魔法の国にも行けるかもしれない。そうよ、絶対にそうして。それならわたしたち、人形をつうじて船長の庭のみんなの仲間入りをして、お城のパーティに行けるじゃない」

ニールはクレアをきつく抱きしめ、腕の中に閉じこめると、自らの優位を確信したようすで彼女の顔をのけぞらせた。

「そうする、そうするよ」彼はささやいた。「こんどは絶対に失敗しない」

第七章

ニールに人形を返してから二週間以上が過ぎ、風の強い日曜の朝にクレアが校庭をぶらぶらしていたところ、後ろから息を切らしてあえぐような声におずおずと名前を呼ばれた。めんどうに思いながらふりむくと、急いで近づいてくるのは邪険にもできない相手だった。リーニィ・フォードは第六学年の監督生で、痩せて貧血のように顔色が悪く、茶色の目は近眼で、いつもおそろしくまじめな表情を崩さない。度を越した品行方正さで知られ、下級生たちはよく彼女をからかっていた。クレアはなるべくかかわりにならないようにしていたが、彼女を傷つけたくはなかった。クレアはためいきをついて、それまで空想の中でさまよっていたブラッケンバインの世界を後にした。

その世界は、この二週間でいわく言いがたい変貌を遂げていた。ブラッケンバインを訪れることはより大きな秘密をはらみ、ゆくてにさらに危険な冒険が待ちうけているかのようで、胸が躍るかと思えば急に怖気づいたりした。ここ二週間のあいだにミセス・スターンは三、四回は留守にして、本来ならブラッケンバインに行く用事はなかったが、それでもクレアは出かけていってニールとふたりきりで午後を過ごした。そうすることの危険も、そのためにまわりを欺かなければならないことも、もうクレアを思いとどまらせはしなかった。クレアは全力で反抗し、パストン・ホールの人間が思いつくかぎり、おそらく最悪の罪を犯しているにもかかわらず、すこしも良心の呵責を感じなかった。

ニールは彫刻にうちこんでいた。一緒にいるあいだ、クレアはニールの作業を見守り、手助けしようと待ちかまえ、頼まれて工具を手渡したり物を取ってきたりするたびにつつましい喜びを感じた。まめまめしくお茶を用意し、ほがらかに家の中を動きまわり、キッチンとアトリエを行ったり来たりするうちに、我が家に帰ってきたような気がして、ほかのどんな家にも感じたことのない愛着を覚えるようになった。ニールは二体の人形をつくっていた。作業はゆっくりと進められ、手順は複雑だった。さまざまな部品をべつべつに形づくる必要があり、完成したときにどのようになるのかは、まだ想像もつかなかった。

なんどかニールに他の人形を——学期の始めのあの凍りつくような純白の夜、にぎやかに船長の庭園を通り過ぎた小さな俳優たちを見せてくれるよう頼んでみた。しかしニールはいつものらりくらりとかわし、ただクレアをじらして楽しんでいるようにも見えたが、とうとう、クレアのための人形ができあがったときには好きなだけほかの人形も見せると約束した。

このごろでは日が長くなってきたこともあり、一、二度、ニールが作業を早めにきりあげ、アトリエの天窓からクレアを連れだして、明るいうちに木々に覆われた丘の急な斜面を散歩したことがあった。そのときクレアは切り立った崖の上から覗きこむかたちでミニチュアの庭園を再び目にした。ニールが下を覗かせてくれた場所からでは、城ははっきりとは見えず、大部分は絡みあうミニチュアの木の森に隠れてしまっていた。見たかぎりでは、丘から庭園に下りていく道はない。ニールはあの人形劇の夜にどうやって庭園の外から人形を操ったのか教えてくれなかったし、アトリエの窓から出て庭園を散策することも許してはくれなかった。クレアは甘えてねだってみせたが、新しい人形が完成したときに秘密を明かすと約束させることしかできなかった。

その朝、大股に校庭を歩いているあいだも、クレアは空想の中でニールとともにいた。リーニィ・フォードは、振り向いたクレアのきついまなざしにたじろいだ。

「クレア！」リーニィは息を切らしながら言った。「ごめんなさい、聞こえていないみたいだったから。すごく足が早いんだもの。いまちょっといいですか――なにか考えごとをしていたのでしょう――でも大事な話がしたくて、いまがいい機会だと思ったので」

校庭に他の生徒はいなかった。おおかたは列をなしてハリウェルの教会に行ってしまった後だった。クレアは好きなようにしていいことになっていたし、リーニィは足が弱く、四マイルの道のりはとても歩けなかったので、礼拝を免除されていた。すぐそこにベンチがあり、そこなら突風を避けられそうだった。風はリーニィの長いスカートとゆったりしたブラウスをはためかせ、服を着た案山子《かかし》のように見せていた。クレアはベンチに腰をおろした。内心うんざりして、自分に相談してくるなんて、リーニィは中等部の下級生たちのどんな校則違反を見つけたのだろうと考えていた。

「いったいなに？」クレアは尋ねた。

リーニィは気をとりなおして話しはじめた。証言台に立った警官のように、暗記した内容を喋っているみたいだとクレアは思った。

「おとといの、金曜の夜のことなんです」リーニィは言った。「二時四十五分でした。ああ、だからもちろん、ほんとうはもう土曜日ですね。つまり昨日の午前二時四十五分に――夜光塗料の時計を見てちゃんと時間を書き留めておきました――いつもの消化不良で起きたんです。夜にひどく胃が痛むことがあるので、引き出しにはいつも錠剤を入れてあります。四錠をコップの水で飲んだ後、月がとても明るかったから、暗いほうがよく眠れるかもしれないと思ってカーテンを引こうとしたんです。当然、窓の外を見ることになりますよね。そうしたら、だれかが敷地の向こうから校舎のほうに歩いてくるのが見えたんです。午前二時四十五分にですよ。とても信じてもらえないでしょうけれど、絶対に本当です」

リーニィはきっと唇を結び、挑むような目でクレアを見た。

「だれかが校庭に？」クレアは慎重に繰り返した。「金曜の夜に？　そんなのありえない」

「わたしだってそう思いました」リーニィはうなずいた。「でもすぐに眼鏡をかけて見直したし、間違いありません。塀のそばの樺の木のほうから校舎に向かってだれかが歩いてきたんです。証言できるのはわたしだけじゃありません。とてもびっくりしたので――それに正直に言うと怖くなって――だってとても怪しい人影だったんですよ――エルシーを起こしました。エルシー・バタフィールド、知っているでしょう。同室なんです」

「それでエルシーも見たの？」

「はい。そうです、でも……」リーニィは先ほどよりは自信がないようすだった。「ちらっとだけだと思いますけど。そのときにはもう建物の角にいて、こそこそと壁際を歩いていたので。でも、エルシーもちょうど人影が消える前に見たと言っていましたし、そのときはちゃんと目を覚ましていました」

「ふたりとも夢でも見たのよ」クレアはそっけなく言った。「外から敷地に入ってこられるような所はないもの。ひょっとして、庭師の小屋のところを通ったなら別だけれど、それならウィリアムズの犬が大騒ぎしていたはずだし」クレアは自信を持って断言できた。むかしみなで夜中に出歩いていたときも、庭師の小屋には近づかないようにしていた。「ウィリアムズにその夜なにか物音を聞いたかどうか尋ねてみた？」

「いいえ」リーニィは答えた。「わたしたち、まだだれにもなにも言っていません。ミス・リンスキルに言うべきかどうか話し合ったんですけど、わたしは監督生代表のあなたが報告するべきだと思ったし、エルシーもそれに賛成したので」

クレアはほっとした。「正しい判断だったわね。だって、たぶん本当にたいしたことじゃないでしょうから。パストン・ホールに忍びこむ泥棒なんているとは思えない」

「エルシーもそう言っていました。ホールにはテニスの優勝杯があるけれど。でも、わたしも泥棒だとは思っていません。女の子でしたから」

「女の子！」

リーニィはクレアが驚いた声を出したので満足げだった。クレアはリーニィの話を聞いて、男だったと言われるとばかり思って身構えていた——夜中に塀の向こうをうろついたりするただ一人の男が、こちら側にも足を伸ばすようになったのかもしれないと。ところが少女だったとは——。

「はい」リーニィは言った。「女の子か、それとも女の人か。でもわたしは女の子だったと思います。学校のコートみたいな灰色のコートを着ていたし、素足でしたから。肌色のストッキングを履いていたのでなければですけど——そこまではわかりませんでしたが、コートは短かったです。帽子は被っていなくて、髪は明るい色だったような気がするけれど、月の光のせいでそんなふうに見えたのかもしれません。髪が短かったのはたしかです。もっと詳しく言えたらいいのですが、気が動転していたし、最初は眼鏡を掛けていなくて、後で見たときは校舎の角を回りこむところだったので」

「どっちへ行ったの？」クレアは勢いこんで追求した。

「東棟の端のあたり、体育館の角を回って監督生室のほうへ……」

クレアはいきなり立ち上がった。

「そうだ！」愕然として思わず声をあげる。「わたしってば、なんて馬鹿なの」リーニィがあっけにとられたように目を丸くしてクレアを見上げており、クレアは我に返った。

「よく聞いて」声をやわらげ、ありったけの権威を込めた口調で言いふくめる。「この件に関係があるかもしれないことを急に思い出したの――ついさっきまで、すっかり忘れていたけれど。この件に関して、あなたもエルシーもいっさい口外しないでもらえる？　一日か二日、誰にも言わないで。わたしの思いつきが正しいかどうかたしかめさせて。調べもせずに言いふらしたりしたら、あとで恥をかくかも」

「なにか心あたりがあるってことですか？」リーニィは尋ねた。

クレアはもうその場を立ち去ろうとしていた。「そうかもね――まあ、そんなところ。まず、たしかめてみないと」

クレアは校舎に駆けもどり、自室に上がって扉を乱暴に閉め、急いで戸棚を開けた。乱雑に積み重ねられた紙の束や古いノート、ルーズリーフや手紙をかきわける。手紙は父母やパストン・ホールを卒業した友人からのものだった。探しながらも思わずいらだちの声が漏れ、自分の不注意と間抜けさを激しく呪った。十分もかかってようやく目当てのものを見つけた。五、六枚にわたる手紙で、ほとんど読まないまま封筒に戻してあった。

昨年の夏学期を最後に学校を卒業したヘレン・グレイから、今学期が始まってすぐに届いたものだった。手紙にはヘレンがクリスマスをスイスで過ごし、ロンドンで就職したことが、とりとめもなく綴られていた。受け取ったときには、クレアは心底からブラッケンバインに浸りきっていたので、そこに書かれていることは自分の身には遠く非現実的に思えたたし、判読しづらい歪んだ文字が四方八方に傾いているなぐり書きをすべて解読する忍耐は持てなかった。暇ができたらじっくり読むつもりで、そのまま忘れていた。ところが今になって、そのとき拾い読みした比較的判読りやすいところの一文を急に思い出し、頬をはたかれたようなショックを受けていた。

ざっと目をとおしながら便箋をめくり、そのくだりを探した。

〈(判読不能)では、ほんとに素敵な時間を過ごし(……)長い長い学校生活の最後の休暇(……)いまは事務所でせっせと働いて(……)簿記をやってる。このわたしがだよ!〉クレアは便箋を一枚一枚、床に落としていった。最後のページに目当ての文が見つかった。

〈(全く判読不能)でジュディに会ったって言っておかなくちゃ。すごく楽しかった。あの子とわたしといとこのハリーと、それからもちろんジェニファーもいたから、わたしたち三人はずっとプリズン・ハウスと鬼婆の思い出話をしてた。わたしたち二人とも、今までで最高の思い出は、昔、あなたとパメラとグループのみんなで真夜中のピクニックをしたことだって言ったの。ジェニファーが、あなたはとっても「謹厳実直」な人だから、そんなことをしたなんて信じられないって。いままでだれもわたしたちの抜け道を見つけられなかったみたい。ジェニファーもわたしが教えるま

で知らなかったって言うし……〉

クレアはこのくだりを初めて注意深く読んだ。便箋を封筒に戻す。クリスマス以降は、監督生室の窓の秘密はおおっぴらになっていたのはたしかだ。

クレアはヘレンの妹であるジェニファー・グレイについて思い出そうとした。第四学年の生徒で十五歳になるはずだった。そろって野暮ったい中等部の高学年の生徒のなかでは際だって美しい少女だったので、顔はよく覚えていた。明るい茶色の天然の巻き毛を短く切りそろえ、大きな青い眼をして、成長の過程でだれもが通るぶざまな時期をとばして、幼児のぽっちゃりとした体型からしなやかで優美な体つきにいきなり変貌を遂げたように見えた。性格についてはほとんどなにも知らなかった。他の監督生の話を漏れ聞いたかぎりでは、生意気でわがままな反抗的態度のめだつ少女という印象だった。彼女なら、学校を簡単に抜け出せるとヘレンから聞いて実際に試してみようと考えたかもしれない。

もしそうだったなら、クレアとしても気持ちはわかるので、咎めだてする気にはなれなかった。なんとかリーニィ・フォードをまるめこんで、月の沈みゆくあやしい時刻に彼女が見た人影は幽霊だったのだと納得させることができるだろうか。それとも――ふいにひらめいたが――ミス・ギアリーだったというのはどうだろう。教師なら好きなときに校庭を歩き回ってはいけないということもないし、ミス・ギアリーが不眠の質だというのはよく知られていた。それならつじつまがあう。でもやはり、残念ながら、なにか手をうたなければならない。パストン・ホールにいるあいだは秘密の抜け道が要る。ジェニファーをはじめ、第四学年の生徒たちみなが抜け道を使うようになったら、見つかるのは時間の問題だ。大騒ぎになって、ミス・スペロッドは監督生室の窓が開かないようにするだろう。看護室の窓を除けば、一階のほかの窓はもうすべて閉ざされている。ジェニファーか彼女の仲間が抜け出すところをその場で押さえて冒険をやめさせ、秘密が広まるのを防ぐしかない。

そんなわけで翌週は、晴れた夜に監督生室でひとり見張りをして過ごした。成果がないまま三晩が過ぎ、クレアは焦りだした。リーニィは黙っているようにという言いつけを忠実に守っていたが、そのうち〝心あたり〟はどうなったのかと訊いてくるのは確実だった。エルシー・バタフィールドから話が漏れるおそれはほとんどなかった。エルシーは太ってものぐさなぼんやりした生徒で、ベッドと食事と学期がいつ終わるかにしか興味がない。リーニィに起こされたときも、不審者を見もしなかったに決まっている。

クレアは四日目の夜にジェニファーの尻尾をつかんだ。その夜は一時近くまでずっと自分の部屋で待ってから監督生室に行った。狙った相手が戻ってくるところを押さえるほうがいいと考えたからだ。出て行くところをつかまえたとしても、なにかしら一階にいた理由をでっちあげ、抜け出そうとしていたとは認めないかもしれない。それまで見張りをした夜には、窓の掛け金はしっかりかかっていたが、なにか起きるかもしれないと念のために一、二時間は待っていた。その夜は、掛け金が外されていた。

雲はあるけれど雨は降っていない。部屋の灯りを点けると芝生の向こうからでも光が見えるかもしれないと考え、懐中電灯を持ってきてあった。窓から入口への道をふさぐ位置に一番座り心地のいい安楽椅子を置き、腰を据えて待ちうけた。

ジェニファーをひどく驚かせるかもしれないというのは、それほど心配していなかった。冒険者は危険を予期しているべきだし、仲間がいる可能性もあった。自分が規則と秩序の側に立っているのが皮肉な冗談のようで、クレアはニールに一部始終を話すときのことを想像して暗闇のなかでひとり笑みを漏らした。

心はいつものようにブラッケンバインに向かった。そうしたいと思えばたちまち空想のなかでニールに会うことができ、そのたびに新たな驚きと喜びがあり、まるで最高におもしろい本のページをめくるようだった。二時間が経ってもまったく退屈しなかった。懐中電灯を手でふさぎながら、漏れるわずかな光で腕時計をたしかめると、三時まであと十分ほどだった。ジェニファーの帰りが遅くなればなるほど、仲間がいる可能性は大きくなっていく。それほど長くベッドを抜け出すからには、独りで敷地をうろつくよりもっと楽しいことがあるに違いない。クレアはグループを相手にする心づもりをした。

おそらくまだ三時にはならないうちに外で足音がするのを聞きつけ、クレアはいずまいを正した。すぐに窓のところでがさごそと音がした。クレアは待ちかまえながらも内心でけちをつけずにいられなかった。むかし、彼女と仲間たちはもっとずっと慎重にやったし、これよりはるかにましな侵入者だった。冷たい外気が吹きつけ、だれかが室内に飛び降りてクレアのすぐ近くに着地した。クレアは立ち上がって懐中電灯を点け、抑えた声で呼びかけた。恐怖に息を呑む音にクレアの心臓も飛び跳ねた。

懐中電灯を向けるとすぐにジェニファー・グレイだとわかった。窓のほうに目を走らせ、だれもいないのをたしかめる。懐中電灯を下に向け、慎重にジェニファーと入口のあいだの位置を確保したまま、相手が落ちつくのを待った。

「ほかにだれかいるの？　ジェニファー」クレアはおだやかに尋ねた。

ジェニファーはひどくとり乱していた。最初はほとんど悲鳴のようだった声が、喋るうちに怒りをはらんでいった。「ほかにだれか？　どこに？　だれもいないってば！　なんで邪魔するの？　こんなふうにあたしの前に飛び出してくるなんて、なんのつもり？　なんの権利があってあたしをつけまわすの？」

「ちょっと落ちついて」クレアは言った。「夜中に学校を抜け出したりして、見つかったら質問を受けるのは当然でしょう。わめかないで。あなたが外にいたのを知っているのはわたしだけなのに、わざわざ学校じゅうの人間を起こすことはないじゃない」

「どうだっていい！」ジェニファーは口ごたえしたが、それでも声を落とし、嚙みつくようにささやいた。「あんたたちみんな大嫌い。それにあんた――あんたはえらそうに言う資格なんてないでしょ、クレア・リドゲイトさん」

「馬鹿ね、あなたがなにをしようと、わたしはちっともかまわない」クレアは冷たく言った。「一晩中外にいて肺炎になってくれてもいいけれど、でも監督生はほかにもいるんですからね。言っておくけど、先週の土曜日の朝にあなたが戻ってくるところを見た人がいて、わたしに知らせてきたのよ。最初に報告を受けたのがミス・リンスキルじゃなかったのを幸運に感謝したらどう」

ジェニファーが一歩踏みだし、懐中電灯が落とす光の輪のなかに立った。もうほとんど自制心をとりもどしており、ふたたび口を開いたときには、口調は挑戦的だった。

「あんたの言うことなんて信じない」彼女は言った。「いままでだれにも見つかったりしてない。知ってるのはあんただけ、それにあんたがなんで知っているかも、わかってる。あたしを止めようとしたって無駄。あたしはミス・リンスキルの名前にびくついたりしない。言えばいい！　ミス・スペロッドに言えばいいわ！　そうしたら、あたしがあいつらにあんたのことをなんて言うかわかるから。まさか、あんたがブラッケンバインに行っていることを、あたしが知らないとでも思ってる？」

「ブラッケンバイン？」クレアはきりかえした。「それがどうしたの。わたしがブラッケンバインに行っているのはみな知っているでしょう」

「へえ？　塀を越えて、夜中に行っていることも？」

底意地悪くあざわらうような言いかたに、クレアは相手をひっぱたいてやりたくなった。衝動をこらえ、つとめて厳しい口調を保った。「どういう意味？　なにを馬鹿なことを言っているの」

「そうやって、嘘を吐いたらいいじゃない」ジェニファーは傲然と言った。「そうするよね、もちろん。そうするしかないんだもん。でもあたしに嘘を言う必要はないの。知ってるんだから」

「なにを知っているって言うの。そうやって生意気につっ立って、面と向かって言うことが、わたしが毎日堂々と道を歩いて通えるブラッケンバインに塀を越えて忍びこんでいるなんてことなら、あなたは嘘吐きというより大馬鹿なんじゃないかと疑うところだけれど」

「いいよ」ジェニファーは言った。「あたしはどうせ馬鹿だよ。でも、そしたらあんたは学期が始まって最初の土曜の夜に塀を越えたりしていないって言うつもり？　次の日の朝にあたしが見た、雪についた足跡もあんたのものじゃないって？」

「雪についた足跡？」クレアは鼻であしらった。「もう少しましなつくり話を考えたら？」

馬鹿にされたジェニファーは怒り狂った。抑えた声に憎しみがこもっていた。「つくり話？　あんたがなにを見たのか言ってあげようか。窓から小さな馬に乗った行列を見たんじゃないの？　みんなが死んだと思っている人が生きていて、馬車に乗っているのを見たんじゃないの？　あのひと、に逆らったせいで髪を木にくくりつけられた子たちは見なかった？　左の耳が疼いたりするんじゃない？　それから夢を見たりとか？」

クレアは後ずさり、テーブルにぶつかった。手がひどく震え、懐中電灯の光も揺れた。ジェニファーは思わず口をついて出た言葉の奔流に自分でも驚いているようだった。クレアはジェニファーの荒い息づかいがすすり泣きに変わってゆくのを聞きながら、自分も動揺してはいたが、相手の足が震えているのに気づいた。灰色の短いコートからつき出た足は素足で、膝にはまだ新しいひっかき傷があった。足の筋肉が止めようもなく痙攣するのにつれて赤い線が震えていた。

そうして見つめているあいだも、心の中では骨まで溶かされるような苦悶と必死に戦っていた。まったく経験したことのないほどの悲しみと恐怖がいちどきに襲いかかってきた。たしかで完璧だった幸福の世界がもろくも壊れたというだけではなかった。ブラッケンバインの世界が一瞬にしてあとかたもなく消え去り、以前の空虚さが戻ってきただけなら、どうにか耐えられたかもしれない。しかし、世界が崩れ去ったあとには恐ろしい深淵が口を開け、言葉にするのもおぞましいなにかが淵を這い登って近づいてこようとしていた。

クレアは身を震わせ、しがみついてくるものから身をもぎ離そうとした。懐中電灯を持ちあげ、もういっぽうの手でジェニファーの肩を摑み、顔を覗きこんだ。年下の少女は怯えて大きく目を見開いた。そのときになってようやく自分の口にしたことのほんとうの意味での恐ろしさに気がついたようだった。血の気の引いた茫然とした顔を見つめながら、クレアはばらばらになった自我の残骸のなかから一縷の勇気と分別を掻き集めた。懐中電灯を相手の頬に近づけ、豊かな髪を掻きあげて耳をあらわにする。耳たぶに小さな刺し傷があるのがわかった。懐中電灯の光に照らしだされた傷は小さな赤い発疹のように見えた。

クレアは相手を軽くゆさぶった。「ああ、ジェニファー」クレアはささやいた。「なんてことを……自分がなにをしたのかわかっていないのよ。わたしは――わたしはあなたが見たものの正体を知っている。あれは現実ではないの。わかる？　現実ではないの。たちの悪いゲームみたいなもの。たしかに、わたしも最初はわかっていなかった。でもいまはわかる。わたしはあのひとのことをあなたより理解しているし、年も上だから。信じて。もうあそこへは行かないって約束して。約束よ！」

「もう行かない？」ジェニファーが興奮して大声をあげたので、クレアはとっさに彼女の口をふさいだ。しかし少女はすぐに落ち着きをとりもどし、うちひしがれた声で言った。「わかんない。信じられないよ。そんなこと言うのは、嫉妬してるからじゃないの。前はすごくうまくいってたのに。そうだよ――あのひとからあんたのことを聞いたときだって、気にはしなかった。嫉妬なんかしなかった」

「聞いて」クレアはこみあげる悲しみに声をつまらせながら訴えた。「わたしも嫉妬しているわけじゃない。あなたを助けようとしているの。ねえジェニー、わたしとヘレンが親友だったのは知ってるわね。お姉さんとわたしで最初に抜け道を見つけたの。信じてくれるでしょう、ねえ。わたしはあなただけじゃなくて自分のこともなんとかするつもり。もういちどあそこへ行かなくては――昼間にね。わたしなら大丈夫。わたしにとっては安全だから。でもあなたはもう夜にあそこに行かないって約束して！　どうかヘレンのためだと思って！」

「ヘレンには言わないで」さきほどまでの反抗的な態度はもうかけらもなく、ジェニファーは半泣きだった。「だれにも言わないで。お願いだからやめさせないで。行かなきゃ。もうそれだけがあたしの望みなの。そのためだけに、彼と一緒にいるためだけに生きているんだから。束縛されたい。耳を刺してもらってあのひとの奴隷になりたい。もう逆らえない。だめ、だめなの」

クレアはジェニファーを抱き寄せた。「わかってる」そう言いながら、自分の頬に涙が流れるのを意識していた。「気持ちはわかる。わたしだってほんとうのことを知ってとても辛いわ。でも、そのためにだけ生きているだなんてことはないのよ。あのひとの言うなりになってはだめ。あなたにはヘレンだって、ご両親だっているでしょう。あのひとは――あのひとは、そのうちあなたに飽きてしまう。あなたを人形みたいにもてあそんでいるだけ。あのひとが見せたものは現実ではないの。ただの遊びなのよ」

「そんなことない！」ジェニファーはしゃくりあげながら言った。「それでもいい。あたしをおもちゃにしてほしいんだもの」

クレアは途方にくれて暗い室内に目をさまよわせた。クレアも身をもって知る魔力には、人間の世界の理屈では対抗のすべがなかった。クレア自身も完全に自由ではなかった。もしニールが窓のところに姿を現したら、自分は一も二もなく彼の許へとんでいって、哀れな迷子の子犬が主人を見つけたときのように庇護を求めるだろうとわかっていた。しかし、目の前の少女がそれほどまでに卑屈に彼の奴隷となっているのを知り、また自分が欺かれていたという愕然とする事実を突きつけられて、クレアの心のうちでまだ完全には魔力に屈してはいなかったわずかな部分が力をとりもどした。いまはあきらかになった彼の力と意図を真正面から受けとめ、自尊心と怒りが頭をもたげるとともに、反抗する勇気がわいてきた。

「ねえ」クレアはささやいた。「今度はいつ行くことになっているの？」

「あさっての夜」ジェニファーは鼻をぐずぐずさせながら言った。

「聞いて」クレアは言った。「わたしは明日ブラッケンバインに行く。あのひとと話をして、人形について、それから人形を使ったお芝居について、あなたにほんとうのことをぜんぶ話すよう頼むつもり。あなたがあのひとに会うなら邪魔はしない。このことは絶対にだれにも言わない。リーニィにはなんとか口止めしておく。だからわたしを悪く思わないで、ねえジェニファー。あなたが彼を愛しているのはわかってる。たぶん彼も、わたしよりあなたのほうがずっと好きなのだと思う。実はわたし、彼にはそんなに会ったことがないの。あそこに通うのはお母さまと勉強をするため。彼とふたりきりになったことだって、そんなにないし。さあ、もうベッドに行きなさい。わたしたち、もう寝なきゃ。きっと朝にはふたりともひどい顔をしているでしょうね」

　クレアは窓を閉め、ジェニファーの肩に腕を回して戸口に向かった。年下の少女は黙りこくっていたが、別れぎわに、仲良くしてくれるかとクレアがもういちど尋ねると、クレアの肩に顔をうずめてうなずき、しがみついてきた。

第八章

その夜、クレアは一睡もできなかった。自分の部屋で独りきりになると、自尊心も勇気も消えてしまった。心は喪失の痛みに圧倒され、起床のベルが鳴るまでの時間が途方もなく長く、たびたびどうしようもなく涙が流れた。それは死よりも深い悲しみであり、またありうべからざる悲しみだった。死ぬのはありふれたことだが、これほど残酷にいつわりの愛に欺かれた者などいないに違いないと思われた。その未明の数時間、クレアはニールと過ごした時間をまざまざと思いかえし、彼の愛が芝居に過ぎなかったのだとは、心はそれが真実だと告げているにもかかわらず、とても信じられずにいた。直感と理性が争った——彼がふたりの秘密をジェニファーに漏らしていたのは疑う余地がないとしても、頭はあれこれと理屈をこね、自分はジェニファーの言葉を深読みするあまり、ありもしない意味を汲みとっているのではないかと考えた。彼がジェニファーとのつきあいを楽しんでいたのはたしかだろうが、なにかわけがあるのだろう。クレアとニールは深く理解しあっていた。きっと事情を説明してくれるに違いない。クレアにも納得のいくわけがあるはずだ。

不安を呼びおこすイメージや暗闇から姿をあらわしつつある恐ろしいものは、みなクレア自身がつくりだしたもので、酷使された頭脳と過度に興奮した感覚が生んだ妄想に過ぎないのだろう。ずっとニールに魔術的な力があると信じるふりをしていたせいで、そんな妄想をみずからつくりあげてしまったのだ。ジェニファーの言葉は事実としても、そこからの推測はクレア自身の想像力の産物だった。そう理性で結論づけると意識の表面ではいくらか楽になったが、心はごまかせなかった。依然として悲嘆が重く心にのしかかっていた。

クレアは懊悩に眠れぬまましきりに寝返りをうったが、それは肉体的な不快のせいもあった。耳の、何週間も前にニールに傷つけられたところがずきずきと脈打つように痛み、熱を持っていた。まるでジェニファーの怒りに満ちたささやきが傷を刺激したかのようだった。ニールに耳を刺された夜以来、つい先ほどまでずっとなにも感じていなかったのに。ニールがクレアの反逆に気づいて自分の支配力を思い知らせようとしているのではと、ともすれば不条理な恐怖に屈してしまいそうになった。違う！　クレアはがばと起きあがり、声をあげた。あのひとに逆らうつもりなどない。あのひとを愛している。不可解な行動のわけを説明してくれたなら、よろこんで信じるだろう。事情さえわかったなら……。一刻も早く彼に会わなければならない。それが煩悶の果てにたどりついた唯一の結論だった。

朝になり、一日の活動が始まってからも、大きな喪失感や虚脱感は消えなかったが、昼の日常は夜の恐怖にたちむかう勇気を与えてくれた。かたちのない恐怖は夢の領域のものであり、いつもと変わらない日課にいそしみ、生徒たちのおしゃべりに包まれるうちにしぼんで色あせていった。ただ耳たぶの小さな赤い斑点は消えず、脈打つ痛みもかすかではあったがつづいていた。

リーニィ・フォードはクレアの憔悴したようすにめざとく気づいて、心配そうな顔をした。リーニィに〝心あたり〟の説明をするという約束については、すっかり忘れていた。昼食の前に監督生室にひとりでいたところをリーニィにつかまり、意味深な目つきとささやき声で説明を迫られたときは、虚をつかれてただ相手の顔を見かえした。なにか言わなければとあわててあれこれと考え、あまり自信はなかったが、結局は前に思いついたことを口にするしかなかった。

「ミス・ギアリーだったの」クレアは言った。

「ミス・ギアリー？　ああ、そうなんですか……」リーニィはどこか不満げに語尾を濁した。しかしミス・ギアリーの名前を挙げたのは正解だった。その名はパストン・ホールでは奇行の代名詞だ。リーニィの表情からすると、夜中にうろつくミス・ギアリーという図はじゅうぶんに説得力があったようで、クレアはほっとした。それですべて説明がつき、それ以上問いただされることはなかった。

「そうですか……」リーニィは繰り返し、悄然と去っていった。

クレアは昼食が済むとすぐにブラッケンバインに向かった。その日は冷たい霧雨が降っていたので、門を出たところで庭師の息子の姿を見つけて驚いた。彼は夕食までの時間をつぶすのに、そこよりうってつけの乾いた暖かい場所などないとでもいうように、のんびりとぶらついていた。彼は昔からの友人だった。いまでは背の高い立派な若者に成長したが、かつてクレアと仲間たちにお茶やソーセージを持ってきてくれた頃と変わらず、ちょっとした秘密を託せる相手だった。クレアが近づいていくと、彼はにっこりして帽子のてっぺんをつまんで持ち上げ、手紙を手渡した。

「だんながが、あんたがひとりでいるときにこれを渡してくれって」そう言うと、軽く頭を下げ、学校の門のほうへぶらぶらと戻っていった。
「だんな？」クレアはつぶやいた。ニールのことだろうとは思ったが、宛名書きの筆跡はミセス・スターンのものだった。歩きながら封筒を破って確認すると、やはりミセス・スターンからだった。

親愛なるクレア
顔も見ずに発つことになってごめんなさい。急ぎの用事でコーンウォールに行かなくてはならなくなり、いつ戻ってこられるかはわかりません。かなり長くなるかもしれません。試験がもう近いのに、レッスンを最後までできなくて申し訳ないけれど、あと数週間ちょっと余分に勉強しなかったからといって、たいした影響はないでしょうし、わたしたちがこれまでやってきたことの意味は、もうわかっているのではないかしら。あなた自身の力でやりとげられると信じています。でも根を詰めすぎないように、それから、だれにも惑わされないように。するべきことはわかっているはず。助けが必要なときはミス・ギアリーに相談してください。
昨日お別れを言わなかったのは、出発を決めたのが今朝になってからだったからです。ペンタブリッジを十二時に出る列車しかちょうどよい便がないので、あと一時間もしないうちに出なければなりません。
クレア、あなたの成功を祈っています。

かしこ
レイチェル・スターン

クレアは足を止めた。庭師の息子の姿はもう見えず、小径にひとけはなかった。さっぱりわけがわからなかったが、その日の午後はミセス・スターンに会えないということだけは、かろうじて理解できた。しかしクレアのなかではラテン語の勉強などとうにどうでもよくなっていた。ブラッケンバインに行く目的はただひとつしかない。家まであと少しというところで、ミセス・スターンの手紙はクレアに来るなと言っているのだと気がついた。だが同時に、ニールが庭師の息子にあのように指示したのは、母親がレッスンの約束を取り消したことをだれにも知られないようにするためだということも了解した。

家はもう目の前だった。クレアはかつてないほどに緊張していた。間近に迫った対面を思うと勇気が挫けた。自尊心と非道に対する怒りだけが頼りだったのに、どちらも雨に濡れそぼった森を抜けてくるうちにクレアを見捨ててしまっていた。クレアはそっと狭い玄関ホールに入りこみ、うちひしがれた気持ちで、慰めを求めて自分を傷つけた当の相手を探しまわった。

食堂にも客間にも火の気はなかった。階段の下に立ってしばらく聞き耳をたてても、アトリエから物音はしなかった。忍び足で階段を登り、二階の部屋を見てまわった。家は空だった。ニールは午前中はアトリエで作業をしていたらしい。暖炉の火はまだ消えていなかったし、作業台に道具が置かれたままだ。クレアは作業台のかたわらの箱に腰かけて室内をつくづくと眺めた。足繁く通った部屋をいま初めて見るかのように、あるいはジェニファーの暴露を聞いたあとでは、部屋は違った様相を帯び、調度もすっかり変わっているのが当然だとでもいうかのように。アトリエを訪れる特権を許されたのは自分だけではないと認めるのはつらかった。根拠のない馬鹿な思いこみでしかなかったのだと、クレアは情けない思いで噛みしめた。ニールを理解しているつもりでいたことも、おめでたいくらい馬鹿げた誤解だった。うなだれて作業台の上の細かな削りかすや木くずを指でいじっているうちに涙があふれてきた。

ジェニファーもこの部屋でニールと幸福な時を過ごしたのだ。彼女もニールが見せてくれるものに興奮し喜びに目を輝かせたのだ。けれど、ジェニファーはまだ子供で、ニールとの関係も違ったものだったから、ニールを独り占めしているのではないとわかっても幻滅はしなかった。そう、たとえ自分が彼のただひとりの——クレアは顔を上げ、心の中ではっきりと形にするのがためらわれた言葉を探し求めるように室内を見回した。ニールにとってわたしはなんだったの？　クレアは単純にふたりは恋人どうしだと考えていた。でもほんとうはジェニファーと変わらなかったのじゃない？　生きた人形のようなもので、支配するのがおもしろかっただけなのでは？　彼はクレアを虜にして楽しんでいた。そしてジェニファーにも同じことをした。昨夜のジェニファーの言葉がありありとよみがえってきた。ニールはジェニファーに好意をちらつかせてもてあそんだだけではなく、怖がらせもした。ジェニファーが彼に逆らえないと言って泣いたときの声には、なにをされるか心の底から恐れている響きがあった。ほんとうにニールはジェニファーを怖がらせて楽しんでいたのだろうか。ジェニファーはいまは亡き人のことを口にしていたが、それが意味することが本当なら、ニールはそんな芝居を見せるほど残酷だったのか。彼は自分の力でジェニファーにどんなことができると信じこませたのだろうか。

ニールがいつ戻ってくるかもわからず待つうちに不安はますます大きくなり、じっとしてもいられず、立ち上がってアトリエを行ったり来たりした。部屋の入り口から遠いほうの壁に近づいたとき、衝動にかられて丈の長いカーテンを引き開け、鉛の格子をはめた小さな窓越しに外を覗いて年経りたミニチュアの森をふたたび眺めた。霧雨の降る森はわびしく見えた。陽気な一団が楽しげな一幕を繰り広げた庭園もがらんとして、灰色の昼の光のもとで陰鬱に濡れそぼっているのがものがなしく、クレアは沈んだ気持ちでゆっくりとカーテンをもとどおりにして外の景色を隠した。

それでも頭では昨夜ジェニファーが口にしたことについてしきりと考えを巡らしていた。ニールのためにポーズをとった箱のそばでふいに立ち止まる。そのときの記憶がよみがえるとともに、いくつかひらめいたことがあり、自らの思いつきにうろたえて立ちつくした。思いつきはひとつではなく、いくつかあった。ジェニファーはひとつのみならず、いくつもの謎を解く鍵だった。

クレアはもういちどすばやくアトリエを見回した。今度は明確な目的があった。どこかにニールのスケッチブックがあるはずだ。合板の戸棚のひとつは扉が少し開いていた。近づいて扉を大きく開け、中を探る。三段になった棚に紙や本が積み重ねられていたが、すぐにニールがクレアを描いたときに使った黒い背のスケッチブックが見つかった。ページをめくると、学校のワンピースのデザインを見せるために走り書きした絵があった。床に座りこんであらためて絵を眺めた。まぎれもなく、描かれているのはジェニファーだった。そっくりそのままというわけではなく、数年後のジェニファーはそんなふうかもしれないと思わせる端正な少女だった。ニールはジェニファーをじっくりと観察したことがあったからこそ、彼女の未来の姿をあれほどすばやくたしかに描くことができたのだろう。何度もジェニファーをスケッチしたに違いない。

スケッチブックはほぼ最後まで埋められていた。ページを繰ってクレア自身を描いたページより前まで戻る。すぐ前のページにもジェニファーがいた。今度はいま現在のジェニファーで、卓越した技巧と細心の注意をもって描かれていた。ニールの筆は彼女の若さと繊細な柔らかさ、ふっくらとした姿態をいつくしむように再現していた。ページをめくると、さまざまな衣装とポーズのジェニファーがおり、さらに人体の習作があった。何ページにもわたって手や腕や足や顔のパーツなどの細部がつづき、丁寧に描きこまれた唇や耳や鼻などもあったが、だれを模写したものかはわからなかった。そして最初のほうまで戻ったところで、アン・オッタレルのデッサンを見つけた。

クレアはその絵を長いこと見つめていた。ニールの画風はもうよくわかっていたから間違えようはなかった。彼が描いたものだ。ミセス・スターンが描いたアンの絵よりもずっと写実的で、生き写しと言ってよかった。わざわざ時間をとって描いたのだろう。アンが母親のためにポーズをとっているあいだに、ついでに描いたというようなものではなかった。さらに前のページにはデッサンの習作も見つかった。ニールはあたうかぎり真に迫った姿を捉えることに心血を注いでいた。クレアはスケッチブックを膝に置いたまま、混乱した頭で、認める勇気はないが否定もしがたい確信にあらがいつつ、アンとの交友についてニールがなんと言っていたか思いだそうとしていた。ジェニファーの口にした奇妙な言葉が心に繰り返し響いており、さらにクレア自身がまさにその部屋から見た光景がよみがえってきた。かたくなに認めるまいとしてきたが、それは真実だった。橇に乗っていた人形、恋人に肩を抱かれて振り向いたあの人形は、アン・オッタレルをモデルにつくられたのだ。ジェニファーは疑っていなかったし、そうしてアンを描いたデッサンを見ていると、クレアにも人形のための下絵であるように思えてきた。ニールに尋ねようとしてうまく言えなかった問いの答えがそこにあった。ニールの人形たちは生身の人間に似せたもので、実在の人物を写しているのだ。アン・オッタレルがいるなら、ほかにも……あわただしくスケッチブックの最初のページを開いた。

彼女がいた——ペンタブリッジ・インディペンデント紙に載っていた少女、燃やされてしまうところを救ったクリスマス・ツリーの人形だった。名前も思い出した。マーガレット・レインズ。彼女の絵は二枚の全身像だけだった。踏み越し段に腰を下ろし、両手を膝に置いて組み合わせ、編んだ長い髪は下ろして肩にお下げが垂れている。アンやジェニファーとは違って、彼女は笑ってはいなかった。手に入れられないものに思い焦がれるような真剣な表情が捉えられていた。

スケッチブックを見ているうちにずいぶん時間が過ぎていたが、ニールが戻ってくる気配はなかった。クレアは急にもう遅い時間であることに気づき、スケッチブックを棚に戻そうと立ち上がった。そうしてスケッチブックを手にしたまま、みじめな気持ちで立ちつくした。なにかの答えを手にしているのに、その答えはより深い謎をさしだしているだけのように思えた。スケッチブックをよく似たもう一冊の上に重ねて置いたところで、すべての答えを知りたいという切実な欲求に負けて下のスケッチブックを取り出し、中を見ていった。先の一冊と同様に人物のデッサンでいっぱいだったが、知っている人間はいなかった。男もいれば女もいて、クレアもすでに見た人形のモデルであるのは間違いなかった。あるページを開いたところで、手を止めて考えこんだ。ページは同じ若い娘を描いたいくつものデッサンで埋め尽くされており、モデルに実際に会ったことはないのはたしかだったが、なにかが気にかかった。デッサンのひとつに手がかりがあった。その絵では、娘はメイドの帽子とエプロンを身につけている——それでわかった。クリスマス・イヴに、去年スターン家で雇っていたメイドの話を漏れ聞いたのだった。なんという名前だったろう。ジャネット。そうだった。ニールはジャネットもモデルにしたのだ。

一番上の棚には、ばらになった紙がたくさん重ねてあった。二冊目のスケッチブックを戻してから何枚か取り出してみた。とくにあてがあったわけではないが、意識の下に漠然とわだかるものにもう少しではっきりした形を与えられそうで、なぜだか立ち去りがたかった。ぼんやりと紙を手にとってしばらく見るともなく見ているうちに、ようやくそれがなんであるかに気づいた。手にしているのは人形の設計図だった。一枚は正確な縮尺で表した全体図で、方眼を引いて寸法を鉛筆で書きこんである。ほかに腕の分解図もあった。一枚一枚たしかめていくと、二体の人形を完成させるのに必要なすべての図面があった。いずれも手擦れの跡があり、頻繁にとり出されているようだ。はっきりと精確な線で描かれており、ただ顔の楕円の中は空白のまま残されていた。それでも二体はニールがいまつくっている最中のものだと確信できた。一体は顔がなくてもすぐにジェニファーだとわかった。もう一体は――クレアは不思議な憐れみとやるせなさを感じながら図面を見つめた。その空白の楕円を埋めるのは自分の顔に違いない。

クレアは紙を戻して戸棚の扉を閉めた。慎重にその場を離れて入り口に向かったが、そこで恐慌におそわれ、階段を駆け下りて屋敷を飛び出した。ニールに会うのが怖くてたまらなかった。

たびたびニールと別れを惜しんだ大きな平たい岩のところまできて、ようやく足をゆるめた。岩にもたれてなんとか恐怖を鎮め、さきほど見いだした事実を、つとめて冷静に解釈しようとした。

「怖がることなんてなにもないでしょう?」クレアはなんども口に出して言った。ニール自身の言葉で簡単に説明がつく。人形をできるだけ生きた人間に近づけたいのだ。どんな彫刻家だって、実在のモデルもなしに写実的な像をつくろうとはしないだろう。ニールが自分のためにポーズをとってくれる人なら誰でもモデルにしたとして、なにもおかしいことも悪いこともない。そんな明快で常識的な説明にすがり、クレアをつかんで安全な場所からひきずりだそうとする得体の知れないものを振り払おうとした。実際にも身を震わせ、霧雨のじっとりとした冷たさが身に滲みてゆくのを感じていた。これほどわびしくよそよそしいブラッケンバインを目にして当惑と悲しみを抑えられないまま、クレアは歩きつづけて門を抜け、公道にでた。

学校の門に着くまでのあいだに、曖昧模糊とした謎の輪郭がいくらか見えてきた。発見した事実のいくつかがおのずとひとつの共通項に従ってまとまり、一見すると理屈がとおっているニールのやり方に、どこか後ろ暗く危険なものを感じたのはけっして誤りではないと告げていた。ニールはアン・オッタレルとのつきあいをなんでもないことのように話していたが、話のおおかたは真実であると認めるとしても、あえて口にはしなかったこともたくさんあるのだろう。ニールは、クレアに信じこませたよりは、ずっとよくアンを知っていた。かれの欺瞞を知っても、もしそれが欺瞞だとしても、クレアは悲しみはしなかった。アン・オッタレルはクレアがニールと知り合う前に死んでいた。アンが多少なりともニールに恋していたのは間違いない。アンがニールの母親のモデルになるために通ってきていた夏の日々の午後に、ニールとアンは語らい、ふたりして冗談に声をあげて笑ったのだ。クレアはアンを妬みはしなかった。ただアンのために、彼女の日々があんなふうに終わったのを悲しんだ。ニールもアンを愛していたのだろう――すくなくとも、強く魅かれてはいたはずだ。それなら、彼女の面影を写した人形をつくったところで不思議はない。ニールが自身の芸術におそろしく熱心にうちこんでいたことを考えれば、アン本人は冷たい土の下に葬られたというのに、彼女の姿を写した人形に生きて動いている見かけを与えることを、とくに非常識だとも残酷だとも思わなかったのも理解できた。

また、ニールとペンタブリッジの少女が偶然に出会ったとしてもおかしくないことにも気がついた。少女の担任がペンタブリッジ・インディペンデント紙の編集者に語ったエピソードのひとつは、ニールと彼女がどんなふうに出会ったかの説明になるかもしれない。マーガレットはペンタブリッジ近郊の野山をたびたび独りで歩き回っていた。エイキンショー・ヒルの斜面を巡る曲がりくねった寂しい細道は、野鳥に関心を持つ少女には魅力的だったろう。ブラッケンバインの敷地の門はいつも少し開いていて、そぞろ歩きを楽しむ者が中に入るのを妨げはしない。ニールは自然を探求する若い女生徒を愛想良く歓迎しただろう。ニールが少女にブラッケンバインの森を自由に歩き回る許可を与えるところが想像できた。同時に彼は芸術家の観察眼で少女の容貌や体つきを検分し、新しい人形にふさわしいモデルを見いだしたのだろう。彼の芸術というか趣味がほとんど偏執狂の域に達しており、ふつうの人間的な感情や規範といったものを人格から締めだしてしまうほど肥大化していることは、もうクレアにもはっきりとわかっていた。あれほどひとつの目的だけに専心している人間でなければ、死んでしまった知り合いの少女の形見となるいたいけな人形を火刑に処すなどという心ない仕打ちはしなかったはずだ。

クレアはパストン・ホールの門の前に立った。冷たい鉄の門に手をかけ、赤い煉瓦づくりのごてごてしたゴシック様式まがいの建物を見つめる。ニールの人形たちがおのずとひとつに重なった。ニールが丹誠こめて描いた三人の人物にはひとつの共通点があった。アン・オッタレル、マーガレット・レインズ、そしてメイドのジャネット。彼女たちは三人とも同じ病で、昨年の夏の短い期間にあいついで亡くなっていた。

第九章

クレアは肝心の用事を果たさないままブラッケンバインを離れてしまった。その日の午後に急いで逃げ帰った臆病な自分が許せなかった。なぜニールが戻ってくるまで待てなかったのだろう。お茶の時間には現れただろうに。けれど実際は、誰もいない屋敷でひとりあれこれ考えながら待つ勇気がないこともわかっていた。

ミセス・スターンの不在をパストン・ホールの誰かが知っているかどうかもわからず、尋ねるのもはばかられた。だれもその事実を口にしないことを期待して、次の日の午後になるまで待つしかなかった。だから、なんとかいつものように本を開いて勉強しているふりをしようとしたものの、頭の中ではずっとジェニファーや自分自身とニールとの曖昧でもつれた関係について、そしてニールと他のモデルたちとの関係について考えつづけていた。しかし、あらたに知ったさまざまな事実を意味のある秩序のなかに位置づけることも、妥当な結論を見いだすこともできなかった。すべての事実はただ迫りくる危険の巨大で恐ろしげな影を指し示していた。

前の晩と同様、夜は不安に満ち、また同じように耳に脈打つような痛みがあった。重苦しい不安に比べればなんでもないとはいえ、かすかに、しかし執拗に主張しつづける痛みは悪意を持っているようで不気味だった。

ふたたび朝が訪れると、いくらかは息をつけた。光の下では闇の中より早く時間が過ぎていった。今日こそニールに会わなければ——もしまた機会をのがしたら、つぎの二十四時間はとうてい耐えられそうになかった。しかし今日の午後は必ずいるはずだ。彼はジェニファーに今夜ブラッケンバインに来るように告げたのだ。ジェニファーが言われたとおりにするのは間違いない。午前中、大講堂でジェニファーがクラスメイトの集団の少し後ろを歩いていくところを見かけた。彼女の顔は至福の極みとしか言いようのない表情を浮かべていた。目は尋常でないほど大きくきらきらと輝き、落ち着きはらったおだやかさは、天にも昇るような幸福に包まれ、その幸福に終わりがあるとは想像もしていない人間の静かな確信をあらわしていた。その表情から、クレア自身も覚えのある感情をジェニファーが抱いているのがわかった。それはジェニファーの服従が完璧である証拠でもあった。ジェニファーは頭も心も体も、ニールの奴隷であり、そんな完全な服従の褒美として与えられた甘露に酔っていた。

その日の午後も前日と同じように寒く薄暗かった。教師も生徒もだれひとり、クレアが昼食の後に校舎を出ていくのを見ても、とがめたりはしなかった。ひょんなことから陥った悪徳にすっかり染まってしまったクレアには、自分の嘘は見え透いており、簡単に露見しそうに思えたが、学校にとっては学期の単調さを破る事態はなにひとつ起こっていないようだった。クレアはできるだけ急いで公道を行き、柔らかくぬかるんだ小径を歩んで森を抜けていった。ブラッケンバインの玄関ホールでレインコートを脱ぎながら、今度こそニールが家にいるのを知った。

櫃の上にニールの濡れたコートがあった。二階からかすかな物音がしており、階段の下まで行くとグリムが嬉しそうに喉を鳴らしながら駆け下りてきてクレアを迎えた。

ニールはアトリエで作業台に向かっていた。道具に混じって置かれた何枚かの紙がまっさきにクレアの目に入り、ついで前日に中を調べた戸棚の扉が開いているのに気づいた。ニールは道具を置いてにっこりとした。

「ぼくの親指のうずきはまさしく前兆だったようだ……」彼は芝居がかった口調で言った。「それとも、きみの耳のうずきは、というべきかな」

「じゃあ、知っているのね」クレアは不意をつかれて息を呑んだ。ニールが自分を支配しているという考えを否定するつもりだったのに、はからずも認めてしまった。

「なにを?」ニールは楽しそうに笑いながら尋ね、クレアを手招きした。「きみが怒っていることはわかるよ。一目瞭然だ。ぼくがきみのことを考えていて――きみの噂をしていたことをきみが知っていることもわかる。耳の痛みはそのしるしじゃないか。古い迷信だよ。こっちに来て見せてごらん」

クレアは六フィートほどまで近づいたところで足を止め、作業台の角に手をかけて立ちつくした。どう話をきりだせばよいかわからなかった。ニールのふざけた口調や無邪気なようにも悪意があるようにも見える笑顔が、ふたりのあいだにいわばガラスの壁を作っていた。クレアは作業台の向こう側の端にある万力に複雑な形の木片が挟まれているのを見やった。作業中の二体の人形はだいぶ完成に近づいていた。クレアは勇気をふるいおこしてニールをまっすぐ見つめた。

「ねえ、ニール。ジェニファーから聞いたの……」

ニールの表情が動いた。後ろめたいのでもなく腹をたてたのでもなく、ただ心配して気遣っているようだった。彼はクレアに近づいて腕をとり、部屋の端の暖炉のところまで連れていくと、古い革の肘掛け椅子のひとつに座らせた。クレアはうながされるままに腰を下ろし、うちひしがれたまなざしでニールを見上げた。

「どうして」ニールはしばらく黙ってクレアを観察した末に尋ねた。「そんなに気にするようなことなのか？」

「わからない」クレアは悄然と答えた。その日ニールに会うまでは、口を開けば非難と抗議しか出てこないだろうと考えていた。けれどなりゆきはまったく予想と違っていた。

「きみの言いたいことはわかる気がするよ」ニールは優しく言った。「なにがあったかも、少しは想像がつく。先に言っておくべきだったね。どうしてそうしなかったのかな。確信が持てなかったから、かな。ほんとうに不思議な偶然だった。どう理解すればいいのか、きみになんて言えばいいのかわからなかったし、自分でもうまく説明できなかった。考えてもみてくれないか。真夜中に塀から転がり落ちてきたきみと出会ったすぐ後に、別の女の子が同じ場所から同じことをしたんだよ。まったく！　彼女を捕まえたときは、きみかと思った。人違いに気づく前にきみの名前を口に出してしまったと思う。でもすぐに、その子は偶然にやってきたわけじゃないことがわかった。ちょっと問いただしただけで、クリスマスの後のあの夜、きみが塀を越えて来たことを知っていると白状したよ。雪が積もった晩だ。彼女はきみがなにをしているのか知りたがった。ぼくは困ってしまった。正直に言って、どうしていいかわからなかった。きみがぼくと森で会っていることを彼女に話したのかもしれないとも、ちらっと疑ったよ。ぼくはどうするべきだったって言うんだ？　あの子は大胆で怖いもの知らずだ。ぼくとしては、彼女の意気を挫くなんて絶対に御免だ。来るなとは言いたくない。魂にかけて、〈子供をだめにする〉《ミス・スポイル・ザ・チャイルド》女史の小さな悪党どもにその気があるなら、どんどん逃げてきて、うちの敷地を自由に使ってくれと言いたいね」

ニールの口調は率直で、過ちを正直に認めているように聞こえた。クレアは彼の言いぶんをすべて受け入れ、もうなにも考えたくないと感じた。あれこれと悩むのはやめて、ただ彼を信じてその腕にとびこめばいい。しかし、なにかがクレアをひきとめた。彼は真実をすべて告げてはいない。それに、この場の話だけで、ふたりのあいだだけで片づく問題ではない。彼はそう思いこませようとしているが、もうひとりの人間が関わっており、彼の行動は言葉を裏切っている。クレアはいずまいを正し、これから言おうとすることに胸が締めつけられるような思いをしながらも口を開いた。

「ニール、嘘をつかないで。ジェニファーから、もっといろいろ聞いたの。彼女がどうやってここに来るようになったかなんて、どうでもいい。そんな説明はいらない――別の女の子を家に入れたことを弁解なんてしなくていい。そんなの間違っている。そんなことをさせたら、わたしのほうが間違っていることになる。それは嫌。ジェニファーが夜中にここに来ているって、教えてくれたらよかったでしょうけど、教えて欲しかったって言う権利はわたしにはないわ。わたしは訊かない……」

クレアが話しているあいだにニールは少し身を引き、暖炉のアーチの反対側にもたれてうつむいた。

「この件で、嘘をついてきみをなだめる必要があるなんて考えているとしたら、きみに対する侮辱というものだろう。実際、嘘なんてついていない。ジェニファーと出会ったいきさつはいま言ったとおりだ。ここできみに人形を見せた夜の二、三日後だ。まったくの偶然で——少なくとも僕の意思とはかかわりなく——彼女はやってきた。ぼくなりのやりかたで偶然に対処しただけだ。ねえ、そのせいできみに嫌な思いをさせたのは、ほんとうに悪かったよ」

「ああニール！」クレアは声をあげ、目に涙を浮かべた。「違うの、そういう意味で嫌なんじゃない。わたしが言いたいのは、プライドがあるとか、干渉されたくないとか、そういう理由であなたが話さなかったことを、無理やり言わせようとしていると思われるのは耐えられないということ」

これを聞いたニールはかすかに笑ったが、その笑みには苦々しさも混じっていた。

「でも気にしているんだろう」彼は言った。

クレアは両手を握り合わせた。「ええ。そう、気になっている。でもそれは怖いからよ。ニール、わたし怖いの。ああ、なんでわかってくれないの、わたしが心配しているのは自分のことじゃない。ニール、あなたを愛している。なにがあっても変わらない。もう引き返せない。あなたがなにをしようと、なにを言おうと、どこへ行こうと、起きたことは変えられない。これまであったものは、これからもずっとあるの。でもこれから起こることは変えられる。ニール、ジェニファーをおもちゃにしないで。わたしのことなら好きにして。でもジェニファーはまだ子供じゃないの。なにもわかっていない。ねえ、それに危険でしょう。あの子をここに来させたら、また誰かに見つかるかもしれない。そのときはもうわたしにもごまかせないわ。それだけじゃない。わかるでしょう、あの子はすっかり信じこんでいる。大人みたいな口をきいても、ほんとうはまだ子供なのよ。なんだって信じさせられる——あなたなら。だってあの子はあなたに夢中だもの。でもそんなの残酷でしょう。ジェニファーに言って——できるだけ優しく、でもはっきり言ってあげて、あれは全部ゲームだったって。あの子に信じさせてはだめ」

ニールはうつむいてかすかに眉根を寄せて聞いていたが、ふいに顔を上げた。昂然と頭をもたげ、まなざしはクレアを通り越してはるか高みを見ていた。クレアは彼の眼に歓喜にも似た光が宿り、険しい顔を明るく輝かせるのを見た。

「そうだ」彼はささやくように言い、息を大きく吸った。「そうだ。彼女は信じている。ああ、子供の理解の早さというのはすばらしいね。魔法の時代の遺産を失っていないんだ。ぼくが目を付けたのはそれだ。たしかに、なにかがあった。そのなにかが彼女をブラッケンバインにひき寄せたんだ。単なる好奇心じゃない。そうじゃないと感じていたんだ。ぼくはそれに賭けて、そして勝った！　彼女のなかに古代の知識の残響があるのがわかったんだ。前に、職人は素材の望みを感じとる必要があると言っただろう？　どんな形にできて、どんな形にはできないかを、繊細な感覚で探しあてるんだ。ああ、ぼくの知覚がもっと完璧だったらいいのに。そこのグリムみたいに、正しい血の匂いを嗅ぎあてる鼻があれば、毎回うまくいくんだが。ジェニファーに関しては疑いはなかったし、彼女の血は逆らわなかった。素材と職人の手が調和して目的に向かうときのすばらしい満足感と言ったら！　きみにも見せたかったたくらいだよ、彼女がどんなに従順に耳を錐《きり》にゆだねたか、どんなふうに生命の滴がしたたったか！」

クレアは彼に目を吸い寄せられたまま、心の中では圧倒的な恐怖と必死に戦っていた。

「ニール、からかわないで！」彼女は訴えた。「わたしは真剣に言っているの。そうね、いままではふたりのあいだの楽しいゲームだった。あなたとのごっこ遊びはおもしろかった。でも、もうやりすぎでしょう。無害な遊びじゃない。正しいことでもない。これは――これはもうゲームとは言えない。彼女のことをきちんと考えなければいけないわ。あの子はこの部屋でだけ、あなたと夜に会っているときにだけ存在するわけではないの。彼女は女子生徒で、パストン・ホールに所属している。友達がいて、先生がいて、姉と両親がいる。その人たちから見たジェニファーは、ぜんぜん違った女の子かもしれないというのはわかるでしょう。ただのふつうの女生徒で、その年頃の女の子なら誰にでもある欠点や足らないところだってある。なのにあなたは、それを無視しようとしている。あの子がただ芸術家としてのあなたをひきつけるところがあるから——あなたの特殊なゲームにぴったりだからって」

ニールは勢いよく暖炉から離れると、部屋の真ん中をぐるぐると歩き回った。

「ゲーム？ ゲームだって？」彼は我慢がならないというように叫んだ。「もう三度か四度、そう言ったな。これはゲームだと言うのか？」

クレアは立ち上がった。これまでに聞いたことのないニールの口調に血の気が引き、体の震えを止められなかった。

「そうじゃないの？」クレアは小さくつぶやいた。

ニールはクレアのところに戻ってくると、彼女の見開かれた灰色の眼を真正面から見すえた。

「ぼくはきみとゲームを演じていたのか？」彼は尋ねた。「ぼくはきみを愛するふりをしていたのか？」

真剣なまなざしはクレアの眼を捉えて離さなかった。もう何度も味わった、意志も体も萎えるような感覚にふたたび襲われた。それでもクレアは真実にしがみつこうともがき、いつわりの網を破ろうとした。

「そんなこと思っていなかったわ」みじめな声で言う。「心から愛してくれているのだと思っていた。でもいまはわからない」

ニールはクレアの肩に両手を掛けてふたたび座らせると、覆いかぶさるように身を屈め、熱のこもった、しかし一片の優しさもない声音で言った。

「ふりなんかじゃない。きみを愛している。だけどそれはぼくなりの愛し方で、きみがこれまで知っていたものより、ほかのどんな男の愛よりもずっと深くて強い、長つづきする愛だ。これは口先だけのきれいごとじゃない。事実を言っているんだ。ぼくがきみを愛するのは、たくさんの女の子のなかでただひとりきみだけが、こういう言葉を理解できるからだ。ああ！」声が怒りをあらわにした。「つべこべ言わずに認めろよ、ふりをしているのはきみのほうだ。昼間の、本ばかり詰めこんだ理性の陰に隠れて、自分でもわかっていることから逃げようとしている。きみの心は、夜の意識は、ぼくがきみを支配していることを否定するか？　これはどうだ？」

ニールの手がさっと伸びてクレアの左の耳たぶをつまみ、乱暴につねりあげた。クレアは悲鳴をあげそうになったが、声にはならず、ただ弱々しいあえぎが漏れただけだった。体を動かすことも声を出すこともできない。苦痛の波が全身を走りぬけ、そのうねりになすすべもなく翻弄されるうちに、容赦なく加えられる力はもう痛みとも感じられなくなった。それはクレアを貫く力であり、奔流のように体のすみずみまで流れこみ、クレアという存在のあらゆる部分をニールの支配下においた。最初の一瞬なら侵略に立ち向かうこともできたかもしれないが、注ぎこまれた力はあまりに強く、そしてすばやく、最初の肉体的な痛みに反撃する前に征服されてしまっていた。

長い時間が経って、ようやくニールはクレアを解放した。クレアは眼を固くつむり、とうとう波が退いていくのを感じたときには、少しのあいだ気を失っていたに違いないと思った。いつの間にかニールの前に膝をつき、彼の足を抱くようにして体を支え、相手の膝に額を押しつけていた。立ち上がろうとすると、頭に置かれたニールの手に押しとどめられた。手は軽く触れているだけだったが、それで充分だった。クレアにはもうなんの力も残っていなかった。精神だけは働いており、さきほど通り抜けた波があらゆる思考や心象を押し流した後に、単純明快な理解が残っていた。大嵐が世界を浄化するように闇から恐怖が洗い流され、ニールの力と目的の全体像が明瞭な秩序を備えた姿でたちあらわれた――明瞭であり、彼自身の言葉をたよりに理解することは可能であっても、クレアのどんな経験とも相容れず、善悪の判断は下しようがなかった。

クレアが恐れていたものはすべて彼の創造したものであり、身を守るには、ほかでもない恐怖の源に庇護を求めるしかないのがわかった。クレアはニールにしがみついた。なぜなら彼こそは、この嵐の後の新しい非人間的な世界での、すべての権威であり避難場所だった。邪悪の権化であると同時に悪魔祓い師だった。苦痛も癒しも、ともに彼の手から与えられた。彼は破壊し、命を与えた。クレアは震えながら待った。

しばらくして彼はきわめておだやかに口を開いた。クレアはその声に優しさの片鱗、あるいは少なくとも親しさを聞きとって、安堵の息をついた。

「これでぼくの力を認めるだろう。きみは反抗するほど馬鹿ではないが、まだかりそめの世界の凝り固まった考えがいくらかまとわりついていて、真の理解を妨げているのはわかっていた。悪かった。でももう怖がらなくていい。心から恐れを追いだすんだ。物質的なことが終わってしまえば、もう苦痛も恐怖もなくなり、喜びがあるだけだ。そのときまでは、ぼくに従ってさえいれば心安らかにいられるし、ときがくれば、きみは痛みもなく傷つくこともない木々の仲間入りをして、光の環に守られるだろう。それまで昼は夢のように過ぎ、夜はおだやかな喜びに満たされるだろう」

彼がゆっくりと言葉を紡ぐのにつれ、ひとことひとことが滴りおちて、波に洗われ、からっぽになった内面の世界をふたたび充たすのを感じた。色彩と生命がよみがえり、生き生きとしたイメージがはばたいたが、それらはすべて彼のつくりだしたものだった。クレアはなんとか声を出せるようになると、従順に尋ねた。

「長くかかるの?」

彼の手が頭からうなじにすべり落ち、安心させるように力強く撫でた。

「あと数日だ!」クレアはその声に勝利と歓喜の響きを聞きとった。彼はしばらく愛撫をつづけてから優しくクレアを立たせ、ふたたび椅子に座らせた。クレアは病人のようにそのままの姿勢で座っていた。萎えたような感覚は残っていたが、震えは止まっていた。ニールはクレアのそばを離れて部屋を歩きまわり、笑ったり話したりするようすは、以前の彼と変わらず明るく快活だった。つくりかけの人形の部品をとりまとめて戸棚のひとつのところに持っていくと、ポケットから出した鍵で扉を開けて中にしまい、ふたたび鍵を掛けた。設計図は、クレアが中を見た戸棚の一番上の棚に投げ入れた。

ニールは片づけを終えると、以前と変わらない気さくな調子でお茶を淹れようと言い、忙しく用意を始めた。アトリエ用のやかんを置いてある鉄製の台の下の熾火を搔きたて、部屋の隅にある戸棚からティーポットやカップや皿を取りだした。クレアは、ニールがみずからの支配力に絶大な自信を抱いているらしいのを見ても、怒りも反発もできなかった。すっかり屈服してしまっており、完全に所有されていることに不思議なやすらかさを感じていた——それは流れに身を任せることのやすらぎであり、すでに彼に服従した仲間たち、アンやジャネットやマーガレット・レインズの仲間に加わるというやすらぎだった。もうなにも悩みはなく、怖いものからは彼が守ってくれるとわかっていたが、それでもなお、マーガレット・レインズの姿を思い出すと涙があふれて頰をつたった。

ニールはめざとく気づいて、ティーカップをテーブルに並べながら、にこやかな表情のままもの問いたげに眉をつりあげた。

「誰のため？」

「マーガレットのため」クレアは答えた。「失敗してしまった人のため」

ニールは悲しげに重々しくうなずいた。「ぼくのせいだ。たぶん、勘違いをしていたのだろう。ぼくの欲しいものを持っていると思ったのに、間違いだった」

ニールは口をつぐんでしばらく暖炉の火を見つめ、ふたたび口を開いたときには、自分に言い聞かせるような口調だった。彼は難しい顔でつぶやいた。

「成功していてもおかしくはなかった。最後の瞬間に彼女が拒んだりしなければ。彼女の態度は喜んで従うように見えたが、心の奥底ではぼくに抵抗していた。心臓を入れようとしたときに気づいたんだ。血は死んでしまった。でもそのときにはもう手遅れだった」

彼はなおも熾火を見つめていたが、肩をすくめて勢いよく立ち上がり、お茶を注ぎ始めると、憂いをふりはらうようにクレアに笑いかけた。

「きみのときは失敗しないようにするよ」彼は言った。「ジェニファーもね。ジェニファーのことは心配しないで。あの子はみんなを楽しませるだろうし、あの子自身も楽しく暮らせるだろう。ぼくの臣民には陽気な男の子たちもいて、彼女にはまだ想像もできないような喜びをあげられる。ああ、見ていてごらん、いずれ、きらめく小川が招くとき、夏の森に彼女は美しく花開くから。夏の夜、中庭のいくつもの噴水のあいだを踊りまわる姿が見られるよ。きみにも彼女が幸せなのがわかるだろう。いつまでも変わらない若さと、衰えることのない美しさを得た唇から、どんな笑い声がこぼれるかも。ぼくの民に一輪の花が加わることになるんだ。みな喜んでかわいがるだろう――永遠に！」

「あの子にひどいことをしない？」クレアはおずおずと尋ねた。「あの子、怖がっていた」

「するものか、あるいは話にならないとでもいうように、ニールは手を振った。「まさか。彼女はまだ子供で、子供ならではの強情なところもある。でも本気の反抗ではない。城の地下牢を開ける必要はないだろうね。多少は泣いたり、擦り傷をつくるくらいはあるかもしれないが、冒険は永遠につづくんだから、それくらいなんでもないだろう？　森の彼方の世界にも法はあるが、ぼくは厳しい裁判官ではないし、判決を言い渡すときには笑いで終わるようにしている」

クレアはためいきをついた。「そうね、あの子はわかってる。あなたに逆らった奴隷たちがどんな目に遭うか見せたのでしょう、聞いたわ。あの子はそれも受け入れている。喜んであなたに支配されるつもり。罰を与えても、あなたに媚びようとするでしょう。わたしたちはとっくに奴隷になっている。あなたはわたしたちの心を手に入れた。このうえ体になにをされようと、たいしたことじゃない」クレアの口調は平板で、いまはもうはっきり見えるようになった雨晒しの骨のような真実にふさわしく、言葉に飾りはなかった。

「ささいなことだと思うのか？」ニールはふたたび語気を強め、傲然と頭をもたげた。「ぼくの支配のもとで暮らすのがささいなことだとでも？　ぼくはきみを時と変化という暴君から解放するつもりだ。自由になったあかつきには、ぼくの鎖は花綱になり、ぼくの法はきらめく大気のように軽く、春になれば木々が葉をまとうように、きみはぼくの用意するお仕着せを喜んで身につけるだろう」

　ニールは勢いよく立ち上がって部屋の真ん中を歩きまわりはじめた。グリムがとんできて、主の後ろをついてまわった。ニールはちらりと天窓を見やった。クレアが来たときより陽射しは明るくなっており、小雨があがって晴れ間が見えてきたようだった。

「たくさんだ、もうたくさん！」ニールは叫んだ。「せっかく日の出ている時間がもったいない」踵を返して作業台に向かい、道具などを片づけてしまったのをすっかり忘れていて、いま気づいたというように動きを止めた。ポケットから鍵をひっぱりだすと、あわただしく鍵のかかった戸棚を開け、道具や材料をつぎつぎと取り出していった。クレアは自分の存在が忘れられたように感じた。立ち上がったものの、命令されるまでは立ち去ることもできずにいた。ニールはクレアには目もくれず、万力に覆いかぶさるようにして手を動かしていたので、近づいて作業を見守った。近寄るなとも、そばに来るようにとも言われなかったが、しばらくしてクレアが人形の部品のひとつを手に取ると、ニールは身を起こし、手にしたものをたしかめるクレアを見つめた。

　クレアの手つきはこわごわとして、小動物を抱いているようだった。それは人形の頭と胴体の部分で――ジェニファーのものだ――ほとんど完成していた。髪もふぞろいながら植えられており、顔の造作も彫りこまれていた。胴体は、あとは色を塗るだけのように見え、ただし左寄りの胸の下あたりに丸い孔《あな》があけられていた。深さは体の厚みの中ほどまで達し、直径は大きめの豆粒が入るかどうかというところだった。クレアは孔の縁に指先をあて、いぶかしみつつ撫でているあいだも、まるで傷口のようだと思い、落ち着かなかった。ニールがほほえんだ。

「そこはあとで埋めるんだ」彼は言った。「それが最後の仕上げだ」

クレアはずっと黙ったままニールの作業を見ていた。まなざしは真剣だったが、期待に満ちた興奮はなく、もう恐れさえも感じていなかった。静かな諦念があるだけで、小さな人形の複雑な関節にうかがえる技や優雅な曲線を見ても、それらを生みだす指の長い手の卓越した技量を見ても、すばらしいのはわかるが心は動かなかった。

クレアは人形がしまわれていた戸棚のほうに視線をさまよわせた。それまでつねに施錠されていたので中を見たことはなかった。スケッチブックがあった戸棚よりはずっと整頓されていた。一番上の棚はガラスの器具でいっぱいで、小さな蒸留器や試験管が木製のスタンドに並んでいる――栓をした小さな管は、前にニールが手にしていた、黒っぽい粒が入っていたものによく似ていた。下の棚にはさまざまな形や大きさの木片が積み重ねられていた。ふと、手前に置かれたものに目が留まり、興味を引かれてもっとよく見ようと近寄った。それは別の人形の胴体だった。ジェニファーの人形ほどではないが、もうだいぶできあがっている。繊細にかたちづくられた小さな顔を見ているうちに憐れみと恐れが湧いてきて、胸が締めつけられた。クレアが見つめているのは自分自身だった。というよりは、いまの自分を捨てた後にクレアの体になるはずのものだった。それはクレアだが、しかし完璧な似姿ではない――今よりもっときれいな肉体をもらえるらしい。おそるおそるひとさし指を伸ばし、胸の小さな孔に、心臓が入れられるはずの空洞に触れようとした。ニールが近づいてきて、クレアの視線の先にあるものを誤解したのか、明るい調子で言った。

「船長の馬車を見ているのかい？」

クレアはうろたえて手をひっこめた。ニールは身を屈めて棚の後ろのほうを指さした。自分を模した人形に気をとられていて、そちらには気づいていなかった。それはすばらしく手の込んだ四輪馬車の模型だった――十七世紀の様式の堂々とした馬車で、ふんだんに彫刻がほどこされ、金箔が貼られている。小さな馬具の一式もそろっており、とても細かい針目でかがられ、鋲を打ってあるのを見ると、ふつうの人間の手でつくられたものだとはとても思えなかった。ジェニファーの言葉がよみがえってきて、クレアは恐怖に目を見開いた。しかし馬車はいまは空《から》だった。ニールは馬車の扉を開けて中を見せ、指先で布張りのクッションを撫でたが、そこにもたれているのをジェニファーが見たのはだれだったのか、もうわかっていたクレアは、クッションに触れる勇気がでなかった。ニールは馬車を隅々まで見せた。手つきには愛情が感じられ、クレアにも賞賛を求めるふうだった。

「あなたがつくったの？」クレアはささやくように尋ねた。

ニールは馬車を棚に戻し、首を横に振った。

「いや。ぼくはこれを見つけただけだ。がらくたの山に埋もれて、壊れて汚れていた。見つけたのは、十四歳のときだった――いまのジェニファーより一歳以上も若かったが、先週のことのようにあざやかに記憶に残っている。だからこれが庭園で動いているところを彼女に見せたんだ。十四歳のあの日、自分で見つけた宝物を調べていたときに、ぼくは驚くような発見をして、将来手にいれられるかもしれない力を垣間見て、いつかかならず船長の馬車が動いているところを見るぞとひそかに心に決めたんだ。実際、なんども見たわけだが、最初の発見のときのような新鮮な驚きは味わえなかった。あの夜、ジェニファーの目を通して見るまではね。彼女がくれた大きな喜びのお返しに、あれに乗せてあげると約束した。ぼくが隣に座って、きれいな男の子や女の子たちの華やかな隊列を従えて、ブラッケンバインの長い歴史のなかでも最高に楽しい行列をつくって舞踏会にゆこうと」

クレアが顔を上げた。ニールに向けて大きく見開かれた灰色の瞳は苦悩を湛え、曇り空の下に横たわる冬の海のように悲しげだった。

「だれがつくったの?」尋ねる声は消えいりそうで、ニールはあやうく聞き逃すところだった。

彼はゆっくりと頭を振った。「それがわからないんだ。たぶんトリシューイ船長か――そうでなくても、船長なら誰がつくったのか知っていたはずだが。ひょっとすると彼ら……」

ニールはふいに口をつぐんで扉の方を向き、眉根を寄せて耳を澄ませた。クレアは、さきほどから階下のホールに誰かがいるのか、かすかな物音が聞こえていたのに、それどころではなかったのであえて意識の外に追いやっていたことにあらためて気づいた。ふたりして待ちかまえていたが、それ以上音はしなかった。一分ほど経って、かすかな衣擦れのような音がしたかと思うと、いつのまにか姿を消していたグリムが部屋にとびこんできた。しっぽは極限まで太くふくらみ、体中の毛が逆立っていた。テーブルに跳び乗り、そこからさらに天窓の桟に跳び上がると、うずくまって耳を伏せ、牙を剝きだしてまぎれもない山猫の唸り声をあげた。ニールはグリムからふたたびドアに視線を移し、じっと聞き耳をたてていた。

「なんなの?」クレアはおびえて尋ねた。「だれか来たの?」

「いや、そんなはずはないけど」ニールは口ごもった。またしばらく耳を澄ませた後、ふいに大股に部屋を出てゆき、足音も高く階段を駆け下りて一階に向かった。ほどなくして戻ってきたときには、明るい顔で笑みを浮かべていた。

「グリムのライバルだったみたいだよ、猫仲間の」彼は言った。作業台のところへ行って、ふたたび道具を手に取った。「一瞬、母かと思った――なにごともなくコーンウォールに向かっているはずだし、母ならグリムがあんなふうになるはずはないけれど」

クレアはニールの作業を見守った。腕時計をたしかめ、もうパストン・ホールに戻らなければならない時間になっているのを知ったが、許しがなければ動けないような気がしていた。しばらくしてニールが顔を上げた。

「わたし、また来たほうがいい？」クレアはためらいがちに尋ねた。

ニールは考えこんだ。

「いや。来ないほうがいいんじゃないかな」顔をしかめてふたたび扉のほうを見やり、なにか迷っているふうだった。「まずいことはないはずだが、でも――だめだ。きみが来てくれないと寂しくなるけれど、危険を冒すのはやめたほうがいい。もうここに来る理由がないのが、だれかにばれているかもしれない」

彼は一緒に玄関ホールまで下りてコートを着せ、ドアのところでクレアを抱きしめた。クレアは従順にキスを受け入れた。そうして腕の中にいると、彼の支配は絶対的だった。

「ああ、ずっと一緒にいられたらいいのに」彼は言った。「でも、あとたった数日だ。次に会ったらもう二度と離れない」

クレアはずっとうつむいて脇目もふらずに敷地を歩いていった。ブラッケンバインに来たときの決意はもののみごとに砕かれたというのに、ニールの勝利に怒りをおぼえることさえできなかった。いまの自分にある思考も感情も、すべて彼から与えられたものなのだから、反逆するだけの力が魂にあるはずがない。彼は疑問の余地もないほど完璧にクレアを所有していた。パストン・ホールへの反逆でさえ、もうクレア自身のものとは言えなかった。いまならどんな規則破りでもためらうことなく、自らの正しさを微塵も疑うことなくやってのけるだろう。なぜならクレアは彼の権威において規則を破るのだから。歩いている足でさえ、彼の命令で動かされているように感じた。ニールの目的も、どんなふうに目的を達成したかも、もうすべてわかっていた。いまとなっては、なぜそれを謎だと思っていたのか、答えを知りたくてあれほど悩んだのか、それだけが不思議だった。理解する必要も、頭を悩ませる必要も、なにをするべきか考える必要もない。単純そのものの事実として、クレアにはなすすべがなかった。ただ数日が早く過ぎてくれることだけが望みだった。それまでは空白の、まったくからっぽの毎日になるだろう。ニールが情けぶかく忘却の魔法をかけて虚無の日々を乗り越えやすくしてくれないだろうかとクレアは考えた。それとも、もし優しくしてくれるつもりがあるなら、空白を夢で充たして、実際に魔法の森でめざめる前に夢の中で住まわせてくれてもいい。

クレアは歩きつづけたが、足元の地面の感触も頰に触れる空気も感じてはいなかったし、弱々しい陽の光がブラッケンバインのオークの木々の梢を照らしているのも目に入ってはいなかった。実体はないのに破ることもできない球体がクレアを閉じこめていた。それでも、なにか遠いざわめきのようなものが外から忍びこんできてクレアの注意を引いた。実際に音がしているのだと確信が持てるまでずいぶん時間がかかり、さらに経ってようやく音が人間の声、しかも聞きおぼえのある声であり、クレアを呼んでいるのだと気がついた。

いつのまにか足が止まっており、門まであと少しのところにある大きく平らな岩の近くに立っていた。ゆっくりと現実の眼が機能をとりもどし、クレアを包んで外界から隔てていた球体がだんだんと消えてゆくと、斜面のふもとの石に人が腰かけているのが見えた。白髪交じりで古ぼけた灰色のコートを着ており、裾からツイードのスカートとライル糸のストッキングがのぞいている。

クレアは自分の声がごく自然に答えを返すのを聞いていた。「なんでしょう、ミス・ギアリー」

痩せこけた老女は、履き古した革靴に包まれた両足のあいだに傘の先を突いた。眉をつり上げて笑ってみせる——学校でもおなじみの、自分ひとりで楽しんでいるような謎めかしたほほえみだった。

「なにかに気をとられていたようね」老女は言った。「もう二回も呼びましたよ。でも三回繰り返したことは真実になるというから、あなたがクレア・リドゲイトであるのは間違いないわね。いったいあなたはどこにいたのかしら、ウェルギリウスのローマ？　それとも別な案内人ともっと不思議な場所を歩いていたの？」

「ああ、ミス・ギアリー」クレアはおもねるように言い、教師のそばまで行った。「迎えに来てくださるとは思いませんでした」

「わたしもね、雨がやむまではそのつもりはありませんでしたよ」ミス・ギアリーはそう言うと、目を上げてクレアをじっと見つめ、いつものとおり、もっとよく顔に焦点を合わせようとするように頭を後ろにそらした。「早く出たので森を散歩していたの。実を言うと、家のところまで行ったのよ。でも、あなたのレッスンはまだ終わっていないようだったから、ぶらぶらと戻ってきて、ここで待っていようと思ったの。もうずいぶんおもてに出ていなかったから、お日さまの輝きに誘われてね。それにほら、見て。わたしがとじこもっていたあいだに世界が目を覚ましたという証拠を見つけましたよ」

ミス・ギアリーは傘の先で地面を示した。クレアはかたわらの斜面の湿った土が剥きだしになったところに二、三輪の黄色い花が丸い頭をもたげているのを見た。

「フキタンポポ！」小さく声をあげ、しばらくじっと花を見下ろしてから、クレアはふたたび顔を上げて熱心な期待のまなざしであたりを見まわした。森はまだ冬につなぎとめられていた。オークの木は空を背景として黒々とした裸の枝をさらし、みすぼらしく縮んだ枯れ葉がところどころにさびしくしがみついている。黒ずんだ壁のように生い茂る月桂樹にまだみずみずしい若葉の色は見えない。大地は生気に乏しく、それでも空は明るかった。もう記憶にあるかぎりずっと、空一面を天井のように閉ざしていたかに思えた雲に切れ間が見えた。真珠色とくすんだ灰色の微妙な陰影に彩られた雲の塊に青い裂け目ができ、南西の方角の白い城壁の後ろから輝かしい陽光の槍が突きだされ、きらめいていた。クレアはもういちどフキタンポポの上に身を屈め、黒く死に絶えた土から伸びあがり、小さな丸い生命のランプを掲げているのを眺めた。うつむいているうちに涙があふれるのを感じ、大きく息をつくと、胸のうちで心臓が縛めをひきちぎり、自由になったような気がした。

ミス・ギアリーが立ち上がり、クレアと腕を組んだ。

「あなたを迎えにいくついでに外を歩いたら、とても気持ちがいいだろうと思ったのよ」ミス・ギアリーは言い、門のほうへと歩き始めた。「その甲斐はあったわね。こんなふうに、冬の季節に生命がよみがえりはじめる日にめぐりあえるのは、めったにないことでしょう。まだ春とはとても言えないけれど。このあとも野山は雪に埋もれるかもしれない、それでもわたしたちは変化を目撃したのよ。まあ、ずいぶんと陳腐な感傷よね。何千年も前からずっと言われていることを繰り返しているだけ。でもねえ、クレア、これは真実を言いあてているの。不変のものは間違っているのよ。生命が生命であるのは、変化があるからよ。生まれ、育ち、花咲き、実を結び、死んでいく——それがあるべき姿というもの。なんであれ、永遠に保とうとしてはいけない。生きているもの、真実であるもの、美しいものは、何度でも再生するのだから。わたしにも若かったときがあって、永遠に若くいられたらと願ったものよ。でも、年をとり、生命が変化をうながすのにしたがって変わるほうがいい。さだめられた季節を生きて、やすらかに眠るほうがいい」

ミス・ギアリーがゆっくりと、ときに長い沈黙を挟みながら語るうちに、ふたりは門を抜けて公道に出ていた。ミス・ギアリーは後ろを向いて鉄の扉をひっぱり、しっかりと閉ざした。

「たぶん、この春の気配のせいね」パストン・ホールのほうへ向かいながらミス・ギアリーが言った。「むかし考えていたことを思い出したの。ずっとむかし、いまのあなたくらいの年齢だったころ、いとこたちやレイチェル・スターンと一緒に芸術や生命やものごとの意味についてよく議論したものよ。若くて傲慢だったわたしたちは、ものごとの意味を知っていると思っていた。でもこうして若さを失って、ありがたいことに傲慢さもなくしたと思いたいところだけれど、それでも当時レイチェルは間違っていると考えたのと同じように、やっぱりいまも彼女は間違っていると思うの。レイチェル自身もそう思いはじめたのではないかしら。よくわたしたちが議論したのは倫理的な問題で——永遠に美しいものをつくりだすことは最高の善であり、どんな手段でも正当化できるのだろうかということだった。どんな手段でもというのには、もちろん、生命を利用したり歪めたり、破壊したりも含まれるのよ。でも、生命の法則を無視して、永遠も美もありえるのかしら」

ふたりはしばらく黙って歩いていた。

「たぶん、有能な科学者なら」ミス・ギアリーは口に出して考えごとをしているようだった。「うわべは生きているように見えて、しかも永久に壊れないものをつくることもできるかもしれないわね。でも、たとえばフキタンポポのように、だれの意思ともかかわりなく生きて、成長して、自由にただみずからの本能にだけ従って、それでいて壮大な計画全体と完璧に調和してその一部となるような、そんなものはだれにもつくれないでしょう？　そこなのよ、わかるでしょう、クレア。わたしたちはパターンの一部なの。フキタンポポから政府の閣僚にいたるまで、わたしたちすべての本性の総体が均整のとれた美しい計画をなしているのよ。たしかに移ろいやすいものではあるけれど、まさに移り変わることによって不死を実現している。もしだれかが時と変化にあらがってみずからの本性を欺こうとしたなら、パターンが損なわれることになる。わたしたちは生命に義務を負っているのよ」

ふたりはパストン・ホールの門に着いた。ミス・ギアリーは門扉ごしに学校を眺め、それからもういちど道に視線を戻した。

「そこがわたしとレイチェル・トリシューイとで――いえ、いまはレイチェル・スターンね、いちばん意見が分かれるところだった」ミス・ギアリーは言った。「レイチェルは間違っていたけれど、なんとしてでも自分の考えを弁護しようとした。当時よく、息子が欲しいと言っていたわ。そうして彼女の言う美の倫理だけに従うように育てるのだと。それは実現したのかしらね」

第十章

クレアはその晩、具合が悪くなった。夕方はずっと監督生室の片隅で本を読んで過ごしていた。第六学年の生徒たちが暖炉を囲んでおしゃべりしている声を聞き、ちらちらと向けられる好奇の視線にも気づいてはいたが、けっして仲間に入ろうとはしなかった。ずいぶん前からパストン・ホールの生活から疎外されているように感じていたのに加えて、いまでは自分が生きることのすべてから切り離され、世界の計画から抹消されているのを知っていた。ニールは自分に従いさえすればやすらかに過ごせると言っていたが、かつてのようなやすらぎはなく、ただみじめな無力感があるだけだった。涙があふれるのをこらえることができず、たびたびためいきがわきあがり、耐えがたいほどに胸がふさがれた。

頭はぼんやりしてなにも考える気力がなかった。心の中にはさまざまな映像や言葉のきれはしが浮かぶだけで、それらに脈絡をつけることはできなかった。その日の午後の光景もよみがえってきても、ただの動かない絵であり、なんの感慨もわいてこない――いままさに心を占めているはかりしれないほど大きな悲しみを超えるものは。このあと起こることも想像できた。アトリエのランプの光に照らされるジェニファー、青い眼を興奮にきらめかせるジェニファー、彼とふざけあい、その腕にとびこんでいくジェニファー。そんな光景を思い描いても、やはり恐れも不安も覚えず、なにもする気は起きなかった。そのとき、記憶のページに記された言葉が見えた。その日の午後にミス・ギアリーが語った言葉はくっきりとしてゆるぎなく、形ははっきりと捉えられるのに、意味は理解できなかった。ずっと見つめていると、言葉は巨大なレンズをとおして見るように大きくなった。ひとつのフレーズが視野いっぱいを占め、ひとつの単語が山のように目の前に立ちはだかった。それでも言葉の意味はわからなかった。

ミス・ギアリーは、ニールのすることを把握しているか、見当をつけているようだった。その日の午後、ブラッケンバインにいるときに、ニールとクレアのあいだで一種の決着がついたことにも気がついているらしい。ミス・ギアリーがそれまでずっと開いたままだったブラッケンバインの門を閉めたのは、もう二度とブラッケンバインを訪れることはないとわかっていたからだ。ミス・ギアリーは知っている。それでもクレアは恐れも希望も感じなかった。だれの機嫌を損ねようといまのクレアにはまったくどうでもよかったし、だれの助けも期待していなかった。

ニールの腕の中にいるときの、力が萎えるような感覚にはもう慣れていたものの、それが今日はいつもより長くつづいているほかに、いままでにない感覚もあった。体じゅうの骨や関節に鈍い痛みがあり、手足がくりかえし痺れ、指と足の先がひどく冷たくなった。夕食の時間になる頃には激しい頭痛がして顔が火照り、眼窩の奥をときおり鋭い痛みが刺した。

夕食は喉を通らず、そろそろと部屋に戻ろうとした。意志の力だけで手足を動かし、やっと上階の廊下にまでたどりついたが、浴室の前まできたところでもう一歩も動けなくなった。気分が悪くて立っていることもできず、床にくずおれた。

しばらくしてクレアを見つけたのはリーニィ・フォードだった。リーニィはおどおどと後をつけてきたことを謝り、具合が悪そうに見えたからといいわけした。さらにリーニィはクレアにつきそって部屋までおくると、副寮母を呼びにいった。

それきり、その夜の記憶はほとんどない。毛布にくるまれて一階の寮母の部屋に運ばれ、さらに短い廊下を通って看護室に連れてゆかれたのは覚えていた。看護室はひろびろとしてスライド式の窓があり、簡易寝台が六台おかれ、具合が悪く自室で過ごさせるのがこころもとない生徒は、そこで寮母がめんどうをみられるようになっていた。寮母が熱を測り、ミス・スペロッドがちらりと顔を覗かせたほかに、ミス・ギアリーとさらに何人かがやってきたのにもクレアは気づいていた。まわりでささやきが交わされ、ひそやかに動きまわる物音がしていた。

その後の時間は、クレア自身のほかには生きたものもいない苦痛の森でしかなかった。藪にからめとられてもがき、切り傷をつくりながらも必死に逃れようとして、苦痛のあまりうめきが漏れるほどだったが、まったくの徒労だった。両手両足を縛りつけられ、体の中では骨という骨を摑んですり潰すような力に責め苛まれていた。

おそろしく長い時間が過ぎ、苦闘の果てに束縛から逃れようとする力も尽きて、ときおり意思にかかわりなく発作的に痙攣が走るだけになったころ、頭蓋骨の内側で繰りひろげられる乱闘の中心で精神が活動しているのに気がついた。絶え間ない苦痛のほかにクレアの注意を引くものがあった。だれかが隙間を——閉ざされた窓をこじ開けて入ってこようとしている。だれかほかの少女が死にものぐるいに入ろうとするので、クレアはなんとか窓を開けようとした。しかしそれはかなわなかった。窓はクレア自身の頭蓋骨でできており、ねじり、たたきつけるような痛みに圧倒され、身動きができなかった。代わりにクレアは大声で少女の名前を呼んだ。叫び声にだれかが気づいて助けに来てくれるのを期待して——しかしがんがんと頭蓋骨をたたく音が耐えがたいほど大きくなり、せいいっぱいに絞りだした声をかき消してしまった。殴られるような衝撃につれてたわむガラス越しに少女の歪んだ顔が見えた。顔は近づいたり遠ざかったりしながら一瞬も静止することなく形を変え、恐怖におののいているようでもあり、見るほうにも恐怖を与えるほど異様でありながら、それでもだれだかはわかった。クレアは少女の名前を叫びつづけたが、相手の声は聞こえなかった。

最後にはすべての苦痛が眼に集中した。体中の苦痛が眼に流れこみ、灼けつくような痛みが貫いた。しかしそのとき視界を横切って動くものがあった。映像は苦痛の外の世界にあった。もういちど叫び声をあげると、今度はクレアにも自分の声が聞こえたが、それは叫びというにはほど遠く、ただのうめきだった。だれかに体に触れられて、はじめてクレアは自分が眼を開けており、苦痛の源も体の外にあることに気づいた。まばゆい電灯の光が両眼を刺していた。

寮母が体を支えてコップを口元に運んでくれた。

「まったく、心配させられたわ」寮母が喋っていた。「でも、もうちょっと静かにしてくれないと。もうひとりめんどうを見なきゃならない生徒が来て、そちらもあなたに劣らず具合が悪いのですからね」

クレアはただ静かに横になっていられるだけで、じゅうぶんにありがたかった。苦痛は弱まっていた。頭も手足もまだ痛かったが、頭蓋骨の内側で暴れていた痛みはだいぶおさまっており、意識を集中してずきずきと脈打つリズムに合わせるようにしていると我慢できないこともない。

クレアがふたたび眼を開けたときには、外は明るくなっていた。眼を開けたのは、近くで話し声がしたからだった。寮母と副寮母のほかに、黒っぽい服を着てずんぐりした白髪の男が見えた。三人はクレアの処置にとりかかった。口になにかを入れ、腕を持ち上げて、また下げた。ずんぐりした男が脚を叩いた。しばらくして、クレアはなにか訊かれていることに気づいた。声を出そうとしてなんどか失敗して、ようやく「はい」と答えることができた。脚を叩かれている感覚はあった。答えに満足したのか、三人はクレアをおいて去っていった。

その日はずっと、熱に浮かされては目覚めるのを繰り返した。ふたつの状態を行き来するうちに心の目に映った映像がいり混じり、熱に浮かされているときに幻覚に見るのは現実の光景であり、目覚めているときに心に浮かぶ人の姿や顔は夢で見たものであるように感じられた。なかでも、ある顔が脳裏を去らなかった。苦痛の闇のなかで激しく悶えていたときにはだれだか知っていたのに、目覚めた状態では思い出せない。ただ、なにかとても重要な関わりのある少女の顔だということだけはわかっていた。

クレアは目を覚まして、たそがれのなか静かに横たわっていた。しばらくのあいだ、ベッドの脇のテーブルに置かれたガラスの瓶に数輪の花が活けてあるのを見るともなく眺めていた。それは貧弱な野草だった――葉のない鱗状の茎に黄色の小さな丸い花が咲いている。花はとてつもなく重要な意味を持っているように思えた。そこになくてはならないものだった。そしてクレアはベッドの反対側の暗がりにだれかが腰かけているのに気づいた。そちらを向こうとすると、謎の人物が手をさしのべてきて、クレアは相手がミス・ギアリーであるのを認識した。訊きたいのはごく簡単なことだったが、なかなか言葉にならなかった。

「わたしはどうしたんですか」

「とても重い病気だったの」ミス・ギアリーはおだやかに答えた。「でもだいぶよくなったようね」

「はい」クレアはややあってから答えた。「はい、よくなりました」

それはほんとうだった。頭痛はおさまっていた。節々の痛みは消え、眼球を動かしても痛みは走らなかった。苦痛なしに見ることができるのが嬉しくて、室内に視線をさまよわせた。ふとベッドのひとつを見ると、だれかが横たわっていた。

「あそこにいるのはだれですか」クレアは尋ねた。

「ジェニファー・グレイよ」ミス・ギアリーが答えた。

「ジェニファー?」クレアは身を起こそうとした。窓のところで入ってこようとしていたのはジェニファーだったにちがいない。起きて入れてあげなければ。しかし、ミス・ギアリーに制止されるまでもなく、ふたたび力なく横たわった。もちろん、窓の向こうに見えた少女は現実ではなかったし、現実だとしてもジェニファーではありえない。ジェニファーはもう中にいるのだし、はっきりと憶えているが、窓の少女は長い金髪をおさげにして耳のところに巻きつけていたのに対し、ジェニファーの髪は茶色で短い。

クレアは大きくためいきをついた。ほかの子のことなど気にせずにいられたらいいのに。あの子はなぜ諦めてわたしをほうっておいてくれないのだろう。もう入ってこようと充分にがんばったではないか。

「わたしはどれくらいここに?」

「そうね」ミス・ギアリーは言った。「二日になるかしら。そう、発病したのはおとといの夜だったから。ジェニファーのほうは昨夜に運ばれてきたの。まったく気づいていなかったでしょうけれど。わたしが見舞いにきたときも、あなたはわからなかったようね。ちょっと心配しましたよ。話しかけても、だれかの名前をなんどもなんども呟いているだけでしたから」

「だれの名前？」クレアは尋ねた。知りたくてしかたのなかった答えをはやく聞きだそうと、もういちど身を起こしてミス・ギアリーの腕に触れようとした。ミス・ギアリーはクレアの手を軽くたたいてなだめると、起きあがろうとするのを制した。

「だれの名前？」クレアは弱々しく繰り返した。

「そうねえ」ミス・ギアリーは迷うように言った。「あなたをそんなに興奮させちゃいけないのじゃないかしら。だれの名前だったのか、よくわからないわ。マーガレットというふうに聞こえたけれど」

クレアはぐったりと横たわり、しばらく口をきくこともできなかった。しかし、苦しい闘いは終わっていた。窓越しに見た謎の少女はもう中にいた。たぶん、すっかり頭痛も消えて、金髪の少女のせいで邪魔されることもなく、約束された深いやすらかな眠りに沈んでゆけるだろう。

ミス・ギアリーが立ち上がった。「なにか欲しいものはある？」

そうだ、もうけっしてあの少女に煩わされないようにできるかもしれない。長い文を組み立てるのは骨が折れたが、ひとつひとつ言葉を選んで口に出した。

「引き出しに。わたしの部屋の。ハンカチの下。新聞のきれはしがあります。取ってきてもらえませんか」

ミス・ギアリーにはなんのことだか通じなかったので、最初から繰り返さなければならなかった。

言い終える前に力尽き、クレアは眼を閉じて横たわった。ミス・ギアリーがわかってくれたのかどうかも確信が持てなかった。しかし、だいぶ暗くなってから、まぶたに電灯の光が当たるのを感じて目を開けると、そばにミス・ギアリーが立っており、新聞のきれはしを小さくたたんだものをさしだしていた。クレアは目でテーブルを指し示したが、ミス・ギアリーは少し迷ったあと、紙片をクレアの枕の下に入れた。

「テーブルだと飛ばされてしまうかもしれませんからね」ミス・ギアリーは言った。

クレアはやっとのことで、窓が開いているのかと尋ねた。

「ええ、ほんの少しね。寮母はいつも少し開けておくの」

それならよかった。クレアは安心してふたたび眠りに落ちていった。窓が開いているなら、マーガレットがここにいたとしても好きなときに出入りできるから、クレアは煩わされずにすむだろう。くたびれきった哀れなクレアはようやく解放され、ご主人様に従うことができて、心やすらかに眠れるだろう。

クレアは眠りに落ちたが、それは眠る前に身を委ねるつもりでいたものとはまったく違っていた。目が覚めたときは失望でいっぱいだった。頭が回転を始めて記憶がよみがえるにつれ、失望感は薄れていったものの、やるかたない思いで看護室を見回し、白い壁や、琺瑯びきの鉄のベッドや、ベッドの脇のテーブルを見つめた。しばらくは幻滅と不満の感情しか湧かなかった。だれもかれもが甘い約束でクレアを有頂天にさせたすえに手ひどく裏切り、言葉巧みにしたくもないことをやらせたあげく無責任にほうりだしたのだから。

だれとも名指しできない相手に対する怒りは、だんだんとおさまりはしても、完全に消えることはなかった。そこへ副寮母が朝食を持ってきてくれて、クレアは猛烈な空腹を感じた。食べるという行為をつうじて、また副寮母の姿を見たり声を聞いたりすることや、起きあがって自分の体や手や腕や声が意のままになるのを意識することによって、クレアは自分に大きな変化が起きたのを知った。いまのクレアは、人生の半分のあいだ、ありったけの悲惨と苦痛と裏切りを嘗めてきた人間とはまったく別人だった。頭痛は消え、熱も下がっていた。なにより、ものを見て触れることができ、その意味をたちまち理解することができた。クレアと現実のあいだに立ちふさがるものはなかった。

ベッドに身を起こし、とりもどした思考力を働かせるうちに、だんだんと気分が高揚してきた。思考はまず日付に向かった。オックスフォードの給費生資格試験までは、あと十日しかない。きっとそれまでに体調は元に戻るだろう。しかしそのほかにも、試験より先に片をつけておくべき、きわめて重要なことがあるはずだ——なにかほかの少女にかかわることだった。頭はすみやかに回転し、学期のあいだに起こったすべてのできごとが正しい順序で整列した。ほかの少女というのは、ここ数日のあいだたびたび夢に見た少女——新聞に印刷された粗い写真がいままさに枕の下におさまっている彼女のことではない。マーガレット・レインズは死んでいる。

クレアは稲妻のような啓示にうたれた。すでに死んでいるからこそ、マーガレットは重要なのだ。クレアにはマーガレットがどのように死んだのかはっきりとわかった。それだけでなく、彼が生かそうとしたにもかかわらず、なぜ失敗したのかもわかった。象徴的な意味で、マーガレットはクレアの熱にうかされた悪夢のなかに生きていた。彼のためにではない。彼に反抗するためにだった。マーガレットが奴隷としてよみがえることがなかったのは、彼女が拒んだからだ——「最後の瞬間に」と彼も言っていた——要求された服従を拒否したのだ。マーガレットは心で反抗した。ニールのつくった似姿に命を吹きこむために心を与えるのを拒否した。反逆は可能なのだ——正当であるだけでなく、たしかに可能だった。クレアは心の奥底ではずっと知っていた。その知識は夢の紡ぎだす幻影のなかでマーガレット・レインズの姿をとり、この暗黒の三日間というものニールの呪縛に闘いを挑んできた。そして闘いに勝利したのだ！　クレアは感極まって室内を見わたし、この世の空気を胸いっぱいに吸いこんだ。反逆は成功した。

クレアの勝利に輝く眼は、一番離れたベッドに眠る人物の姿を捉えた。喜ぶのはまだ早かった。ジェニファーがそこに横たわっており、そして完全に彼に服従している。ジェニファーは横たわり、まだ息をしていたが、すでに彼の支配下にあり、合図に従って彼の世界に呼びいれられるのを待つばかりだった。あたりを見まわして耳を澄ませ、寮母も助手も近くにいないのを確認すると、クレアは床を抜けだしてジェニファーのベッドに近づいた。すぐそばまで行ったところで、ほんとうなら自分はまだ歩けるほど回復していないはずだと気がついた。体は弱っていても、もうすっかり気分はよかった。歓喜が体じゅうを巡ってクレアを奮いたたせており、思いどおりに体を動かし、したいことができる力が自分にあるのを感じていた。

クレアはすばやく目を走らせてジェニファーの容態をたしかめると、自分のベッドに戻った。ジェニファーはやすらかに眠っていた。病気を示す徴《しるし》といえば、頬の紅潮くらいだった。眠りのなかでも唇はわずかに笑みを浮かべており、充足と平安を絵に描いたようだった。ジェニファーに対しては、ニールは約束を守ったのだ。彼女の数日は静穏のうちに過ぎるだろう。「数日」——その言葉がクレアの心のなかで繰り返し響いた。ニールはどれくらいのつもりで言ったのだろうか？　すでに三日が過ぎていた。人形はもうほとんどできあがっているにちがいない。ニールはあの調子で昼も夜も作業に励んでいるのだろう。いっしんに作業台に屈みこむ姿や、巧みな指先のためらいのないすばやい動きが目に浮かぶようだった。そして彼は戸棚を開けて、そこに並んだ小さな管を眺め、最後の仕上げの準備をする。人形に命を吹きこむための最後の作業は、クレアとジェニファーがみずから与えた血の滴に対するニールの支配の力によって成し遂げられるのだ。彼の魔力に打ち克ったと思ったのはまやかしだった。つかの間の猶予を勝ち取ったにすぎず、代償として嘗めた肉体的、精神的苦痛は、そもそも彼に逆らったりしなければまったく経験せずにすんだかもしれず、代わりにいまのジェニファーのようにやすらぎに浸っていられたのかもしれない。手に入れた時間も、彼が人形に心臓を入れる瞬間まででしかなかった。思わず、この看護室のベッドにいてもその瞬間がわかるだろうかと考えていた。彼は反抗した自分を罰するために乱暴にするだろうか、それとも結局は情けをかけて、移行のあいだ眠らせてくれるだろうか。彼はふたりのうちどちらを先にするだろうかとクレアは考えた。

与えられた猶予がいつまでかはわからないが、明日もつづくことに賭ける気にはなれなかった。やるべきことは今夜のうちにやってしまわなければならない。

午前中に医師がやって来ると、クレアは感情を抑え、はやる気持ちを隠して無気力をよそおった。おとなしく診察を受け、医師の軽口に弱々しくほほえんで見せ、あと二週間は安静にして過ごす必要があるという診断を告げられたときも、とくに異議を唱えもせず、かえって医師に不審を抱かせたようだった。クレアは、医師が自分のベッドを離れ、寮母を従えてジェニファーのかたわらに立ち、彼女を見下ろすのをじっと見つめていた。診察のあいだ、医師の顔はクレアからは見えなかった。ジェニファーはあいかわらず眠っており、医師の診察も手短だった。医師と寮母が看護室を出たところで話し合っているのが聞こえたが内容はわからず、歯痒い思いをした。

昼食の少し前にミス・ギアリーが顔を見せた。老女は給費生試験のことは残念だと言った後で、ためらいがちに、クレアの病気について両親に知らせるべきかどうかという疑問をきりだした。クレアは、手紙を書けるくらいにはよくなったので、明日にも自分で母に知らせを書くつもりだと答えた。試験については、以前の自分はどう考え、なにを感じていたのか、記憶を探って思い出さなければならなかった。試験の日程は学期が終わって数日後だというのに、もうずっとその日が来るのを信じられずにいた。試験を受けられるとはとても思えなかった。はるかに強大なものが行く手に立ちふさがっているのだ。それでもクレアは、ミス・ギアリーが懸命にクレアを慰めようとするのを黙って聞いていた。ミス・ギアリーは、まだチャンスはあるかもしれないと言った。クレアの父がイングランドに戻ってきて落ちついたら、クレアは家で勉強をつづけられるのではないか。なんといっても、クレアはまだ十八歳なのだから、まだ一年の余裕がある。もうひとつ歳を重ねてから試験を受けるほうがかえって有利かもしれない……。

「そうですね」クレアは言った。「人間には年老いる義務があると先生がおっしゃったのを思い出しました」

副寮母が昼食を持って入ってきたのを潮に、ミス・ギアリーは夜にまた顔を出すと言って立ち去った。クレアはおおいに食欲を発揮して、昼食をはじめお茶と夕食も平らげたが、その合間は耐えがたいほどのろのろと時間が過ぎていった。永遠につづくかと思われた午後の唯一のできごとといえば、ジェニファーが目を覚ましたことだった。

クレアが読書をしていてふと目を上げると、ジェニファーが起きあがっており、窓の外を見ているようすだった。クレアの呼びかけに、ジェニファーは振り向いた。眠っていたときのかすかなほほえみがまだ口元にただよっていた。ジェニファーは小さく「ハロー」とだけ、夢を見ているようにぼんやりと答え、表情は変わらなかった。クレアは立ってジェニファーのそばに行った。ジェニファーは動かなかった。ほほえみを浮かべたままクレアを見かえすだけで、もういちど話しかけても、なにも答えなかった。クレアは相手の眼をのぞきこんだ。大きく見開かれていたが、そこになにかが映っていたとしても、その映像は背後の脳にはなんの意味も伝えてはいないだろう。青い瞳は尋常ではない暗い翳りを帯び、ふっくらした頰の赤みと、半開きの唇に刻まれたほほえみとあいまって、みずみずしく匂うような美しさを与えている。しかしそれは本来の彼女の子供っぽいかわいらしさから予想されたものをはるかに超えた、鮮やかではあるが早すぎる開花をとげた花のような美しさだった。クレアはたじろぎ、怖くなって後ずさった。しばらくするとジェニファーは小さく満足げなためいきをつき、ふたたび身を横たえて眠りに落ちた。

ジェニファーの顔に花開いたこれまで見たことのないような美しさに、クレアの不安はいても立ってもいられないほど高まった。それはニールの作業が完了に近づいた証拠に違いないと思われた。オークの森に囲まれた古い屋敷の作業台に身を屈めたニールは、いまにも人形の胸の小さな空洞を埋める作業にとりかかるかもしれない。クレアは致命的な異変を感じたかのように両手で胸を押さえた。

夕食の前にミス・ギアリーが来たときに、クレアはジェニファーが目を覚ましたことを伝え、そのとき感じた印象をなんとか言い表そうとやっきになるあまり、心に秘めた不安を漏らしそうになった。すべてをミス・ギアリーにうちあけることができたら、どんなによかっただろう。しかしもう遅すぎた。ミス・ギアリーに、それともほかのだれにでもいいが、言うことを信じてもらえたとしても、あまりに複雑で長い話になり、なんとか説得して手を打ってもらうころにはニールの作業は終わっている。それに、病人のうわごとだとあしらわれる可能性のほうがはるかに高い。クレアの訴えは、医師には過労と試験についての心配からくる神経衰弱の症状としか思われないだろう。そうなれば、まわりのみなは気をつけてクレアを見張るはずだから、ひょっとするとニールのたくらみを挫くことができるかもしれない、ある試みを実行に移すのも不可能になる。

それでも、ミス・ギアリーはクレアのようすからなにかを感じとったらしかった。老女はいつもとはうってかわって敏感に反応し、地に足がついているように見えた。雲の上の高みからクレアを見下ろすのではなく、こころなしか曇りも晴れた茶色の眼で、なにものも見逃さず、クレアの内心まで見抜こうとするように注意深く観察していた。ミス・ギアリーはわかったというようにすばやく何度もうなずいたが、口にしたのはジェニファーとはまったく関係のないことだった。洞察力が鋭くなったように見えたのは、なにか別の理由があるらしかった。

「いとこから手紙をもらったの」ミス・ギアリーは言った。「いとこのひとりがコーンウォールにいるのよ。今日の午後に届いたのだけれど、ちょっと気になることが書いてありました。レイチェル・スターンもコーンウォールにいるらしいわ。トゥルロのホテルに泊まっているそうよ。いとこが見かけたのですって。偶然に顔を合わせたけれど、ようすがおかしかったと言うの。レイチェルはひどく取り乱していたって。さっぱり事情がわからないけれど、ブラッケンバインにはもう戻らないようね。なにかトラブルがあったのかしら、いさかいとか……実は、ブラッケンバインを所有しているのはレイチェルではなくて息子のほうなのよ……」

「いさかい？」クレアはかすれた声で繰り返した。ずっと以前の、アトリエでの一幕がよみがえってきた。真剣な口調で悲しげに、けれどほほえみとともに口にされた言葉が――〈もし人を創作に向かわせる衝動が高慢の罪でないのなら……でも、やめることはできる。これ以上、罪を犯さずにいることも〉。ミス・ギアリーの推測は正鵠を射ていた。レイチェル・スターンは息子のわざを邪悪だと認めたのだ。ミセス・スターンは逃げだし、クレアに宛てた手紙のなかで、もってまわった言い方ながらニールに気をつけるようにと警告していたのだ。

「ええ」ミス・ギアリーは言った。「もしそうなら、ほんとうに悲しいことね。でも、あそこでのふたりの暮らしはとても変わっていたから。いつまでもつづけられるものじゃないわ」

夕食が済んでからの時間はひどく長く感じられた。副寮母はあれこれクレアとジェニファーの世話を焼き、ふたりが〝ぐっすり眠れるように〟してから、ようやく部屋を出ていくかと思えば、すぐにまた、クレアにさらなる待機を申しわたした。副寮母は戸口で立ち止まり、クレアの手にした本を難しい顔で睨んで告げた。

「寮母が見回りにいらっしゃるまでは灯りを点けていてもよいけれど、いらしたらすぐ消すのですよ」

そうしてクレアは寮母が姿を見せるまでの一時間あまりをじりじりしながら過ごした。長い拷問のような時間を耐えるうちに、何度も自分の従順さを笑ってやりたくなった。こうして死刑執行の時を――彼のか、それとも自分のかはわからないが――待っているというのに、いまさらパストン・ホールのつまらない規則だの決まりだのにおとなしく従っているなんて。しかし、とうとうやってきた寮母にそしらぬ顔で「おやすみなさい」と返し、その一時間後にベッドを抜けだしたとき、クレアは完全に落ち着いていた。するべきことは明確で、自分になにができるかも十分にわきまえていた。救済の可能性に過剰な望みをかけて、自分とジェニファーがいま現実に陥っているたしかな危険を小さく見積もるつもりはなかった。ただひとつのことは証明されている――最悪でも、自分たちふたりのために本当の死という恩赦を勝ち取ることはできる。ニールがあらゆる術を尽くし、はかりしれない闇の力を呼びだしたとしても、奴隷がその最後の自由に逃げこむのはとめられない。マーガレット・レインズはそれを証明した。それも、マーガレットはただ心の中でだけ反抗した。クレアはもっとつぶさにニールのわざを見てきて、人形づくりの手順もわかっていた。手を使った反抗も可能なはずだし、もしかすると死なずに勝利を得ることもできるかもしれない。

クレアはガウンを羽織り、裸足にスリッパを履いた。スリッパは室内履きに近いもので、ベルトと留め金がついており、脱げ落ちる心配はなかった。まるまる一分ほど、開いた窓のそばにじっと立ったまま物音に耳を澄ませた。校内は静まりかえり、こちらから見える側の窓に灯りは点いていない。手探りで部屋の奥までゆき、ジェニファーのベッドのかたわらに立って規則正しい寝息にしばらく耳を傾けた。少女の髪をひと撫でしてから窓のところまで戻り、静かに窓枠を押し上げた。

空は雲に覆われていたが、完全な闇夜というわけではなかった。雲間を漏れるかすかな月光をたよりに校舎を回りこんだ。上の方の階のいくつかの部屋に灯りが点いているのが閉ざされたカーテン越しに見えたので、用心のため灌木の茂みに隠れて校庭の端まで進み、壁際の樺の木立までたどりついた。体が震えているのは、寒さや恐怖のせいではなく、熱を出して床に就いていたあとに無理をして出歩いたせいだった。塀を超えるのは、いまの自分には酷だとわかってはいたが、道はそれしかなかった。パストン・ホールの正門は鍵がかかっているだろうし、庭師の小屋の庭を抜けて公道に出る道もあるとはいえ、犬がいるので試す気にはなれない。手足の震えを抑え、体力の消耗を防ぐため、気はやるがつとめてゆっくりと着実に動くようにした。そこまで周到にしても、樺の大木の陰から塀を登ろうとして二度失敗したあげく、ようやく上までたどりついた。そこで数分の休憩をとってから、ブラッケンバインの側に下りていった。

以前に二回、塀を越えたときよりブラッケンバインの敷地に詳しくなっていたので、森をまっすぐにつっきって斜面を登り、門から家まで曲がりくねりながらつづく小径に出ることにした。そうすれば、やや左手の前方に屋敷があるはずだった。さんざんに脚をぶつけたりすりむいたりしながら森を抜けて小径に出ると、ふたたび歩きだす前にじっと耳を澄ませた。ニールがよく夜中に敷地をうろついているのを知っていたからだが――それどころかクレアの計画自体が部分的にはその習慣をあてにしていた――森を通ってくるときに騒がしく音をたててしまったせいで、彼に捕まるかもしれないと恐れていた。しかし動くものの気配はなく、そよかぜに枝がかすかに揺れているだけだとわかると、慎重な足どりで屋敷へと向かった。

家は闇に包まれていた。クレアはほっとした。思ったとおり、ニールは外に出ているのだ。もし家にいるなら、この時間に眠っているはずがない。クレアは手探りして壁伝いに右手へ向かい、家の脇を回って月桂樹の下の滑りやすい小径をたどった。ずっと日が射さないため常緑樹しか育たない陰は真っ暗で、水と腐った葉と土の匂いがした。小径は険しい傾斜を登ってゆくため、手探りで月桂樹の枝をつかみ、枝にすがって体を引きずり上げるように登らなければならなかった。必死に手足を動かしてもなかなか進めず、道路ならもっと楽に二マイルは歩けただろうと思うほど時間がかかったが、ふたたびオークの木立の下に出ることができ、屋敷の雨樋が膝より低い位置にあった。クレアは座りこんでまたしばらく休憩をとり、そのあいだもずっと耳を澄ませ、自分自身の荒い息づかいがやけに大きく響くほかに、なにか音がしないかと神経を尖らせていた。しかし耳に捉えられるかすかな物音は、夜の森の自然なざわめきでしかないようだった。

計画の次の段階を実行するべく、クレアは靴を脱ぎ捨てた。屋根の瓦は、革の底では滑りやすいと以前の経験からわかっていた。両の手のひらと裸足の足裏で踏ん張ってなんとか体勢を安定させ、じりじりと屋根を這い登ってゆくと、天窓の枠に手がかかった。期待したとおり、天窓は下のほうが一、二フィートほど開いていたので、前にニールと来たときにどうやったか思い出しながら隙間に体をねじこみ、アトリエの中に飛び降りた。

しばらく待って呼吸を落ち着かせ、心臓の激しい鼓動のほうはいっこうに鎮まる気配はなかったが、暗い部屋の中を手探りしてテーブルや箱やさまざまながらくたを避けながら、まだちらちらと燠火のくすぶる暖炉のほうに進んだ。まずは扉を確認した。いつものとおり、鍵は内側からさしたままだった。鍵を回し、念のため安楽椅子をひとつ引きずってきて、長い鉄の鍵の下にちょうど椅子の背がはまるよう固定した。暖炉の脇の隅には本や書類が積み重ねてあった。暗がりに手を伸ばして紙を取り、ひき裂いてこよりにすると、膝をついて燠火に息を吹きかけ、炎を燃えあがらせた。それでランプの場所がわかったので、こよりをもう一本つくってランプを点け、部屋の中央まで持っていってニールの作業台の端に置いた。

計画の第一段階が無事に終わったいま、クレアは作業台によりかかって、しばし放心していた。ここまでがもっとも失敗の危険が高い部分で、気力と体力をふり絞らなければならなかった。いまのところ、運はクレアに味方しており、ニールは外に出ているとはいえ、いつ戻ってきてもおかしくない。ニールがいたら、しなければならないことをやり遂げるのは非常に難しくなる——あまりに困難で、彼が家にいた場合の計画を練っていたとき、少しでも可能性があると思っていたのが自分でも不思議になるくらいだった。

アトリエはいつものとおり散らかっていた。作業台に人形はなかったが、道具は置かれたままだった。クレアはニールが人形をしまった戸棚をじっくりと観察し、彫刻刀を手にして扉にかがみこんだ。もう大きな音がするのもかまわず思いきり扉板を打ちつづけたが甲斐はなく、何分か経ってようやく梃子の原理で錠前を壊すことを思いついた。そこで彫刻刀を扉と枠の隙間に差しこんで、力まかせにこじあけようとした。彫刻刀は耐えられず、大きな金属音をたててまっぷたつに折れた。クレアは作業台に駆け戻って道具をひっかきまわし、もっとましなもの——長く頑丈なねじ回しを見つけた。ひと息いれて頭を冷やし、いくらか冷静さをとりもどすと、今度はもっと周到に作業にとりくんだ。錠前はごく小さなものだったので、ほどなく弾け飛ぶように枠からはずれた。

ふたつの人形は二番目の棚に横たえられていた。すでにほぼ完成しており、手足がとりつけられ、髪も植えられ、塗装も終わっていた。あとはただ胸の孔を埋めるだけだった。できるだけ手早くことを済ませてブラッケンバインから逃げ出したくてたまらなかったにもかかわらず、クレアは完成した自分の人形をじっくりたしかめたいという強い好奇心にかられ、おずおずと小さな人形を手にとると、その完璧さに思わず息を呑んだ。前にも見たとおり、人形は美化された肖像だった。けれどそれはやはりたしかにクレアであり、ニールがいつも好きだと言い、ありきたりのかわいらしさなどよりずっと高く買っていたクレアの美点が巧みに表現されているのを見て、ここへ来た目的とは相反する感情に襲われた。クレアは人形を自分のものにしたいという欲望がうずきだすのを感じた。人形を未完成のまま持っていても危険はないかもしれない、と心に囁きかける声が聞こえた。ありったけの意志の力で——その意志の強さこそ、ニールの巧みな彫刻刀づかいが木材に再現したものだった——クレアは人形を摑み、顔が見えないよう後ろ向きにして、人形が囁きかける甘い言葉を心から追い払った。ジェニファーの人形には、はっとさせられた。クレアを見上げる人形の顔つきや深い青色の眼が放つ柔らかな輝きは、その日の午後にジェニファーがクレアに顔を向けたときの表情や眼の色そのままだった。木でできたちっぽけな物体と生きた人間がそれほど親密な絆で結ばれ、相似を示していることにクレアはおののき、これからしようとしていることは生命の破壊なのではないかと思うと、鼓動が早くなり手が震えた。二体の人形を作業台に置いたとたん、突如として圧倒的な恐怖に襲われた。ここまで人形が完成に近づいたいま、自分たちふたりとのつながりは物理的なものになっているのではないか。人形を打ちのめしたとき、小さな体から血がほとばしったり、叫び声が聞こえたりしたら？　クレアは恐怖の極みでなかば自暴自棄の勇気を奮いおこし、ジェニファーの人形のほほえみを見ないで済むようにうつ伏せにすると、首に大きな彫刻刀の刃をあてがい、木槌を振るって渾身の力で打ち下ろした。

刃が木肌に喰い込み、クレアは息をあえがせながらも、それがただの木にすぎないのを知った。それでも、それほど美しく巧みにつくられたものを破壊しなければならないことに心を引き裂かれつつ、時間に追い立てられるようになんどもなんども刃を振り下ろした。そしてつぎは自分の人形を摑み、悲しみと恐怖に狂気じみた声をあげながら小さな体に切りつけ、刃を突き立てた。木材がとても硬かったのと、無我夢中で狙いがでたらめだったため、手足が取れたほかは、胴体にはそれほど傷をつけられなかった。人形がかわいそうでたまらず、それ以上はつづけられなかった。長々と時間をかけて切り刻むのは、あまりにも残酷でぞっとする。どんな道具を使って、どんなふうに作業を進めればいいのか、とても考えられなかった。どのみち、もう手が思うように動かず、どんな道具であれきちんと使えそうにはない。狂ったようにあたりを見まわして暖炉が目に入ったとき、どうすればよいのかひらめいた。泣きながら部屋を走りまわって、あたりの古い木箱から藁やおがくずを腕いっぱいにかき集め、箱の蓋をこなごなに割り、カンヴァスの木枠をばらばらにして、大きな暖炉に積もった灰の上に火葬の薪のように積み上げた。

マーガレット・レインズの人形を炎から救った日の情景が心によみがえるとともに、そのとき抱いていた愛を思い出し、クレアは悲しみの声を漏らした。その愛のために、いまこうした行為に駆りたてられることになったのだった。それでもクレアは強いて目的に集中し、ひざまずいてひたすら燠火に息を吹きかけ、藁やおがくずに火がつくまで吹きつづけた。それから作業台まで駆け戻り、傷のついた人形の胴体ともげた手足を集め、目についたかけらもすべてまとめて炎の中心に投げこんだ。

もう一刻も早く逃げ出したかったが、人形が燃えてしまうまで見届けなければならないとわかっていた。クレアは炎から後ずさり、燃え尽きるのを待った。藁が小さく唸りをあげて燃えさかり、乾燥した木箱はピストルの発射のような音をたてて爆ぜ、火の粉が散って部屋をただよった。クレアはじっと炎を見守り、そうするうちにだんだんと落ち着きをとりもどした。行為そのものに対する盲目的な恐怖が収まると、ニールに見つかるかもしれないという理性的な恐れが頭をもたげた。油の瓶や絵の具のチューブやテレビン油の缶などが満載された小さなテーブルを天窓の下までひきずってきて、上の物を払い落とし、立てるだけの場所を空けようとした。しかし途中ではたと動きを止め、興奮のあまり額を強く叩いて叫んだ。「ああ、どうしよう！」

人形を相手におぞましい解体のまねごとをしているうちに、肝心なことを忘れていた。文字どおりの心臓、つまり人形の胸の空洞を満たすはずの心臓のことだ。クレアとジェニファーが与えた血の滴が彼の手にあるかぎり、ふたりはまだ彼の支配下にある。それがわかるくらいには、クレアは手の内を知らされていた。人形は、見かけが驚くほどよく似ているために、奴隷たちの肉体であるように見えたとしても、結局は生命のないただの物にすぎない――彼にはまたつくることができる。人形に生命を与える力は、クレアも前にかいま見た小さな管に宿っているのだ。

クレアはランプをひったくり、戸棚の前に戻った。前にニールといっしょに中を見たときは、管は小さな木のラックに並んでいた。さまざまなガラスの器具に目を凝らし、管がなくなっているのに気づいてパニックに陥った。もうなにが壊れようとかまわず、棚のものをすべて外に投げ捨てた。やはり管はない。ひざまずいて一番下の棚のものを掻きだした――たくさんの模型やかわいらしい小さな道具のたぐいがあり、以前のクレアなら夢中で何時間も眺めていただろう。船長の馬車をひきずり出し、棚の隅から隅まで調べた後、とうとう敗北を認めて立ち上がり、手を口に押しあて、途方にくれてただ声を絞りだすようにつぶやいた。「どうしよう、どうしよう！　見つからない！」無力な自己憐憫に涙を流し、数分のあいだ恐怖と絶望にものを考える力も奪われていた。しばらくしてクレアはようやく自分をとりもどした。アトリエにはほかにも戸棚がある。

さきほど床に置いたランプを手に取って高く掲げ、ぐるりと巡らせて薄暗い広い部屋のあちこちに目を走らせた。すると、ほかとは意匠の違う戸棚に目が留まった。堅材を使ってあり、つくりもほかのものよりしっかりしている。もしこれほど度を失っていなければ、大事なものをしまっておく場所としてとうに目をつけていただろう。以前からそこにあるのは知っていたが、開いているところは見たおぼえがなかった。

作業台まで戻ってランプを置き、もういちどねじ回しを捜した。床に転がっているのを見つけ、頑丈な戸棚の鍵を壊す作業にとりかかった。さきほどのものよりずっと手強く、突いたりこじったりひねったりを繰り返したあげく、指は痺れ腕は痛くなり、ひんぱんに休みを入れないと、思うように動かなくなっても、錠前はびくともしなかった。役に立ちそうな知識を求めて過去の経験をさらい、とうとう子供時代の記憶に望みを見いだした。昔、父が道具を扱うのをじっと見ていたことがあった。技師ならではの無駄のない周到な手際だった。クレアは背筋を伸ばし、頭の中で手順を組み立てた。

作業台の横の壁に掛けてあった鋸を取ってくると、天窓の下に動かしたテーブルにランプを置き、手元がよく見えるようにした。戸棚の角に鋸をあて、ぎこちない手つきながら着実に挽いて錠前の上下に切れ目を入れる。それから先ほども使ったねじ回しを扉の隙間に差しこんでひねったりこじったりして、とうとう錠前のボルトを受ける金具が付いた木片をえぐりとるのに成功した。最初に目に飛びこんできたのは、一番上の棚の手前に置かれた小さなラックで、捜していたガラスの管がそこにあった。ラックごと取りおろし、中の二本の管に黒ずんだ塊が入っているのをすばやくたしかめ、暖炉に駆け寄った。いまでは石炭の山全体が明るく輝いていた。そのままラックを灼熱した石炭の中心に投げこみ、さらに木片をいくつか手早く拾い集めて上に被せた。炎で完全に焼き尽くして破壊する以外の方法では安心できなかった。もっと木片を集めるために部屋の中央まで駆け戻り、戸棚と戸棚のあいだに積まれたがらくたの山からつぎつぎとカンヴァスを投げ捨て、絵筆を挿した瓶や缶をひっくりかえし、木箱をいくつもひっぱりだした。どんどん木材をくべてゆくと、炎は唸りをあげて燃えさかり、ぱちぱちと音をたてて爆ぜ、飛び散る火の粉が煙突を昇っていった。

　藁の詰まった大きな木箱を抱えてよろめきながら、ガラスの管がしまってあった戸棚の前を通り過ぎたとき、なにかがクレアの目を捉えた。木箱をその場に投げ出して戸棚まで戻った。さきほどあわただしく扉を開けたときは、ガラス管のラック以外は目に入っていなかった。あらためて見ると、一番上の棚は他の戸棚にもあったようなさまざまな器具が置かれているだけだったが、その下はすべてトレイをいくつも積み重ねた浅い引き出しのようになっており、トレイとトレイのあいだはおのおの一インチほどの隙間があった。隙間のひとつに滑らかな艶を放つものが覗いており、クレアの目を捉えたのだった。それは明るい色の絹糸か髪の房のように見えた。

　トレイを手前に引きだすと、中は整然と仕切って柔らかい詰め物をしてあり、そこにずらりと人形が横たえられていた。小さな人形たちはみな裸のまま仰向けに寝かされ、胸の上に両手を重ね、棺を思わせる小さな升目に収められていた。クレアはひとつまたひとつと引き出しを開けていった。どれも人形でいっぱいで、どれも亡骸のように並べられていた。屈みこんで見ると、ランプと暖炉の炎だけでは引き出しのなかまでじゅうぶんに照らしだすには足らなかったが、人形たちはみな目を閉じていた。見かけは死者のようでも、死んではいないのはわかっていた。人形たちの胸に孔はあいていない。命の素を収めたまま、死にも似た眠りのなかに留められているのだった。

　クレアは立ちつくし、身動きすることも人形たちから目を離すこともできなかった。発見したものの真の意味がだんだんと頭に染みこんできた。それは究極の欺瞞であり、ニールの芸術の真の姿がおぼろげに見えてきてから味わったどんな苦痛よりも、膨れあがるいっぽうだった恐怖よりも、さらにクレアを慄然とさせた。船長の庭で見たものは、最初に考えたように器械仕掛けの人形でもなければ、のちにあらゆる常識に反して結論づけたように生命を持った存在でもない。ある意味では生きている、あるいは不思議な疑似生命を持っているのはたしかだが、動くことができるのは彼らの創造主にして支配者が命じたときだけなのだ。ニールが不死の生命を約束したのは嘘だった。ニールの民は彼だけが動かすことのできるおもちゃにすぎない。彼らの興じる遊戯も、陽気さも、愛も笑いも、すべてニールが退屈しのぎに演じさせているただのゲームであり、飽きてしまえば、おもちゃのようにまたそれぞれの仕切りに戻され、つぎに気が向くときまで横たわっているのだ。それがニールの言う不死と移ろうことのない若さの正体であり、クレアとジェニファーが陥れられるはずだった運命であり、そして実際に……。ちっぽけな人形たちに〝死の中の生〟を与えるためになにが行われたかを知っているクレアは、手で顔を覆い、手足の先まで凍りつくような思いで天窓の下のテーブルのほうへあとずさった。

テーブルにぶつかったところで、抵抗する意志にありったけの力で逆らうかのようにのろのろと手をおろし、扉のほうに目を向けた。炎の爆ぜる音をかき消すように、大急ぎで登ってくる重い足音が木の階段に響き、外の廊下を近づいてきた。クレアは身動きできなかった。ゆっくりと視線だけを動かして、大きな鉄の鍵が暖炉の炎を照り返しているのを見つめた。打ちつけられる拳に厚いオーク材の扉が震え、叫ぶ声が聞こえた。「開けろ！　扉を開けろ！」

よく知っている声ながら、それまで聞いたことがなく、想像もしなかった響きがあった。クレアに向かっておそろしく野蛮な嚇《おど》しを浴びせかける声をニールのものだと認識したとき、途方もない悲しみに胸がはり裂けて深淵が口を開け、さきほどのおぞましい発見すらも呑みこんでしまった。聞くに耐えない豹変ぶりに痛切な悲しみを感じると同時に、それまでクレアを縛っていた魔法の最後の糸がほどけた。涙でなにもろくに見えなかったが、扉に背を向けてテーブルによじ登った。天窓の枠に手を掛け、思いきり蹴り上がる。小さなテーブルが揺れ、上に載っていたさまざまな物や燃えるランプもろとも音をたててひっくり返った。窓の隙間を通り抜けようともがいていたクレアは、灯油や壜からこぼれた油に火が点き、眼下に炎が広がってゆくのを見た。そして屋根を這いおりるうちに、ふいに大きな窓ガラス全体が黄色い火炎に照らされて四角く浮かびあがるのが見え、熱気が押し寄せてくるのを感じた。

クレアは走った。よろめき、木々にぶつからないよう大きく腕を振り回しながら険しい斜面を下りて屋敷から遠ざかった。小径までたどりついたときにはめまいがして、気分が悪くて倒れそうだったが、なおもブラッケンバインの門をめざして走ろうとした。

第十一章

　ゆったりと枕にもたれて身を支え、自分が弱って無力であるのを感じながら、そうしていても大丈夫なのだとわかっているのは、まんざら不快でもなかった。クレアは看護室のベッドから、かたわらのテーブルに置かれたガラスの瓶に黄色い野の花が挿してあるのを眺め、それからミス・ギアリーに視線を移してほほえんだ。老女のもの問いたげなまなざしに答えるためでもあり、感謝のほほえみでもあった。もう気持ちもすっかり落ち着いてひとごこちがつき、まわりの人やものに現実感があった。自分の世界に戻ってきたという気がして、安心していられるのに満足していたが、幸福とは言えなかった。ふたたび幸福感が育つまでには長い時間がかかるだろうと冷静に受けとめ、当面の安心感や現実感を保つには、古い喜びの木々を切り倒したものについてよくよく考えていてはいけないこともわきまえていた。それでも、はっきり意識をとりもどし、寝ていなければならないのもあと少しだと医者も約束してくれたいま、あらためてあの記憶に残る最後の夜のできごとについて、知っているかぎり話してほしいとミス・ギアリーに頼んだのだった。

　ブラッケンバインの森の彼方が炎に赤く染まっているのに、最初に気づいたのは寮母だった、とミス・ギアリーは言った。そしてみなが起きだしてきて上の階の窓から火事を見守っていたとき、看護室にクレアの姿が見えないことに副寮母が気づいたのだという。

「もちろん、あなたは何日も朦朧《もうろう》としていた後でしたからね。窓がどうとか口にしていましたし。寝ぼけて窓から抜け出したなら、ブラッケンバインに行ったのかもしれないと思ったの。ずいぶん気にしていたでしょう、そうじゃない？　だからミス・リンスキルをひっぱって、あなたを探しに行きました。ほんとうにひきずって行かなきゃならなかったのよ。あれこれ聞きたがったけれど、説明している時間なんてなかったから。

ありがたいことに、あなたは家の近くには行っていなかった。わたしたちは大きな平たい岩のところであなたを見つけたの。ほら、あの小径の途中の」

「家はぜんぶ燃えてしまったの？」クレアは呟いた。

ミス・ギアリーはうなずいた。「残念ながらね。古い屋敷もレイチェルの絵もみんな。でも、あの人たちが留守にしていなかったとしても、なにも持ち出せなかったでしょうね。古い家で木材をたくさん使ってあったし、ペンタブリッジの消防団が来るまで、かなりの時間がかかったから」

「ぜんぶ燃えてしまったの？」クレアはささやくように繰り返した。

ミス・ギアリーはじっとクレアを見つめた。どこか遠くにひっこんで、そこからクレアを眺めているようだった。まるで遠景のなかの小さな人影を見ようとでもするかのように。それから、またそばに戻ってきて答えを返した。

「家は焼け落ちて土台だけになってしまいましたよ。ほんとうに、もし雨がかなりの勢いで降ってこなかったら、森全体にまで燃え広がっていたでしょうね。実際のところ、家のまわりの木はみな真っ黒に焼け焦げてしまったし、灌木も、裏手の丘の斜面にあった小さい庭園に観賞用の小さな木が植えられていたのも、みんなだめになってしまった。つぎの日の朝、自分の目で確かめて来たのよ。レイチェルに手紙で知らせようかと思って。たしかもう言ったと思うけれど、火事が起こるより前に、レイチェルはもう帰ってこないと聞いたの。その後の話では、イタリアに住む予定なんですって」

クレアは横になった。看護室じゅうに視線をさまよわせ、五つの空のベッドを見る。学校はとても静かだった。学期は数日前に終わっていた。

「ジェニファーが助かってよかった」クレアは言った。ひどく疲れており、もうひと眠りするという考えは魅力的だったが、まだミス・ギアリーにそばにいてほしかった。「来学期には戻ってくるでしょうか」クレアは尋ねた。

ミス・ギアリーはどこかすまなさそうだった。

「そうねえ」ここだけの秘密だとでもいうような口調で言う。「お父さまのグレイさんがジェニファーを迎えにいらしたときに話してくださったのだけれど、パストン・ホールには帰さないおつもりのようでしたよ。じきじきにお話しして聞いたの。説得したけれど、どうやら無駄だったみたいね」

クレアはかたわらのテーブルにマレーの消印が押された手紙が載っているのを見やった。母はこちらに向かっているはずだった。イースターの後には、クレアはパストン・ホールを去ることになるだろう。ジェニファーは戻ってこないだろう。オークの森の向こうには白い灰に覆われた一角があり、灰は雨に濡れ、少しずつ土に還って消えていく。ひとつの学期と休暇の期間が過ぎ、命有るものとも無きものとも、さまざまな出会いがあったが、残っているのは風に吹かれ土に還ってゆく灰だけだった。クレアは枕に頬をつけ、瞼を閉じた。

ミス・ギアリーはしばらくクレアを見守っていた。クレアの睫毛に小さな滴が光るのをみとめ、その場を去りかけて、なにか考えこむようすでグラスに挿したフキタンポポに目を留めた。痩せた繊細な手が伸びて花を整えた。

「昨日、ブラッケンバインで摘んだのよ」おだやかに言う。「屋敷があった場所のすぐ近くに咲いていたの。夏が来るころには、あの場所も一面に緑が芽吹いているでしょう。夏にあなたが十九になるのが嬉しいわ、クレア」

解説　異界の語り部サーバン

横山茂雄

本書『人形つくり』の作者は長らく謎の存在であった。サーバンという不思議な響きをもつ筆名を用いて、一九五一年から五三年にかけて三冊の書物を発表したが、その後は完全に沈黙してしまい、本名も具体的な経歴も公開されなかったからである。本名がジョン・ウィリアム・ウォール John William Wall で、イギリスの外交官であったという事実が判明するのは、一九七〇年代後半のことになる。

外交官という履歴、さらに端正な作風からは、英国の裕福な家庭に生まれ育ったディレッタントが想像されよう。実際、わたしも漠然とそういう人物像を長らく思い描いていたのだが、二〇一〇年になって刊行された初の評伝（Mark Valentine, *Time, A Falconer: A Study of Sarban*）によって、これは見事に打ち砕かれた。

ウォールは、一九一〇年、ヨークシャ南西部の小さな炭鉱町メクスバラに生まれた。父は薄給の鉄道員で、つまり、ウォールは、この時代のイギリスの外交官としては異例の労働者階級出身だったのである。しかし、学業成績が優秀であったため、ケンブリッジ大学奨学生試験に合格、一九三〇年に同大学のジーザス・コレッジに入学した。専攻したのは英文学である。ただし、本来の非社交的な性格、そして、その出身のゆえだろう、ケンブリッジでは孤独な学生生活を送ったらしい。

いっぽうで、「サマルカンドへの黄金の旅」（一九一三）で知られる詩人、外交官ジェイムズ・エルロイ・フレッカーなどの影響を受けて、十代の頃から、東方への憧憬、東洋言語への関心を強めていたウォールは、大学卒業後は中東地域で外交官となることを志す。かくて、一九三三年、首尾よく試験に受かったのち、彼は最初の赴任地ベイルートへと向かった。

以降、一九六七年に定年退職するまでの三十数年間を、ウォールは、カイロ、カサブランカ、バーレーン、サウジアラビアのジェッダ、イランのタブリーズやイスファハンなどで暮らす。こういった経歴からすれば、筆名サーバンSarbanが「語り部」を意味するペルシャ語から採られたのも頷けようし、のみならず、作品の大半には中東での体験が反映されている。一九五〇年には結婚、後に一女をもうけた。

外交官として最後の任地となったのはアレクサンドリアで、総領事の地位にあった。一九六七年に職を退いてからも、ロンドンの外務省や政府機関において十年近くアラビア語の指導や翻訳に従事し、一九八九年に没した。彼が一九五一年から五三年にかけて三冊の書物を刊行するにとどまった事実は既に記した通りだが、短期間で筆を折ったわけではなく、未刊行のままに終わったものの、他にも幾つかの中短篇や長篇を執筆していた。

ところで、生前のサーバンがごく限られた数の読者しか獲得できなかった小説家だったかといえば、そうとはいえない。

彼が一九五二年に上梓した中篇 *The Sound of His Horn* は刊行当初はさほど反響を呼ばなかったが、一九六〇年にキングズリィ・エイミスの序文を付してアメリカでペーパーバックとして出版されるや、パラレル・ワールドもののSFとして高い評価を受けて、現在にいたっているからだ。同書は、日本でも一九六八年に『角笛の音の響くとき』という題名でハヤカワ・SF・シリーズの一冊として翻訳された。

『角笛の音の響くとき』の主人公、イギリス人将校のアランは、第二次世界大戦中にドイツの捕虜収容所から脱走するが、ナチの支配する約一世紀後の別世界、「第一次ドイツ千年王国」紀元一〇二年にまぎれこんでしまう。しかしながら、この作品は、たとえばフィリップ・K・ディックの『高い城の男』（一九六二）などとは性格をおおいに異にしており、少なくとも作者がSFというジャンルに参入するつもりのなかったことは確かだろう。

主人公のアランが目のあたりにするのは、故ヒトラーが神として崇められ、金髪碧眼の「支配人種」が「劣等人種」を奴隷として酷使する社会である。「劣等人種」は科学的に繁殖育成されるばかりか、外科手術によって肉体改造まで施され、さらには、愉しみのための狩猟の獲物、獣としてさえ用いられるのだ。その限りでは、ナチの人種イデオロギーが極限にまで推進実現された世界だといえよう。人間狩りを司るのは残忍凶悪な「森林管理長官」ヨハン・フォン・ハッケルンベルク伯爵で、彼の怒りをかったアランは、森の中に追放され、自らが獲物として逃げ惑うことになる……。

『角笛の音の響くとき』は「語りえないのは恐怖である」という主人公の言葉で始まっており、いっぽう、サーバン自身が初版本カヴァーのために書いた惹句は、この作品を「夢の物語、すなわち、邪悪から解放される夢の物語」と規定する。たしかに、『角笛の音の響くとき』は、悪夢のような邪悪に遭遇した男が、言語を絶した恐怖を体験し、最終的には現実世界に帰還する物語と読むことができよう。しかしながら、それはあくまで表層にすぎないともいえる。

そもそも、フォン・ハッケルンベルク伯爵が、決してナチの邪悪さを体現した人物ではないことに注意されたい。伯爵は「下卑て騒々しいナチの政治家たち」とは異種の存在として描かれているからだ。すなわち、彼は「支配権が人間自身の肉体的な力に存していた時代」、「暗い太古のゲルマンの森の野牛」を思わせる貴族なのである。彼の統《す》べる領地とは西欧近代の文化と隔絶した古代の異教空間に他ならず、ナチが勝利を収めた未来世界という設定に幻惑されてはならない。

その世界では支配する者と支配される者のふたつの種類の人間だけが存在するが、重要なのは、作者サーバンが支配、被支配という関係に性的なレヴェルにおいて魅せられていることだろう。そのため、濃密で特異なエロティシズム、フェティシズムが随所にたちこめる。

伯爵が狩りたてる女たちは、ほぼ裸体で鳥の仮面と羽飾りをまとわされている。あるいは、耳のついた帽子、まだらの毛皮、尻尾を身につけ、その姿は豹か猫を思わせる女たちもいる。さらにこの「猫」たちは金属製の巧緻な鉤爪を両手に着用させられるのだが、サーバンはそれを執拗に細かく描写してやまない。

恐怖そのものといえる絶対的な被支配という状況を扱いつつ、その裡《うら》に孕《はら》まれる魅惑を語ることこそ、サーバンの主要な幻想小説に共通するモチーフなのであって、「語りえないのは恐怖である」という言葉は、したがって、両義的に解釈せねばならないだろう。

本書に収録した二篇のうち、「リングストーンズ」は、四つの短篇と併せて一冊の単行書として一九五一年に出版されており、したがって、『角笛の音の響くとき』に先行する中篇となる。ある女子大生によって送られてきた手記を、語り手が友人から読まされるところから物語は始まる。手記の筆者ダフニによれば、イングランド北部の奥深い田舎の屋敷にアルバイトの家庭教師として雇われた彼女は、中東のどこかの国の出身らしい三人の子供の相手を務めることになった。いちばん活潑なヌアマンは美しい肉体を持った神秘的な少年で、ダフニは彼に強く心を惹かれるが、子供たちとの屋外での遊びに明け暮れる夏の日々は、次第に不気味な様相を呈していく……。

女家庭教師と子供たちという設定から、ヘンリー・ジェイムズの『ねじの回転』を想起される方が多いかもしれないが、それはごく表面的な類似にとどまる。影響関係を云々するならば、アーサー・マッケンの高名な短篇「白魔」を筆頭に挙げるべきだろう。マッケンの作品は、同じく少女の手記を通して、古代の異教、魔術、妖精の現代における残存を語っているからだ。

物語の形式とテーマにおいて、「リングストーンズ」は『角笛の音の響くとき』と相似形をなす。形式についていうならば、どちらも二重の語り手を有する枠物語のかたちをとっており、サーバン自身はコンラッドの作品（『ロード・ジム』、『闇の奥』）に倣ったものだとしている。

いっぽう、内容面についていえば、両者とも主人公が現実の世界から異教的な別世界にまぎれこむ点で共通するのは明らかだろう。ただし、『角笛の音の響くとき』の異空間と「リングストーンズ」のそれは異なる点も多い。前者では昼なお小暗《おぐら》いゲルマンの森が舞台であったのに比して、後者では地中海あるいは中東の陽光燦めく世界が顕現する。

「リングストーンズ」にあっては、物語冒頭から、裸の乙女の黄金像（これはニューカッスルに実在する）、ギリシャ（ロバート・ブラウニングの詩「クレオン」からの引用）、サテュロスなどへの言及によって、異教世界の導入は巧みに用意されている。後半では、アドニスに関連して、フレッカーの詩「サントリン」の一節も引かれる。また、ヒロインのダフニDaphneという名前がギリシャ神話に登場するダプネーに由来するのは言を俟《ま》たず、実際、ヌアマンもそれは自分の名前と同じくらい古いと彼女に告げる。ダプネーに求愛して彼女を追い回したのが太陽神アポローンであったように、ダフニを呪縛するヌアマンもまた光を司る存在であり、本来なら陰鬱な天候が続くイングランド北部の野原は信じがたい晴天に恵まれる。さらに、屋敷の「石の環《リングストーンズ》」という名称が近隣に遺る太古の環状列石《ストーン・サークル》に由来するのはもちろんだが、ダフニを雇ったラヴリン博士は環状列石と太陽信仰の関連を熱心に説く。なお、マッケンの「白魔」でも、石の「環《リング》」が重要な役割を果たす。

　他界の住人たる妖精についても頻繁に触れられており、英語で書かれた最初の妖精論、ロバート・カークの『秘密の国』（一六九〇頃）の書名までが目立たないかたちで挿入されているし、ポーランド人の娘カティアが発した「小さい人たち little men」という言葉は妖精を指す。

　そして、支配、被支配もしくはサディズム、マゾヒズムというモチーフ。ヌアマンは、カティアに牛の角と尻尾に見立てたものをまとわせて闘牛遊びをするばかりか、裸体の彼女を馬代わりにして「戦車」を牽《ひ》かせる。拘束具へのフェティシズムは、たとえば「戦車」を牽く際に女たちが着用させられる手枷に顕著であろうが、ダフニの腕時計のバンド（円環《リング》をなす）が、その意味でも機能していることを見逃してはならない。

『角笛の音の響くとき』に続く中篇「人形つくり」は、「リングストーンズ」と同じように、ふたつの短篇と併せるかたちで一冊の単行書として一九五三年に刊行された。この作品は枠物語の形式をとっていない。

舞台はイングランドの田舎にある二流の女子寄宿舎学校——主人公の少女クレアは十八歳、本来なら卒業しているはずなのだが、オックスフォード大学の受験をするために居残っていた。俗物の校長、それに下級生しかいない環境に耐えかねて、夜間にこっそりと学校を抜け出した際に、クレアは近隣の地主の息子ニールと出会う。ニールは母親とふたりで暮らしていたが、クレアが母親のほうからラテン語を定期的に習うことになって、ふたりの仲は急速に親密になっていく。

ニールの趣味は精巧な人形を造ることだったが、それだけではなかった。ニールの屋敷にあるミニチュアの庭園の中を着飾った人形たちが自在に動き回る光景を、ある夜、クレアは目のあたりにする。彼は彼女をモデルに人形を造りはじめるが、やがて、美しい人形にはどれもモデルがあったことが明らかになる。しかも、モデルとなった娘たちは小児麻痺の診断を受けて全員死亡していた。ニールが自分を普通の意味で愛してなどいないことを、クレアは知る。彼は、人間の魂を人形に封じ込めて、死も生もない「永遠」の世界に連れ去ろうとする一種の魔術師だったのだ……。

アルテミスやドルイドへの言及、ニールの祖先の経歴などを除けば、「人形つくり」では、古代の異教世界の顕現は控えめなかたちにとどめられている。他方、人形を題材にした怪異譚という観点からは、ホフマンの「砂男」を初めとして、M・R・ジェイムズの「呪われた人形の家」、アルジャノン・ブラックウッドの「人形」、エイブラハム・メリットの『魔女を焼き殺せ』など色々と先行作品が思い浮かぶが、「人形つくり」はその系譜のなかでも独自の位置を占めるといえよう。なぜなら、支配、束縛というモチーフを中心に据えているからだ。

ニールがクレアに対して絶対的な服従を求めるいっぽうで、クレアの側では、自分がそういった状態に置かれることにただならぬ愉悦を見出す。服従こそが逆に完全な自由をもたらすと彼女は考えるにいたり、ニールの作った「魔法の檻」に囚われていること、「主人」に仕える奴隷の身であることが嬉しいと告白する。

このように、「リングストーンズ」と較べても、徹底した束縛によって支配される側に生じるマゾヒズム的快感の描写は、「人形つくり」においてよりあからさまである。また、この作品では、支配は、単なる肉体の束縛ではなく、肉体の剝奪の域にまで達している。娘たちの死因が小児麻痺であるのも、成熟した女性の肉体の拒否と照応する。

サーバンは自分の生きる社会、時代の規範的、標準的な性愛の概念には強い違和感を覚えていたにちがいない。彼は「愛」のような西欧社会の発明を信じていないのだろう。そして、それこそ彼が異界を舞台にした小説を書かずにはいられなかった理由のひとつかと思われる。死後発見された彼の日記には、「わたしが女性に求める種類の歓びは実行が不可能」なる意味深長な言葉が記されていた。また、彼は木製の関節付きの人形などを実際に製作してもいた。ちなみに、トッド・ブラウニングが監督した、『魔女を焼き殺せ』を原作とする映画『悪魔の人形』（一九三六）には、サーバンと同質ではないにせよ、やはり支配をめぐる異様な感覚が漂う。

誤解のないよう最後に付け加えておきたいのは、サーバンの描く幻想世界が、女性を絶対的に支配する欲望に根ざす類《たぐい》の単純なものでは決してないことだ。たとえば、ほぼ完成していながら未刊行に終わった長篇 *The Gynarchs* は、題名が示すように（*gynarchy* は「女権政治」の謂）、女性の側が支配者で男性が奴隷の地位にいる社会についての物語に他ならない。

以上、長々と述べてきたが、本書に収録したふたつの中篇は、巧織に織りなされたペルシャ絨毯のように魅惑的な超自然譚であり、日本ではこれまで知られることのなかった幻想小説の佳什《かじゅう》として楽しんでいただければ幸いである。

＊

＊サーバン著作リスト

1 *Ringstones and Other Curious Tales*（1951）「リングストーンズ」の他に四つの短篇を収録

2 *The Sound of His Horn*（1952）『角笛の音の響くとき』永井淳訳　早川書房　一九六八年

3 *The Doll Maker and Other Tales of the Uncanny*（1953）「人形つくり」の他にふたつの短篇を収録

4 *The Sacrifice and Other Stories*（2000）生前に未刊行の四つの中短篇を収録

5 *Discovery of Heretics: Unseen Writings*（2010）生前に未刊行、未完成の短篇、戯曲、詩、長篇の抜粋などを収録

著者　サーバン　Sarban
1910年イングランド・ヨークシャ生まれ。本名ジョン・ウィリアム・ウォール。ケンブリッジ大学ジーザス・コレッジにて英文学を学ぶ。大学卒業後、外交官試験に合格、ベイルートに赴任する。以降、カイロ・カサブランカ・タブリーズ・イスファハンなどで勤務。1951年、最初の著作である中短篇集*Ringstones and Other Curios Tales*を刊行、つづく中篇『角笛の音の響くとき』（52）がSFとして世界的に評価を受ける（邦訳早川書房）。中短篇集*The Doll Maker and Other Tales of the Uncanny*（53）が生前の最後の著作となる。67年に退官後、ロンドン外務省や政府機関でアラビア語の指導や翻訳に従事。89年没。2000年以降に未刊行作品が出版された。

訳者　館野浩美（たての　ひろみ）
1972年神奈川県生まれ。翻訳者。自身のウェブサイト影青書房（http://far-blue.com/）でフィオナ・マクラウド、ケネス・モリス等のケルト幻想文学の翻訳を公開中。共訳書にジーン・ウルフ『ピース』（国書刊行会）がある。

DALKEY ARCHIVE

責任編集
若島正＋横山茂雄

人形《にんぎょう》つくり

2016年5月25日初版第1刷発行

著者　サーバン
訳者　館野浩美

装幀　山田英春

発行者　佐藤今朝夫
発行所　株式会社国書刊行会
〒174-0056　東京都板橋区志村1-13-15
電話03-5970-7421　ファックス03-5970-7427
http://www.kokusho.co.jp
印刷製本所　中央精版印刷株式会社
ISBN 978-4-336-06058-7
落丁・乱丁本はお取り替えいたします。

DALKEY ARCHIVE

責任編集
若島正＋横山茂雄

ドーキー・アーカイヴ

全10巻

虚構の男 L.P.Davies *The Artificial Man*
L・P・デイヴィス 矢口誠訳

人形つくり Sarban *The Doll Maker*
サーバン 館野浩美訳

鳥の巣 Shirley Jackson *The Bird's Nest*
シャーリイ・ジャクスン 北川依子訳

アフター・クロード Iris Owens *After Claude*
アイリス・オーウェンズ 渡辺佐智江訳

さらば、シェヘラザード Donald E. Westlake *Adios, Scheherazade*
ドナルド・E・ウェストレイク 矢口誠訳

ニシンの缶詰の謎 Stefan Themerson *The Mystery of the Sardine*
ステファン・テメルソン 大久保譲訳

救出の試み Robert Aickman *The Attempted Rescue*
ロバート・エイクマン 今本渉訳

ライオンの場所 Charles Williams *The Place of the Lion*
チャールズ・ウィリアムズ 横山茂雄訳

煙をあげる脚 John Metcalf *Selected Stories*
ジョン・メトカーフ 横山茂雄他訳

誰がスティーヴィ・クライを造ったのか？
Michael Bishop *Who Made Stevie Crye?*
マイクル・ビショップ 小野田和子訳